Kriminalroman

Stephan Leenen

Berlin. Untergrund

Ralf Ziethers sechster Fall

Die Deutsche Nationalbibliothek verzeichnet diese Publikation in der Deutschen Nationalbibliografie; detaillierte bibliografische Daten sind im Internet über http://dnb.dnb.de abrufbar.

Berlin. Untergrund ist nach *Blutroter Wahn, Missbrauchte Seelen, Ikarus, Der Tibeter* und *Dreckiges Geld* der sechste SPREENEBEL-Krimi. Freuen Sie sich auf die nächsten Kriminalromane dieser Reihe.

Auch als E-Book erhältlich.

© Juni 2021 Stephan Leenen
ISBN: 978-3-754302-18-7
Herstellung und Verlag:
BoD - Books on Demand, Norderstedt | bod.de
Lektorat: Sabine Dreyer | tat-worte.de
Coverillustration: Fred-Jürgen Rogner | juergenrogner.com
Cover und Satz: Matthias Gerschwitz | www.gerschwitz.com
Gesetzt aus der Jenny und der Formata.
Alle Rechte vorbehalten.

Vnd da der HERR fur seinem angesicht vbergieng
Rieff er (Moses) HERR
Gott barmhertzig vnd gnedig vnd gedültig
vnd von grosser gnad vnd trew
Der du beweisest gnade in tausend Gelied
vnd vergibst missethat
vbertretung vnd sünde
Vnd fur welchem niemand vnschüldig ist
Der du die missethat der Veter heimsuchest
auff Kinder vnd Kinds kinder
bis ins dritte vnd vierde Gelied

Exodus, 2. Buch Mose 34,6 – 34,7

Dr. Martin Luther,
Die ganze Heilige Schrifft Deutsch,
Wittenberg 1545

Prolog

So schnell wie noch nie in seinem Leben rannte der kleine Junge den erdigen Hügel hinunter, kam ins Straucheln, dass er sich fast überschlagen hätte, fing sich, stürzte aus dem Park und ohne auf den Verkehr zu achten über die Straße, klingelte Sturm an der Haustür, bis diese geöffnet wurde, und raste durchs Treppenhaus. Die Stimme seines Freundes hallte noch in seinem Kopf nach, sein Versprechen, schnell Hilfe zu holen, und seine kaum fassbar große Angst, die dabei mitschwang. Mit seinen eigenen Händen hatte er einfach nichts ausrichten können. Im Gegenteil, es war nur noch mehr Schutt und Erde in den schmalen Durchlass gerutscht, unter dem Paul in diesem dunklen, kalten Loch saß.

»Hör auf, da rutscht ja alles nach!«, hatte der mit Entsetzen in der Stimme geschrien. »Hol Hilfe, bitte! Und beeil dich!«

So hatte er seinen besten Freund allein in dem Loch zurücklassen müssen. Panische Angst trieb ihn an. Zum Glück war kein Auto auf der schmalen Wohnstraße unterwegs, er hätte es glatt übersehen.

Seine Mutter betätigte den Türöffner in dem altehrwürdigen Mietshaus, blieb an der halb geöffneten Wohnungstür stehen, hörte die schnellen Schritte des Zehnjährigen im Treppenhaus und überlegte, was denn nun schon wieder los sei. Gerade mal eine Stunde hatte sie Ruhe gehabt und sich endlich die Wäsche vorgenommen. Ob Marcus so dringend aufs Klo musste? Sie seufzte. Aber als ihr Sohn mit nasser Hose und hochrotem Kopf vor ihr stand und kein verständliches Wort herausbrachte, sie seine weit aufgerissenen Augen sah, merkte sie, dass irgendetwas nicht stimmte. Was war nur los?

»Wo ist Paul?«

Marcus' Gesicht verzog sich, und er begann haltlos zu schluchzen. »Im Park ... Ein Loch ... Paul ist da drin.«

Erster Tag
Sonntag

Der kleine Park war weiträumig abgesperrt, die schmale Wohnstraße von den großen Einsatzfahrzeugen der Feuerwehr blockiert, Streifenwagen parkten mit rotierenden Blaulichtern an den Zufahrten. Es hatte fast eine Stunde gedauert, bis der große Bagger die beschauliche Anlage erreicht hatte, noch länger, um ihn vorsichtig an den Hügel heran zu manövrieren. Der schmiedeeiserne alte Zaun, die Begrenzung des Parks, war auf breiter Front aufgrund des Noteinsatzes einfach platt gewalzt, die Parkwege, ein Teil der Rasenflächen und Blumeneinfassungen von den schweren Fahrzeugen zerfahren und aufgewühlt worden.

Hinter der Absperrung standen der kleine Marcus und seine Mutter, sie hatten nicht näher an den Parkhügel gedurft. Marcus umklammerte zitternd seine Mutter; sie sahen, wie Pauls Mutter als einzige zivile Person so nah wie möglich bei ihrem Sohn war, mit ihm sprach, immer wieder unterbrochen von der Arbeit der Einsatzkräfte, die ein stabiles Stahlrohr in das Loch vorgetrieben hatten, um ein weiteres Abrutschen von Geröll und Erde in die einzige Verbindung des Jungen zur Außenwelt zu verhindern. Durch das Rohr hatten sie dem Zehnjährigen eine Taschenlampe hinuntergelassen. Paul hatte voller Angst, aber all seinen Mut zusammennehmend festgestellt, dass seitlich hinter ihm eine Lücke zwischen zwei großen Betonbruchstücken war, in die er sich so gut es ging zurückgezogen hatte, als der Bagger begann, Teile des Hügels vorsichtig abzutragen.

Dann aber überschlugen sich die Ereignisse. Während sich der Junge rücklings in den breiten Spalt zwischen den Betonblöcken schob –

sein Oberkörper schaute noch heraus – gab der Boden unter ihm nach, und mit einem Schrei rutschte er ab und fiel gut zwei Meter tief in einen Hohlraum. Seine Mutter schrie auf und rang die Hände, sie konnte sich kaum beruhigen. Kurz hörten sie und der Polizeipsychologe den Jungen noch aus der Tiefe schreien und dann … nichts mehr. Ihre panischen Rufe blieben ohne jede Antwort.

Paul war mit einem ganzen Schwung Erdklumpen und Geröll schmerzhaft auf den Boden des Hohlraums aufgeschlagen. Der Zehnjährige stand sichtlich unter Schock, zum Glück hatte er die Taschenlampe in seiner Hand krampfhaft umklammert, und sie funktionierte noch. Stöhnend setzte er sich auf und registrierte, dass er in einem spärlich beleuchteten, großen Raum lag, den brennende Fackeln an den Wänden in ein flackernd rauchendes Licht tauchten. Paul war viel zu überrascht, um seine Angst zu spüren. Ungläubig blickte er sich um. Dieser Raum, die Fackeln erinnerten ihn an ein Bild aus einem Fantasy-Comic. Oder war es ein Film gewesen? Er stand auf, zuckte kurz zusammen, als er den Schmerz in seinem linken Arm und seinen aufgeschlagenen Knien spürte. Zwischen den Fackeln hingen dunkle Masken. Die Luft war stickig verbraucht und stank. Paul hielt sich die Hand vor den Mund und humpelte zu einer der Fackeln herüber. Als er näher herantrat, schwirrte ein Schwarm Insekten von der daneben hängenden Maske auf. Das Ding – es bewegte sich! Paul sah auf einen teilweise freigelegten Schädel, die Stirn und Teile der Wangen, soweit man sie noch erkennen konnte, waren mit einem dunkelbraunen, undefinierbaren Material bedeckt, und was sich bewegte, waren Heerscharen fetter Maden, die die Oberfläche des Schädels in eine Art fließendes Wogen versetzte. Paul stockte, sein Herzschlag setzte für einen Moment aus. Dann erst begann er zu schreien.

Manchmal sehnte sich Hauptkommissar Ralf Ziether nach einem Job mit geregelten Arbeitszeiten. Gerne hätte er heute, am Sonntagabend, in seinem kleinen Lieblingsrestaurant in einer der Seitenstraßen unweit der S-Bahn-Station Savignyplatz draußen gesessen und, wie die Masse der Normalarbeitnehmer, den ersten lauen Sommerabend nach den für die Jahreszeit unerträglich intensiven Regenmassen der letzten Tage genossen und einfach nur den vorbeieilenden Passanten nachgeschaut. Das Singledasein bedrückte ihn, wenn er zwangsläufig all die Pärchen beobachtete, die die Bistros und Restaurants bevölkerten; aber nachdem Sabine sich von ihm getrennt hatte, verspürte er wenig Lust, sich erneut auf jemanden einzulassen. Gerne hätte er sie wiedergesehen, aber die Konfrontation mit einem brutalen, maskierten Gewalttäter in seinen eigenen vier Wänden hatte sie bis heute nicht verwinden können, das stand wie ein Menetekel, für Sabine scheinbar unüberwindbar, zwischen ihnen. Also hatte Ralf sich wieder in die Arbeit gestürzt, sich zugleich das tägliche Feierabendbier, das schnell zu zwei, drei weiteren Gläsern führte, verboten, sah stattdessen den Menschen zu, die in den Cafés und Restaurants an den Nachbartischen saßen oder auf den Bürgersteigen vorbeiliefen. Sein abendlicher Zeitvertreib bestand darin, sich Lebensgeschichten dieser Fremden auszudenken, wo sie herkamen und hinstrebten, was sie im Innersten um- und antrieb und zu Hause wohl erwarten würde.

Heute Abend aber wurde aus diesem Vorhaben nichts. Er hatte gerade erst im Außenbereich des italienischen Restaurants einen Platz ergattert, hinter sich eine schnatternde Touristengruppe und neben sich ein mittelaltes Pärchen, das sich im schönsten Berliner Dialekt um die Erziehung der wohl halbwüchsigen gemeinsamen Tochter stritt, als das Handy in seiner Hosentasche vernehmlich vibrierte. Er nahm das Gespräch an, runzelte missmutig die Stirn, erhob sich, zeigte Mario, dem Wirt, ein entschuldigendes Schulterzucken und machte sich auf den Weg.

Rund um die Absperrung des kleinen Parks hatten sich bereits einige Schaulustige eingefunden, hinter den Fenstern der umliegenden Mietshäuser standen die Bewohner, manche sogar mit einem Glas oder Teller in der Hand, nahmen dort ihren abendlichen Imbiss ein, um ja nichts zu verpassen. Diese Realityshow von Feuerwehr- und Polizeieinsatzkräften versprach interessanter zu werden als jedes TV-Programm.

Ziether drängte sich durch die Menge der Gaffer, ihm entgegen kam eine Frau, die einen in eine goldene Schutzfolie gehüllten Jungen mit sich führte – begleitet vom Notarzt – die aus dem Park wohl in den angrenzenden Kiez strebten. Eine Fernsehkamera des RBB filmte die drei, einige der Gaffer hatten ihre Handys gezückt, andere applaudierten, offenbar war es dieser Junge, der aus dem Erdloch gerettet worden war. Vermutlich würde die Menge sich nun zerstreuen, während die Sicherungs- und Aufräumarbeiten an dem abgesperrten und zum Teil abgetragenen Hügel weitergingen. Von dem grausigen Fund in der Kaverne unter dem Hügel wussten die Umstehenden jedenfalls noch nichts.

Der Einsatzleiter der Feuerwehr wies Ziether ein. »Durch die starken Regenfälle der letzten Wochen ist alles aufgeweicht. Das Wasser sucht sich seinen Weg, und wenn sich unter der obersten Erdschicht Hohlräume auftun … Dem Kataster nach besteht der Hügel in seiner Basis aus einem zusammengeschobenen Schuttberg nach 1945. Dass sich darunter ein alter Betonbunker befindet, war gar nicht verzeichnet. Warum auch immer. Ganz Berlin ist ja unterhöhlt mit nicht zu Ende gebauten U-Bahnlinien aus den dreißiger Jahren, Bunkeranlagen und so weiter. Also, der Junge ist da einfach in den Hohlraum gerutscht und dann durch einen vom Regenwasser aufgeweichten breiten Spalt zwischen zwei Betonquadern in den alten Schutzraum darunter gestürzt. Zum Glück hat er sich fast nichts getan bis auf ein paar Abschürfungen. Aber was er dann da gesehen hat! Das war selbst für den Kollegen, der ihn da herausgeholt hat, zu viel.«

Ziether ließ sich ein Geschirr anlegen und glitt mit einem Stahlseil an einer Winde in den Untergrund hinab. Zwischen den Betonquadern konnte er sich mithilfe seiner Hände ganz gut durchquetschen, danach tat sich der große Hohlraum auf. Sofort schlug ihm dieser muffig feuchte, vom Rauch durchsetzte Verwesungsgestank entgegen. Das Scheinwerferlicht über ihm konnte er nicht mehr sehen, stattdessen nur das diffuse Flackern der blakenden Fackeln. Unten angekommen, nahm er erst den hallenartigen Charakter des wohl vierzig Quadratmeter großen Raumes war. An den vier Ecken, wo die Wände zusammenliefen, wurde das Gelass mit rostigen, massiven Eisenträgern abgestützt, zwischen denen Querträger verliefen, die in die Betondecke eingepasst waren.

Ein Bunker, dachte Ziether, *ein alter Schutzraum aus dem Krieg.* Vier Fackeln an den Seitenwänden, dazwischen je ein halb verwester Schädel. Gruselig! Was für ein Horrorszenario! Der Hauptkommissar presste den weißen Mundschutz, den man ihm gegeben hatte, enger an sein Gesicht, machte Fotos und suchte, immer noch mit dem Stahlseil gesichert, die Wände ab. Er betastete die rauen, kalten Eisenstützen. Aber da war kein sichtbarer Zugang. Aber irgendwo musste es doch eine Tür, einen Durchlass geben. Wie sonst waren die Fackeln entzündet und die Köpfe herein- und an den Wänden angebracht worden? Schließlich verließ er nur zu gern diesen unheimlichen Raum, der ihn, je länger er sich hier aufhielt, umso mehr auf den Magen schlug, ließ sich wieder nach oben ziehen und war froh, als er wieder an der Oberfläche angekommen war.

Sein erster Blick fiel auf seine Kollegin Britt Bredehorst und auf Piet Wieczorek vom kriminaltechnischen Dienst. Als er sich den Mundschutz herunterriss, sprach sein Gesichtsausdruck Bände.

»So schlimm?«, fragte Britt.

Ziether nickte nur, holte tief Luft – endlich atmen! – und zeigte ihr die Handyfotos.

Piet hatte sichtlich schlechte Laune, als eine seiner Mitarbeiterinnen – ein schmales Hemd mit einer Helmkamera bestückt – in den Untergrund heruntergelassen wurde, gefolgt von einem zweiten, ebenso schmächtigen Kollegen. Allein wollte dort unten niemand

Spuren sichern und Fotos machen. Außerdem mussten die Totenschädel von den Wänden genommen und in Plastikbeuteln nach oben
geschafft werden. Er selbst wäre nur zu gern in die Höhle hinabgestiegen, war aber einfach zu dick, um durch den schmalen Spalt
zu passen, was ihn immer noch erheblich wurmte, als er den
Kollegen über sein Notebook, das mit der Helmkamera der jungen
Kollegin verbunden war, Anweisungen gab, wie und wo sie den
Raum zu filmen hatten, während er selbst sich nur auf dem
Bildschirm im Untergrund umsehen konnte.

Schande!
Verrat!
Der Hagere ballte die Fäuste vor Wut.
Frigga, die Schicksalsgöttin, hatte ihn verraten.

Aber warum? Hatte er nicht all ihre Anweisungen genau erfüllt,
jedes Ritual befolgt, jede Regel eingehalten? Wie lange hatte er gesucht, um endlich den richtigen Ort zu finden, ihn mühsam herge-
richtet, so wie es ihm aufgetragen war?!
   Nur langsam beruhigte er sich. Dass sie seinen Ort entdeckt, ent-
weiht, die Schädel der zwei verdammten Hurensöhne entfernt hatten,
was wollte Frigga ihm damit sagen? Eine Botschaft. Es war eine Botschaft. So musste es sein! Er setzte sich, entzündete das trockene
Holz, die kleinen Stückchen Birkenrinde zuerst, dann, als sie glom-
men, legte er größere Stücke hinzu, blies in die kleine Glut, dass sie
rotglühend aufleuchtete. Als das erste rauchige Flämmchen auf-
loderte, nahm er eine Handvoll getrocknete graue Blätter aus dem
Lederbeutel, streute sie darüber und atmete mit geschlossenen
Augen, den Körper vor- und zurückschwingend, den heiligen Rauch
ein. Er fiel in Trance, seine Pupillen drehten sich nach oben, dass man
in seinen halbgeöffneten Augen nur noch das Weiße sah, und los-

gelöst von seinem Willen griff seine Hand in die andere Tasche des Beutels und warf die Runensteine neben dem Feuer auf den Boden. Als er erwachte, musterte er die Steine und las ihre Botschaft. Frigga. SIE hatte entschieden, dass die Welt wissen sollte, dass er nun da war – nein, dass SIE wieder da war, um Gericht zu halten.

Ein neuer Ort, er musste einen neuen Ort finden und IHR Werk zu Ende bringen. Er reckte die Arme in die Dunkelheit über sich und dankte IHR.

Piets Mitarbeiterin Karen, einsfünfundsechzig groß und schlank, und ihr hochgewachsener, reichlich magerer Kollege, dessen sämtliche Energie sich wie bei einem vorwitzigen Blütenstängel einzig in die Höhe gerichtet zu haben schien, hatten die Totenschädel in Tüten verpackt und wirklich einen versteckten Zugang neben einem der senkrechten Metallträger gefunden, einen schmalen Durchlass, der fast nahtlos in die Wand eingepasst war und an der rostigen Metallstrebe aufgehebelt werden konnte. Hinter der Geheimtür öffnete sich ein dunkler, ziegelgemauerter Gang; ausgetretene Stufen führten hinab in die undurchdringliche Schwärze, ins Nirgendwo. Der Gang war niedrig, schmal und eng, also ließ sich Karen, gesichert mit einem Bauchgurt und bewaffnet mit ihrer hellen Stablampe und der Helmkamera, von ihrem Kollegen abseilen.

Mit sichtlicher Nervosität verfolgten Bredehorst, Ziether und Wieczorek am Monitor ihren Abstieg, der kein Ende zu nehmen schien. Schließlich straffte sich das Seil, achtzig Meter, weiter reichte es nicht. Sie hörten ihre Kollegin über Funk sagen: »Ich kopple mich jetzt ab.« Und sahen im selben Moment, als Piet »Nein, nein!« rief, nur ihre schmale Frauenhand im Fokus der Helmkamera aus dem Dunkel hervorgehoben, die den Karabinerhaken löste. Das Seil erschlaffte, und der schwankende Lichtkegel wanderte weiter und erhellte für wenige Meter die mit Ziegeln und Mörtel gemauerte Decke und den Weg vor ihr. Dann verloren sich sämtliche Begrenzungen.

»Ich bin jetzt unten!«, schnarrte es kaum verständlich aus dem Funkgerät. »Hier ist ein großer Raum ... aber Boden ... unsicher.«

Der Lichtkegel der Lampe wanderte unruhig hin und her, dann ein Verwackeln, Störgeräusche durchmischt mit Karens unverständlicher Stimme. Das Licht verlosch. Der Bildschirm blieb schwarz.

Piet fluchte laut, fast hätte er das Notebook auf den Boden geknallt. Der Einsatzleiter der Feuerwehr, der ihnen über die Schulter zugesehen hatte, stellte sofort ein Rettungsteam aus zwei Mann zusammen, die mit ausreichend Seil und Steigwerkzeug in den Untergrund hinabgelassen werden sollten. Ziether knetete nervös seine Hände. Irgendwie dauerte ihm das alles zu lange. Der erste der beiden Männer, mit Helm, Bauchgurt und Seilsicherung, wurde jetzt abgeseilt.

Zwei verweste Totenschädel in einer Art unterirdischer Kulthalle, ein versteckter Zugang, der weiter hinab ins Nirgendwo zu führen schien. Hätten sie nicht davon ausgehen müssen, dass dieser Raum doch irgendwie gesichert sein musste? Was war da unten los?

»Ich muss da runter!« Ziether starrte den Einsatzleiter der Feuerwehr mit einem Blick an, dass dieser direkt einen Schritt zurückwich.

»Da sind schon zwei Ihrer Kollegen auf eigenes Risiko hinabgestiegen, und eine ist unter Missachtung sämtlicher Sicherungsmaßnahmen verloren gegangen, jedenfalls ohne Kontakt zu uns.«

»Ich muss da runter!«

Sofort, nachdem der Feuerwehrmann in dem hallenartigen Erdbunker bei dem verbliebenen Mann vom KD angekommen war, folgte ihm Ziether, und beide ließen sich sofort in den schmalen Gang weiter nach unten abseilen.

Es konnte Ralf Ziether gar nicht schnell genug gehen; kaum nahm er die verbrauchte, stinkende, jetzt vom Verlöschen der Fackeln zusätzlich noch rauchgeschwängerte Luft im Erdbunker wahr, der jetzt im schmalen Lichtkegel seiner Stablampe noch unheimlicher wirkte, nickte dem Kollegen vom KD zu, der den weiteren Abstieg überwachen sollte und folgte dem Seil des Feuerwehrmannes, ließ sich durch den schmalen Durchlass hinab, sich mit einer Hand an dessen Seil entlang tastend, in der anderen die Stablampe, deren Lichtkegel ihm voraus über Decke und Wände schwankte, seine Füße rutschten über die alten Steinstufen, er musste sich zwingen, langsamer abzusteigen. Von der Kollegin vom KD war immer noch nichts zu hören, aber jetzt meldete der Kollege von unten: »Bin am Boden angekommen. Aber hier ist keine Spur von der Beamtin.«

Endlich unten angekommen, wäre er fast in den Mann hineingestürzt. Hier war die Luft besser, ein leichter Luftzug war zu spüren, gemeinsam leuchteten sie die Umgebung ab. Sie standen auf dem Betonboden einer weiten Halle, deren Begrenzungen sie mit dem Lichtkegel ihrer Lampen nicht erfassen konnten. Aber von Ziethers Kollegin fehlte jede Spur!

Der Feuerwehrmann stieß den Hauptkommissar an. »Hier! An der Seite.«

Gemeinsam richteten sie ihre Lampen nach links. Dort erhob sich ein etwa ein Meter hoher Absatz.

»Eine U-Bahn-Station«, mutmaßte Ziether.

»Das denke ich auch. Aber die Linie wurde wohl nie in Betrieb genommen.«

»Scheinwerfer. Wir brauchen Scheinwerfer!«, forderte Ziether über Funk an. *Aber bis an der Oberfläche entsprechend Kabel abgerollt und zwei starke Halogenstrahler an Drahtseilen gesichert und erst mal bis in den Erdbunker hinabgelassen werden, dauert das doch alles viel zu lange!*

Die beiden Männer suchten mit ihren Taschenlampen den Boden nach Spuren und irgendwelchen Auffälligkeiten ab, doch abgesehen von ihren eigenen Fußabdrücken im Staub auf dem grauen Beton schien hier seit Ewigkeiten niemand mehr gewesen zu sein. Diese beschissene Dunkelheit! Sie machte Ziether zunehmend zu schaffen.

Endlich waren die beiden großen Halos da! Durch sein Funkgerät hörte er die schnarrend verzerrte Stimme von Piet Wieczorek, der, gezwungen all das auf dem Notebook zu verfolgen, zusehends ungehalten reagierte. Was immer auch da unten geschehen war, er war lange genug bei der Polizei, um zu wissen, dass jede Sekunde, die scheinbar nutzlos verrann, die Chance verringerte, seine Mitarbeiterin unbeschadet aus welcher misslichen Lage auch immer, in die sie geraten sein musste, zu befreien.

Ralf Ziether und der Feuerwehrmann aktivierten die Halos. Die plötzlich aufflammende Helligkeit ließ ihre Augen schmerzen, obwohl sie diese vorsorglich zugekniffen hatten. Das grelle Weißlicht machte sie fast skiblind! Sie richteten die schweren Gestelle aus, eins in die Längsrichtung des Tunnels, eins direkt auf den Zugang, durch den sie gekommen waren. Der Tunnel schien endlos groß zu sein. Selbst mit den Halogenscheinwerfern konnten sie seine Begrenzungen nicht erfassen. Der Zugang, durch den sie hier herunter gehastet waren, schien direkt aus der hinteren Wandseite, vor der die U-Bahn-Schienen hätten einmal verlaufen sollen – etwa in der Mitte der Station –, herausgebrochen zu sein. Ein grob ummauertes, etwa mannshohes Loch mit Ziegelstufen, die nach oben in den früheren Schutzraum führten. Gegenüber konnten sie jetzt deutlich den mindestens fünfzig Meter langen Absatz des Bahnsteigs erkennen. Irgendwo mussten ja Zu- oder Aufgänge sein, die aber blieben im Dunkeln verborgen. Sie konzentrierten ihre Suche jetzt auf das nähere Umfeld. Die Kollegin vom KD war den steilen Aufgang hinuntergekommen und ungesichert, aber immer noch mit ihrer Stablampe bewaffnet, hier, wo sie jetzt selbst standen, in den Tunnel getreten. Kurz darauf war der Funkkontakt abgebrochen. Aber wo um alles in der Welt war sie abgeblieben?

Die beiden Männer bewegten sich langsam vorwärts, leuchteten intensiv den Boden ab. Da war doch nichts, oder?

Da! Der Feuerwehrmann stieß Ziether in die Seite. Vor ihnen zeichneten sich im Staub auf dem Betonboden zwei schnurgerade Linien ab, direkt auf der geplanten U-Bahn-Trasse. Spuren eines Fahrzeugs. Ein Karren? Aber es gab keine Fußabdrücke. Wie alt mochte die Spur wohl sein? Unmöglich, das festzustellen. Aber wenn die Abdrücke frisch waren, dann musste ein selbstfahrendes Fahrzeug hier vorbeigekommen sein und hatte ... die Beamtin mit sich genommen? Und das alles ohne einen Laut, ohne einen einzigen Aufschrei?

Die beiden Männer waren stehengeblieben. Ziether versuchte, sich zu erinnern. Die schlechte Funkverbindung. Viele Störgeräusche. Und dann? Andere Geräusche. Nicht einzuordnen. Warum nicht? Ein Faustschlag, ein ausgeschaltetes oder zerstörtes Funkgerät? Und dann der Abtransport? Aber in welche Richtung war das Fahrzeug gefahren? Wohin führte die Spur? Sie mussten sich entscheiden. Jetzt.

Ziether gab ihre Beobachtungen durch. Bredehorst meldete sich, verzerrt, aber doch halbwegs zu verstehen. »Ralf, kannst du mich hören?«

Er drückte die Antworttaste. »Ja. Geht so.«

»Ihr seid in einem Tunnel, in einer vor dem Ersten Weltkrieg geplanten und nur teilweise fertig gestellten U-Bahnlinie gelandet, die nie in Betrieb gegangen ist. Es ist ein toter Tunnel unter der Stadt. Wenn ihr in östlicher Richtung geht, gelangt ihr nach vier, fünf Kilometern in einen Sacktunnel. Da geht es nicht mehr weiter. Aber dort gibt es einen Zugang von außen. Ich schicke sofort ein paar Leute da runter. Habt ihr irgendwas gefunden?«

Ziether berichtete von den Reifenspuren und meinte: »Wir folgen den Spuren in östlicher Richtung und machen uns sofort auf den Weg. Wenn wir was finden, melden wir uns.«

»Was? Kannst du das noch mal wiederholen?« Die Verbindung war wirklich miserabel.

»Ich ... hier und am Zielpunkt Leute ... runter ...«, meldete sich Piet Wieczorek zu Wort. »Haltet mir ... Spur ... sauber.«

Ziether presste das Ohr ans Funkgerät, als ob er so seine Kollegen besser verstehen könnte. Es rauschte und knackte, dann war die

Verbindung tot. Ob seine Kollegin ihn noch verstanden hatte? Na ja, sie würde zumindest an dem genannten Zugang einen Trupp Leute nach unten schicken.

Ralf Ziether hatte ein ganz schlechtes Gefühl. Diese Kulthalle mit den beiden Totenschädeln, eine verschwundene Kollegin und diese Fahrspur in einer ungenutzten U-Bahn-Station tief unter der Erde. Irgendjemand war hier unten, der Menschen tötete und deren Überreste auf grausame Weise zur Schau stellte. Irgendjemand, der sich hier auskannte und vor nichts zurückschreckte. Vielleicht wartete er dort im Verborgenen schon auf sie ... irgendwo da vorne in dem nachtschwarzen Tunnelgang. Gleich würden sie aus dem erleuchteten Sektor herausgetreten sein und waren nur noch auf ihre Stablampen angewiesen. Das war nicht gut. Gar nicht gut.

Geführt allein vom Schein ihrer Taschenlampen folgten die beiden Männer den Reifenspuren, leuchteten dabei immer wieder auch die Seitenwände ab. Die Tunnelröhre war weiß Gott nicht klein, und gerade das verstärkte dieses schwer fassbare Gefühl einer dunklen Bedrohung. Überall konnte jemand lauern und sich ohne Vorwarnung auf sie stürzen. Mit den hellen Austrittspunkten ihrer beiden Lichtkegel wurden sie ja auf Hunderte Meter Entfernung markiert, unübersehbar, wie zwei hell illuminierte Zielscheiben.

Im Tunnel war immer noch dieser leichte Luftzug zu spüren. Aber Ralf Ziethers Kreislauf hatte längst auf höchste Anspannung umgeschaltet, was ihn ins Schwitzen brachte. Hinzu kam die trotz des leichten Luftzugs schlechte Luft. Nur langsam kamen sie vorwärts, der Funkkontakt nach oben war endgültig abgebrochen. Jetzt, hier unten, wohl zehn oder mehr Meter unter der Großstadt, waren sie ganz allein auf sich gestellt.

Der Hauptkommissar hatte keine Ahnung, wie weit sie schon gekommen waren und wie lange sie sich schon vorgearbeitet hatten, als kurz etwas im schwankenden Lichtkegel seiner Taschenlampe an der rechten Tunnelwand auftauchte, das nicht hierherzugehören schien und ihn veranlasste, stehen zu bleiben. Er klopfte dem vor ihm gehenden Feuerwehrkollegen auf die Schulter, der abrupt stoppte, und fokussierte seine Lampe erneut auf die ungewöhnliche Stelle. Dort! Da war etwas. Ohne lange zu überlegen, folgte er seinem Instinkt und ging auf die Stelle zu. Seine Wahrnehmung hatte ihn nicht getäuscht. Da lag etwas. Jemand. Es war die junge Beamtin. Bewusstlos, mit Klebeband gefesselt und den Mund überklebt. Er beugte sich zu ihr hinab und fühlte den Pulsschlag an ihrem Hals. Gott sei Dank! Sie lebte.

Ziether löste ihre Fesseln und tastete sie ab. Bis auf eine blutfeuchte Kopfverletzung, die der Feuerwehrmann notdürftig mit einem Mullverband aus seinem Safety Pack verband, schien sie weitgehend unverletzt. Aber mit der bewusstlosen Frau war an ein weiteres Fortkommen nicht zu denken. Also setzten sie sich an die Tunnelwand, die junge Kollegin zwischen sich, leuchteten die nähere Umgebung in beiden Richtungen aus und warteten. Gemeinsam rauchten sie die zwei letzten Zigaretten des Feuerwehrmannes und hingen, jeder für sich, ihren Gedanken nach.

Nach einer gefühlten Ewigkeit, die Zigarettenstummel waren längst verglüht, tauchten am Ende des Tunnels kleine, hin und her wackelnde Lichtkegel auf. Der Suchtrupp, der am nächstgelegenen Einlass in den Tunnel eingestiegen war. Endlich!

Die Gruppe bestand aus fünf Polizisten und zwei Sanitätern, zum Glück führten sie auch eine Trage mit sich. Die Untersuchung der bewusstlosen Kollegin noch vor Ort ergab, dass sie mit einem harten Gegenstand niedergeschlagen worden war. Die Platzwunde am Hinterkopf wurde sofort geklammert, und man verabreichte Karen Bäker, als sie stöhnend zu sich kam, ein starkes Beruhigungsmittel. Eine Gehirnerschütterung war anzunehmen, und der schaukelnde Transport durch den dunklen Tunnel war der Verletzten, vor allem im Wachzustand, alles andere als zuträglich. Mit der Trage, abwechselnd von zwei Mann getragen, trat der ganze Trupp den Rückweg an. Ziether war froh, dass sie sich nun mit Verstärkung auf den Weg durch den unheimlichen Tunnel machen konnten. Trotzdem wurde er die ganze Zeit über das Gefühl nicht los, aus der Dunkelheit beobachtet zu werden.

Nach einem gefühlt kilometerlangen Marsch erreichten sie den Ausstieg an der U-Bahn-Station Kleistpark, der nur über einen gesperrten Verbindungsweg erreichbar und dessen Austrittspunkt mit einer schweren Stahltür verschlossen war. Als der erste der Beamten die aufgesteckte Klinke hinabdrückte und die Tür öffnete, ließ der helle Lichtschein Ziether die Augen zukneifen. Geblendet stolperte er vorwärts, nur von dem einen Gedanken beseelt, die Dunkelheit des vermaledeiten Tunnels so schnell wie möglich hinter sich zu lassen. Oben in einem mit Sichtschutzplanen polizeilich abgesperrten Bereich der U-Bahn-Station erwarteten sie neben weiteren Polizeibeamten und zwei Mitarbeitern der BVG, die den Zugang zum Verbindungsweg geöffnet hatten, Piet Wieczorek und Britt Bredehorst, die glücklich waren, die junge Kollegin zwar verletzt, aber sonst weitgehend unversehrt wiederzusehen. Während sich der Notarzt um die junge Beamtin kümmerte, beugte Piet Wieczorek sich über die Trage und strich Bäker das lockige Haar aus der Stirn.

»Ralf! Hier! Sieh mal!«, meinte er und stieß Ziether an, der – nachdem er sich den Inhalt einer halben Wasserflasche in Gesicht und Haare geschüttet und den Rest wie ein Verdurstender in wenigen Zügen geleert hatte – gerade begonnen hatte, Britt von den Erlebnissen im Tunnel zu berichten.

Die beiden Hauptkommissare beugten sich nun ebenfalls über die Verletzte. Da! Eindeutig. Unter den vorwitzigen Locken konnten sie deutlich ein breites, schwarzes Kreuz erkennen.

Ziether musste schlucken. Derjenige, der Bäker niedergeschlagen und in den Tunnel transportiert hatte, hatte sie auch noch gekennzeichnet, markiert wie ein Stück Vieh …

Wieczorek machte ein paar Fotos; dann schabte er mit behandschuhten Händen mit einem Spatel vorsichtig über das Kreuz und streifte die krümelige Masse in einem Plastiktütchen ab. »Kohle. Das ist Kohle, würde ich sagen.«

Ralf Ziether fühlte sich müde und ausgelaugt, als er sich endlich auf den Heimweg machen konnte. Wenigstens war Karen Bäker wieder aufgetaucht, aber mit den Ermittlungen standen sie noch ganz am Anfang. Er war nur zwei Stationen mit der U-Bahn gefahren, eingequetscht zwischen müden Pendlern, Hausfrauen und einer Horde lärmender Jugendlicher, die sich über die Köpfe der Erwachsenen hinweg lautstark über das Fußballtraining und ihren offenbar völlig unfähigen Trainer austauschten. Der Hauptkommissar und die übrigen Waggoninsassen empfanden es geradezu als Wohltat, als die Kids sich schließlich über ihre Handys beugten, fast lautlos rumdaddelten oder irgendwelche Videoclips anschauten, alle mit den obligatorischen weißen Stöpseln in den Ohren. Er war froh, als er sich, bevor die am Bahnsteig in Dreierreihen Wartenden in den vollen Waggon drängten, durch die Menschenmenge einen Weg gebahnt und die Station verlassen hatte, um das restliche Wegstück zu Fuß zurückzulegen. Den Kopf freikriegen, sich bewegen, danach stand ihm der Sinn. In Gedanken suchte er nach einer sinnvollen Alternative, um den Zeitpunkt hinauszuzögern, wenn er sich wieder in seiner Wohnhöhle verkroch. Letzteres war keine besonders reizvolle Aussicht – zum Italiener oder Chinesen? Da war es jetzt brechend voll, und sich als Einzelner auf einen womöglich freien Platz an einem der vollbesetzten Tische zu setzen, eingekeilt zwischen lauten Touristengruppen und eloquenten Pärchen, die bei einem Glas Wein und Antipasti ihre glückliche Zweisamkeit zelebrierten: Nein danke! Das kam überhaupt nicht infrage. Murat, der Türke an der Ecke. Da zwar um diese Zeit auch viel los, aber das meiste wurde aus dem Fenster nach draußen verkauft; drinnen an einem der Tische zu sitzen und einen Dönerteller zu verputzen, der Gedanke gefiel ihm.

Murat Mustafi hatte mehrere Dönerläden, vornehmlich in Mitte, aber auch im Wedding. Die Schnellimbisse liefen gut, und eine Zeit lang hatte Murat sich aus dem Thekendienst zurückgezogen und nur noch um die Buchhaltung, Bestellungen bei Lieferanten und den Papierkram gekümmert. Aber nach einem Dreivierteljahr hatte seine Frau, unterstützt von einer Buchhalterin, den Job übernommen. Murat war der perfekte Dönermann. Er liebte es, hinter dem Tresen zu stehen, Essen zuzubereiten und mit den Leuten, die in seinen Imbiss kamen, ein paar Worte zu wechseln. Das war sein Leben, er konnte nicht anders. Der Bürojob hatte ihn fast krank gemacht, und so stand er nun wieder jeden Tag in seinem Imbiss, *Döner-Eins*, der erste Laden, den er vor zehn Jahren aufgemacht hatte.

Ralf Ziether war hier Stammgast. Nicht jeden Tag, aber einmal die Woche kam er bestimmt her, manchmal auch nur auf einen Tee und einen kurzen Schwatz. Murat wusste, dass Ziether bei der Kripo war, das hatte er einmal aufgeschnappt, als der Hauptkommissar auf seinem Handy einen offiziellen Anruf entgegennahm und – mit der heißen Teetasse in der Hand – nicht schnell genug hatte nach draußen gehen können. Mustafi hatte ihm anerkennend zugenickt, aber nie auch nur ein Wörtchen darüber verloren, welch großen Respekt ihm Ziethers Arbeit abnötigte.

Heute, kaum dass er seine Bestellung aufgegeben hatte, war alles anders. Mustafi hatte ihn so komisch angesehen, einen seiner Angestellten hinter dem Tresen allein weiterarbeiten lassen und den Hauptkommissar direkt angesprochen, ihn in den kleinen Sozialraum hinter dem Tresen gebeten. Dort hatte der Türke seine Hände umständlich an einem Küchentuch abgewischt und aus dem Samowar zwei kleine Gläser Tee eingegossen und Ziether, der ihn mit einem überraschten Gesichtsausdruck gefolgt war, erst nach einigem Zögern angesprochen. »Sie sind doch Polizist, nicht wahr?«

Ziether nickte.

»Es fällt mir schwer, aber … ich muss darüber sprechen.«

Ziether wartete, doch Murat Mustafi nahm erst etwas Zucker, verrührte diesen zunächst in seinem Teeglas und nahm einen Schluck. »Ich ... wir ... meine Familie, wir werden bedroht.«

Ziether sah Mustafi unverwandt an, während er einen Schluck heißen Tees zu sich nahm.

»Vor ein paar Wochen wurden nachts die Scheiben meines Imbiss' im Wedding eingeworfen, und an der Tür stand am Morgen, als meine Mitarbeiter den Laden öffnen wollten: *Scheiß-Türke.* Letzte Woche haben Unbekannte nachts hier auf die Eingangstür ein Hakenkreuz gesprüht. Und vorgestern ...« Mustafi unterbrach seine Rede, es fiel ihm sichtlich schwer, weiterzusprechen. »Vorgestern hat jemand bei mir zu Hause einen dicken Umschlag in unseren Briefkasten gesteckt, voller Scheiße. Ich habe natürlich die Polizei verständigt, aber die kommt da nicht weiter. Heute Morgen war hier dieser Zettel unter der Tür durchgeschoben.« Mustafi zog ein Papier aus einer der Schubladen des alten Küchenschranks.

Verpiss dich Türke, las Ziether und sah den daneben gezeichneten Galgen.

Mustafi sah ihn an. »Ich verstehe das nicht, ich bin seit zwanzig Jahren in Berlin. Meine Familie und ich, wir sind doch Berliner.«

Ziether hatte Mustafi zugesagt, beim zuständigen Polizeirevier nachzufragen. Den Drohbrief hatte er in einer kleinen Plastiktüte mitgenommen und würde ihn morgen Piet Wieczorek zur Begutachtung geben. Viel Hoffnung machte er sich nicht, wer konnte schon sagen, durch wie viele Hände das Blatt gegangen war, aber wer weiß ...

Er ließ sich den Dönerteller einpacken, denn auf einmal hatte er keinen Hunger mehr. Auf dem Weg nach Hause spürte er eine unbestimmte Wut auf die scheinbar wachsende Zahl derer, die mit dumpfen Stammtischparolen die öffentliche Auseinandersetzung zu beherrschen schienen. Menschen, die sich im Leben als zurückgesetzt und irgendwie zu kurz gekommen empfanden, die von einer Islamisierung Deutschlands schwadronierten, Verschwörungserzähler, die der Kanzlerin unterstellten, mit der Grenzöffnung 2015 eine sogenannte *Umvolkung* Deutschlands bewusst forciert zu haben. Ein rechtsnationaler Parteichef nannte die kaum vorstellbaren Naziverbrechen einen »Vogelschiss« in der deutschen Geschichte, während seine Parteifreunde zugleich gebetsmühlenartig fremdenfeindliche und antisemitische Ressentiments verbreiteten und die Vergiftung des gesellschaftlichen Klimas weiter vorantrieben. Wenn dann die Öffentlichkeit sich darüber empörte und mutige Demokraten sich diesen Leuten entgegenstellten, gerierten die sich als unschuldige Opfer einer Rufmordkampagne. Andere sahen sich als Einzelkämpfer gegen ein demokratisches Staatswesen, das sie als nicht existent ablehnten, so als habe das Deutsche Reich nie aufgehört zu existieren. Sie stilisierten sich zu Widerstandskämpfern hoch, während sie selbst gerne von der umfassenden sozialen Absicherung des verhassten Systems profitierten. All diese Hasstiraden und gezielten Provokationen richteten sich an eine nicht greifbare, amorphe Masse, darunter viele junge Menschen, die all diesen braunen Dreck gierig aufsogen und längst angefangen hatten, als fremd stigmatisierte Menschen zu verprügeln, sie zu schikanieren, sich auf tumben Pegida-Demonstrationen die eigenen Vorurteile bestätigen zu lassen und andere Meinungen, ja sogar nachweisbare Fakten als Lügen zu verunglimpfen. Das braune Gift war äußerst wirksam, führte zu durchgeknallten Einzeltätern, die sich im Internet zu unkontrollierbaren menschlichen Zeitbomben radikalisierten, und brachte skrupellose Terroristen hervor, die in den Untergrund gingen und deren schreckliche Mordtaten die Öffentlichkeit schockierten.

Für jemanden wie Ralf Ziether, der sich von Berufs wegen tagtäglich mit den gewalttätigen Auswüchsen in dieser Gesellschaft befassen musste, lag der Zusammenhang zwischen den Worten derer, die am lautesten das Maul aufrissen und sich als Opfer von Überfremdung und als Retter des Abendlandes zugleich aufspielten, und den Taten derjenigen, die Hass und Gewalt in schlimme Verbrechen an anderen

Menschen münden ließen, auf der Hand. Was die einen predigten, setzten die anderen um. Murat Mustafi war das beste Beispiel dafür. Er war als *Gastarbeiter* mit nichts hierhergekommen, hatte sich hochgearbeitet, sich schließlich selbstständig gemacht, war erfolgreicher Imbissbudenbetreiber, zahlte Steuern und Sozialabgaben, seine Kinder waren … nein, nicht integriert … sie waren hier geboren oder von klein auf hier aufgewachsen, Berliner Kids, Deutsche. Und ihm warf man vor, ein Fremder zu sein, der das Sozialsystem ausnutzte, nicht integriert war, verschwinden sollte in ein Land, das ihm fremd geworden und seinen Kindern keine Heimat war. Was für eine Verkehrung der Realitäten.

Zweiter Tag
Montag

Ralf Ziether quälte sich durch den morgendlichen Berufsverkehr quer durch die Stadt bis nach Moabit. Piet Wieczorek staunte nicht schlecht, als der Hauptkommissar gegen halb neun bei ihm auftauchte.

»Hallo Ralf. Wenn du glaubst, ich hätte von den wenigen Spuren, die wir gestern sichern konnten, schon ...«

»Nein Piet, deshalb bin ich nicht hier. Kannst du dir das mal ansehen? Vielleicht sind da noch irgendwelche verwertbaren Spuren drauf.« Er reichte Piet die Plastiktüte mit dem Drohbrief und erläuterte ihm die Hintergründe.

»Mmh«, brummte der Leiter des KD. »Dafür sind ja eigentlich die Kollegen in Mitte zuständig, aber gut, ich schau es mir mal an.«

»Danke, Piet.«

Im Büro rief Ziether in der Polizeidirektion 5 in der Kreuzberger Friesenstraße an, ließ sich den Namen des zuständigen Beamten geben und erfuhr von ihm, dass zu den verschiedenen Vorkommnissen zu Murat Mustafi derzeit die Hintergründe und das Umfeld der Mustafis sowie in deren Wohnung ermittelt wurde, aber noch keine Erkenntnisse vorlagen, die irgendwie weiterführten. Auf die Frage des Beamten, was denn die Mordkommission damit zu tun habe, erklärte Ziether, dass er den Besitzer der drei Schnellrestaurants persönlich kenne und einen handgeschriebenen Drohbrief, den Mustafi ihm gestern überreicht hatte, beim KD abgegeben habe. Nun ja, der Beamte war nicht sonderlich erfreut über Ziethers Einmischung, zeigte sich aber nach genauerer Erläuterung der Umstände versöhnlich und würde sich persönlich bei Piet Wieczorek melden und, wenn die Ermittlungen zu Ergebnissen führten, Ziether davon in Kenntnis setzen.

Die weiteren Durchsuchungen im Bereich der unterirdischen Bahnstation und des Tunnels, durch den die Radspuren verliefen, hatten herzlich wenig ergeben. Mitten im Tunnel auf einem gut ein Kilometer langen Sektor – die Fußabdrücke des Suchtrupps hatten die Radspuren vorher bereits zum Teil überdeckt und verwischt – war der Boden mit einer unregelmäßigen Schotterschicht bedeckt, wohl für die damals geplanten Bahnschienen. Hier verlor sich die Spur. Auch in der Gegenrichtung hinter der Bahnstation endete sie unvermittelt auf freier Strecke. Erschwerend kam hinzu, dass der Tunnel in einem großen Streckenbereich in zwei voneinander unabhängigen Betonröhren verlief, zwischen denen Nothaltebuchten und alle einhundert Meter Durchbrüche geschaffen worden waren. Auch in dem alten Erdbunker unter dem Schuttberg fanden sich keine verwertbaren Fingerabdrücke, und Karen Bäkers Erinnerungsvermögen war, nachdem sie wieder zu Bewusstsein gekommen war, arg in Mitleidenschaft gezogen. Sie konnte sich lediglich an ein Licht erinnern, das urplötzlich neben ihr aufgetaucht war, dann der harte Kopfschmerz, der sie in die Knie gehen ließ, und dann nur noch Dunkelheit, bis sie im Tunnel wieder zu sich gekommen war und in die Gesichter der beiden Sanitäter geblickt hatte.

Dr. Schmalberg hatte die angewesten Schädel eingehend untersucht. Die Toten, zu denen sie gehörten, waren männlichen Geschlechts und mussten zwischen 35 und 45 Jahren alt gewesen sein; ihre Köpfe waren mit einer scharfen Klinge abgetrennt, sämtliche Knochen und Sehnen offenbar mit großer Wucht durchschlagen worden. Als Tatwerkzeug kam ein schmaler, geschmiedeter Gegenstand, vermutlich eine Art Schwert oder geschmiedete Eisenstange mit breiter Klinge in Frage. Aber der Todeszeitpunkt war nicht mehr festzustellen. Die gammeligen Fleischreste ließen zwar auf etwa zwei bis drei Wochen schließen, aber die Köpfe waren über einen nicht näher zu bestimmenden Zeitraum eingefroren gewesen, in einer Tiefkühlkammer oder Truhe. Von den Körpern der beiden Toten fehlte bislang jede Spur. Auch lagen im Raum Berlin-Brandenburg keine Vermisstenmeldungen vor, die sich den beiden Totenschädeln zuordnen ließen.

Das Kreuz auf der Stirn Karen Bäkers, dessen Bedeutung sie sich nicht erklären konnten, war ihr mit einem breiten Kohlestift so fest aufgedrückt worden, dass selbst nach Entfernung der Kohle das Kreuzsymbol als roter Abdruck noch tagelang zu erkennen war.

Die Radspuren im Tunnel stammten von einem eher leichten Fahrzeug, das offenbar nicht gezogen oder geschoben worden war, sondern eigenständig fahren konnte. Aufgrund der schmalen Reifen und der geringen Abdrucktiefe vielleicht ein leichtes Elektrofahrzeug. Irgendeine Typenbezeichnung gab es dazu aber nicht. Es passte einfach nichts wirklich zusammen.

Britt Bredehorst hatte einen zähen Tag hinter sich, viel zu lang hatte sie in ihrem überhitzten Büro gesessen und war noch einmal alles durchgegangen – ohne Ergebnis, wie sie sich frustriert eingestehen musste. Mit Hochdruck hatten ihr Kollege und sie versucht, im Fall der beiden Totenschädel weiterzukommen. Ohne Erfolg. Und wer hatte Karen Bäker, die junge Kollegin vom KD, niedergeschlagen und trieb unter der Stadt sein Unwesen? All ihre Bemühungen – Suchtrupps hatten jeden nur erdenklichen Winkel entlang der Trasse der nie vollendeten U-Bahn-Linie abgesucht – waren vergeblich gewesen. Mittlerweile war die weitere Suche eingestellt worden.

Es war schlichtweg zum Kotzen. Was war da los im Berliner Untergrund, der sich wie ein durchlöcherter Schweizer Käse unter der Hauptstadt ausnahm?

Auch jetzt, hier zu Hause auf ihrem Balkon, ließen sie die Gedanken an die Arbeit nicht los. Und auch hier war die Hitze immer noch schier unerträglich. Seit Wochen schon hatte ein anhaltendes Sommerhoch die Stadt aufgeheizt, Straßen und Häuser speicherten die Tageshitze in den Wohnungen bis zum Unerträglichen, und eine Abkühlung war nicht in Sicht. Ob es ihrem Kollegen Ralf Ziether wohl besser erging? Der nahm, ausgerechnet jetzt, an einem Seminar des Bundeskriminalamtes in Bremerhaven an der Nordseeküste teil. Müde hatte er ausgesehen, als er am Vormittag noch kurz im Büro vorbeigeschaut hatte, bevor er losgefahren war. Der Termin war nicht zu verschieben gewesen. Man sah es nicht gern bei den Kollegen des BKA, wenn fest angemeldete Lehrgangsteilnehmer kurzfristig wieder absagten, also war Ziether, wenn auch widerstrebend, in Richtung Nordsee losgefahren. Dort war es angeblich nicht so heiß wie in Berlin, und ein steter lauer Wind, der vom Meer auf die Küste traf, sorgte für Abkühlung.

Sie seufzte. Noch gut zwei Wochen. Dann würde sie endlich mit ihrem Sohn in den verdienten Sommerurlaub fahren. Nikki. Jetzt war er schon vierzehn. Lange würde es nicht mehr dauern, bis er seine eigenen Wege ginge. Vielleicht war dies schon der letzte große gemeinsame Urlaub. Wo steckte er überhaupt? Er hatte ihr eine WhatsApp Nachricht geschickt – *Bin noch mit ein paar Kumpels unterwegs* –, mit dem gemeinsamen Abendessen würde es wohl nichts.

Der schmale Körper auf der engen Pritsche lag wie regungslos da, nur der Atem ging ruhig und regelmäßig, der halbwüchsige Junge hatte die Augen fest geschlossen. Der Mann neben dem alten Metallbett hatte die Videofunktion des Smartphones aktiviert und richtete die Kamera auf den Schlafenden. Er drückte auf das WhatsApp-Symbol, suchte den Empfängernamen, tippte auf der Tastatur herum und schickte den Film ab.

Britt hatte es sich auf ihrem kleinen Balkon bequem gemacht, sich umgezogen, eine Karaffe eiskaltes Wasser mit Ingwer und frischen Zitronenmelisseblättern *on the Rocks* auf den kleinen Tisch gestellt und hing ihren Gedanken nach. Ihr Handy klingelte. Sie angelte danach. Nikki. Er hatte ihr eine Nachricht geschickt.

Das Lächeln auf ihren Lippen erstarrte, als sie das Video startete. Da lag ein Junge und schlief, ihr Junge. Der Text unter dem Video war kein Scherz, da war sie sich sicher. Beim Lesen stockte ihr der Atem und sie hatte das Gefühl, ihr Herzschlag würde aussetzen.

Noch schläft Ihr Sohn nur. Das Gift, das ich ihm verabreicht habe, wirkt langsam. Wenn Sie ihn unversehrt wiedersehen wollen, folgen Sie genau meinen Anweisungen. Sie haben genau eine Stunde Zeit, mir Informationen über die fragliche Person zu übermitteln und rechtzeitig bei Ihrem Sohn einzutreffen, um ihm das Gegenmittel zu injizieren. Wenn Sie Ihren Kollegen informieren, sehen Sie Nikki nicht lebend wieder.

Der Berliner Kammergerichtspräsident Reinhard van Warften hatte sich in seiner langjährigen Laufbahn vom Richter am Amtsgericht bis zu seiner heutigen Position den Ruf eines harten, aber gerechten Richters erarbeitet. In Gerichtskreisen wurde er hinter vorgehaltener Hand nur *van Knasten* genannt, denn er hielt nichts von Bewährungsstrafen für Straftäter; gerade jene, die durch Mehrfachverurteilungen für ihre kleinkriminellen Handlungen immer wieder vor Gericht erscheinen mussten. Und deren Strafverteidiger hatten, wenn er als Richter über ihre Mandanten zu urteilen hatte, keinen leichten Stand. Insbesondere Drogenkriminalität schien dabei eines der Lieblingsthemen van Warftens zu sein; jemand, der mit einer Menge Cannabis, die die Tagesdosis von ein, zwei Gramm überschritt, von der Polizei gestellt worden war, konnte vor diesem Richter nicht auf eine Bewährungsstrafe hoffen. Gegen Drogen wie Kokain und Crack, Opiate, aber auch Aufputschmittel und jegliche Art von Designerdrogen hegte der Richter eine geradezu persönliche Abscheu. In regelmäßiger Abfolge verfügte er harte Strafen, und so hatten die Staatsanwälte leichtes Spiel. Die Verteidiger aber trieb der Richter jedes Mal schier zur Verzweiflung. Wurden schon die kleinen Dealer von van Warften regelmäßig zu Haftstrafen verknackt, so lag sein besonderes Augenmerk auf der Beschaffungskriminalität der Drogensüchtigen. Taschendiebstahl, Handtaschenraub und kleine Einbrüche wurden von ihm regelmäßig mit Höchststrafen bis an die Grenze des vom Gesetz vorgegeben Strafrahmens geahndet. Hier auf richterliche Milde zu hoffen, war aussichtslos.

Über das Privatleben des Richters wusste man selbst in Gerichtskreisen so gut wie nichts. Da er nicht verheiratet war und keine Familie hatte, machten Gerüchte über eine angebliche Homosexualität die Runde. Aber eben nur Gerüchte. Genaues wusste niemand zu sagen. Da er außer eines Richterstammtisches, der sich vierwöchentlich in der Gerichtsklause in Mitte traf, nicht einmal innerhalb der Juristenkreise private Kontakte pflegte, drangen auch keine greifbaren Informationen nach außen. Man wusste nur, dass der Richter weit mehr Zeit als seine vielfach auch über ein normales Maß eingespannten Kollegen bei Gericht zubrachte, sich dem Aktenstudium widmete und besonders knifflige Fälle auch zu Hause weiter zu bearbeiten pflegte. Ein Arbeitstier eben, der offensichtlich über kein ausgeprägtes Privatleben verfügte. Was ihn aber dazu antrieb, jegliche Drogenvergehen, insbesondere die kleinkriminellen Verfehlungen Drogensüchtiger mit dieser harten Unbarmherzigkeit zu verfolgen, darüber konnte man nur spekulieren.

Es war ein langer Tag gewesen, wieder einmal. Van Warften war früh, eigentlich schon kurz nachdem die Reinigungskräfte ihre Arbeit beendet hatten, im Büro aufgetaucht, hatte sich den ganzen Tag in seine Akten vergraben, verschiedene Termine wahrgenommen und war erst spät in seine Altberliner Wohnung in Mitte zurückgekehrt.

Schon im Flur hatte er Mantel und Tasche von sich geworfen und war, ohne das Licht anzumachen, durch die Küche auf den kleinen Balkon getreten. Im diffusen Dämmerlicht der Straßenbeleuchtung hörte er das Rauschen des Straßenverkehrs von unten heraufschallen, setzte sich in den alten Gartenstuhl, sodass er nur noch hoch über der Brüstung des Balkons den von den Lichtern der Stadt erhellten, sternenklaren Berliner Himmel sehen konnte, und stellte sich vor, irgendwo am Nordseestrand zu sitzen, statt des Straßenlärms das Meeresrauschen zu hören und frische Luft zu atmen anstelle der durch die Hochdruckwetterlage wie in eine Glocke zusammenge-pressten verpesteten Berliner Luft. Nachdenklich fiel sein Blick auf die schwere Sandsteinskulptur. Jetzt, im Halbdunkel, hatte die Mimik des Löwenkopfes der geflügelten Sphinx einen veränderten Ausdruck angenommen. Den Augenhöhlen, beschattet vom diffusen Dämmer-licht, haftete ein dämonischer, fast lebensechter Ausdruck an, die Reißzähne des Fabelwesens schienen im halbgeöffneten Schlund hervorzutreten, so als würde ein dunkles Grollen aus der Tiefe des steinernen Körpers hinaufsteigen und jeden Moment heißen bösen Atem ausstoßen. Das Wappenschild zwischen den krallenbewehrten Vorderpfoten war nur noch zu erahnen, auf der rechten Seite war von einem begabten Steinmetz ein kunstvoll detailverliebter Schlüssel herausgearbeitet worden, linkerhand zierten drei einfach gestaltete, gebogene Wellensymbole das Wappen der van Warftens. Er schloss die Augen, holte tief Luft und versuchte, abzuschalten.

Britt Bredehorst hastete durch die Straßen. Der Schweiß lief ihr in Strömen an Brust und Rücken herunter, ihre Haare waren klatschnass. Sie hielt ihr Handy in der Hand und folgte den Anweisungen des Unbekannten. Sie hatte weder einen Blick für die Passanten, die ihr entgegenkamen, ihr ausweichen mussten und verwundert der Frau nachsahen, die bei dieser Affenhitze durch die heißen Straßenschluchten in Berlin-Mitte hetzte, noch für all die anderen Menschen, die sie im abendlichen Gedränge überholte. Da war nur dieser eine Gedanke: Nikki! Ihr Nikki!

Britt spürte den kühlen Luftzug kaum, den die U-Bahnen aus den Tunneln und Schächten des Berliner Untergrunds in ihre Station mitbrachten. Jetzt, wo der feierabendliche Pendlerverkehr vorbei war, waren die U-Bahnen nicht mehr so gedrängt voll, aber die Luft in den Waggons selbst war verbraucht, und die Wärme der Menschen stockte in den engen Wagen. Sie musste mehrere Stationen weit fahren, dann umsteigen, bis sie das U-Bahn-Tunnelsystem verlassen konnte und zu Fuß weiter hastete. Die ganze Zeit über hielt sie ihr Smartphone krampfhaft mit der Rechten fest. Auf der Straße folgte sie der vorgegebenen Strecke und suchte das große Holztor im Innenhof des nur mit einer GPS-Markierung bezeichneten Hauses in der Großgörschenstraße unweit des Kleistparks. Hier, am Rande der Schöneberger »Roten Insel«, wo die Sonne von den hohen Wänden der umstehenden Gebäude abgehalten wurde, war es ein wenig kühler, obwohl die Hauswände die gespeicherte Hitze des Tages nun an die Umgebung abgaben. Britt durchschritt den Torweg, durchquerte den Innenhof, suchte den angegebenen Kellereingang und holte noch einmal tief Luft, bevor sie die alte Holztür aufzog und in die Dunkelheit eintauchte.

Bis hierhin war Britt Bredehorst den Anweisungen des Unbekannten gefolgt, aber in ihrem Kopf überschlugen sich die Gedanken. Sollte sie nicht doch in ihrer Dienststelle irgendeine Nachricht hinterlassen? Was sie tat, war doch völlig unprofessionell. So verhielt sich jemand, der von Polizeiarbeit keine Ahnung hatte, aber nicht sie, eine diensterfahrene Hauptkommissarin! Doch die Angst, die Angst um ihren Sohn lähmte sie.

Bevor die Tür hinter ihr ins Schloss fiel, leitete sie das Video und den Plan, den der Unbekannte ihr geschickt hatte, an ihren Kollegen weiter, eine spontane Handlung, die ihre Finger wie von selbst auszuführen schienen. Dann aber stand sie allein in dem dunklen Gang.

In der kühlen, leicht modrigen Stille des dunklen Kellers hörte sie nur ihren hektischen Atem und spürte das aufgeregte Klopfen ihres Herzens bis hinauf in den Hals. Sie drückte auf den Lichtschalter, woraufhin in der Mitte des Ganges eine einsam an einem Kabel herabhängende Glühbirne ihr schwaches Licht verstrahlte, folgte dem schmalen Korridor bis zur letzten Tür links, einer Stahltür, die nur angelehnt war, zog sie auf und trat ein.

Da lag er, auf einem Metallbett an der Wand unter einer dünnen Decke – Nikki. Er hatte die Augen geschlossen. Sie stürzte auf ihn zu, während hinter ihr die Tür ins Schloss fiel, fühlte den langsamen, ruhigen Pulsschlag an seinem Hals, er atmete, schlief, aber seine Stirn, sie war eiskalt. Neben ihm auf dem Boden lag eine Spritze, zu gut zwei Millilitern gefüllt mit einer glasklaren Flüssigkeit. Britt atmete heftig aus, versuchte sich zu beruhigen. Sie blickte auf ihre Armbanduhr: zehn Minuten. Noch zehn Minuten, wenn der Unbekannte ihr die Wahrheit geschrieben hatte. Aber was war, wenn ihr Sohn nur schlief und sie ihm nun selbst ein tödliches Gift injizierte? Was war in der Spritze?

Sie drängte ihre panischen Gedanken zurück und schüttelte ihren Sohn, schlug ihn auf die Wangen, erst sanft, dann heftiger. Aber er rührte sich nicht. Plötzlich begann er im Schlaf zu husten. Sein ganzer Körper bäumte sich auf. Aber er wurde nicht wach, seine Lider öffneten sich ein wenig, aber sie sah nur das Weiße in seinen Augen. Wieder der Blick zur Uhr: noch sieben Minuten. Schweiß tropfte ihr von der vorwitzigen Lockensträhne ins Gesicht. Sie musste eine Entscheidung treffen. Nikki schien es zusehends schlechter zu gehen, kalter Schweiß stand in seinem blutleeren Gesicht. Immer noch bewusstlos, wälzte er sich auf dem Gitterbett hin und her.

Entschlossen ergriff Britt die Spritze, sandte innerlich ein Stoßgebet zum Himmel, und stach zu. Langsam senkte sich der Kolben, etwas Blut trat aus der kleinen Wunde aus, ein schmales Rinnsal, sie hatte ja nichts, um den Arm abzubinden. Blut. Nikkis Blut! Sie drückte den Kolben weiter herunter und begann haltlos zu schluchzen.

Tränen vermischten sich mit ihrem Schweiß. Sie war doch seine Mutter! Und er war ihr Sohn, ihr einziger Schatz, ihr Leben! Sie würde alles für ihn tun. Und wenn sie ihn nun selbst umbrachte? Sie unterdrückte den Verzweiflungsschrei, der aus ihrer Brust nach oben drang.

Dann, nach einer Weile, kehrte Leben ins Gesicht ihres Sohnes zurück. Die Anspannung der letzten Stunde fiel von ihr ab. Völlig erschöpft saß Britt auf dem Bettrand, streichelte ihren Sohn, wischte eine letzte verstohlene Träne aus ihrem Gesicht. Nikki. Er atmete ruhig, seine Wangen hatten wieder etwas Farbe bekommen, seine Stirn war nicht mehr eiskalt. Dass sie das hatte tun müssen! Wer immer sie in diese Situation gebracht, ihr das angetan hatte – das Schlimmste, was man einer Mutter antun konnte, mit dem Leben ihres Kindes spielen zu müssen –, sie würde diesen Menschen finden und dafür Rache nehmen!

Ihr Blick fiel auf die grau lackierte Stahltür. Keine Klinke, kein Knauf. Sie stand auf, ging die drei Schritte zur Tür, stellte fest, dass sie nicht zu öffnen war, und aktivierte ihr Handy: *kein Netz*. Sie öffnete die Telefon-App, tippte auf Ralf Ziethers Nummer: *Verbindungsaufbau nicht möglich*. Sie sank zurück auf das Bett. Jetzt waren sie beide hier gefangen.

Dritter Tag
Dienstag

Hauptkommissar Ralf Ziether räkelte sich zufrieden in seinem Hotelbett. Die helle Morgensonne hatte ihn geweckt, jetzt stand er auf, öffnete die Balkontür, trat hinaus und genoss den weiten Blick aufs Meer. Eigentlich war das ja noch gar nicht die Nordsee, aber die breite Wesermündung ging hier unmittelbar ins Meer über, dessen Wellen der Wind vom diffusen Blaugrau am Horizont aus die Flussmündung hochtrieb. Ganz entspannt reckte er sich, bevor er unter die Dusche sprang, um sich dann in den Frühstücksraum zu begeben. Die Nordsee, der Wind, die Schulung im Kreis der fremden Kollegen aus dem gesamten Bundesgebiet, all das hatte seinen Kopf freigemacht, frei von der drückenden Hitze in Berlin, dem aktuellen Fall, der erst entführten und dann bewusstlos wieder aufgefundenen Kollegin, all das hatte er hinter sich gelassen.

Das Fachseminar zum Thema *Elektronische Vernetzung polizeilicher Ermittlungserkenntnisse* war durchaus interessant, heute aber stand eine Exkursion zur Wasserschutzpolizei im Hafen mit anschließender Weserfahrt auf einem Polizeiboot an. Den Nachmittag hatte er dann zur freien Verfügung.

Was für ein angenehm erfrischender Morgen, dachte Ziether, als er nach einer längeren Rundfahrt wieder in Bremerhaven von Bord gegangen war. Der Berliner Hauptkommissar hatte sich bei strahlendem Sonnenschein den auflandigen Wind um die Nase wehen lassen, mit vielen Kollegen aus anderen Bundesländern gesprochen und die Bootsfahrt auf der Weser sichtlich genossen. Besonders beeindruckt hatte ihn der Valentinsbunker, ein vierhundert Meter langer Betonklotz, den die Nazis in Bremen-Farge direkt am Weserufer hatten errichten lassen, um von hier neu produzierte und reparierte Kampf-U-Boote unter der Wasseroberfläche direkt in die Weser einzuschleusen.

Sklavenarbeiter aus den Nazi-KZs hatten hier unter unmenschlichen Bedingungen geschuftet, eine bis heute unbekannte Zahl der KZ-Insassen war dabei ums Leben gekommen. Das auf gruselige Weise beeindruckende Bauwerk würde wohl auch die nächsten Jahrhunderte überstehen, da es nicht gesprengt werden konnte. Der gigantische Bunkerbau hatte lange Jahre als Marinestützpunkt gedient – ein Umstand, der bei Ralf Ziether aufgrund der Vergangenheit des unförmigen Betonquaders nur Kopfschütteln hervorrief. Erst vor fünf Jahren war er zu einer Gedenkstätte umgewidmet worden.

Am Nachmittag setzte Ralf Ziether mit einer der Fähren ins niedersächsische Nordenham über, trank am Weserufer seinen obligatorischen Kaffee, schlenderte durch die immer noch industriell geprägte Kleinstadt und gelangte so zum Stadtmuseum. Heute war Museumssonntag und der Eintritt war frei. Nicht dass ihn das Museum zur Geschichte der Stadt Nordenham und des Landstrichs Butjadingen besonders fasziniert hätte, aber in einem der Räume hing an der Wand ein drei mal zwei Meter großes Fresko, das aus einem Butjenter Bauernhof vor dem Verfall gerettet und restauriert worden war und nun hier ausgestellt wurde. Das Bild zeigte im historisierenden Stil des 19. Jahrhunderts eine Hinrichtungsszene auf dem Bremer Marktplatz, bei der zwei Männer, sogenannte freie Friesen, die sich gegen Bremen erhoben hatten, geköpft wurden. Auf dem Bild war die Szene festgehalten, als einer der beiden Häuptlingssöhne den abgeschlagenen Kopf seines Bruders in Händen hielt und küsste. Der Legende nach hatte sich dies anlässlich der Hinrichtung der beiden aufständischen Rüstringer Friesen so zugetragen. Zwei zum Tode verurteilte Delinquenten, der Scharfrichter mit dem langen Beidhänder, einer schweren, scharfen Waffe, die mit der Kraft beider

Arme geführt werden musste ... Sofort waren die Bilder wieder da. Die gammeligen Totenschädel im Fackelschein, der Erdbunker ... Und dann, der Abstieg in den Untergrund und die erfolglose Suche. Ziether wandte sich ab. Als er das Museum wieder verließ, war dieses Bild das einzige, das ihn nicht mehr losließ und nachhaltig beschäftigte.

Nachdem Hauptkommissar Ralf Ziether im Tagungshotel mit den Kollegen aus ganz Deutschland zu Abend gegessen hatte, verzichtete er darauf, noch die Hotel-Lounge aufzusuchen. Morgen würde er Bremerhaven verlassen, wieder zurückfahren nach Berlin. Ihn hatte eine innere Unruhe erfasst, für die er keine Erklärung fand. Ziether ging auf sein Zimmer, genoss noch einmal den Ausblick auf die Wesermündung, über die der Wind grauweiße Wattewolken vor sich hertrieb; ganz in der Ferne sah er ein Containerschiff, das am Horizont wie gemalt in einer geraden Linie vorbeizog. Er holte sein Handy aus der Nachttischschublade und schaltete es an. Eine Nachricht von Britt, gestern Abend schon an ihn geschickt. Neugierig klickte er auf das Symbol. Es war eine Nachricht, aber abgesendet ohne Kommentar, er sah das Video, den darunter stehenden Text und dann den Stadtplanausschnitt, und ihm wurde ganz heiß. Ohne weiter zu überlegen, warf er seine Sachen in den Koffer, gab an der Rezeption den Zimmerschlüssel ab, ließ ausrichten, dass er aus dienstlichen Gründen dringend zurück nach Berlin musste und hastete zu seinem Wagen. Gerade mal auf der Autobahn, rief er in der Berliner Polizeizentrale an und erfuhr, dass seine Kollegin keine weitere Nachricht hinterlassen hatte. Ziether trat aufs Gas.

Alles würde sich fügen. Früher als gedacht. Die Runensteine hatten es vorhergesagt. Frigga, die Frau Odins und Göttermutter, würde ihn leiten

*und Urd, Naranda und Skuld, die Schicksalsgöttinnen, ihm den Weg
weisen, um die Herrschaft des alten Glaubens wieder aufzurichten.*

Ziether brauchte weniger als viereinhalb Stunden zurück nach Berlin. Er hatte noch nicht einmal seine Sachen ausgepackt, nur schnell
in ihrem gemeinsamen Büro nachgesehen – das Gebäude war bis auf
die Telefonzentrale, in der die Nachtschicht ihren Dienst versah, völlig
verwaist gewesen –, aber seine schwache Hoffnung, Britt könnte ihm
vielleicht eine Nachricht hinterlassen haben, einen Zettel mit einer
Notiz, irgendwas, hatte sich nicht bestätigt. Ihr Handy war offenbar
ausgeschaltet, bei ihr zuhause ging auch niemand ans Telefon, und
ihre Nachbarin, Frau Müller, die er noch vorm Zubettgehen erwischt
hatte, konnte ihm auch keinen Hinweis geben, wo Britt und ihr
Sohn abgeblieben waren.

Mit einem denkbar schlechten Gefühl parkte er nur eine halbe
Stunde später am Willmanndamm, wo er einen der seltenen freien
Stellplätze hatte ergattern können und hastete in die Großgörschenstraße, stand schließlich vor dem Durchgang zum Innenhof, der zum
Glück nicht verschlossen war, und erreichte den markierten Eingang. Auch hier war die Tür unverschlossen, er trat ein, betätigte
den Lichtschalter, eine einsame Glühbirne tauchte den unbelebten
Flur in einen gelblichen Schein. Dann stand er vor der Stahltür,
drückte die Klinke hinunter und betrat den kleinen, fensterlosen,
wohl drei mal vier Meter großen, völlig leeren Raum.

Leer, bis auf das verlassene Gitterbett an der gegenüberliegenden
Wand.

»Piet! Das musst du dir ansehen!«

Ziethers Anruf hatte Piet Wieczorek aus dem ersten Tiefschlaf gerissen. Dessen Frau hatte nur kurz ein brummelndes Geräusch von sich gegeben und sich von ihm weg zu anderen Seite umgedreht.

Es dauerte eine gute Dreiviertelstunde, bis Piet mit zwei seiner Kollegen und ihrem Einsatzwagen in der Großgörschentraße angekommen war und den Wagen in der zweiten Reihe geparkt verließen. Die Kollegen des zuständigen Reviers würden die Einsatzstelle absichern und standen zur weiteren Unterstützung zur Verfügung. Wieczorek rückte mit seinen Leuten in den Innenhof vor und durch den Kellergang. Die Stahltür auf der linken Seite am Ende des Ganges stand, von Ralf Ziethers auf der Schwelle liegenden Jacke blockiert, ein Stück weit offen. Die drei Männer traten ein und sahen sich erstaunt um. Der Raum war leer, vom Hauptkommissar keine Spur. In dem fensterlosen Kellerraum stand nur ein leeres Gitterbett. Piet trat näher heran, es stand nicht ganz gerade, oder? Der Boden! Unter dem Bett an der Vorderseite schaute etwas aus dem Boden heraus: ein Stück Stoff.

Gemeinsam wuchteten sie das Bettgestell hoch. Darunter war eine Bodenklappe verborgen, durch die ihr Kollege verschwunden sein musste, der wohl nicht länger hatte warten wollen. Bevor die Klappe ganz zugefallen war, hatte er sein Halstuch eingeklemmt, sodass den Männern vom KD ihr Vorhandensein überhaupt erst aufgefallen war. Wieczorek aktivierte sein Handy, um die Kollegen der Streife zu informieren. Kein Netz.

»Das gibt's doch gar nicht!« Der Raum musste irgendwie hermetisch abgeschlossen sein. Er blickte zu Tür und sah, dass einer seiner Mitarbeiter Ziethers Jacke in der Hand hielt. Die Stahltür. Sie war geräuschlos zugefallen. Innen befand sich kein Knauf. Nichts.

Wieczorek fluchte laut auf.

Unter der Bodenklappe führte eine steile Metallwendeltreppe nach unten, immer weiter hinab in die schwarze Dunkelheit. Ziether hatte die Taschenlampenfunktion seines Handys aktiviert, aber deren heller Lichtschein reichte bei weitem nicht aus, um das Ende der Treppe auch nur erahnen zu können. Aber hatte er eine Alternative? Wenn Britt ihren Sohn in dem fensterlosen Raum angetroffen hatte und die Stahltür hinter ihr ins Schloss gefallen war, dann war dies der einzige Ausweg gewesen. Wieder hinunter, wieder in den Berliner Untergrund. Nur wie hatte sie die Bodenklappe gefunden? Er selbst hatte erst durch das Anheben des Bettgestells erkannt, was sich darunter befand; die Luke öffnete sich nur durch das nicht gerade leichte Hochkippen des Metallbettes und schloss sich mit dem Absenken des Betts sofort wieder. Ziether hatte ein mulmiges Gefühl, sich so allein und ohne Unterstützung ins Dunkel, auf ihm unbekanntes Terrain vorzuwagen, aber in seinem Inneren waren, was seine Kollegin betraf, längst sämtliche Alarmglocken aktiviert. Er hatte das unbestimmte Gefühl, dass ihm die Zeit weglief, was ihn zur Eile antrieb, und zugleich musste er sich auf das Spiel eines unberechenbaren Gegners einlassen, der vor nichts zurückzuschrecken schien, ein Spiel, dessen Regeln er nicht kannte.

Zu Britts großem Glück war Nikki aufgewacht, nachdem sie ihn mehrmals heftig geschüttelt hatte. Halbwach hatte er, als sie ihn überglücklich in ihren Armen hielt, aufgeregt gestikulierend gestammelt: »Das Bett! Du musst das Bett hochheben.«

»Was?«, hatte sie gefragt, während ihr die Tränen übers Gesicht liefen. »Was meinst du?«

»Es gibt nur einen Weg.« Nikki hatte seine Faust geöffnet und ihr den Zettel gegeben. Die Anweisungen darauf waren eindeutig. Das gebräunte Papier, das sich wie Karton, aber faserig und irgendwie uneben anfühlte, war in einer merkwürdig alt anmutenden Schrift beschrieben: *Wenn der Junge überleben soll, befolge die Anweisungen! Folge dem Gang in die Kavernen!* Sie sah ihren Sohn fragend an, der herzhaft gähnte. »Woher hast du das?«

»Der Mann mit der Kapuze, Mama. Es … es war schrecklich!« Plötzlich brach Nikki in Tränen aus. »Wir … Wir müssen hier weg. Schnell!«

Wieczorek hatte Paul Börger, einen seiner Mitarbeiter, mit hinunter genommen auf den Abstieg. Ralf Ziether zu folgen, das schien ihm im Moment am sinnvollsten zu sein. Rainer Wüst, den dritten Mann, hatte er zurückgelassen. Der sollte laut Klopfzeichen geben, wenn die uniformierten Kollegen im Gang draußen zu hören waren. Irgendwann würden die sich ja nach ihnen auf die Suche machen.

Börger und er waren nach fünfundzwanzig Stufen endlich am Ende der Wendeltreppe angekommen und hatten sich in einem mit Ziegelsteinen ausgemauerten, halbrunden Gewölbegang wiedergefunden. Hier konnten sie kaum aufrecht stehen, und der weitere Verlauf war in der sie umgebenden Dunkelheit auch mit den Stablampen, die sie bei sich trugen, kaum abzuschätzen. Mit einem Mal hörten sie, wie über ihnen die Klappe geöffnet wurde. Nur ein paar Sekunden lang leuchtete ein Lichtviereck oberhalb der Treppe auf, das sogleich mit dem lauten Knall der zuschlagenden Luke wieder verschwand, dafür hörten sie jetzt, wie jemand eilig die Metallstiege hinabhastete. Es war Rainer Wüst, der am Ende der Treppe fast in seine Kollegen hineinrannte und hechelte: »Gas! Durch ein Loch in der Decke strömte Gas in den Raum!«

Eine Bodenklappe! Man musste nur das Gitterbett hochstemmen, das mit zwei seiner Metallbeine am Boden angenietet war, und dann öffnete sie sich. Eine andere Möglichkeit, den Raum zu verlassen, gab es nicht. Das stark einschläfernde Mittel, das der Unbekannte Nikki eingeflößt hatte, hatte seine Wirkung weitgehend verloren, und wenn sie dem Redeschwall ihres Sohnes Glauben schenken durfte, dann blieb ihnen nicht viel Zeit, um hier herauszukommen. Und dazu gab es nur diesen einen Weg.

Mit Nikki im Schlepptau hatte sich Britt die enge Wendeltreppe hinunterbewegt. Die Klappe über ihnen hatte sich sofort wieder geschlossen, und sie wagte es nicht, die Taschenlampenfunktion ihres Handys zu aktivieren. Ihr unbekannter Gegner war nicht zu unterschätzen. Sie musste mit ihren Kräften und Ressourcen haushalten! Aber warum das alles? Hatte sie dem Fremden per E-Mail doch all die geforderten Informationen geliefert. Warum jetzt dieses Theater mit dem Weg in den Untergrund? Was hatte er vor? Es schien offensichtlich, Nikkis Entführer würde sie wohl nicht so einfach gehen lassen. Das wurde ihr mit einem Mal erschreckend klar, während sie sich durch den dunklen Tunnelgang vorwärtsbewegten.

Es war stockfinster, und Britt rechnete jeden Moment mit einem überraschenden Angriff oder einer neuen, perfiden Falle. Der Schweiß lief ihr den Rücken hinunter vor Anstrengung und unterdrückter Angst; zugleich versuchte sie, Nikki zu beruhigen, der im engen Körperkontakt direkt hinter ihr vorwärtsschlich.

Endlich, nach einer gefühlten Ewigkeit – sie hätte nicht sagen können, wie viele Meter sie wirklich hinter sich gebracht hatten – machte der enge Gang eine Biegung, und ganz in der Ferne war ein schwacher Lichtschein zu sehen, der die Schwärze wenigstens ein bisschen durchbrach. Ging es dort etwa nach draußen?

»Licht, Nikki! Da vorne ist Licht!« Sie hielt an und drehte sich so weit zur Seite, dass ihr Sohn an ihr vorbei nach vorn blicken konnte. »Bald haben wir es geschafft. Kannst du noch?«

Nikki nickte nur müde. Dann gingen sie langsam und vorsichtig weiter auf den Lichtschein zu.

Was war das für ein Geräusch? Irgendwie schien die Luft erheblich schlechter geworden zu sein. Muffig. Der Gestank sättigte die Atemluft und legte sich auf Mund, Nase und Gesicht, sammelte sich im Rachenraum zu einer fettig schmierigen Schicht. Von Britts Fuß angestoßen, rannte plötzlich quietschend irgendein Tier davon. Eine Ratte, fuhr es ihr durch den Kopf. Sie schüttelte sich. Das Geräusch wurde lauter, es hörte sich an wie ein leichter Wind oder ein schmaler Fluss. Je weiter sie vorwärtskamen, desto mehr nahm das Rauschen zu. Die Kanalisation. Hier in der Nähe musste ein großer Abwasserkanal verlaufen. Plötzlich vernahm sie hinter sich, nicht weit entfernt, ein anderes Geräusch, das die Stille durchschnitt: Metall, das sich über Metall bewegte. Krachend schlug etwas gegeneinander. Hier unten klang es überlaut und hallte in ihrem Kopf noch nach. Sie stockte mitten in der Bewegung. Was war das gewesen? *Eine Tür,* dachte sie, *hinter uns hat sich eine Schiebetür geschlossen. Was, wenn jetzt Abwasser aus dem Kanal …* Sie dachte den Gedanken nicht zu Ende. »Los, komm, Nikki! Da vorn ist Licht«, trieb sie ihren Sohn an. Sie musste sich überwinden, um ihrer Stimme einen mutigen und entschlossenen Klang zu geben.

Ziether war dem schmalen Gang durch mehrere Windungen gefolgt, mittlerweile hatte er völlig die Orientierung verloren. Trotzdem war er sich sicher, dass Britt hier unten war, irgendwo ganz in der Nähe. Sein Handy-Akku hatte sich mittlerweile bedrohlich geleert. Dann endlich sah er vor sich einen schwachen Lichtschimmer, der von oben zu kommen schien. Ziether steuerte darauf zu. Er kam an einen schmalen, gemauerten Durchgang, durch den er sich hindurchquetschen musste. Seine Jacke scheuerte an der rauen Oberfläche, er stieß sich den Kopf und fluchte. Dann stand er mit seinem rechten Fuß im Wasser. »Mist, verdammter!«, fluchte er laut auf. Vor sich sah er eine einfache Metallstiege, verrostete Bügel, die in die Wand geschlagen waren, und neben dem schmalen Sims, auf dem er stand, floss das Wasser. Es stank erbärmlich. Ein Abwasserkanal. Und ein

Ausstieg! Wenigstens konnte man hier hinaus. Aber wo war seine Kollegin? Hatte sie denselben Ausstieg genommen? Auf seinem Weg hierher hatte es keine Abzweigung gegeben. Sie musste hier rausgekommen sein. Hoffentlich war der Junge auch wohlauf. Ziether machte sich an den Aufstieg.

Das Licht! Sie kamen immer näher an die Lichtquelle heran, bis zu einer in eine Betonwand eingelassenen, runden und vergitterten Leuchte, die ihr schwach gelbliches Licht in den schmalen Durchgang aussandte, durch den sie gekommen waren. Es roch muffig, und die Betonwand stand wie ein Hindernis vor ihnen, Feuchtigkeit glänzte auf ihrer rauen, von Abplatzungen und schwarzen Schimmelflecken durchbrochenen Oberfläche. Nur ein schmaler Gang führte mit einer Biegung daran vorbei wieder ins Dunkle, aber von dessen Ende her leuchtete ein weiterer matter Lichtschein zu ihnen herüber.

Ich kann nicht mehr! Britt fühlte sich völlig am Ende ihrer Kräfte. Und Nikki? Der Junge lehnte erschöpft an der nassen Wand mit leeren Augen im bleichen Gesicht. *Wir können nicht mehr, alle beide!* Britt war verzweifelt. Aber hier in diesem nassen Nirgendwo konnten sie nicht bleiben. Es musste doch einen Ausgang geben. Irgendwo!

Was war das für ein Geräusch? Ein dumpfes Rattern kam aus der Ferne, schwoll an zu einem überlauten, bebenden Grollen und ließ Boden und Wände erzittern. Die U-Bahn! Ein Lebenszeichen. Irgendwo hier in der Nähe führte eine U-Bahn-Linie vorbei. Durch die Erschütterungen tropfte Wasser von der Decke herab auf die beiden. Nikki hatte angstvoll die Arme über den Kopf gezogen, und Britt beugte sich schützend über ihn. Als sich der Lärm der U-Bahn in der Ferne verlor und die Erschütterungen nachgelassen hatten, zog sie ihren Sohn an sich. »Das war nur eine U-Bahn! Komm weiter, nur ein kurzes Stück noch. Dann haben wir es geschafft«, sprach sie sich selbst laut Mut zu. Sie zwängte sich durch den schmalen Durchlass,

Nikki ließ sich willenlos von ihrer Hand weiterziehen. Britt musste sich jetzt für sie beide zusammenreißen, für sie beide stark sein. Dann endlich öffnete sich der enge Gang. Wieder eine bulläugige funzelnde Lampe, daneben ein verdrecktes stählernes Tor, die alte beige-grüne Farbe war in groben Placken abgeplatzt, inmitten des mannshohen Stahls ein breiter, hochstehender Metallbügel. Britt trat ein paar Schritte zurück, las die mit Schablonen am oberen Rand schwarz aufgedruckten Buchstaben: *Bunker Zwei* stand da. Ein Bunker. Gab es dahinter einen Ausgang? Sie umfasste den Stahlbügel mit beiden Händen. Wider Erwarten ließ sich der Riegel fast mühelos bewegen. Wie frisch geölt, dachte sie, als das Stahltor fast lautlos auf seiner Schiene zur Seite glitt und den Durchgang freigab. Ein Schwall warmer Luft traf sie mit einem milden Lichtschein und einem Geruch von Blüten, von harzschwerem Honig. Britt meinte, einen leuchtend roten, zerschnittenen Sonnenball unter den Schwingen eines übergroßen Raubvogels mit hellen Augen und scharfem Schnabel zu erkennen, der sich mit ausgebreiteten Flügeln über ihr aufreckte. Ihre Sinne wollten dem süßen Duft nachgeben, und zugleich spürte sie den Impuls, vor dem Riesenvogel zurückzuweichen, als ihre Beine unter ihr einfach einknickten und sie das Bewusstsein verlor.

Im Traum lag sie dösend auf dem anheimelnd warmen Waldboden, von einer leuchtenden Sonne beschienen, die hellgrün durch die Blattstände großblättriger Exotenstauden fiel, über ihr eine riesenhafte, gelbrote Blüte, aus der sich ein schmales Rinnsal süßharziger Honig in ihren leicht geöffneten Mund ergoss.

Plötzlich tauchte sie auf aus den bunten Bildern, fand sich in einem nur schwach erhellten Raum wieder. Die Kälte hatte sie geweckt. Nur mühsam erkannte Britt die sie umgebende trostlose Wirklichkeit. Ihr Kopf war so schwer. Die Blüten, der Honig, die süßliche Wärme ... Die Kälte ließ sie zittern, und sie zog die raue, steife Decke höher. Sie schreckte auf, realisierte die kalte, gelblich erhellte Dunkelheit. *Nikki!*, durchzuckte sie ein Gedanke, und sie richtete sich ruckartig auf, dass die Matratze unter ihr quietschend nachgab und sie mit dem Kopf an das Gitter des direkt über ihr schwebenden Bettes stieß. Mit einem Blick erfasste sie ihre Umgebung, den halbdunklen Raum voller Gitterstockbetten, die alte Armeedecke, die von ihrem Körper heruntergerutscht war. Ihr Kopf war immer noch nicht ganz klar. Der harzige Blütenduft ... *Betäubungsgas*, dachte sie. Mit den Händen massierte sie die schmerzenden Schläfen und zwang sich mit geschärftem Blick ihre Umgebung abzuscannen, das von Stablampen an der Decke erzeugte funzelige Licht, den muffigen Geruch der alten Decken und Matratzen, auch dieser leichte Gestank von Dieselöl, das Geräusch irgendeiner leise stampfenden Maschine, vermutlich ein ölbetriebener Generator. Panik stieg in ihr auf. Wo war Nikki? Sie sah sich suchend um, erfasste die verschlossene, mannshohe Bunkertür, wälzte sich aus dem Bett. Erstaunt starrte sie auf ihr Handgelenk, realisierte erst jetzt, dass ihr rechter Arm mit einer mehrere Meter langen Metallkette an einem dicken Eisenbügel an der Wand festgekettet war, dann stand sie auf dem kalten Boden und sah bestätigt, was ihre Sinne ihr schon signalisiert hatten: Sie war allein. Nikki war nicht mehr bei ihr. Britt war ganz allein in diesem Raum.

Was für ein verrückter Traum, dachte Nikki, *erst hatte ich Angst vor dem Mann mit der roten Kapuze, die Spritze tat weh, aber dann, Mama war plötzlich da, als ich aufgewacht bin, ganz verschwommen hab ich sie nur gesehen, aber sie war wirklich da. Dann hab ich ihr den Zettel gezeigt und wir sind durch die dunklen Tunnel gegangen. So kalt, dunkel und muffig war das, dass man Angst kriegen konnte, aber Mama war ja immer bei mir. Sie hielt meine Hand, und obwohl ich oft nur hin-*

ter ihr her stolpern konnte, war es nicht so schlimm. Durst hatte ich, immer Durst. Dann das Licht. Mama hat die schwere Tür aufgekriegt, so wie sie alles schafft. Und dann?

Nikki räkelte sich noch ein wenig in seinem Traum. Jetzt waren wieder die schönen Bilder da, bunte Blüten, ein Schwall honigsüßer Luft, der einen ganz leicht machte. Aber etwas stimmte nicht. Eine böse Kälte kroch ihm die Beine hoch, und sein Magen gab deutliche Signale von sich, schmerzender Hunger. Er riss die Augen auf und zog automatisch die Decke höher bis unters Kinn. Ein schwaches Licht, gelblich flackernd, begleitet von einem rhythmischen Klackern. Es dauerte eine gefühlte Ewigkeit, bis der Gedanke in seinem Kopf Gestalt annahm. Eine der alten Neonröhren ging nie richtig an und sofort wieder aus, immer wieder nur halb an … und aus … Daher kam das Geräusch.

»Mama?«

Er hörte seine fremde, krächzende Stimme, die im Hals schmerzte. Er räusperte sich und rief noch einmal, diesmal lauter: »Mama?« Keine Antwort. Angst schnürte ihm die Kehle zu. Er richtete sich auf und blickte durch die Flucht der Gitterbetten hindurch bis ganz ans Ende des fensterlosen Raumes, bis zu der verschlossenen mannshohen Bunkertür. Er war allein.

Vierter Tag
Mittwoch

Mit sorgenvollem Gesicht saß Hauptkommissar Ralf Ziether in seiner kleinen Küche vor einer Tasse längst erkaltetem Kaffee. Die umliegenden Häuser in seinem Kiez lagen weitgehend im Dunkeln, es war schon nach Mitternacht, nur noch vereinzelt stachen Fenster der mehrstöckigen Häuser rund um den kleinen, von den Anwohnern sorgsam sauber gehaltenen, begrünten Platz als leuchtende Vierecke aus dem Nachtdunkel hervor. Der weit überwiegende Teil der Bewohner schlief längst friedlich dem nächsten Tag entgegen. Nicht so der Hauptkommissar.

Ruhelos und unruhig brütend wie ein gefangenes Tier im Käfig lieferten sich adrenalingesteuerter Aktionismus und Resignation einen sinnlos verbissenen Kampf in seinem Innern. Piet Wieczorek und dessen Mitarbeiter hatte er wohlbehalten an der Oberfläche wiedergetroffen, Britt und Nikki waren aber nicht wieder aus dem Berliner Untergrund aufgetaucht. Ziether zermarterte sich den Kopf, wann und wo sie einen anderen Weg hatten einschlagen können und nicht zu demselben Ausstieg gelangt waren, den er genommen hatte. Aber da war doch nichts gewesen! Einfach nichts! Selbst die Suchtrupps der Bereitschaftspolizei, die jeden Zentimeter des unterirdischen Labyrinths abgesucht hatten, waren ohne die geringste Spur von seiner Kollegin zurückgekehrt. Es war, als hätte der Berliner Untergrund die beiden verschluckt.

Der Ausgangspunkt ihrer Odyssee, der vermaledeite, fensterlose Raum in der Großgörschenstraße, hatte sich urplötzlich mit einem gefährlichen Propylen-Gasgemisch gefüllt. Die Kollegen der Streife, die auf der Suche nach Piet Wieczorek und dessen Kollegen den Raum geöffnet hatten, waren nur durch die Umsicht eines Beamten, der den Gasgeruch bereits im Flur gerochen hatte, einer Explosion mit unvorhersehbaren Folgen entgangen. Hätten sie den Lichtschalter im dunklen Gang vor der Stahltür betätigt oder beim Öffnen der Tür durch das Schleifen des Metalls zwischen Türblatt und Rahmen einen Funken erzeugt, die Folgen wären sicherlich verheerend gewesen. Das Gas war mit einer komplexen Zeitschaltvorrichtung, einem in der Wand versteckten Mechanismus, unvermittelt in den Raum geleitet worden. Die Beamten des Kriminaltechnischen Dienstes hatten die in einer Aussparung unter der Tapete verborgene Vorrichtung erst nach intensiver Suche entdeckt.

Alles das war geplant, perfide und detailliert vorbereitet worden, das stand fest. Aber warum der unbekannte Täter so vorgegangen war, was er damit bezweckt hatte und welche Ziele er überhaupt verfolgte, blieb völlig im Ungewissen. Nur eins stand fest: Sie standen einem Gegner gegenüber, der jeden seiner Schritte genauestens plante und minutiös vorbereitete. Und nun waren womöglich Britt und Nikki in der Gewalt dieses Täters.

Ziether trommelte nervös mit der Hand auf den Tisch, dann sprang er unvermittelt auf. Er musste doch irgendetwas tun! An Schlaf war sowieso nicht mehr zu denken. Ins Büro fahren? Aber was sollte es da Neues geben um diese Zeit? Noch mal nach Schöneberg?

Er riss seine Jacke vom Haken, schnappte sich die schwere Stablampe und wollte gerade los, als das Telefon klingelte. Er angelte mit halb angezogener Jacke nach dem Hörer. Dann erstarrte er mitten in der Bewegung. Am anderen Ende, war das Britt? Ziether hörte wie jemand atmete, angestrengt darum bemüht, den Atem zu verlangsamen; er spürte diese unterdrückte Nervosität, die durch den Hörer tief in ihm anklang, dass sich seine Nackenhärchen aufstellten. Ein Schauer lief ihm den Rücken hinunter, während er sich mit »Ziether« meldete und dann ganz Ohr war, als wenn er durch den

Hörer identifizieren könnte, von wo der Anruf kam. *Nummer unter-*
drückt, zeigte das Display, dann konzentrierte er sich wieder ganz
auf die vernehmlichen Atemzüge, die aus dem kleinen Lautsprecher
drangen. Urplötzlich fröstelte ihn; ein dunkles Schaudern überfiel ihn,
und von einem Augenblick auf den anderen war ihm kalt. Er riss
sich zusammen. »Britt?«, fragte er mit belegter Stimme.

Wieder nur diese Atemzüge. Dann endlich eine, ihre Stimme, die zugleich so fremd klang, als sie langsam, fast unbeholfen zu sprechen
begann. »Du musst die Suche nach uns abbrechen. Sofort! Ihr bringt
Nikki damit in Gefahr!« Ihre Stimme, fast nur ein Flüstern, war unvermittelt laut geworden. Sie brach ab, setzte aber doch noch mal an,
während Ziether den kleinen Lautsprecher ans Ohr gepresst hielt.
»Wenn das hier erledigt ist, werden wir unversehrt zurückkehren.«

Aufgelegt.

Unvermittelt war die Verbindung tot.

Ziether brauchte einen Moment, bis sein Kopf in den Ermittler-
modus umschaltete. Er schnappte sich Papier und Stift, notierte
jedes Wort, das er gehört hatte, den Atem, kein Hinweis auf Neben-
geräusche. Die Stimme. Wie hatte sie geklungen? Erst leise, leise und
kontrolliert, dann laut aus Sorge um den Jungen. Das Atmen am Anfang. Warum hatte Britt so lange gewartet, bis sie angefangen hatte
zu sprechen? Da war ein Geräusch gewesen, irgendetwas, ein Hinweis. Ziether schloss die Augen und ging innerlich noch einmal den
Ablauf des Telefonats durch. Sie war nicht allein gewesen. Ihre
Worte … sie hatte die Sätze abgelesen. Jemand hatte ihr vorgelegt,
was sie sagen sollte. Und das Atmen am Anfang? Sie hatte seine
Privatnummer nicht selbst eingegeben, vielleicht hatte man ihr die
Augen verbunden und sie hatte sich erst orientieren müssen. Die Sätze
hatte sie vorher nicht gekannt, deshalb hatte sie die Sorge um ihren
Sohn nicht unterdrücken können. *Die Suche abbrechen … Nikki in*
Gefahr … wenn alles erledigt ist … Mühsam drängte Ziether den dunk-
len Schauder, der ihn erfasst hatte, zurück, zog seine Jacke an und
machte sich auf den Weg. Nach Schöneberg.

Ralf Ziether war gerade mit seinem Privatwagen auf der Potsdamer Straße unterwegs, als sein Handy klingelte. Er griff sich den Störenfried aus der Mittelkonsole, sah mit einem Blick, dass die Zentrale dran war und seufzte vernehmlich auf. Er nahm den Anruf an und erfuhr, nachdem er misslaunig seinen Namen in das kleine Mikrofon gesprochen hatte, dass es im Wedding einen Leichenfund gab, eine unbekannte Person sei in einem ausgebrannten Pkw aufgefunden worden. Die Kollegen gingen davon aus, dass das Fahrzeug gezielt in Brand gesetzt worden war und von einer Gewalttat ausgegangen werden musste. Missmutig wendete Ziether an der nächsten Kreuzung den Wagen und machte sich auf den Weg in Richtung Norden.

Es war zwei Uhr. Schon von weitem sah er die vom zuckenden Blaulicht der Einsatzfahrzeuge hell erleuchtete Absperrung. Er schlängelte sich an einem quergestellten Streifenwagen vorbei, der die Kreuzung blockierte, und fuhr so nah wie möglich an den abgesperrten Bereich heran. Mit seinen Gedanken war er immer noch bei Britt und ihrem Anruf. Verdammt! Er sollte jetzt weiß Gott woanders sein und nach seiner Kollegin und Nikki suchen! Als er ausstieg und sichtlich schlechtgelaunt die Wagentür zuschlug, stieg ihm sofort der scharfe Brandgeruch in die Nase; gleichzeitig registrierte er die sich aus den dunklen Häuserfronten an vielen Stellen scharf abzeichnenden, hellen Vierecke – erleuchtete Fenster, hinter denen schaulustige Anwohner das Geschehen unten auf der Straße verfolgten. Da halfen auch die von mehreren Uniformierten rund um das Fahrzeugwrack positionierten Absperrblenden wenig. Von oben hatte man sicherlich einen guten Blick. *Wie aus einer Theaterloge*, dachte Ziether, wandte seine Aufmerksamkeit aber achselzuckend dem völlig ausgebrannten Fahrzeug zu. Je schneller er hier fertig wurde, desto eher konnte er sein eigentliches Vorhaben weiterverfolgen und sich auf die Suche nach Britt und ihrem Sohn machen.

Er sah Dr. Schmalberg, der gebückt neben dem stinkenden Autowrack stand. Schaum- und Wasserlachen umgaben das noch qualmende Fahrzeug, einen Van unbekannter Bauart, wie Ziether bemerkte, während uniformierte Feuerwehrleute dabei waren, ihre Schläuche einzuräumen und zwei der roten Einsatzfahrzeuge abfahrbereit zu machen. Als er nähertrat, fiel sein Blick auf die schwarz verkohlte, von der Hitze in eine unnatürlich gekrümmte Haltung versetzte Leiche, ein zusammengeschrumpfter Körper, aus dessen braunschwarzem, augenlosem Schädel zwei dunkel verfärbte Zahnreihen hervorstachen, so als wolle ihn ein finsterer Dämon aus dem Totenreich mit einem höhnischen Grinsen zum Narren halten. Der Gestank von verbranntem Fleisch, vermischt mit der Schärfe von verschmortem Plastik, war kaum auszuhalten. Ziether musste sich zwingen, nicht die Hand vor Mund und Nase zu pressen, er atmete kontrolliert durch den Mund. Wie hielt der Doktor das bloß aus, fragte er sich.

»Ich fürchte, er hat noch gelebt, als der Wagen in Flammen aufgegangen ist«, meinte Dr. Schmalberg grußlos, während er sich aufrichtete. »Hier, sehen Sie …« Er wies auf die verkohlten Handgelenke des Toten und zeigte auf zwei geradlinige schwarze Streifen, die sich deutlich vom verbrannten Fleisch abhoben. »Plastikfesseln. Und hier an der anderen Hand …«, sein Zeigefinger wanderte auf die rechte Seite des Kadavers, »sieht man noch den Verschluss, wo der Schnellverbinder zugezogen worden ist. An den Fußgelenken haben wir übrigens die gleichen Spuren gefunden.«

»Bei lebendigem Leib verbrannt …«, stieß Ziether mühsam hervor. »Damit scheidet ein Selbstmord ja wohl aus.«

»Bedingt«, meinte der Doktor, was Ziether dazu veranlasste, trotz des Ekelgefühls, das er nur mühsam zurückdrängen konnte, unwillkürlich eine Augenbraue hochzuziehen.

»Rein theoretisch hätte der Mann, um einen männlichen Toten handelt es sich nämlich, auch einen Mordanschlag vortäuschen, das Auto selbst anzünden und kurz darauf die bereits angelegten Fesseln festzurren können.«

»Aber diese Hypothese scheidet wohl aus.« Piet Wieczorek, der Leiter des kriminaltechnischen Dienstes, war hinzugetreten. »Das Fahrzeug wurde von außen mit Brandbeschleuniger übergossen und angezündet. Der oder die Täter haben vorher den offenbar betäubten Mann auf der Fahrerseite positioniert, die Türen geschlossen, aber durch das halbgeöffnete Fenster auf der Fahrerseite weiteren Brandbeschleuniger, vermutlich Benzin, in das Wageninnere geschüttet.« Ziether warf Piet einen verstohlenen Blick zu – in seinem weißen Overall mit der Kapuze, kam er aufgrund seiner Figur einem Teletubby recht nahe, wie er fand –, aber auch er blieb angesichts der Leiche und des Gestanks äußerlich ungerührt.

»So wie der Leichnam aussieht – schließlich ist die vermutlich nur dünne Oberbekleidung des Mannes fast vollständig verbrannt und er trug nur Unterwäsche –, ist davon auszugehen ...« dozierte Doktor Schmalberg in seiner unnachahmlichen und oft hochmütig wirkenden Art, »... dass das Opfer durch die kaum vorstellbaren Schmerzen der großflächigen ersten Hautverbrennungen zu Bewusstsein gekommen ist. Er konnte sich aber nicht mehr aus dem brennenden Van retten, da das Fahrzeug von außen verschlossen war und er im brennenden Innenraum die Fahrertür nicht mehr entriegeln konnte.«

»Der Tank des Wagens war fast leer, was eine Explosion verhindert hat«, sekundierte Wieczorek. »Nachdem, was wir momentan an Spuren haben, scheint es so gewesen zu sein, dass der oder die Täter mit einem Schlauch Kraftstoff aus dem Tank des Vans abgezogen und das Benzin dann als Brandbeschleuniger auf dem Fahrzeug verteilt und in den Innenraum geschüttet haben.« Die Empörung über das skrupellose Vorgehen der Täter war Wieczoreks Gesicht deutlich anzusehen. »Der Mann hatte nicht den Hauch einer Chance.«

Der Einsatzleiter der Schutzpolizei war zu der kleinen Gruppe hinzugetreten. »Die Schreie des Opfers waren nur kurz, aber so lautstark zu hören, dass die halbe Nachbarschaft davon aufgeschreckt worden ist. Unfassbar!« Der gestandene Polizist schüttelte verständnislos mit dem Kopf.

»Wer ist der Tote? Gibt es schon irgendwelche Hinweise?«

»Wir haben uns die Wohnung des Fahrzeughalters vorgenommen. Gleich hier gegenüber.« Wieczorek wies auf eins der Mehrfamilienhäuser. »Parterre links. Victor Kalbach, 34 Jahre, ledig. In der Wohnung hat definitiv ein Kampf stattgefunden, sodass wir davon ausgehen, dass es sich bei den Toten um den Fahrzeughalter selbst handelt. Die Wohnung solltest du dir unbedingt mal ansehen!«

Während Dr. Schmalberg seinen Untersuchungskoffer schnappte und zwei wartenden Männern in grauen Uniformen mit ihrem Transportsarg ein Zeichen gab, um den Toten ins gerichtsmedizinische Institut zu überstellen, folgte Ziether Piet Wieczorek zu einem Hauseingang, vor dem zwei uniformierte Kollegen postiert waren, um mögliche Schaulustige fernzuhalten.

Ralf Ziether hatte bei der Bemerkung Wieczoreks schon gedacht, dass es einen besonderen Grund geben müsse, dass er sich sofort die genannte Wohnung ansehen sollte. Aber was er dann sah, als er durch die Wohnungstür trat, übertraf alles, was er sich hatte vorstellen können. Schon im Flur hing an der Decke die Kriegsflagge des deutschen Kaiserreichs, direkt darunter thronte auf einem Sockel eine fast lebensgroße schwarze Büste von Adolf Hitler, flankiert von zwei gekreuzten Degen. Und so ging es weiter. Die ganze Wohnung schien ein einziges militaristisches Nazi-Museum zu sein.

Es dauerte einen Moment, bis Ziether das verdaut hatte. »Was wissen wir über Victor Kalbach? Ein Neonazi? Und diese ganzen Devotionalien. Das muss doch Unsummen gekostet haben.«

»Noch wissen wir nichts Genaues, aber seinen PC nehmen wir zur weiteren Untersuchung mit. Ein Handy haben wir leider nicht gefunden. Ich muss sagen, sowas habe ich auch noch nicht gesehen.«

»Dann war das ganze vielleicht ein gezielter Anschlag«, sinnierte Ziether laut. »Mal hören, was der Staatsschutz dazu sagt.«

Gerade als Ralf Ziether die Wohnung verlassen hatte und die Haustür öffnete, traf ihn ein völlig unerwartetes Blitzlichtgewitter.

Aus einer der oberen Wohnungen der gegenüberliegenden Häuserzeile schoss jemand in schneller Folge Fotos, auf denen die ganze Szenerie auf der Straße zu sehen sein würde. Zwei Streifenpolizisten verschafften sich gerade Zugang zu dem Mehrfamilienhaus, um das Schießen weiterer, nicht genehmigter Aufnahmen zu verhindern. Mit wenig Aussicht auf Erfolg, wie Ziether sich resigniert eingestehen musste. Nur ungern erinnerte er sich an seine früheren Auseinandersetzungen mit der Berliner Presse, speziell mit einem der großen Boulevardblätter, an deren Ende er den betreffenden Journalisten zwar in die Schranken gewiesen hatte, aber sich des Gefühls nicht hatte erwehren können, nur zweiter Sieger geblieben zu sein. Die Pressefreiheit war ein hohes Gut. Was morgen in der Zeitung stehen würde, konnte er sich schon gut vorstellen. Dass höchstwahrscheinlich auch er auf diesen Fotos abgelichtet sein würde, wurmte ihn besonders.

Als der Hauptkommissar zu seinem Fahrzeug eilte, kam ihm schon der Fahrzeugtransporter entgegen, dessen gelb blinkende Warnlichter die Dunkelheit zerschnitten. Bis das Autowrack zum kriminaltechnischen Dienst nach Moabit überführt war, würden Licht und Lärm nun wohl auch die letzten Anwohner aus den Betten holen, dachte er noch und warf einen Blick auf seine Armbanduhr – es war schon vier, stellte er resigniert fest –, als sein Handy vernehmlich klingelte. Ohne lange zu überlegen nahm er das Gespräch an. Zu seiner Überraschung meldete sich die schneidende Stimme des Staatsanwaltes.

Middelberg hatte denkbar schlechte Laune, irgendjemand musste ihn direkt aus dem Bett geklingelt haben. »Herr Hauptkommissar, ich nehme an, Sie sind bereits vor Ort im Wedding?«

Ziether bejahte die Frage und der Staatsanwalt fuhr ohne Pause fort. »Die Ermittlungen sind mit äußerstem Fingerspitzengefühl zu führen, das dürfte ja auch Ihnen sogar klar sein. Ein Mordanschlag in einem Auto, mitten in einem Wohnviertel, das wird nicht ohne Wirkung in der Öffentlichkeit bleiben.«

»Irgend so ein Pressefritze hat wohl schon Aufnahmen vom gegenüberliegenden Haus aus gemacht«, gab Ziether lakonisch zur Antwort.

»Sehen Sie, genau deshalb rufe ich an. Ich will noch heute Morgen von Ihnen einen ersten genauen Bericht.«

»Bei den Toten handelt es sich vermutlich um den Halter des Fahrzeugs«, gab Ziether ungerührt zur Antwort. »Wir haben die Wohnung des vermuteten Opfers bereits in Augenschein genommen. Anscheinend handelt es sich um einen aktiven Neonazi oder Reichsbürger. Ob er wirklich der Tote ist, werden wir sicher noch im Laufe des Tages erfahren.«

»Die Presse wird sich mit Freude auf diesen Fall stürzen, Herr Ziether. Das Thema Rechtsradikalismus muss von vornherein der Öffentlichkeit gegenüber in den Hintergrund treten, sonst werden wir ein bundesweites Presseecho erzeugen, das wir nie wieder loswerden.«

Ziether wurde hellhörig. Das alles hätte doch Zeit gehabt, bis der Staatsanwalt zur normalen Dienstzeit im Präsidium aufgeschlagen wäre. »Wer hat Sie denn überhaupt von dem Leichenfund um diese Zeit in Kenntnis gesetzt, Herr Staatsanwalt?«

Es dauerte eine Weile, bis Middelberg antwortete. »Das Büro des Innensenators hat sich bei mir gemeldet. Man ist dort sehr besorgt über diesen unglaublichen Vorgang. Also, Ziether, Fingerspitzengefühl! Wir sehen uns um neun Uhr in meinem Büro.«

Das Büro des Innensenators, das konnte nur eins bedeuten: Der Staatsschutz war längst an der Sache dran. Und dass jetzt schon – der verbrannte Leichnam des Opfers war noch nicht mal kalt – von ganz oben Druck ausgeübt wurde, konnte doch nur bedeuten, es ging hier um irgendeine schmutzige Angelegenheit, die auf keinen Fall zu viel Staub aufwirbeln durfte. Na, dachte Ziether, das kann ja heiter werden. Aber woher hatte der Staatsschutz so früh Bescheid gewusst? Da war doch etwas faul, oberfaul!

Ziether gähnte, als er sich in sein Auto setzte. Trotzdem fuhr er noch einmal in die Großgörschenstraße. *Jetzt erst recht*, dachte er. Das

Tor zum Innenhof war glücklicherweise nicht verschlossen, und so stand er kurz darauf wieder vor der Holztür, hinter der der schmale Korridor zum hermetisch abgeschlossenen Raum führte, in dem alles begonnen hatte. Er durchschnitt das Siegel am Eingang, schloss hinter sich die Tür, stand kurz in völliger Dunkelheit, dann schaltete er seine Stablampe an, ging die paar Schritte bis zur ebenfalls versiegelten Stahltür und nestelte seine Dietriche aus der Tasche. Er brauchte nicht lange, um das einfache Schloss zu öffnen. Das Siegel zerriss, als er die Stahltür öffnete.

Man schrieb das Jahr 1419, ein nasskalter Herbsttag, ein kalter Nordwind drückte den Gestank von brennendem Torf und menschlichem Unrat in die eng stehenden Straßen, auf dem Bremer Marktplatz glänzten die dicken »Ochsenköppe« vor Nässe.

Eine große Menschenmenge drängte sich auf dem Domplatz, Hausfrauen in Tracht, überwiegend mit den großen Hauben der verheirateten Frauen, zünftige Handwerker und Gesellen, auch einige Jungfrauen und Kinder. Oben auf dem Gerüst stand schon der Bremer Scharfrichter mit seinen Gesellen, die rote Kapuze auf dem Kopf, regungslos, gestützt auf das schwere Langschwert; seine Augen musterten die bunte, schnatternde Menschenmenge. Das vielstimmige Geplapper keimte aus der Erregung, die die versammelten ehrbaren Bürger der Stadt angesichts der finsteren, schweigsamen Gesellen auf dem Podest vor ihnen und dem zu erwartenden Schauspiel erfasst hatte, das die halbe Stadt, zumindest jeden, der sich hatte irgendwie freimachen können, zu dieser Stunde auf den Marktplatz trieb.

Jetzt kam Bewegung in die Masse, ein Raunen erfasste die Menschen, die Köpfe drehten sich zur Seite, hin zu dem offenen Karren, der vom Gerichtsgefängnis über die Ochsenköppe des Marktplatzes geholpert kam, darauf in schwerem Eisen die beiden Delinquenten, zwei echte friesische Häuptlinge, Söhne des gebannten Dede Lubben aus Rüstringen an der Wesermündung.

Gerolt und Dude, zwei kräftige junge Männer, die sich gegen Bremen und die mit den Friesen geschlossenen Verträge erhoben hatten, zwei wilde Kerle, gestandene Mannsbilder, deren Verurteilung seit Tagen das Stadtgespräch gewesen war. Jetzt führte man sie hinter dem Priester und dem Gerichtsschreiber auf das Podest, und nun würde entschieden werden, ob sie ihrem aufrührerischen Tun abschworen oder hier und jetzt sogleich vom Leben zum Tode befördert würden.

Als Erster wurde Dude von den Gesellen des Scharfrichters in die Knie gezwungen, noch hielt er den Kopf oben, blickte wohl trotzig in die Menge, während der Schreiber das Urteil verlas.

Eme hadde de rad dat leven wol gegunnet, wolde he to Bremen wonen unde sick befrien, se wolden eme eine erlike junkfrouwe gewen. (Ihm habe der Rat das Leben wohl gegönnt, wolle er sich in Bremen niederlassen und Frieden geben. Dann wollten sie ihm eine ehrliche Jungfrau zum Weib geben.)

Der Schreiber machte eine Pause, wohl so manche der Jungfrauen fasste sich ans Herz. Wie würde der gut gewachsene, junge Mann sich entscheiden? Dude blickte auf, und laut schallte seine Stimme über den Platz, ließ die Menge zusammenzucken:

Lever dod as slaw! (Lieber tot als ein Sklave!)

Der Kirchenmann bekreuzigte sich und sprach den lateinischen Segen für die arme Sünderseele. Viele der Frauen schlugen das Kreuz und atmeten schwer ob der Spannung, die nun den ganzen Platz erfasste. Auch die Handwerker und die Vertreter von Rat, den Zünften und der Kaufmannschaft schlugen verstohlen das Kreuz vor der Brust. Der Schreiber rollte das Urteil zusammen, trat einen Schritt zur Seite, der Scharfrichter hatte das schwere Langschwert erhoben, das im Licht des Tages blitzte, die Menge hielt den Atem an, als einer der Gesellen den Kopf des Dude nach unten stieß, dann fuhr das glänzende Schwert mit einem schweren Hieb hinab und traf glücklich beim ersten Mal so, dass es den Kopf vom Körper trennte. Ein guter Schlag, wohlgetan, nickten die Kenner, und ein Stöhnen entrang sich der Menge, während das Blut spritzte und die rohen Planken rot färbte, der Körper fiel, der Kopf noch ein, zwei Fuß rollte und dann liegenblieb.

Der Scharfrichter aber hatte das Schwert längst wieder vor sich abgestellt, stützte sich auf den breiten Knauf, auf dem Klingenblatt aber leuchtete jetzt breitstreifig frischrotes Blut. Der Schreiber trat ein zweites Mal vor und verlas dasselbe Urteil für den Gerolt Lubben. Da erhob sich der Gerolt, und keiner hinderte ihn, das Publikum aber hielt den Atem an, gespannt erwartete man, was nun geschah. Würde er sich nun fügen und freisprechen?

Der Gerolt aber bückte sich, nahm den abgeschlagenen Kopf seines Bruders in beide Hände und sprach: He en were nicht des herkommens, dat he enes pelsers edder schomakers dochter nehmen scolde, wente he were ein eddel vrie Vrese. (Er sei nicht hergekommen, um die Tochter eines Pelzers oder Schuhmachers zu ehelichen, denn er sei ein edler freier Friese.)

Er hatte den Kopf des toten Bruders ganz fest gefasst, und nun drehte er dessen Gesicht sich zu und küsste den Toten auf den Mund. Da rissen die roten Gesellen ihn zu Boden, der Pfarrer bekreuzigte sich mehrmals ob des Unerhörten, was alle gesehen, und begann laut, um die Seele des vom rechten Wege Abgekommenen zu beten. Der Scharfrichter aber hatte das Schwert erhoben und ließ es jetzt heruntersausen, dass es den Kopf des Gerolt sauber vom Halse trennte.

Ziether griff sich unwillkürlich an den Hals, spürte die Schmerzen in jedem einzelnen seiner Muskeln, als er sich aus der unbequemen, halbsitzenden Position hochreckte. Noch im Erwachen klangen die dunklen, mittelalterlichen Bilder in ihm nach, ließen ihn die Realität um ihn herum nur schwer erkennen. Er saß in seinem Auto, das er am frühen Morgen am Straßenrand in einer der letzten freien Parklücken in seiner Wohnstraße geparkt, es selbst aber nicht mehr bis in seine Wohnung geschafft hatte. Ihm war kalt, der diesige Berliner Morgen drückte zusätzlich auf seine Laune, und seine Gedanken klebten immer noch an den blutigen Bildern der Hinrichtung fest, sie wollten einfach nicht weichen. Das großformatige Bild in diesem Museum bei Bremerhaven, deutlich stand ihm jetzt die Hinrichtungsszene vor Augen. Sein Unterbewusstsein hatte die Verbindung zum Fund der grausigen Totenschädel hergestellt. Es kostete ihn einige Mühe, diese Bilder abzuschütteln. Eine der Handwerkerfrauen in diesem Albtraum, ihr Gesicht, umrahmt vom blonden Locken, die unter der Haube hervorlugten, hatte sich ihm eingebrannt ... Britt, das war Britts Gesicht gewesen. Unwillkürlich seufzte er auf. Am Frühmorgen war er noch einmal die ganze Strecke im Berliner Untergrund abgegangen. Was hatte er sich eigentlich erhofft zu finden, was selbst die Suchtrupps nicht fertiggebracht hatten? Er war den finsteren Weg hin bis zum Ausstieg und von dort auch wieder zurück bis zur Wendeltreppe gegangen, hatte die teils nassverschmierten Wände abgetastet, ohne Erfolg.

Unausgeschlafen und misslaunig quälte er sich aus seinem Wagen. Alles kam ihn mit einem Mal so sinnlos vor. Er blickte auf seine Uhr, und es dauerte eine Weile, bis er erfasste, dass es bereits acht war. Er stolperte, ohne seine Umgebung wirklich wahrzunehmen, auf den Hauseingang zu, stieß fast mit einem Nachbarsjungen mit Tornister auf dem Rücken zusammen, der an ihm vorbei hastete, schaffte es irgendwie in seine Wohnung und warf die Kaffeemaschine an.

Auf dem Weg ins Polizeipräsidium hatte Ziether wenigstens prophylaktisch auf dem Handy seine Mails gecheckt, aber für neue Informationen von Piet Wieczorek oder Dr. Schmalberg war es definitiv noch zu früh. Viertel vor neun. Auf dem Flur sah er ein paar Kollegen, grüßte im Vorbeigehen, ohne sie wirklich wahrzunehmen, und schloss seine Bürotür auf. Eigentlich wollte er nur seine Jacke auf den Haken werfen, aber dann blieb er stehen, sah hinüber zu Britts Arbeitsplatz, und die triste Leere des Raumes traf ihn so urplötzlich und unerwartet, dass ihm der Atem stockte. Langsam ließ sich Ralf Ziether auf seinen Bürostuhl sinken. Er spürte Tränen in sich aufsteigen und stützte den Kopf in die Hände. *Britt! Um alles in der Welt, Britt! Wo steckst du?* Was würde sein, wenn sie nicht zurückkäme? Ihre Beziehung konnte man sicherlich in Teilen als kompliziert bezeichnen, aber einen Alltag ohne seine Kollegin, nein, mehr noch, ohne die Frau, die weit mehr war als das … das konnte er sich, das wollte er sich nicht vorstellen.

Um Punkt neun Uhr stand Ziether im Vorzimmer des Staatsanwaltes und wurde sofort durchgewunken. »Staatsanwalt Middelberg erwartet Sie bereits, Herr Hauptkommissar«, flötete die Vorzimmerdame, aber das Lächeln, dass sie ihm schenkte, schien echt.

Middelberg saß hinter seinem Schreibtisch über eine aufgeschlagene Zeitung gebeugt, und der Apfelschimmel auf dem Bild an der Wand hinter ihm sah ihm dabei mit gebleckten Zähnen über die Schulter.

»Herr Hauptkommissar, da sind Sie ja. Was für eine böse Sache. Gibt es Neuigkeiten von Ihrer Kollegin? Ich weiß, dass Sie mir das nicht zutrauen, aber ich mache mir wirklich große Sorgen.«

Ziether schüttelte nur den Kopf.

»Ich gehe davon aus, dass Sie sich beiden Fällen mit der notwendigen Energie und Umsicht widmen, sowohl den beiden Totenschädeln wie auch dem Mordanschlag im Wedding gestern Nacht, zumindest ist von einem solchen ja wohl auszugehen. Haben Sie die Zeitung von heute schon gelesen? Bis jetzt stand nur ein großformatiger Aufmacher in dem Käseblatt mit den großen Lettern, dass Sie ja zur Genüge kennen, aber zum Glück nichts Substanzielles. Ärgerlich, dass wir die Fotos nicht haben verhindern können.« Der Staatsanwalt reichte Ziether die Zeitung herüber. Auf der ersten Seite ganz oben als Aufmacher war das Foto des Fahrzeugwracks abgelichtet, darüber stand in breiten Lettern: *Wieder Fahrzeugbrand im Wedding! Wie sicher ist unsere Stadt, Herr Innensenator?*

Ziether betrachtete das Foto. Das Autowrack verdeckte zum Glück die danebenliegende verkohlte Leiche, aber er selbst war am Rand des Bildes deutlich zu erkennen. »Wenigstens hat die Presse noch keine Kenntnis von dem Toten.«

»Ich weiß nicht, wie lange wir das noch unter dem Deckel halten können.«

Ziether nickte. Sich vorzustellen, was dann in der Presse und der Berliner Öffentlichkeit los war, dazu brauchte es nicht besonders viel Fantasie.

»Ich gehe nicht davon aus, dass Sie zum jetzigen Zeitpunkt bereits neue Erkenntnisse haben. Ich werde die Suche nach Ihrer Kollegin und …«, Middelberg räusperte sich, »… und deren Sohn noch einmal forcieren und hoffe, dass Sie sich trotz dieser Belastung mit ganzer Kraft in die Ermittlungen stürzen. Falls Sie weitere Unterstützung benötigen – ich denke gemeinsam mit Oberstaatsanwalt Niemann gerade darüber nach, eine Ermittlungsgruppe zu bilden.«

Ralf Ziether fiel dem Staatsanwalt ins Wort und berichtete von Britts Anruf in der letzten Nacht. »Ich bin davon überzeugt, dass wir die Warnung meiner Kollegin ernst nehmen müssen. Zumindest ist sie, und ich hoffe auch ihr Sohn, wohlauf, soweit man das unter diesen Umständen so nennen kann.«

Es dauerte einen Moment, bis Middelberg diese Information verdaut hatte. Kurz sah es aus, als wolle er den Hauptkommissar zurechtweisen, warum er ihn nicht sofort, noch in der Nacht, angerufen hatte, dann aber besann er sich wohl eines Besseren. »Ich werde, Ihr Einverständnis voraussetzend, sofort eine Anrufnachverfolgung auf ihren Privatanschluss legen lassen, falls Ihre Kollegin sich noch einmal melden sollte. Ich bin aber überzeugt, dass wir die Suche auf keinen Fall abbrechen sollten, wir können uns schließlich nicht den Regeln dieses Entführers unterwerfen. Ich werde aber veranlassen, dass die Suche mit äußerster Vorsicht und entsprechenden Sicherheitsvorkehrungen fortgesetzt wird.«

Ziether nickte resigniert. Er war mit dieser Entscheidung nicht glücklich, aber eine andere Möglichkeit kam überhaupt nicht in Betracht. »Ich werde zunächst bis heute Nachmittag den aktuellen Ermittlungsstand zusammenstellen, bis dahin sehe ich keine Notwendigkeit, eine Ermittlungsgruppe einzurichten. Aber es wäre hilfreich, wenn Sie mir den Kontakt zum Innenministerium beziehungsweise direkt zum Staatsschutz ...«, Ziether konnte nicht verhindern, dass er einen grimmigen Gesichtsausdruck aufsetzte, »... vermitteln.«

Middelbergs Mimik drückte deutlich aus, wie wenig ihm das Ansinnen des Hauptkommissars schmeckte, aber ihm blieb nichts anderes übrig, als zustimmend zu nicken.

Hatte sich Ralf Ziether am Morgen durchaus noch berechtigte Hoffnungen gemacht, endlich in seinen Ermittlungen sichtbar voranzukommen, womöglich sogar Britt und ihren Sohn aus ihrem Gefängnis im Berliner Untergrund befreien zu können, so war davon am Abend nichts auch nur ansatzweise in Erfüllung gegangen. *Was für ein beschissener Tag*, dachte er resigniert und sauer zugleich. Nein, sauer traf es nicht, eigentlich war er wütend, stinkwütend. Gleichzeitig machte ihn die Sorge um Britt und ihren Sohn halb wahnsinnig. Was für ein eingebildeter Fatzke dieser Typ vom Staatsschutz war. Der hatte sich aufgeführt wie ein eitler Gockel und keineswegs alles erzählt, was nötig gewesen wäre, um in den Ermittlungen weiterzukommen. Aber warum? Das stank doch zum Himmel! Jetzt, zu Hause am Küchentisch, versuchte Ziether, seine Gedanken zu ordnen; in seinem halbverlassenen Büro war das ein Ding der Unmöglichkeit gewesen. Immer wieder war er abgeschweift, wenn sein Blick auf den leeren Stuhl seiner Kollegin gefallen war. Es war zum Haare raufen.

Dr. Schmalberg hatte von den beiden Totenschädeln 3-D-Aufnahmen gefertigt und diese in ein spezielles Computerprogramm überspielt. Das Ergebnis hatte überraschend lebensecht ausgesehen. Mit dem Programm waren Muskeln, Fettschichten und Haut ergänzt, die vermutete Form der Augenbrauen nachgezogen und sogar ein möglicher Haaransatz hinzugefügt worden. Demnach wären die beiden toten Männer ihrer Herkunft nach dem osteuropäischen oder vorderasiatischen Raum zuzuordnen. *Also zwei tote Osteuropäer*, dachte Ziether. Piet Wieczorek hatte Proben der Schädelknochen mit in sein Labor genommen und würde diese nun einer radiologischen Untersuchung unterziehen. Anhand der Struktur der daraus gewonnenen Isotope war es möglich, die geografischen Koordinaten der Region zu identifizieren, aus der die beiden Männer stammten bzw. wo sie die meiste Zeit ihres Lebens verbracht hatten. Jede Region der Erde hat bekanntlich ihre eigene spezifische, radiologisch nachweisbare Isotopenstruktur. Diese lagerte sich im Knochengewebe der Menschen an, ein hochmodernes, innovatives Verfahren, das Piet Wieczorek, der erst vor kurzem eine Genehmigung für die Anschaffung der entsprechenden Gerätschaften erhalten hatte, nun endlich einmal ausprobieren und damit nicht nur seiner Technikbegeisterung frönen, sondern auch die hohen Anschaffungskosten gegenüber dem Polizeipräsidenten rechtfertigen konnte.

So interessant diese neuen Erkenntnisse auch waren, der Hauptkommissar war den halben Tag lang wie ein gefangenes Raubtier in seinem Büro auf und ab getigert, bis er die niederschmetternde Nachricht erhielt, dass auch in einem weiter gezogenen Umkreis des Berliner Untergrunds rund um den Einstieg in der Großgörschenstraße die eingesetzten Suchtrupps keinerlei Hinweise auf den Verbleib von Britt und Nikki Bredehorst hatten finden können. Es war wie verhext.

Am frühen Nachmittag war dann ohne Vorankündigung ein Beamter des Bundesamtes für Verfassungsschutz in seinem Büro aufgeschlagen. Der Endvierziger mit Bundeswehr-Kurzhaarschnitt und einer Bodybuilderfigur, die den akkurat gebügelten grauen Anzug zu sprengen drohte, war Ralf Ziether sofort unsympathisch gewesen.

»Schneyder, Bundesamt für Verfassungsschutz«, hatte er sich vorgestellt und ihn grußlos mit »Herr Hauptkommissar« angesprochen, sich ohne zu fragen auf Britts Stuhl gesetzt und den Aktenkoffer neben sich auf dem Schreibtisch platziert. Bevor Ziether auch nur irgendetwas sagen konnte, hatte Schneyder zu einem Vortrag angesetzt, der weder Fragen noch einen Dialog zuließ. »Victor Kalbach ist für uns kein Unbekannter, aber das hat Ihnen Staatsanwalt Middelberg ja wohl schon mitgeteilt. Kalbach ist, oder besser war, in der rechtsradikalen Szene in Berlin-Brandenburg aktiv und gut vernetzt. Er war vor vier Jahren maßgeblich an der Gründung der *Aktionsfront Germanien* beteiligt, einer gewaltbereiten Neonazi-Gruppe, die zwischenzeitlich verboten worden ist. Kalbach lehnte die Bundesrepublik Deutschland und ihre Grundordnung ab, insofern ist er als Reichsbürger zu betrachten. Wenn ich Ihnen sage, dass ihm die Rechtsparteien AfD und sogar die NPD zu schlapp und systemkonform waren, können Sie sich denken, wo Kalbach politisch einzuordnen war. Nach außen hin trat er zuletzt kaum in Erscheinung, aber übers Internet verfügte er in ganz Europa und Übersee über beste Kontakte zu rechtsradikalen Gruppen und Einzelpersonen. Falls es ein Mordanschlag gewesen ist, dem er zum Opfer fiel, stellt sich die Frage, wer Interesse daran hatte, Kalbach zu töten. Feinde hatte er im linken Spektrum genug, aber seit dem Verbot der Aktionsgruppe ist er bei Aufmärschen oder gewalttätigen Aktionen gegen linke Gruppierungen nicht mehr in Erscheinung getreten. Über mögliche Gegner in den eigenen Reihen, politische Konkurrenten, die er vor den Kopf gestoßen haben könnte oder bei denen er in Ungnade gefallen sein könnte, liegen uns keine Erkenntnisse vor. Der Staatsanwalt wird Ihnen sicherlich mitgeteilt haben, dass dieser Fall äußerstes Fingerspitzengefühl erfordert. Wir wollen weder in der Presse die rechtsextreme Gesinnung Kalbach breitgetreten sehen, noch dass aus ihm in den entsprechenden Kreisen ein Märtyrer gemacht wird.«

»Was können Sie mir denn Substanzielles zu Kalbachs Verbindungen mitteilen?«, fragte Ziether schon sichtlich angefressen.

Schneyder öffnete ungerührt seinen Aktenkoffer und reichte ihm einen schmalen Hefter mit den Worten: »Dies ist eine Kopie der aktuellen Erkenntnisse. Nur zum internen Gebrauch, versteht sich.« Ziether hob den Aktendeckel, auf dem deutlich *Interner Gebrauch* aufgedruckt war, und blätterte kurz den dünnen Block Seiten durch. Viel war es nicht, was Schneyder ihm da anbot.

Der war mittlerweile aufgestanden und machte ein paar Schritte in Richtung Tür. Offenbar war seiner Meinung nach dieses *Gespräch* damit beendet.

So einfach wollte Ziether den schnöseligen Geheimdienstmann aber nicht gehen lassen. »Sie können sicher auch erklären, warum bereits unmittelbar nach der Tat jemand aus dem Innenministerium beim zuständigen Staatsanwalt angerufen hat. Das finde ich zumindest bemerkenswert.«

Schneyder drehte sich noch einmal um. »Dazu kann ich Ihnen leider auch nichts sagen.« Nur zu gerne hätte Ziether diesem aalglatten Schnösel das falsche Lächeln, das er dabei aufsetzte, aus dem Gesicht geschlagen.

Der restliche Nachmittag verlief quälend schleppend und brachte nicht wirklich neue Erkenntnisse. Dr. Schmalberg hatte am *Os parietale*, dem Scheitelbein am Hinterkopf des Toten eine frische Kopfverletzung festgestellt. Victor Kalbach war also offenbar bei der Auseinandersetzung in seiner Wohnung niedergeschlagen und im bewusstlosen Zustand zu seinem Auto geschleppt worden. Aber da hatte er noch gelebt und war in seinem Wagen bei lebendigem Leib verbrannt. Piet Wieczorek konnte anhand der Spurenlage in der Wohnung des Toten bestätigen, dass zwei Angreifer an der Auseinandersetzung mit Kalbach beteiligt gewesen waren. Verwertbare Fingerabdrücke gab es aber anscheinend nicht. Auch die Befragung der Anwohner hatte keine erhellenden Details ergeben. Offenbar hatte niemand etwas von der Auseinandersetzung in Kalbachs Wohnung und den nachfolgenden Ereignissen mitbekommen, erst die Schreie des brennenden Opfers hatten die halbe Nachbarschaft aufgeschreckt. Nach Aussage der anderen Hausbewohner war Kalbach ein zurückgezogener, unauffälliger Mieter gewesen. Man war sich ab und an im Treppenhaus begegnet, aber auf einen wirklichen Kontakt zu seinen Nachbarn hatte Kalbach offenbar keinerlei Wert gelegt.

Fünfter Tag
Donnerstag

Britt konnte ihre Panik nicht mehr unterdrücken, sie verzweifelte an ihrer Wahrnehmung.

»Was ist das für ein Mummenschanz? Das ist doch Wahnsinn hier!«, schrie sie, aber der große Mann in diesem tiefroten Umhang, dessen Gesicht von einer roten Kapuze verdeckt war, hatte sich längst abgewandt und verließ den Bunkerraum, ohne sich noch einmal umzudrehen. »Wie lange wollen Sie mich noch in diesem Gefängnis festhalten?«, rief sie ihm nach. Denn das war es, ein Gefängnis! »Wo ist Nikki!«, schrie sie mit sich überschlagender Stimme, als sich die schwere Stahltür mit einem lauten Krachen längst wieder hinter dem Mann geschlossen hat.

Sie war wieder allein. Der Vermummte hatte ein Tablett auf den Tisch gestellt, gerade noch in Reichweite, ihrer Arme, wenn sie die Kette ganz anspannte, mit der sie gefesselt war. Jetzt spürte sie nur noch Tränen, Tränen der Wut und der Verzweiflung, riss wütend an der Kette, und erst der Schmerz an ihrem Handgelenk ließ sie zur Besinnung kommen. Erschöpft setzte Britt sich aufs Bett, versuchte kontrolliert zu atmen und ihre Gedanken zu ordnen.

Was ist das hier? Was soll das alles? Irgendeinen Sinn muss das Ganze doch haben. Und wo steckt Nikki? Der Gedanke an ihren Sohn war wie ein Schlag in die Magengrube. Erneut spürte sie, wie ihr die Tränen kamen. Sie holte tief Luft, zwang sich zur Ruhe. *Konzentriere dich! Wenn du hier raus willst, wenn alles gut werden soll, dann konzentriere dich! Du musst strukturiert vorgehen!* Wie lange war sie schon hier?

Britt schätzte, dass womöglich bereits zwei Tage vergangen waren. Man würde nach ihr suchen. Und irgendwann würde man sie auch finden! Sie war gefangen, irgendwo unter der Erde in einem Schutzbunker, vielleicht ein alter Bunker aus dem Zweiten Weltkrieg. Der Unbekannte mit der roten Kapuze kannte sich hier unten bestens aus, hatte offenbar die Kontrolle über diese Bunkeranlage. Mit an Sicherheit grenzender Wahrscheinlichkeit hatte er auch mit den Totenschädeln in diesem Fackelsaal zu tun. Bisher war ihr nichts geschehen, außer dass sie ihr – dabei musste sie hart schlucken – Nikki weggenommen hatten, also war sie von Nutzen, wenn sie am Leben blieb. Gestern musste sie Ralf unter seiner Privatnummer anrufen. Es musste gestern Abend gewesen sein, weil Ralf zu Hause war. Der Vermummte hatte ihr ein altes schwarzes Telefon aus Bakelit oder Kunststoff mit Wählscheibe mitgebracht, das noch mit einem langen braunen Kabel angeschlossen war. Die Sätze waren handschriftlich auf eine Art braunem Karton in Druckbuchstaben geschrieben gewesen. Sie sollten die Suche nach uns abbrechen, also suchten sie jetzt intensiv nach Nikki und ihr. *Ich muss Geduld haben und herausfinden, was meine Entführer von mir wollen, und ich muss Nikki zu mir holen, ihn zurückfordern, bevor ich irgendwelchen Anweisungen meiner Entführer Folge leiste!*

Britt stand auf, jetzt verspürte sie Hunger. Sie trat an das Tablett heran, wunderte sich über das Geschirr, Blechteller, Blechtasse, Blechbesteck und die dazu völlig unpassende Plastikflasche Wasser. Aus dem Becher stieg köstlicher Kaffeedampf auf. Dann sah sie, dass unter dem Blechteller etwas hervorlugte. Sie zog es heraus, ein Zettel, ebenso braunes Packpapier wie gestern, darauf eine Nachricht – von Nikki!

Liebe Mama, mir geht es gut, ich bin nur so allein. Du auch? Kuss Nikki

Jetzt gab es kein Halten mehr. Britts ganzer Körper bebte, als die zurückgehaltenen Tränen hervorbrachen und heiß in den Kaffeebecher tropften. Ihr ganzer Körper verkrampfte sich, dann heulte sie laut auf und stampfte mit dem Fuß auf den Boden. *So nicht! So kriegt ihr mich nicht klein!*

Erst jetzt sah sie, dass ein kleiner dicker Bleistiftstummel neben dem Teller lag. Entschlossen griff sie zu und schrieb auf die Rückseite des Papiers: *Ich lebe! Mir geht es soweit gut! Bin auch allein. Halte durch. Mama*

Unausgeschlafen und sichtlich mies gelaunt kam Ralf Ziether schon am frühen Morgen zurück in sein Büro. Der verwaiste Platz ihm gegenüber versetzte ihm einen Schlag, aber er riss sich zusammen, drehte sich weg und setzte die kleine Espressomaschine in Gang. Drei Tage – drei Tage! – waren Britt und ihr Sohn nun schon verschwunden. Er wusste noch nicht wie, aber heute würde er sie finden, musste er sie finden.

Gerade hatte er sich mit einem starken doppelten Espresso hingesetzt, als das Telefon klingelte. *Nur nicht Middelberg,* dachte er, der würde ihm jetzt gerade noch fehlen. Aber es war eine externe Nummer.

»Ziether.«

»Mensch Ralf, ich bin's, Herbert Beyer!«

Herbert Beyer vom BKA, sofort war Ziether hellwach. »Das ist ja eine Überraschung!«, stieß er spontan hervor.

»Ja, nicht wahr? Du kannst dir sicherlich denken, warum ich anrufe. Seit dem Brandanschlag gestern im Wedding ist hier die Hölle los. Der ganze Laden brummt wie ein Bienenstock, du kannst dir gar nicht vorstellen, wie nervös da einige Leute auf einmal geworden sind. Ich habe selten so viele coole Anzugträger in hektischer Bewegung auf meinem Flur gesehen.«

Ziether musste unwillkürlich lachen. »Gestern war hier so ein Typ, ein hohes Tier vom Bundesamt für Verfassungsschutz, aber erst, nachdem ich beim Staatsanwalt Druck gemacht hatte. Viel Neues ist dabei leider nicht herausgekommen.«

Beyer lachte auf. Es war dieses typische, leicht verächtliche Lachen, das bei ihm aus tiefstem Herzen zu kommen schien. Unwillkürlich wurde Ziether bewusst, wie lange er das nicht mehr gehört hatte. Wenn Beyer jetzt noch ein paar handfeste Informationen für ihn hatte, dann konnte dieser Tag doch noch gut werden. »Los, spuck's aus. Du rufst doch nicht nur deshalb an, um mir deine Gemütslage zu schildern.«

»Nee, das eher weniger. Mir geht's ja auch gut!«, lachte der BKA-Mann. »Also, Victor Kalbach ist hier natürlich kein Unbekannter. Wir hatten schon mehrfach mit ihm zu tun, zuletzt mit seiner *Aktionsfront Germanien*, aber das weißt du sicher schon. Aber jetzt, wo er offensichtlich Opfer eines Anschlags geworden ist, geht hier in der oberen Etage so einigen Leuten ganz schön die Düse. Wir sollen den Fall ganz offiziell an uns ziehen, ich vermute, um den Deckel draufzuhalten. Mein Chef hat heute Vormittag einen Termin mit dem Polizeipräsidenten und Oberstaatsanwalt Niemann beim Innenminister. Kannst dir ja vorstellen, was dabei herauskommen soll. Ich kann dir unter uns nur mitteilen, dass sämtliche Vorgänge zu Kalbach unter Verschluss genommen worden sind. Da kommt keiner mehr ohne Genehmigung von oben an die Akten ran. Und im EDV-System schon mal gar nicht.«

Ziether stöhnte unwillkürlich auf. Das waren alles andere als gute Nachrichten.

»Sag mal, die kleine Kneipe hat doch durchgängig auf, oder? Ich werde mal ein zweites Frühstück zu mir nehmen. Bis dann.« Beyer legte ohne weiteren Kommentar auf.

Ziether nahm an, dass jemand in Beyers Büro gekommen war, ohne anzuklopfen. Er schnappte sich seine Jacke und machte sich auf den Weg.

Das *Old's Inn* war ein im Kiez beliebter Treffpunkt. Hier wurden Fußballspiele übertragen, es gab eine Musikbox ... Der Gedanke daran, wie er mit Britt einmal an der Box gestanden und eine unvergessliche Nacht erlebt hatte, versetzte Ziether einen Stich. Morgens war hier nicht viel los, aber es gab für verspätete Nachtschwärmer ein Katerfrühstück, Hackbällchen oder Bismarck-Hering und einen Kaffee, der angeblich selbst Tote zum Leben erweckten konnte.

Herbert Beyer hatte sich in der letzten Nische hinter der Theke ein verstecktes Plätzchen gesucht, vor sich einen Becher des berühmtberüchtigten Kaffees, zum Schutz seines Magens gleich mit extra viel Milch.

So sehr sich Ralf Ziether auch freute, das rundliche Gesicht Beyers zu sehen, seine Mimik drückte deutlich die Sorge um seine Kollegin aus.

Beyer erhob sich halb. »Schön dich zu sehen, Ralf«, meinte er. »Nimm's mir nicht übel, aber du siehst echt scheiße aus. Deine Kollegin, was?«

Ziether nickte müde und setzte sich. »Ich verstehe das alles nicht. Ich bin diesen Scheißgang unter der Erde zwischen U-Bahn und Abwasserkanälen zigmal abgelaufen. Nichts, keine Abzweigung, keine Spur, einfach nichts.«

»Hab schon gehört, die Suchtrupps waren auch nicht erfolgreich. Aber irgendeiner kennt sich da unten wohl verdammt gut aus. Erst diese Totenschädel, der Überfall auf die junge Kollegin vom KD und dann das. Ich hab schon meine Fühler ausgestreckt, aber bei uns im Haus herrscht im Moment auch Ratlosigkeit. Ich fürchte, dass das Verschwinden deiner Kollegin heute auch Thema des Gesprächs beim Innenminister sein wird. Du musst damit rechnen, dass sie dir den Fall entziehen und diesem Labyrinth da unten mit schwerem Gerät zu Leibe rücken.«

Ziether zuckte mit den Achseln. »Das ist mir scheißegal, Herbert. Hauptsache, sie finden Britt und Nikki endlich.«

»Hier, ich hab nicht viel Zeit, wie du dir denken kannst ...« Beyer

schob ihm einen Notizzettel über den Tisch. »Das ist ein Kontaktmann in die rechte Szene, heute Abend um zehn kannst du ihn in der
Kneipe da treffen. Mehr hab ich im Moment leider nicht für dich.«

Auf dem Weg zurück ins Büro sprach sich Ziether selbst Mut zu.
Schließlich hatte Britt ihn zu Hause anrufen dürfen, seitdem hatte er
zwar nichts mehr von ihr gehört, aber anscheinend hatte sie irgendeinen Wert für ihre Entführer. Aber wozu konnte sie dienlich sein? So
sehr er sich auch den Kopf zermarterte … er kam zu keinem Ergebnis.

Im Büro blinkte einsam das Signallämpchen auf seinem Telefon, ein
entgangener Anruf. Ziether rief die Liste auf, der erste war von
Middelberg, na klar, das hätte er sich ja denken können. Auch Piet
Wieczorek hatte versucht, ihn zu erreichen. Den rief er sofort zurück.

»Piet, was gibt's?«, fragte er ansatzlos.

»Ich hab das Ergebnis der Isotopenanalyse, sehr befriedigend ist
das aber nicht. Die beiden Männer, denen man die Köpfe abgeschla-
gen hat, stammen beide aus der Region Berlin-Brandenburg, ist also
nichts mit Osteuropa.«

»Hm.« Das brachte ihn nun wirklich nicht weiter. »Hast du sonst
noch was für mich?«

»Nicht viel, aber eine Idee. Eigentlich müssten die auf dem
Katasteramt doch Pläne vom Berliner Untergrund haben. Es kann
doch nicht sein, dass diese ganzen Tunnel und Bunker nicht irgendwo eingetragen sind. Ich hab da schon mal angerufen und mit einer
Frau Schreiner gesprochen. Die ist heute im Büro. Vielleicht fährst
du da mal vorbei.«

Dass er da nicht selbst draufgekommen war! Ziether bedankte sich
eilig und machte sich gleich auf den Weg.

Das Katasteramt residierte in einem großen Betonklotz, einer dieser
typischen Bausünden aus den späten sechziger Jahren, die man als

Sinnbild einer modernen Verwaltung überall, oft mitten ins Herz der deutschen Großstädte, gepflanzt hatte. Ziether meldete sich beim Pförtner und wurde von Frau Schreiner, einer pummeligen Mittvierzigerin mit Pagenschnitt, abgeholt, die ihn sofort in die alte Kartothek führte.

»Eigentlich haben wir das alles schon elektronisch in unseren geophysikalischen GIS-Dateien, aber wenn ich Ihren Kollegen richtig verstanden habe, interessieren Sie sich vor allem für die Pläne mit alten, heute verschütteten Nebengängen, Arbeitstunneln und Querverbindungen. Worum geht es dabei eigentlich?«

»Das kann ich Ihnen leider nicht sagen«, antwortete Ziether ausweichend. »Aber mich interessiert besonders ein alter, geziegelter, etwa mannshoher Tunnel, der im Bereich Großgörschenstraße in Richtung Kleistpark führt. Dort trifft er auf einen Abwasserkanal und es gibt einen Ausstieg.«

Frau Schreiner suchte in einem alten, zerfledderten Ringordner und schrieb mehrere hieroglyphenhafte Aktenzeichen ab. Dann öffnete sie einen Wandschrank und zog zwei Mikrofiches mit den entsprechenden Nummern hervor und schaltete das Lesegerät ein.

Ziether musste sich erst mal in die zeichnerische Darstellung der Straßen, Grundstücke und eingezeichneten Gebäude hineindenken, die Frau Schreiner ihm erläuterte. Quer über verschiedene Flurstücke verlief der Tunnel, ein alter, nicht mehr genutzter Abwasserkanal, der wohl im Krieg als provisorischer Schutzraum gedient hatte. Da! Auf halber Strecke etwa gab es einen Abzweig, eine Sackgasse, die wie ein stummelartiger Auswuchs rechtwinklig vom Kanal wegführte.

»Das da, was ist das?«, fragte er und musste sich dabei stark zurücknehmen. Ziether spürte, das war eine Spur.

»Das haben wir gleich.« Frau Schreiner legte einen anderen Mikrofiche ein. Dabei meinte sie: »Die Kartierung ist aus den Zwanziger Jahren. Mal sehen, ob es später eine Veränderung gegeben hat. Dieser Kartenausschnitt ist aus den Vierzigern.«

Der Maßstab stimmte nicht exakt, Ziether musste sich erst orientieren. Frau Schreiner zeigte genau auf den Punkt, wo der Stummel seinen Anfang genommen hatte. Jetzt aber zog sich der Gang weiter in Richtung eines größeren, viereckigen Auswuchses. »Hm. Offenbar ist dieser Abzweig verlängert worden bis zu einer im Krieg neu gebauten Bunkeranlage.«

Ziether konnte seine Aufregung kaum noch verbergen. »Und was ist daraus geworden, ich meine nach dem Krieg?«

»Moment, das haben wir gleich.« Frau Schreiner zog wieder die Kladde zurate, und Ziether knetete nervös seine Hände.

Wieder legte sie einen neuen Mikrofiche ein. »Dies ist eine Ansicht aus den Fünfziger Jahren. Wir können uns nachher auch die heutigen Pläne im Computer ansehen, vieles ist ja zerstört oder zurückgebaut worden. Tunnel und Bunkeranlagen wurden vielfach gesprengt oder, wo das nicht möglich war, mit Trümmern aufgefüllt. Aber hier, sehen Sie ...« Ziether folgte ihrem Zeigefinger. »Die Abzweigung und der Bunker sind hier als gestrichelte Linien aufgeführt, das bedeutet, die Zugänge wurden versperrt und die Hohlräume aufgefüllt. Vermutlich ist die Anlage auf den heutigen Plänen gar nicht mehr vorhanden.«

Ist es morgens oder abends? Britt war auf ihrem Bett eingeschlafen. Wieviel Zeit war seitdem vergangen? Sie hatte jegliches Gefühl dafür verloren, setzte sich auf, rieb sich die Augen und ballte die Fäuste, um nicht erneut in Tränen auszubrechen. Die harte Realität des kalten, einsamen Bunkerdaseins betäubte sie immer noch wie nach einem harten Niederschlag. Das Tablett auf dem Tisch, es war verschwunden, nur die halbvolle Wasserflasche stand noch dort und verstärkte den Eindruck von Einsamkeit und Alleingelassensein. Es fiel ihr schwer, sich zusammenzureißen. Wenn nur diese Müdigkeit nicht wäre! War es die leicht ölig verbrauchte Luft in ihrem Gefängnis oder doch schon Resignation? Britt fühlte sich ganz ausgetrocknet, ihr Hals war rau, da schien kein Wasser mehr übrig zu sein für ihre Tränen.

Schwerfällig stand sie auf, die Kette klirrend hinter sich herziehend, als sie zum Tisch hinüberging; sie griff nach der Wasserflasche und leerte sie in einem Zug.

Es war schon fast Mittag, als Ziether wieder ins Büro zurückkehrte. Sein Telefon blinkte. Eigentlich wollte er nur seine Stablampe holen und sich sofort auf den Weg in das alte Tunnelsystem machen, drückte dann aber doch auf den Knopf und sah in der Liste der verpassten Anrufe, dass der Staatsanwalt bereits viermal bei ihm angerufen hatte. Ziether hatte wenig Lust auf eine neue Auseinandersetzung mit Middelberg, aber womöglich gab es etwas Neues.

Das gab es allerdings! Middelberg war noch nicht zu Mittag gegangen, er hatte ihn sofort direkt am Apparat, sodass die dann folgende Tirade des Staatsanwalts ohne Vorwarnung auf Ziether niederging.

»Herr Hauptkommissar! Wo haben Sie gesteckt! Seit Stunden versuche ich Sie zu erreichen. Damit Sie gleich Bescheid wissen: Beide Fälle sind ihnen entzogen worden. Der Bundesanwalt stuft den Mord an Kalbach als terroristisches Attentat ein und hat die Ermittlungen übernommen. Da Sie auch bei der Suche nach Ihrer Kollegin und dem Fall der beiden Totenschädel kein Stück weitergekommen sind, hat sich auch hier das Bundeskriminalamt eingeschaltet. Wenn Sie so weitermachen, können Sie demnächst Strafzettel für Falschparker verteilen!«

Ziether kam die Galle hoch, aber anstatt dem Staatsanwalt eine passende Antwort vor den Kopf zu knallen, legte er einfach auf. Minutenlang blieb er wie angewurzelt auf seinem Stuhl sitzen und holte tief Luft, um sich zu beruhigen. Ohne Erfolg, wie er an seinen fest geballten Fäusten und der Anspannung im Körper feststellte. Schließlich stand er auf, wandte sich um und prallte fast mit dem ersten der Männer zusammen, die ohne anzuklopfen in sein Büro drängten. Als zweiter trat Herbert Beyer ein, dessen Gesichtsausdruck deutlich zu entnehmen war, was er von dieser Aktion hielt. Beyer drängte sich an Ziether vorbei und raunte ihm im Vorbeigehen ein »Tut mir leid!« zu.

Das Team des Bundeskriminalamts verteilte sich in Ziethers Büro, am Ende drängten noch Oberstaatsanwalt Niemann und, mit hochrotem Kopf, Staatsanwalt Middelberg, den sie wohl direkt von seinem Telefon weggeholt hatten, in den Raum.

»Hauptkommissar Rönnemann, BKA«, stellte sich der graumelierte Mittfünfziger selbst vor, der sich demonstrativ in der Mitte des hoffnungslos überfüllten Büros in Positur gebracht hatte. »Und das ist mein Team«, ließ er Ziether noch wissen, bevor der Oberstaatsanwalt das Wort ergriff.

»Guten Morgen, Herr Hauptkommissar«, begann Niemann, »die Bundesanwaltschaft hat die Ermittlungen im Fall Victor Kalbach an sich gezogen. Außerdem wird das BKA nun die Suche nach Ihrer Kollegin Bredehorst und deren Sohn koordinieren. Ich setze Ihre uneingeschränkte Zusammenarbeit voraus. Bitte setzen Sie Herrn Rönnemann und sein Team über den bisherigen Ermittlungsstand vollumfänglich in Kenntnis. Danach stehen Sie bitte für weitere Auskünfte und Unterstützung zur Verfügung.«

Ziethers Wut verrauchte ebenso schnell, wie sie gekommen war. Zum Glück hatte ihn Herbert Beyer, der neben Britts Arbeitsplatz betreten zu Boden sah, frühzeitig informiert. Dass man ihn mit dieser quasi feindlichen Übernahme kaltstellen wollte, anstatt wie üblich vertrauensvoll zusammenzuarbeiten, sprach für sich. Offenbar verbarg der Berliner Untergrund mehr als nur alte Tunnel, Kanäle, Bunker und das finstere Treiben eines Einzeltäters. Aber er würde sich auf keinen Fall davon abbringen lassen, weiter nach Britt zu suchen und, BKA hin oder her, diesen Berliner Untergrund gehörig auszuleuchten.

Es war bereits später Nachmittag, als Ziether die Kollegen vom BKA mit sämtlichen Informationen und Unterlagen versorgt hatte. Rönnemann konzentrierte die Suche nach Britt und ihrem Sohn auf verschiedene Einstiegspunkte in das Abwassersystem und totgelegte oder nur für Reparaturarbeiten genutzte Nebentunnel der Berliner U-Bahn in Schöneberg und dem nach Norden angrenzenden Gebiet. Gleich fünf Suchtrupps waren dafür zusammengestellt worden, die Berliner Verkehrsbetriebe und Mitarbeiter der Stadtverwaltung in einem Leitungsgremium, das nach außen hin zum Schweigen vergattert worden war, eingebunden.

Es wurde schon dunkel, als Ziether endlich wieder allein in seinem Büro saß. Resigniert blickte er zu Britts Arbeitsplatz hinüber. Die kalte Leere ihres gemeinsamen Büros, war direkt greifbar. Müde stand er auf. Hier gab es für ihn nichts mehr zu tun.

Ralf Ziether war am Morgen mit seinem Privatwagen ins Präsidium gefahren, bei den derzeitigen Berliner Verkehrsverhältnissen eigentlich ein Wahnsinn, aber er hatte ja vorgehabt, so schnell wie möglich in die Großgörschenstraße zu kommen und sich dort erneut auf die Suche zu machen. Jetzt quälte er sich durch den Feierabendverkehr und fluchte innerlich, dass er den Wagen nicht beim Präsidium hatte stehen lassen und mit der U-Bahn nach Hause gefahren war. Die U- und S-Bahnen waren um diese Zeit zwar auch überfüllt, aber zumindest steckten sie nicht im Stau.

Endlich hatte er den Kiez erreicht, in dem er wohnte. Aber an die viel zu lange und nervige Fahrt schloss sich nun die ebenso nervtötende Parkplatzsuche an.

Neunzehn Uhr. Fluchend trat Ziether den Weg vom Treppenhaus zu seiner Wohnung an. Er stapfte die Stufen hoch und schrak überrascht zusammen, als er eine kauernde Gestalt vor seiner Wohnungstür sitzen sah, die ihn von unten anblickte und nun aufstand.

»Britt!« Er stürzte auf sie zu und nahm seine Kollegin in den Arm. »Aber woher ... wieso ... wo ist Nikki?«

Britt schob ihn ein Stück von sich. »Schnell! Lass uns reingehen. Ich habe schon zu lange auf dich gewartet.«

Gewartet? Ziether schloss die Tür auf. Dabei überschlugen sich seine Gedanken. Was meinte sie damit? Und wo steckte ihr Sohn? Nun erst drang seine Wahrnehmung aus dem Treppenhaus in seine Gedanken, ihre wirren, verklebten Haare, die ihr über die Stirn ins Gesicht fielen, und der Geruch, ein Geruch nach feuchtem Keller und Ungepflegtheit. Sie musste wirklich direkt aus dem Untergrund zu ihm gekommen sein.

»Dein Handy.« Britt streckte die Hand aus, Ziether gab ihr sein Telefon, sie zog im Flur den Telefonstecker aus der Dose, brachte sein Mobiltelefon ins Bad, schloss die Badezimmertür und winkte ihn in die Küche. Sie schloss die Küchentür, und die beiden setzen sich an den kleinen Tisch. »Sie haben mich betäubt und freigelassen. Aber Nikki ...« Sie schluckte schwer, und Ziether sah, wie sich eine vorwitzige Träne aus ihrem linken Auge löste und an ihrer Wange hinunterlief. Britt ballte die Fäuste. »Sie haben nur mich freigelassen. Ich weiß nicht genau, was da unten vor sich geht, aber ich wurde in einem Bunker, vermutlich aus dem Zweiten Weltkrieg, festgehalten. Da unten treibt ein Typ mit roter Kapuze sein Unwesen. Vermutlich sind aber noch mehr Leute darin involviert. Sie haben mir Nikki weggenommen ...« Wieder schluckte sie hart auf. »Obwohl ich ihnen bereits vor meiner Gefangennahme Informationen über einen Salvatore Kostiç aus POLIS gegeben hatte.«

Ziether atmete hörbar ein. Britt hatte irgendwelchen unbekannten Erpressern Ermittlungsergebnisse aus dem internen Informationssystem der Berliner Polizei zukommen lassen?

»Dafür haben sie mich zu Nikki gelassen, der betäubt in diesem abgeschlossenen Raum in der Großgörschenstraße lag. Ich musste ihm ein Gegengift spritzen, sonst wäre er womöglich ...« Ihre Stimme brach ab, und jetzt konnte sie die Tränen nicht mehr zurückhalten.

Ziether ergriff ihren Arm. Aber Britt zog ihn zurück und richtete sich ruckartig halb auf. »Ich werde diesen Typen erwischen und ihm das Handwerk legen!« brach es zornig aus ihr hervor. »Aber erst muss ich Nikki da rausholen.«

Ziether stand einem inneren Impuls folgend auf, trat neben seine Kollegin und legte seine Hand auf ihren Rücken. Britt erhob sich ganz und drehte sich zu ihm hin, er sah die Verzweiflung in ihrem Gesicht, doch da war noch etwas anderes. Er strich ihr zwei dicke blonde Strähnen aus der Stirn und sah seine Ahnung bestätigt. Deutlich prangte hier ein schwarzes Kreuz, aufgetragen mit fetter Kohle, schwarz und erschreckend finster.

Britt sah ihn irritiert an. Hätte Ralf sie jetzt einfach nur in den Arm genommen ... aber da war etwas. »Was ist?«

»Deine Stirn! Du hast genauso ein Kreuz wie Karen Bäker!«

Unwillkürlich wischte sich Britt über die Stirn, sah auf ihre Finger, die nun schwarz mit fetter Kohle verschmiert waren. »So ein Scheiß! Wenn ich den Typen in die Finger kriege!«

Ziether reichte ihr ein Küchentuch, und Bredehorst rubbelte damit auf ihrer Haut herum. »Warum haben sie dich freigelassen? Du musst mir jetzt alles erzählen, was du weißt.«

Britt holte tief Luft und stützte beide Fäuste auf den Tisch. »Das ist es ja gerade, sie brauchen dich und mich, ich hab keine Ahnung, wofür genau, aber nur dann, wenn wir tun, was sie von uns verlangen, werden sie Nikki unversehrt freilassen.«

Das laute Dröhnen des Kompressors und das Stampfen der hydraulischen Pumpen waren noch außerhalb des Maschinenraums gut zu hören. Der rot Vermummte und zwei Helfer mit schwarzen Kapuzen hatten trotzdem größte Mühe, den schweren Hebel umzulegen. Sie hielten kurz inne, hörten Atem holend, wie das laute Platschen in ein gleichförmiges Rauschen überging, und zogen sich zurück.

Mit einem leisen Surren setzte der erst von ein paar Jahren im rückwärtigen Verwaltungstrakt des Berliner Kammergerichts neu eingebaute Fahrstuhl im Untergeschoss auf. Als seine Türen aufglitten, betraten zwei männliche Anzugträger, der eine korpulent und Ende fünfzig, der jüngere schlank und hager im hellgrauen Anzug, den um diese Zeit verlassenen Flur, wandten sich nach links und folgten dem Gang bis zum Ende.

»Das mit der Polizistin war ein Riesenfehler«, meinte der ältere der beiden Männer, während er an der Stahltür den Code eintippte.

»Ein Fehler?« Dem anderen fiel es schwer, seinen Unmut im Zaum zu halten. »Ich sage dir, Kurti, da läuft was aus dem Ruder, völlig aus dem Ruder!«

»Nenn mich nicht Kurti«, meinte der Dicke, als die Tür aufsprang und sie den dahinterliegenden Archivraum betraten. »Das soll ja eine Anweisung von ganz oben gewesen sein, aber wenn du mich fragst, ich hab ein ganz schlechtes Gefühl dabei.«

»Wem sagst du das?«

Die beiden Männer hatten die Regalreihen voller Akten bis zum Ende des Raumes durchschritten und waren vor einer glatten Betonwand stehen geblieben. Der Dicke legte seine rechte Hand auf einen kleinen Spiegel, der in die Wand eingelassen war, und schon nach ein paar Sekunden glitt ein lückenlos eingepasstes, nur an der Oberfläche dünn betoniertes Wandstück zurück und gab den Weg frei in einen, von einer schmalen Spur LED-Deckenleuchten mäßig erhellten, weiter nach unten führenden Gang. Schweigend folgten ihm die Männer, bis sie am Ende vor einer metallblauen, verschlossenen Stahltür rechts abbogen und sich in einem kleinen Nebenraum die grauen Umhänge mit den Kapuzen überwarfen.

»Und dann dieser Mummenschanz hier«, meinte der Hagere.

»Pscht. Kein Wort mehr. Du weißt, wofür wir das machen.«

Jetzt war es an seinem Begleiter, das schwere Rad an der Stahltür zu öffnen und den Hebel zurückzuziehen, bis sich die Bunkertür mit einem saugenden Geräusch öffnete. Die beiden Männer traten durch den schmalen Durchgang, verschlossen die gerade einmal mannshohe Luke hinter sich, passierten den ganz in schwarz gekleideten Wachposten, der, die Maschinenpistole umgehängt und das Gesicht unter einer schwarzen Sturmhaube verborgen, den Eingang freigab.

Die große Halle zu einem solchen Anlass zu betreten, hätte jeden Uneingeweihten abrupt verstummen lassen, aber selbst bezogen auf die kleine Gruppe Eingeweihter, die sich hier heute Abend versammelt hatte, verfehlte die Atmosphäre des Saales nicht ihre Wirkung. An den Wänden flackerten brennende Fackeln, und an der Stirnseite des großen Raumes thronte der große Adler mit ausgebreiteten Schwingen, unter sich rotglühend das zwölfgliedrige Sonnenrad, davor das Rednerpult. Die beiden Hakenkreuzfahnen links und rechts des Adlers, von versteckten Strahlern von unten illuminiert, leuchteten in einem gespenstischen Rot, daneben hingen sie alle, die Fahnen der deutschen, europäischen und überseeischen Gaue. An die fünfzig Personen, alle in grauen, schwarzen oder weißen Roben mit gleichfarbigen Kapuzen, waren hier versammelt. Es herrschte eine gespenstische Stille, die Fackeln warfen geheimnisvolle, für Uneingeweihte wohl beängstigende Schatten über die Menge, und außer dem Geräusch des alten Lufttauschers, der an einer der Seitenwände den leichten Windzug erzeugte, der die Fackeln flackern ließ, strahlte der ganze Raum eine unheimliche, erwartungsvolle Stille aus.

Jetzt kam Bewegung in die Menge, vom hinteren Teil des Saales bis zur Bühne gaben sie eine Gasse frei, durch die nun drei Männer in schwarzen Uniformen mit schwarzem Stahlhelm und Totenkopfaufschlägen voranschritten. Die ersten beiden hatten Karabiner geschultert, der dritte trug die schwere Reichsfahne aus schwerem Brokat, deren golddurchwirkte Fransen knapp über dem Boden schwebten. Hinter den dreien folgten vier Männer in brauner Montur mit Trommeln, deren Stöcke einen Marschrhythmus intonierten. Sie rahmten den heutigen Redner ein, einen kleinen, dünnen

Mann, der in einer dunklen Uniform im Takt der Trommeln ausschritt. Die hochsensible Kamera an der Rückwand der Halle zeichnete die Versammlung auf, die als Livestream direkt ins Netzwerk übertragen werden würde.

Es war schon eine ziemlich dunkle Kaschemme, in die Ziether hier geraten war. Als er den speckigen Vorhang hinter der Eingangstür zurückgeschlagen hatte und eintrat, biss ihn die vom Zigarettenqualm gesättigte Luft in den Augen und nötigte seinen Bronchien ein deutliches Räuspern ab, was in dem Lärmpegel des schmalen, nur von drei, vier Deckenfunzeln beleuchteten Thekenraums unterging. Der Boden war übersät von Zigarettenkippen, durchweichten Bierdeckeln, Servietten und allem möglichen Unrat, dennoch trat an einigen Stellen die dunkelbraune, verdreckte Mulchschicht zu Tage, die den eigentlichen Boden der Einraumkneipe bildete.

Ziether versuchte sich zu orientieren, drängte sich durch den mit Männern sämtlicher Altersklassen überfüllten Raum, bis er am Ende seinen Kontaktmann erkannte. Ralf fiel in seiner alten Lederjacke zum Glück kaum auf, da Leder in sämtlichen Verarbeitungsformen das vornehmliche Kleidungsstück zu sein schien. Auch daher rührte dieser unter dem Rauch- und Alkoholdunst liegende scharfe Geruch von Schweiß auf gegerbtem Leder.

Herbert Beyer hatte diesen Maik gut beschrieben: ein hageres, eingefallenes Gesicht, die Vollglatze unter einem amerikanischen Stetson verborgen, das Gesicht mit grüngrauen Tattoos überzogen.

»Maik?«

Ziether hatte sich vorgebeugt, um sein Gegenüber, zu dem er sich durchgedrängelt hatte, nicht für alle hörbar anzusprechen. Dieser zeigte keine Reaktion, hob nur zwei Finger in Richtung Theke, von wo in einer überraschenden Geschwindigkeit zwei ordentliche doppelte Whisky in breiten Stumpengläsern abgefüllt und von den Umstehenden herübergereicht wurden. Mit einer Kopfbewegung veranlasste er Ziether, zur Theke zu blicken, wo der Wirt ein Handzeichen gab.

»'n Zwanni«, meinte der Tätowierte nur. Ziether zückte sein Portemonnaie und reichte einen Zwanzig-Euro-Schein in Gegenrichtung durch die Hände der Umstehenden zur Theke hinüber.

»Was ist da für mich drin, bei 'n paar handfesten Infos?«

Ziether zog aus der Innentasche seiner Lederjacke eine sündhaft teure Whiskyabfüllung, zwölf Jahre abgelagert, Black Label.

Maik griff sich die Flasche, nickte anerkennend und meinte nur »Das is' ja schon mal 'ne gute Anzahlung. Dann hör'n Se mir mal jut zu.« Er beugte sich vor, damit die Nebenstehenden, trotz des Lärmpegels, möglichst nichts mitbekamen. »Diese beeden Totenschädel, die Se jefunden ham, das war der Scharfrichter.«

»Der Scharfrichter? Wer verbirgt sich dahinter? Kennen Sie ihn?«

Maik schüttelte den Kopf. »Niemand kennt sein Gesicht un' seinen richtjen Namen, zumindest keener, der noch lebt, aber der treibt sein Unwesen da unten.« Maik zeigt auf den Boden. »Der arme Irre kricht bloß gar nich' mit, dass er ausjenutzt wird. Die, die dahinterstecken, mit denen möchten Se sich nich' wirklich anlegen. Ich war ja früher auch bei so 'nem Verein, im Knast, bei der *Arischen Bruderschaft*, da hab ich auch immer noch Kontakt zu, aussteigen kann man da nämlich nich': Eenmal dabei, imma dabei.« Der Hagere zog den rechten Ärmel seiner abgewetzten Lederjacke hoch, und Ziether sah das eintätowierte germanische Runenzeichen oberhalb des Handgelenks.

Maik schob den Ärmel wieder herunter. »Sacht dir der Name Steve Bannon was? Oder det Alt-Right Movement?« Ziether schüttelte den Kopf. »Richard Spencer?« Ziether musste erneut den Kopf schütteln. »Also ich kann ja nu nich' bei Adam und Eva anfangen, ne? Alt-Right is' die White-Power-Bewegung in den USA, wenn de so willst. Da sin' so einje militante Nazigroups bei. Die sin gut orjanisiert, auch mit

Nazigruppen in Europa. Und, ob Se det glauben oder nich', mitten unter uns finden sich so einige Typen, mächtige Leute, die aktiv dabei sin'.« Maik wies erneut mit dem Zeigefinger nach unten. »Dass Se die beeden Totenschädel jefunden ha'm, war eher so 'ne Art Betriebsunfall. Det hat die ursprünglichen Pläne janz schön durcheinanderjewürfelt. Jedenfalls wird man Se daran hindern, dass Se da mehr dazu rausfin'en.«

»Einflussreiche Typen? Wer?«

Maik schüttelte den Kopf. Hielt er Ziethers Frage für so naiv oder sollte das bedeuten, dass er niemanden nennen konnte oder wollte? »Det is' keen einjetragener Verein. Selbst, wenn ich Namen wüsste, würd ich keen' nich' nennen. Ich bin ja nich' lebensmüde. Die nennen sich *Arischer Orden*. Da kommt man nur mit drei Empfehlungen rein, von jestandenen Ordensbrüdern, nur die können neue Mitglieder vorschlagen. Da fängste erst ma' als Novize an. Aba Entscheidungen trifft nur der innere Kreis.«

Ziether war ganz Ohr. Eine hierarchisch organisierte Nazigruppe, hier mitten in Berlin mit einflussreichen Mitgliedern, die Menschen hinrichten ließ? »Woher wissen Sie von den beiden Schädeln?«, hakte er noch einmal nach.

Maik grinste und entblößte eine breite Zahnlücke zwischen ein paar bräunlich gelben Hauern, wo eigentlich seine Schneidezähne hätten sitzen müssen, antwortete aber nicht sofort. Jetzt beugte er sich noch weiter über den schmutzigen Tisch und flüsterte: »Wie ich jehört hab, hat man eine Polizistin entführt … an Ihrer Stelle wär' ich jetze ma' verdammt vorsichtig.« Bevor Ziether diese Nachricht, die öffentlich gar nicht bekannt sein sollte, verdaut hatte, zückte Maik sein Handy. »Hier. Det is' live, det passiert gerade jetze, direkt unter uns!«

Ziether starrte auf den kleinen Bildschirm, sah in flackerndem Fackelschein eine Versammlung von Kapuzenmännern, über ihnen einen übergroßen, aus Stein gehauenen Adler, der auf einer Art rotem Hakenkreuz im Lorbeerkranz thronte. Die Anzahl der Vermummten war schwer zu schätzen, da der fensterlose Raum sich an seinen Rändern in milchigen Unschärfen verlor. Aber vorn, am Rednerpult, direkt unter dem Adler, stand jemand und gestikulierte, das Gesicht unter einer schwarzen Maske verborgen, eingerahmt von übergroßen von unten angestrahlten, blutroten Hakenkreuzfahnen. Ziether konnte nicht glauben, was er da sah.

Maik prostete ihm zu, nahm ein tiefen Zug und meinte: »Det isser, der neue *Arische Orden* ...« Mitten im Satz brach er ab, schnappte sich sein Handy. »Oh Mann, so'n Scheiß!«, stieß er hastig hervor, sprang auf und verschwand hinter einem dunklen Vorhang am Ende der Theke, der Ziether bisher gar nicht aufgefallen war. Überrascht drehte der sich um und sah zwei fette Glatzköpfe in Bomberjacken, die im Eingang der Kneipe aufgetaucht waren und suchend die Herumstehenden taxierten. Ein Hagerer mit schütteren Haaren und dunkler Motorradkluft verschwand jetzt durch die schmutzig braune Decke am Eingang, eine der Glatzen im Schlepptau. Instinktiv war Ziether sich sicher, dass Maik wegen dieser Typen plötzlich aufgesprungen und abgehauen war. Er hätte gern noch mehr erfahren, nun hoffte er, dass sein Kontaktmann einen Weg heraus kannte, der seinen Verfolgern nicht bekannt war.

Er ließ das halb volle Whiskey-Glas stehen und machte, dass er selbst hier wegkam. In seinem Kopf überschlugen sich die Gedanken, und die Bilder aus dem Netz ließen ihn nicht mehr los. Hier unten, hier in Berlin im Untergrund feierte sich dieser ominöse *Arische Orden*? Und richtete seine Opfer hin ...

Suchtrupp *Nikki Zwei* – drei Streifenbeamte, zwei Feuerwehrmänner und ein Vertreter der Berliner Abwasserbetriebe – war noch einmal vom Kellerraum in der Großgörschenstraße in den Berliner Untergrund hinabgestiegen. Die Gruppe hatte genaue GPS-Daten erhalten und arbeiteten mit einem Sendeverstärker, um auch hier, unter der Erde, ihren Standort metergenau lokalisieren zu können. Nun standen die Männer, die einiges an Schutzkleidung und Gerätschaften mit sich schleppten, um auf alle möglichen Widrigkeiten vorbereitet zu sein, genau an der Stelle, wo der Stummelgang, die vormalige Querverbindung zu einer Weltkriegsbunkeranlage, verzeichnet gewesen war. Da war aber nichts. Die Männer standen in dem engen Gang vor einer massiven Wand. Nichts deutete darauf hin, dass hier irgendein Eingang war. Schließlich zückten die Feuerwehrmänner ihre Hämmer und begannen die Wand rundherum abzuklopfen. Irgendetwas stimmte hier nicht. Ein Teil der Wand, ein knapp mannsgroßes Mauerstück, schien nicht dieselbe massive Konsistenz aufzuweisen wie die umgebende Ziegelmauer, es klang irgendwie hohl. Da sie keinerlei weitere Anzeichen für einen Durchgang fanden, schlugen die Feuerwehrmänner mit ihren schweren Hämmern auf das Mauerstück ein, das unter den wuchtigen Schlägen schnell nachgab und sich in einen Haufen Schutt verwandelte. Dahinter lag tatsächlich ein Gang, ausgeformt mit kalt nassem Beton, angefüllt mit verbrauchter Luft, der Geruch von aktivem Schwarzschimmel vermischte sich mit dem Staub des Ziegelschutts. Die Männer hatten vorsorglich ihre Atemschutzmasken aufgesetzt und betraten nun den schmalen Gang. Der vorangehende Feuerwehrmann wies auf zwei rostrote, aber eindeutig gut geölte Schienen am Boden und an der Decke, am rechten Rand des Lochs eine ebenso rostig verfärbte Kurbel, an der ein schweres, gut geöltes Zahnrad befestigt war: der Mechanismus. Die Wand war nur von innen zu bewegen gewesen und hatte bei Bedarf den Zugang vom Ziegelgang hermetisch abgeschlossen.

Vorsichtig durchquerten sie im Gänsemarsch, einer hinter dem anderen, den schmalen Gang und gelangten schließlich an eine Biegung. Die Tunnelluft hatte sich verändert, und als sie um die Kurve kamen, hörten sie auch das Rauschen und nahmen deutlich den Gestank der Abwässer wahr. Nach ungefähr fünfzehn Metern standen sie vor dem breiten, stinkenden Kanal. Hier ging es nicht weiter. Entlang des Kanals gab es keine Trittsteine oder eine erhöhte Kante. Nichts außer dem stinkenden Strom, der durch den gut zwei Meter breiten Kanal rauschte. Sie leuchteten die Wände ab, vor allem auf der anderen Seite des Kanals, aber da war nur blanker, feucht glänzender Beton. Unverrichteter Dinge mussten sie den Rückzug antreten. Als sie wieder an der Oberfläche angekommen waren, zeigte der Mitarbeiter des Abwasserbetriebs die Kanalkarte auf seinem Tablet-PC und schüttelte den Kopf. »Dieser Abwasserkanal ist in meinen Plänen nicht verzeichnet.«

»Wie meinen Sie das? Nicht verzeichnet?«, fragte einer der verschwitzen Polizeibeamten, der sichtlich froh war, aus dem Untergrund wieder nach oben gelangt zu sein.

»Hier. Sehen Sie selbst.« Mit dem Zeigefinger vergrößerte der Angesprochene den Kartenausschnitt. »Hier verläuft der Hauptabwasserkanal. Dieser aber, den wir gerade selbst gesehen haben, der ist laut Plan gar nicht vorhanden. Das müsste er aber, weil wir alle Kanäle regelmäßig warten. Es gibt keine nicht verzeichneten Kanäle, schon gar nicht in dieser Dimensionierung. Außerdem verläuft er von seiner Richtung her genau parallel zum Hauptkanal. Das ist mir unerklärlich.«

Sechster Tag
Freitag

Es war viel zu früh, um aufzustehen, aber Hauptkommissar Ralf Ziether hielt es in seinem zerwühlten Bett nicht mehr aus. Er hatte eine fürchterliche Nacht hinter sich, war immer wieder aus wirren Traumsequenzen von Massenaufmärschen, die direkt von einem gigantomanischen Nazi-Parteitag hätten stammen können, aufgeschreckt. Dazwischen Versammlungen von Kapuzenmännern, die unter brennenden, übergroßen Holzkreuzen geschundene Mitmenschen mit glühenden Hakenkreuzbrandeisen quälten und Köpfe abschlugen.

Der Wecker zeigte gerade mal fünf Uhr, als er sich aus dem Bett wälzte, die Kaffeemaschine anwarf und sich minutenlang unter dem heißen Strahl seiner Dusche garen ließ.

Im unterirdischen Eingangsbereich zur U-Bahn war um diese Uhrzeit die Zahl der Passanten, die mit ihm jetzt schon unterwegs waren, noch überschaubar, der große Pendlerstrom hatte noch nicht eingesetzt. Beim Abstieg in den U-Bahntunnel hatte Ziether ein merkliches Unbehagen erfasst. Hier, womöglich direkt unter ihm, hatte gestern Nacht diese gruselige Versammlung stattgefunden, dort irgendwo musste auch Nikki weiter ausharren, wenn man ihn nicht zwischenzeitlich bereits befreit hatte, eine fahle Hoffnung, da er auch von Britt keinerlei neue Nachricht erhalten hatte. Schon kurz nach der Rolltreppe hörte er den Zeitungsjungen die heutige Schlagzeile laut ausrufen und war von einem Moment zum anderen hellwach: *Mordopfer beim Autobrand im Wedding – Attentat auf Reichsbürger!*

Er schnappte sich im Vorbeigehen das Blatt, das als Aufmacher heute gleich die ganze erste Seite dem Autobrand gewidmet hatte; darunter war ein Porträtfoto des ermordeten Victor Kalbach platziert. Schnell blätterte er den Innenteil auf und stockte, als er die Vergrößerung eines Bildausschnitts des in der Nacht geschossenen Fotos sah, die sein eigenes Konterfei zeigte, gut zu erkennen, weil technisch wohl nachbearbeitet, darunter die Unterschrift: *Leitender Kommissar der Moko Ralf Ziether am Tatort – was verheimlicht die Polizei?*

Na super, dachte er nur, als er dann noch las, dass es keine Antwort auf die Frage besorgter Anwohner gäbe, wie ihre Sicherheit denn gewährleistet werden könne. Dann wurde etwas von möglichen schwarzen Listen krimineller Gruppen mit Verbindungen zu Terrornetzwerken zusammenfantasiert. Und, na klar, besorgte Berlinerinnen und Berliner könnten sich gerne an die Zeitung selbst wenden, die ihre Ängste und Befürchtungen – auf Wunsch auch anonym – endlich mal in der Öffentlichkeit sichtbar machen würde.

Schon um sieben Uhr tauchte Ziether im Büro auf. Die wirren Traumbilder wirbelten immer noch durch seine Gedanken, Hakenkreuzfahnen, marschierende Kolonnen und aufgespießte Totenschädel. Als er eintrat, war zu seiner großen Überraschung Britt auch schon da, was ihm kurz ein erfreutes Lächeln ins Gesicht trieb. Aber auf den zweiten Blick sah er die geröteten Augen unter ihren wirren Locken. Nikki war immer noch verschwunden. Britt hatte wohl eine weitaus schlimmere Nacht hinter sich als er.

Ohne seine Jacke auszuziehen ging er zu ihr herüber und legte ihr seine Hand auf die Schulter. »Und?«, fragte er. »Keine neue Nachricht von Nikki?«

Britt schüttelte wortlos den Kopf. »Ich hätte heute gar nicht hier sein sollen …«.

Ziether erschrak, als er ihre krächzende Stimme hörte – es war nurmehr ein heiseres Flüstern, das sie sich mühsam abzupressen schien. »Aber zuhause fällt mir doch die Decke auf den Kopf.«

Ob sie sich von selbst erhoben oder Ralf sie dazu bewogen hatte, aufzustehen, hätte keiner der beiden später sagen können, aber dann standen sie da, Ziether hatte beide Arme um seine Kollegin gelegt, die sich ganz dicht an ihn drängte und heftig atmend schluchzte.

Es dauerte lange, bis Britt sprach: »Nikki ist jetzt ganz allein da unten. Das war er doch schon zwei Nächte lang, aber ich ...« Sie konnte ein heftiges Schluchzen nicht unterdrücken. »... ich konnte ihm doch wenigstens ... auf seine Nachricht ... antworten.« Die letzten Worte hatte sie mühsam hervorgepresst, jetzt lag sie von einem heftigen Weinkrampf geschüttelt in seinen Armen. Ziether versuchte, sie so gut es ging zu trösten, indem er sie einfach nur hielt, an sich drückte und seine eigenen vorwitzigen Tränen nicht zurückdrängte, denn es gab keine Worte, die ihr Mut und Hoffnung hätten geben können. Nichts wussten sie über den Verbleib des Jungen und sein Schicksal, einfach gar nichts!

Er hielt seine Kollegin in den Armen und spürte die Wärme ihres Körpers. Er räusperte sich und meinte, um das Gefühl der unmittelbaren Nähe abzuschwächen und Britt aufzuheitern: »Ich hab dir gar nicht von meinem Besuch im Heimatmuseum Nordenham berichtet, einem kleinen Städtchen am westlichen Weserufer, und von dem Bild, das ich dort gesehen habe.«

Sie löste sich halb von ihm und sah ihn an. Ihr Gesicht war tränennass. Entschlossen wischte sie die Tränen weg, schnaubte kurz und fragte: »Welches Bild? Erzähl mal.«

Ziether schilderte ihr seinen Museumsbesuch und wie er auf das alte Fresko *Der Bruderkuss* gestoßen und lange fasziniert davor stehen geblieben war. »Das ist doch verrückt, auf dem Bild werden zwei junge Männer hingerichtet, und am Ende liegen zwei abgeschlagene Köpfe dort, vielleicht wurden sie danach zur Abschreckung auch irgendwo sichtbar aufgespießt, genau wie in unserem Bunker in Berlin.«

Britt hatte sich wieder halbwegs unter Kontrolle. Sie setzte sich und meinte: »Ja, dem Ganzen hängt wirklich etwas Mittelalterliches an.«

Später machte er ihnen beiden einen starken Espresso und erfuhr, dass Britt sich, wie abgesprochen, gestern Abend beim BKA gemeldet hatte. Dort war sie sich aber vorgekommen, als säße sie bei einem Verhör, nun allerdings auf der anderen Seite des Tisches. »Dieser Rönnemann ist ja wohl echt das Letzte! Ich kam mir vor wie eine Beschuldigte!«, ereiferte sie sich. »Keine Frage danach, wie man mich freigelassen hat und wo mein Aufenthaltsort da unten gewesen sein könnte. Stattdessen unterstellte er mir, ich hätte von dem unbekannten Kapuzenmann einen Auftrag erhalten und was das wäre. Ich war ziemlich in Rage und habe ihn angefaucht, was er gedenkt, zum Auffinden meines Sohnes beizutragen. Da hat er nur gemeint, sie setzen die Suche weiter fort und dass es besser wäre, ich würde erstmal wirklich alles erzählen, was ich weiß.«

Gerade wollte Ziether Bredehorst, die sich in Rage geredet hatte, von seinem Treffen mit dem Kontaktmann Maik erzählen, als ihr Handy vernehmlich brummte.

Britt blickte auf ihr Smartphone, drückte aufs Display, starrte auf den kleinen Bildschirm und hielt sich erschrocken die Hand vor den Mund. Wortlos reichte sie Ralf ihr Handy.

Das Bild zeigte Nikki, er sah erschöpft aus, als er die Hand hob und grüßte, unten war eine Uhrzeit eingeblendet, acht Uhr, dann poppte ein Text auf: *Besorgen Sie die Akte SEM-AB – vertrauliche Verschlusssache und übermitteln Sie die Seiten 5 und 6. Sie haben noch 48 Stunden Zeit. Dann stirbt Nikki. Diese Handynummer kann nicht zurückverfolgt werden. Stoppen Sie die Suchaktion, wenn Sie Nikki bald lebendig wiedersehen wollen.*

Britts Hand krampfte sich um ihr Handy. Sie atmete heftig aus, die Röte stieg ihr ins Gesicht, und sie konnte die Tränen erneut nicht mehr zurückhalten. »Diese Schweine!«, fluchte sie, reichte ihrem Kollegen das Handy herüber und drehte ihren Kopf weg, damit Ziether nicht sah, wie nah sie einem Zusammenbruch war. *Nikki*, dachte sie nur noch. *Nikki! Was soll ich bloß tun?*

Ziether las die Nachricht und musste schwer schlucken. Am liebsten hätte er auf den Tisch gehauen, er konnte den Drang, irgendetwas kaputt zu machen, kaum unterdrücken. Der Lockenkopf seiner Kollegin zuckte, und seine ohnmächtige Wut schlug in Mitleid um. Er drehte ihr verweintes Gesicht zu sich und nahm sie wieder in den Arm.

Später saßen sie da und versuchten, aus der Nachricht schlau zu werden. In POLIS gab es keinen Vorgang mit diesem kryptischen Kürzel, schon gar nicht irgendeine vertrauliche Verschlusssache. 48 Stunden hatten sie noch, offenbar hatte die anhaltende Suchaktion Nikkis Entführer beunruhigt, sie mussten ihnen schon nähergekommen sein, als sie selbst bisher hatten annehmen können. Aber wenn sie diese Akte nicht finden würden, auch gar keine Ahnung hatten, wo sie suchen sollten … Den Gedanken, was das für Nikki bedeuten würde, sprach keiner der beiden aus.

Mitten in ihre Überlegungen brummte Britts Handy erneut. Sofort beugten sich beide über das Display, die Entführer hatten eine neue Nachricht geschickt. *Nutze den Kontakt zu Wigbalt Schneyder.* Nur dieser eine Satz, das war alles.

Ziether sah seine Kollegen fragend an, jetzt war Britts Gesicht hochrot angelaufen.

»Was ist?«

»Wigbalt Schneyder … ich kenne ihn, er arbeitet beim Verfassungsschutz, soweit ich weiß.«

»Das ist doch nicht der Schneyder, der mich gerade erst so kühl abserviert hat?«

Britt nickte. »Doch, genau der. Und außerdem … er ist Nikkis Vater.«

Es war wahrlich ein beschissener Morgen nach einer schweren Nacht, als die beiden versuchten, irgendwie einen Weg zu finden, inwieweit sie Nikkis Vater einweihen sollten, den Mann, der Britt damals, als sie schwanger geworden war, verlassen und sich vierzehn Jahre lang nicht für seinen Sohn interessiert hatte. Zumindest mussten sie wenigstens zum Schein auf die Forderung des Unbekannten eingehen und weiter ermitteln, ohne den Jungen zu gefährden. Währenddessen lief ihnen sprichwörtlich die Zeit davon.

Ziether berichtete von seinem Treffen mit diesem Maik, und sie überlegten, ob Nikkis Entführer womöglich davon etwas mitbekommen hatten und ob das nicht vielleicht ein Ansatzpunkt sein könnte. Aber all das führte letztlich zu nichts. Womöglich lagen die Antworten auf all ihre Fragen in dieser vertrackten Akte. Vorläufig würden sie dem BKA nichts von dieser Forderung erzählen. Wenn es wirklich so war, dass hier mitten in Berlin eine Nazi-Organisation diese geheimen Treffen organisieren und völlig unbehelligt in irgendwelchen verborgenen Bunkern abhalten konnte, dann musste diese über beste Verbindungen zum Staatsschutz und womöglich in höhere Polizeikreise verfügen. Eine andere Erklärung dafür konnte es nicht geben.

Beide hingen ihren Gedanken nach, und es breitete sich eine bleischwere Stille zwischen ihnen aus. Britt wirkte bedrückt und Ralf Ziether konnte es kaum ertragen, ihr nicht helfend zur Seite stehen zu können. Mitten in diese Stille hinein rief Britt plötzlich aus: »Das gibt's doch nicht. Hier, Ralf, sieh mal!«

Ziether stand auf, ging um den Schreibtisch seiner Kollegin herum und blickte auf den Bildschirm ihres Laptops. »Ich fass es nicht!«, meinte sie. »Auf YouTube, Twitter und Facebook, überall gibt es eine Unzahl von Meldungen zum Tod von Victor Kalbach. Selbst einen eigenen Hashtag *#Reichsbürger_Mord* gibt es, und eine ganze Reihe der Meldungen unterstellt uns, der Berliner Polizei, wir hätten den Mann aus dem Weg geräumt, um *unbequeme Wahrheiten* zu unterdrücken. Du wirst unter dem Hashtag *#Ziether* sogar persönlich mit dem Tod des Mannes in Verbindung gebracht.«

Ziether blieb sprichwörtlich die Spucke weg, als er auf die Meldungen blickte, die seine Kollegin nach und nach aufrief. Die Kommentare reichten von kritischen Wortmeldungen und böswilligen Unterstellungen bis hin zu übelsten Verleumdungen.

Deutsches_Mädel schrieb: *War ja klar, dass die #Kripo irgendwann zuschlägt. Wette #Ziether hängt da mit drin.*

Gerd88 stimmte ihr zu und meinte: *Den Stützen des Systems ist alles zuzutrauen. Wird sowieso wieder alles vertuscht.*

»88, das bedeutet doch *Heil Hitler!*«

Bredehorst nickte.

Rosa18 schrieb: *Haltet die Augen offen! #Ziether, wir haben dich längst auf der Liste!*

»Mit 18 ist wohl nicht das Alter dieser Rosa gemeint, sondern Adolf Hitler!«, meinte Bredehorst. »Auf YouTube ist auch ein Filmchen mit dem Autowrack zu sehen.« Sie klickte auf den Kanal. »Hier. Aber den Text muss man erstmal verdauen.«

Der Film startete mit dem ausgebrannten Autowrack und schwenkte dann auf das Mietshaus, in dem Kalbach gewohnt hatte. Dann kam das Polizeipräsidium ins Bild. Der Text war eindeutig: *Hier wurde Victor Kalbach kaltblütig ermordet. Ein aufrechter Deutscher, der den Staatsorganen der BRD zu unbequem geworden war. Hier im Berliner Polizeipräsidium residiert die Mordkommission, die den hinterhältigen Anschlag auf das Leben Victor Kalbachs aufklären soll. Oder vertuschen soll? Wir bleiben wachsam! #Ziether #Kripo #Reichsbürger_Mord.*

Ralf Ziether musste schlucken, auch diese *Nachricht* erstmal verarbeiten. Nur ein »Das ist ja nicht zu fassen« rang er sich ab.

»Vielleicht sollten wir mal eine genauere Expertise zu diesen rechtsradikalen Umtrieben in Berlin einholen«, meinte Bredehorst. »An der Humboldt Universität gibt es diesen Dozenten, Lieberling heißt der, ein gefragter Fachmann. Vielleicht sollten wir den mal ...«

Mitten in ihre Überlegungen hinein platzte Staatsanwalt Middelberg. Einen unpassenderen Moment hätte sich der nicht aussuchen können. Er hatte es sich nicht nehmen lassen, Bredehorst persönlich zu begrüßen. Er drückte ihr sogar sein Bedauern darüber aus, dass Nikki bis jetzt nicht gefunden und befreit worden war. Aber das war noch nicht alles. »Sie wissen, Frau Hauptkommissarin, dass ich Ihr

Engagement durchaus zu schätzen weiß«, meinte er, »aber nachdem Sie gestern Abend dem Ermittlungsleiter beim BKA alle notwendigen Fakten geschildert haben, kann ich es nicht verantworten, dass Sie in Ihrem Zustand hier weiterarbeiten. Ich halte es aus Gründen der Fürsorge für absolut geboten, dass wir Sie – zumindest bis wir Ihren Sohn wohlbehalten zu Ihnen zurückgebracht haben, und davon bin ich nach wie vor überzeugt – bis dahin nicht mit irgendwelchen Ermittlungen belasten. Seien Sie versichert, dass der Kollege Rönnemann mit seiner Ermittlungsgruppe weiter Tag und Nacht an dieser Sache arbeiten wird. Sie aber werde ich aus gesundheitlichen Gründen bis auf Weiteres vom Dienst freistellen.«

»Aber ...«

Middelberg fiel Bredehorst ins Wort. »Da dulde ich keinen Widerspruch. Ich kenne Sie gut genug, um zu wissen, dass Sie natürlich alles Erdenkliche unternehmen würden, um selbst zur Befreiung Ihres Sohnes beizutragen, obwohl dies nicht in Ihrer Verantwortung liegt. Das kann ich nicht gutheißen und auch nicht dulden. Geben Sie mir bitte Ihren Dienstausweis. Ihre Dienstwaffe ist hier unter Verschluss?«

War Bredehorst eben noch eher betroffen gewesen, so hatte nun längst die Wut darüber, dass der Staatsanwalt sie einfach so kaltstellen und daran hindern wollte, etwas zu Nikkis Befreiung beitragen zu können, die Oberhand gewonnen. Mit hochrotem Gesicht zückte sie ihren Dienstausweis und schlug ihn in Middelbergs ausgestreckte Hand. Wortlos schnappte sie sich ihre Jacke und verließ das Büro.

Ziether war sprachlos. Er spürte, wie Wut in ihm aufstieg, aber der Staatsanwalt hatte, Bredehorsts Dienstausweis in der immer noch offenen Hand, ihm längst den Rücken gekehrt und war ohne ein weiteres Wort aus dem Büro verschwunden. Wütend trat Ziether gegen den Papierkorb, der in hohem Bogen durch den Raum flog und, eine Papierfahne hinter sich herziehend, gegen das Fenster knallte.

Es brauchte einen doppelten Espresso, heiß und tiefschwarz, den er in zwei, drei Zügen hinunterkippte, und dann noch einige Minuten, bis er sich soweit beruhigt hatte, dass er sich den Internetrecherchen zum *Alt-Right Movement* und der Verflechtung zu deutschen Neonazigruppen widmen konnte. Irgendwo musste doch ein Ansatzpunkt zu finden sein.

Alt-Right in den USA, die Alternative Rechte, wie sie sich selbst nannten, hatte ursprünglich als Online-Phänomen begonnen, das nationalkonservative bis faschistische Schlagworte und Überzeugungen, gerne auch Fake News, in die Sozialen Netzwerke und die Öffentlichkeit lancierte. Die Jungs waren verdammt gut vernetzt, vom Ku-Klux-Klan, rechtsextremen Nationalisten und Neo-Konföderierten bis hin zur Prepper-Szene, die sich zu Hause Bunker bauten und auf den Endkampf der Kulturen vorbereiteten. Die meisten europäischen Nazibewegungen pflegten da gute Kontakte. Steve Bannon war wohl einer ihrer führenden Köpfe; als Wahlkampfmanager hatte er Trump 2016 mit in Präsidentenamt gehievt und war, nach seinem erzwungenen Rücktritt im Weißen Haus, immer noch ein einflussreicher Strippenzieher der Rechtsradikalen und Neokonservativen in den USA. Die Republikanische Partei, innerlich geschwächt und thematisch ausgehöhlt durch die jahrelangen Attacken der Tea Party, war politisch nach rechts gerückt und in weiten Teilen empfänglich für rechtsradikales Gedankengut und die offensichtlichen Verrücktheiten des 45. US-Präsidenten geworden, die weiter reichten als seine Amtszeit: Nach seiner Abwahl hatte ein von ihm aufgestachelter Mob das Capitol, den Hort der US-amerikanischen Demokratie, gestürmt und kurzzeitig die Abgeordneten vertreiben können.

Laut Medienberichten propagierte Bannon die *wahre Barbarei*, den Kampf einer männlichen, weiß dominierten Sippen-Gesellschaft, gegen das der UNO unterstellte Ziel eines gemischten, braunen Menschen. Dass hier auch die Emanzipation der Frau nicht vorkam, war nur eine der logischen Konsequenzen dieses reaktionären Denkens.

Die radikalen Trommler für einen Endkampf der weißen Rasse im *Clash of Cultures*, wie der US-Nazi Spencer sie mit eindeutig rassistischen Parolen vertrat, hatten in den USA die rechtsradikalen Überzeugungen von Völkervermischung, Juden- und Islamhass bereits bis in die Mitte der Gesellschaft getragen. Da lag es nur nahe, dass Verbindungen zu gleichartigen Gruppierungen in Europa geknüpft wurden und europäische Populisten sich in ihren Überzeugungen bestätigt fanden.

Ziether las noch so einiges über die Berufung der Frau als gebärende Mutter, die nährende Heimaterde und die Überlegenheit der schaffenden Kraft des weißen Mannes in der Weltgeschichte. Dann reichte es ihm. Genauere Informationen über die Verbindungen in Europa und Deutschland fand er nicht heraus. Aber es gab ja hier auch nicht wenige, selbst in einflussreichen Positionen, die nicht nur eine Aufnahme von Flüchtlingen grundsätzlich ablehnten, sondern die herrschende demokratische Verfasstheit der Gesellschaft nicht wirklich akzeptierten.

Es war schon fast Mittag, als Ziether den Laptop ausschaltete und nachdenklich auf seinem Bürostuhl zusammensackte. Schmerzlich vermisste er seine Kollegin, die Middelberg eiskalt abserviert hatte. Britt. Sie hatte mit ihrem Ex Kontakt aufnehmen wollen, sich aber noch nicht wieder gemeldet.

Er seufzte vernehmlich auf, aber untätig hier herumzusitzen war ja auch keine Alternative.

Dr. Justus Lieberling galt im Fachbereich Sozialwissenschaften als gefragter Experte der Neonazi-Szene. Als Ralf Ziether ihn anrief, sagte er nur zu gerne zu, der Berliner Kripo mit seinem Fachwissen unter die Arme zu greifen. Und so fuhr Ziether am späten Vormittag zur Humboldt Universität. Punkt 11 Uhr 30 stand er vor Lieberlings Büro, klopfte und trat ein.

Lieberling, ein etwas beleibter Mittvierziger, begrüßte den Hauptkommissar und ließ ihn vor seinem voluminösen Schreibtisch, der mit ordentlich sortierten Aktenstapeln und einem Laptop belegt war,

Platz nehmen. »Arbeiten meiner Studenten«, meinte er und zeigte auf zwei der Stapel. »Die muss ich heute noch korrigieren, aber das muss jetzt warten. Gerne gebe ich Ihnen alle Informationen zu rechtsradikalen Netzwerken und Gruppierungen, über die ich verfüge. Sie sprachen am Telefon von Hassmails, Tweets et cetera in Zusammenhang mit dem gewaltsamen Tod des Reichsbürgers Kalbach. Aber ... Erzählen Sie doch erst mal.«

Ziether berichtete von den Mails und Tweets, die in den sozialen Netzwerken kursierten und sich gegen die Berliner Polizei und sogar gegen ihn persönlich richteten.

»Wissen Sie«, meinte Lieberling, »Fremdenhass und Nazismus sind ja keine neuen Erscheinungen in unserer Gesellschaft. Nur mit den sozialen Medien erreicht das Zeug Sichtbarkeit und Breitenwirkung in einer ganz neuen Qualität. Nehmen Sie nur die AfD. Deren Vertreter bedienen fremdenfeindliche, nationalchauvinistische und den Nationalsozialismus verharmlosende Klischees und leisten mit ihren Provokationen und Verharmlosungen der Verbreitung rechtsextremen Gedankenguts Vorschub. Die Medien, vor allem die Zeitungen und das öffentlich-rechtliche Fernsehen, werden als Lügenpresse diffamiert und angegriffen, dafür nutzt man bewusst die sozialen Medien. Hier kann man anonym und ungestraft kommentieren, Nachrichten teilen und andere beleidigen. Die Auseinandersetzung über eine Meinungsführerschaft findet heute längst in den sozialen Medien statt. So sind das nazistische Gedankengut und ein entsprechendes Vokabular auch zunehmend in der Mitte der Gesellschaft angekommen. Aber das beschreibt nur den Rahmen. Sie hatten ja ein konkretes Anliegen.«

»Genau. Diese zum Teil schon direkt an mich gerichtete Hetze in den sozialen Medien, aber auch in anonymisierten E-Mails, haben in kürzester Zeit enorme Ausmaße angenommen. Das hat mich überrascht.«

»Gerade diese Medien sind ein Tummelplatz für Neonazis, Reichsbürger, Verschwörungstheoretiker und Einzelgänger mit psychischen

Problemen, die diese Parallelwelt als Ventil benutzen. Da radikalisieren sich auch Einzeltäter, die sich bestimmten radikalen Gruppen und Meinungen zugehörig fühlen, ohne dass sie sich jemals in der Öffentlichkeit zu erkennen geben müssen.«

»So wie in Hanau und Halle?«

»Ja. Auch der Anschlag auf den Kasseler Regierungspräsidenten Walter Lübcke wurde vermutlich von einem Einzeltäter, höchstens von zwei Personen verübt, und es gab vorher keinerlei Anzeichen dafür. Das rechtsradikale Spektrum ist so vielfältig und heterogen, man kann es nicht bis in den letzten Winkel ausleuchten. Denken Sie nur an die NSU-Terrorakte. Da sind drei Leute einfach abgetaucht, die Polizei verfolgte die Morde als Einzelfälle und ging von völlig falschen Hypothesen aus, während die Terroristen von einem ganzen Netzwerk unterstützt und geschützt wurden. Jahrelang blieben die drei unentdeckt und verübten zwischen 2004 und 2007 dreizehn Mordanschläge. Auch dank der Ungereimtheiten bei den Landesämtern für Verfassungsschutz, um das mal zurückhaltend auszudrücken. Und dieses Netzwerk ist höchst aktiv. Wussten Sie, dass allein 2019 der Verfassungsschutz in Deutschland 270 Rechtsrockkonzerte registriert hat? Die Dunkelziffer ist noch weit höher, aber bei diesen Veranstaltungen vernetzen sich radikale Kameradschaften und Gruppen, da wird mit den Konzerten das Geld eingesammelt, das zum Aufkauf von Land und Resthöfen für rechtsradikale Siedlungsprojekte und Anlaufpunkte dient oder zur Beschaffung der Utensilien für Anschläge verwendet werden kann. Es ist ein Trauerspiel, dass die staatlichen Exekutivorgane diesem Treiben weitgehend machtlos zuschauen müssen, aber die Versammlungsfreiheit ist ein hohes Gut.«

Lieberling stand auf und zog ein schmales Bändchen aus dem Regal neben seinem Schreibtisch. »Hier. Der Verfassungsschutzbericht 2019. Da steht eine Menge drin, auch zur wachsenden Zahl von Anschlägen und Angriffen gegen Personen durch rechtsradikale Gruppen und Einzeltäter. Erschreckende Zahlen, wenn Sie mich fragen. Aber zurück zu Ihrer Frage: Wie gesagt, in den sozialen Medien findet die politische

Auseinandersetzung statt. Da werden bestimmte Anlässe und Reizthemen schnell mit sogenannten Hashtags zu viel gelesenen und geteilten Schlagworten, das funktioniert im Schneeballsystem, und innerhalb von Minuten kann so ein regelrechter Shitstorm entstehen, weil sich zig Leute berufen fühlen, dort ihre Meinung kundzutun. Man bleibt ja quasi anonym, und jeder kann mit einem Klick seinen Senf dazugeben. Ausschlaggebend sind bestimmte Meinungsmacher, die im Netz mehrere Tausend Follower haben und alternative Nachrichtenportale, die sich nicht zu schade sind, Halbwahrheiten und selbst Unwahres zu verbreiten, wenn es nur ihrer persönlichen Reputation dient. Dass man Sie auch persönlich angegriffen hat, ist in seiner Wirkung nicht zu unterschätzen.«

»Wie meinen Sie das? Diese Hetze im Netz könnte auch in eine reale Bedrohung umschlagen?«

»Jedenfalls sollten Sie das nicht auf die leichte Schulter nehmen. Sind Ihre Privatadresse und Telefonnummer öffentlich bekannt? Haben Sie im Netz eine eigene Seite, zum Beispiel auf Facebook, und eine E-Mailadresse hinterlegt?«

»Nein. Beim Meldeamt bin ich natürlich gelistet, ich stehe aber nicht im Telefonbuch. Ich habe auch keine Internetseite oder einen Account bei Facebook oder so.«

Ziether war sehr nachdenklich, als er von seinem Treffen mit Dr. Lieberling zurück in sein Büro fuhr. Internetkriminalität und Kinderpornoseiten, damit waren seine Kollegen in den letzten Jahren intensiv befasst gewesen, aber die Umtriebe auf Twitter, Instagram und YouTube, es hatte bisher keinen Anlass gegeben, sich verstärkt mit diesen Medien zu befassen. Er solle das nicht auf die leichte Schulter nehmen, hatte Lieberling gemeint. Aber was bedeutete das?

Wieder in seinem Büro blickte er auf den leeren Platz seiner Kollegin. Das Beste war wohl, wenn er erstmal zu ihr fuhr. Die

Dienstbefreiung war eine einzige Frechheit gewesen. Er kannte Britt lang genug, um zu wissen, dass sie stinksauer war und keineswegs zuhause die Füße stillhalten würde.

Er blickte auf sein Handy, vierzehn Uhr, wandte sich zur Tür und machte auf dem Absatz kehrt, als sein Diensttelefon klingelte. Piet Wieczorek war dran. »Du ...«, meinte er grußlos, und seine Stimme klang gehetzt. »Ich schick dir mal was auf dein Handy, das war seit letzter Nacht bis eben noch im Netz, bevor es auf Geheiß von ganz oben blockiert worden ist. Dafür soll letztlich der Geheimdienstkoordinator beim Innenminister verantwortlich gewesen sein. Aber das hast du nicht von mir.«

Aufgelegt. Piet hatte einfach aufgelegt. Ziether zog irritiert eine Augenbraue hoch. Der Koordinator der Geheimdienste beim Innenminister? Sein Handy schnarrte. Eine SMS. Von anonym, wunderte er sich. Das musste die Meldung sein. Warum machte Piet denn so ein Geheimnis daraus? Da steckte doch schon wieder irgendeine Riesensauerei dahinter.

Ziether öffnete den Anhang. Ihm blieb der Mund offenstehen, als das Video auf dem kleinen Handydisplay ablief. Gezeigt wurde Victor Kalbach, der offensichtlich halb betäubt zwischen zwei Vermummten in seiner Wohnung auf einem Hocker saß. Da, wo das Porträt Adolf Hitlers hing, wie er sich erinnerte, spannte sich jetzt eine schwarze Fahne mit arabischen Buchstaben. Aber der Film ging noch weiter. Nun sah man Kalbach, der bewusstlos in seinem Auto saß, Benzin wurde aus einem Kanister über das Auto und in den Innenraum geschüttet. Wieder wechselte das Bild. Mit einer gewaltigen Detonation, die das Auto kurzzeitig vom Boden abheben ließ, schlugen jetzt Flammen aus dem Wagen, der ganze Van schien sich von einem Moment auf den anderen in einen einzigen Feuerball zu verwandeln. Die Kamera zoomte heran. Dann sah er es. Vorn auf dem Fahrersitz, in all den Flammen, bewegte sich eine Gestalt, Kalbach. Unvermittelt hörte er neben dem knallenden Knistern der Flammen diesen Schrei, heftig und langgezogen, das Feuer übertönend, Kalbachs Todesschrei.

Nur mit halbem Auge nahm Ziether den Text wahr, mit dem der abscheuliche Film unterlegt war. Irgendwas von Dschihad und Tod den Ungläubigen und: *Wir haben heute einen der führenden Nazis Berlins, Victor Kalbach, hingerichtet.*

Ziether war noch ganz benommen von den grausamen Bildern und vor allem von diesem Schrei – der von Flammen eingehüllte, selbst schon brennende Mensch und sein Todesschrei. Er holte tief Luft, und seine Betroffenheit wandelte sich in Wut. Victor Kalbach war kein unbeschriebenes Blatt in der rechtsradikalen Szene gewesen und hatte mehr als genug auf dem Kerbholz gehabt, aber das, was er hier sah, dafür konnte es keine Rechtfertigung geben, das war einfach nur ein brutaler, ein unmenschlich brutaler Mord.

Wenn ihn jemand gefragt hätte, wie lange er in sich versunken auf seinem Stuhl gesessen und was er dabei gedacht hatte, Ziether hätte wohl keine Antwort darauf gehabt. Die brutale Filmsequenz hatte etwas in ihm angerührt, einen dunklen Raum geöffnet, in dem nur Schwärze und Sprachlosigkeit herrschten, ein dunkles Nichts, das keinen Ausweg zu bieten schien.

Der Hauptkommissar zuckte zusammen, als die Tür hinter ihm auf-gestoßen wurde. Überrascht drehte er sich um, während Rönnemann an der Spitze weiterer Mitarbeiter seines Teams in den Raum stürzte. Als Letzter betrat auch Staatsanwalt Middelberg das Büro, in dem sich nun fünf, sechs Leute um Ziether herum drängten.

Der hatte sich schnell von seiner Überraschung erholt. Er erhob sich und ließ dabei das Handy in seine Hosentasche gleiten. »Was gibt's?«, meinte er auffordernd, ebenfalls grußlos.

Der BKA-Mann blickte Ziether wütend an. »Hatte ich Ihnen nicht gesagt, Sie sollen sich aus meinem Fall heraushalten?«

Ziether versuchte, ein neutrales Gesicht zu machen, und schwieg. Rönnemann streckte die Hand nach hinten aus und ließ sich von einem seiner Mitarbeiter einen schmalen Hefter geben, knallte ihn auf Ziethers Schreibtisch. »Aber Sie konnten es ja nicht lassen, nicht wahr?«

Gerne hätte er diesem eingebildeten BKA-Ermittler mal deutlich die Meinung gesagt, aber Ziether hielt sich zurück und schluckte seinen Ärger hinunter. Wenn Rönnemann hier mit seinem gesamten Team und dem Staatsanwalt auftauchte, dann musste da richtig was im Busch sein. Aber was? Hatte Rönnemann ihn beschatten lassen? Ein ungutes Gefühl drückte ihm auf den Magen und breitete sich schnell weiter aus. Ziether senkte den Blick und schlug wie nebenbei den Aktendeckel auf. Was er sah, ließ ihm die Hitze in den Kopf steigen. Das durfte doch nicht wahr sein! Auf der ersten Seite waren nebeneinander zwei Fotos abgedruckt. Das linke zeigte diesen Maik, sein verschwollenes, blaurot aufgedunsenes Gesicht. Er hatte die Augen geschlossen, das linke blickte weißlich unter dem hängenden Lid der völlig verquollenen Gesichtshälfte hervor. Darunter stand: *Maik Schäfer, Auffindesituation morgens halb drei, Hinterhof, Kreuzberg.* Das rechte Foto zeigte ihn auch, da aber noch lebendig, wie er zusammen mit Ziether am Tisch im hinteren Teil dieser verfluchten Kneipe saß.

Ralf musste hörbar Luft einziehen. Er blätterte noch ein paar Seiten um, sah den dunklen, vermüllten Auffindeort der Leiche, einen ersten Bericht zur Spurenlage. Er klappte den Ordner zu, er hatte genug gesehen.

»Und? Was hat Maik Ihnen erzählt? Und woher wussten Sie, dass er abends eigentlich immer in dieser Kaschemme hockt und sich volllaufen lässt? Wenn wir ihm genug Kohle für seine Tipps geben, gerne mit Whiskey. Aber damit ist es ja nun wohl vorbei!«

Ziether blickte auf, direkt in Rönnemanns Gesicht, der ihn nur verächtlich musterte. *Jetzt nur nichts Falsches sagen, Ruhe bewahren,* mahnte er sich selbst. »Ist doch merkwürdig. Ich treffe mich mit einem alten Kontakt, der zwischenzeitlich so gut wie eingeschlafen war. Und bumms – schon ist er tot. Und das, obwohl Sie mich offensichtlich haben beschatten lassen.« Ziether schwieg und versuchte im Antlitz seines Gegenübers zu lesen, was der jetzt wohl dazu dachte. Rönnemanns Gesicht war leicht rosa angelaufen. Da hatte er wohl einen wunden Punkt getroffen. »Ein alter Kontakt also. Sie wollen mich wohl verarschen, Ziether! Der Staatsschutz hat diesen Mann geführt, er war ein wichtiger Kontaktmann. Daher auch dieses Foto, das Sie mit Schäfer in seiner Stammkneipe zeigt. Schäfer war nie einer Ihrer Kontaktleute, Herr Hauptkommissar. Wir sollten uns da raushalten, weil er nur mit seinem Kontaktmann beim Staatsschutz gesprochen hat. Alles andere war Schäfer viel zu heikel. Und nun kommen Sie daher und tischen mir dieses Märchen auf? Wo waren Sie denn letzte Nacht? Vielleicht in Kreuzberg? In einem dunkeln Hinterhof?«

»Hat der Staatsschutz mich da gesehen? Schäfer wollte mir gerade etwas erzählen, aber er kam gar nicht mehr dazu, weil zwei bullige Glatzen auf einmal in der Kneipe aufgetaucht sind, die ganz offensichtlich diesen Maik gesucht haben. Hat der Staatsschutz von denen auch Fotos gemacht?«

»Wieso habe ich bei Ihnen immer das Gefühl, Sie geben nur eine Märchenstunde zum Besten? Mir ist ganz neu, dass das BKA und die Berliner Kripo nicht auf derselben Seite des Tisches sitzen!« Rönnemann war laut geworden. »Sie gefährden die Ermittlungen und damit auch das Leben des kleinen Bredehorst. So ein toller Kollege sind Sie, Sie … Sie…« Jetzt war Rönnemann richtig in Rage. Es sah aus, als wollte er sich gleich auf Ziether stürzen. Den kostete es große Überwindung, sich zurückzuhalten. Hinter seinem Rücken presste er die Hände so stark zusammen, dass es ihn schmerzte.

Middelberg schob sich zwischen die beiden Kontrahenten. Ziether sah dieses herablassende Gesicht und hätte jetzt doch am liebsten zugeschlagen, dem Staatsanwalt dieses süffisante, überlegene Grinsen aus dem Gesicht getrieben. »Leider gibt Ihr Verhalten Anlass zu größtem Misstrauen in Bezug auf Ihre Kooperationsbereitschaft. Mit Ihrem eigenmächtigen Vorgehen haben Sie die Ermittlungen torpediert. Das kann ich nicht dulden und auch nicht weiter zulassen.

Ihre Marke und den Schlüssel zu Ihrem Büro, Herr Hauptkommissar. Sie sind hiermit bis auf Weiteres vom Dienst suspendiert. Im Übrigen wird diese Eigenmächtigkeit für Sie nicht ohne Folgen bleiben. Ich werde durch die interne Ermittlung überprüfen lassen, inwieweit Sie Ihre Kompetenzen überschritten haben beziehungsweise Ihrer Kooperationsverpflichtung nicht nachgekommen...«.

Ziether hörte das Ende des Monologs nicht mehr. Er hatte, bevor er sich zu etwas Unbedachtem hinreißen ließ, dem Staatsanwalt seine Marke, den Dienstausweis und den Büroschlüssel in die ausgestreckte Hand geknallt und sich, die Schultern ausfahrend, seinen Weg raus aus dem Büro gebahnt. Zwei von Rönnemanns Mitarbeitern rieben sich wütend die Oberarme, Ziether war nicht zimperlich, wenn er mal richtig in Fahrt kam. Wütend stampfte er zum Treppenhaus, dass die Kollegen und Besucher auf dem Flur erschreckt zur Seite wichen.

Kreuzberg, unweit der Oranienstraße. Der Durchgang zum Hinterhof der Kneipe war offen. Ziether trat in den kleinen Hof, hier war Maik Schäfer aufgefunden worden, übel zugerichtet mit mehreren Knochenbrüchen und dunkel unterlaufenen Hämatomen, der letzte Schlag auf den Schädel hatte ihn umgebracht. Der Tatort selbst war nicht mehr abgesperrt, nachdem die Spuren gesichert und aufgenommen worden waren. An der Rückwand, neben den beiseite geschobenen Mülltonnen standen ein paar Grablichter und Blumen, die die Kreideumrisse, mit der die Lage des Toten markiert worden war, zum Teil verdeckten. Am Rauputz der Wand klebte Blut. Ziether blieb einen Moment stehen und ließ den Ort auf sich wirken. Maik Schäfer, er rief sich noch einmal dessen Gesicht ins Gedächtnis, das Tattoo auf dem Handgelenk, die *Arische Bruderschaft – Einmal dabei, immer dabei. Aussteigen kann man da nämlich nich'*, das waren seine Worte gewesen.

Der zweite Glatzkopf hatte mit dem Hageren zusammen, der den Ton angab, bereits an der Hintertür auf Maik gewartet. Er machte sich offensichtlich einen Spaß daraus, sich neben dem Ausgang an die Wand zu pressen und, anstatt Schäfer gleich eine reinzusemmeln, einfach nur sein Bein auszufahren und ihn zu Fall zu bringen, sodass der dem Hageren direkt vor die Füße fiel.

Maik Schäfer war so in Panik, dass er gar nicht mitbekam, wie neben ihm das Bein des Glatzkopfs vorschnellte, aber er kam ins Stolpern, nahm den ganzen Schwung seiner Bewegung mit, fiel der Länge nach hin und überschlug sich, wobei seine Hände schmerzhaft über den Boden ratschten. Bevor er sich wieder aufrappeln konnte, holte der Hagere genüßlich aus und trat ihm einmal fest in die Seite, dass Maik die Luft wegblieb und der unsägliche Schmerz ihn laut aufstöhnen ließ, während er sich am Boden instinktiv zusammenkrümmte. Der Glatzkopf war jetzt über ihm, drehte Maik brutal auf den Rücken und ließ sein Messer aufschnappen.

»Warte! Lass ihn uns erst hier wegbringen!« Der Hagere stoppte den Glatzkopf, der mit einem bedauernden Schulterzucken sein Messer wieder zusammenklappen ließ. Sie zogen Maik hoch, nahmen ihn in ihre Mitte und schleiften ihn mit sich mit. Als sie auf den Fußweg traten, kam der dritte Schläger gerade mit dem Wagen vor der Hofeinfahrt an, unsanft schoben sie Maik Schäfer in den Fond, nahmen ihn auch hier in die Mitte, und der Fahrer gab Gas.

Dann waren sie nicht sofort hierhergefahren, dachte Ziether. Aber warum hatten sie ihn nicht gleich dort erledigt? Warum der ganze Aufwand und die Spuren? Dort, in der Kneipe, im Auto, hier im Hinterhof? Sie haben ihn rausgebracht – in ein etwas heruntergekommenes Industriegebiet, Ziether hatte nur ein diffuses, unklares Bild vor Augen, dort zogen sie Maik aus dem Wagen, der mittlerweile wieder soweit klar war, dass er versuchte, sich zu verteidigen. Gebettelt und seine Unschuld beteuert hatte er. Er habe doch nur in seiner Stammkneipe gesessen, als ein Fremder sich zu ihm gesetzt hatte. »*Mehr war da nich', ehrlich.*«

Ziether konnte die Angst geradezu riechen, die von Maik ausgegangen war. Der Hagere hatte nur »Verräter!« gezischt, dann hatten sie ihn aus dem Wagen gezogen und auf die dunkle Straße neben einer der heruntergekommenen Lagerhallen geworfen.

»Nein! Das is' nich' wahr! Ich bin kein Verräter!« Der nächste Tritt ließ ihn laut aufheulen und dann wie ein gebrochenes Streichholz zusammenknicken.

»Du stehst schon lange auf meiner Liste!«, meinte der Hagere. Der Hass in seiner Stimme überdeckte den höllischen Schmerz, der von Schäfers gebrochener Rippe ausstrahlte. »Du schmieriger Bullenspitzel!« Er spuckte Maik an, der sich mühsam wieder aufgerichtet hatte. Maik sah ihn an und wusste, das war das Ende. Er wimmerte und hob bittend eine Hand.

»Du Memme! Nie hättest du aufgenommen werden dürfen. Niemals! Los! Gebt ihm den Rest!« Die ersten Schläge von einem der Glatzköpfe, der einen Quarzhandschuh übergezogen hatte, trafen seinen Kopf und seinen Oberkörper, schon der erste Schlag, der laut klatschend auf seinen Mund traf, tat höllisch weh, und Maik spürte, dass sie ihm zwei Zähne ausgebrochen hatten, die er mit dem ersten Blut, dass er schmeckte, ausspuckte. Die nächsten Schläge gegen Oberarme und Schultern raubten seinen Armen die Kraft, der vierte Schlag traf seinen Brustkorb, dass ihm die Luft wegblieb und die gebrochen Rippe einen stichartigen Schmerz durch seinen Körper sandte. Er sackte zusammen, aber einer seiner Peiniger riss ihn hoch, und der andere traktierte seinen Rumpf mit gezielten Schlägen, dann holte er aus und versetzte ihm einen bösen Tritt gegen den Kiefer, der den Unterkiefer gegen das Gelenk krachen ließ. Maik verlor das Bewusstsein …

Dann sind sie mit ihm hierhergefahren. Erneut waren seine Mörder ein unnötiges Risiko eingegangen. Warum? Da hatte Maik Schäfer noch gelebt. Sie schleiften den Bewusstlosen in den Hof, warfen ihn bei den Mülltonnen gegen die Wand, und dann gab ihm einer der Schläger einen Hieb mit einem Totschläger oder einem kurzen Metallzylinder auf den Kopf, dass der Schädel nachgab und brach.

Ziether musste aus den schrecklichen Bildern aussteigen, noch eine Sekunde länger, und er hätte gekotzt. Unerträglich waren sie, diese ungehemmte Brutalität und … ja, die Freude daran, jemanden totzuschlagen. Er riss die Augen auf, drehte sich vom Blutfleck an der Wand weg, versuchte seinen Magen zu beruhigen und holte tief Luft. Seine Mörder. Sie hatten gewusst, dass Maik ein bezahlter Informant gewesen war. Aber war es bloß ein unglücklicher Zufall gewesen, dass sie Maik Schäfer mit ihm zusammen gesehen hatten? Sie hatten ihn gesucht, also schon gewusst, dass er dem Staatsschutz schon mehrmals wertvolle Tipps über die rechtsradikale Szene gegeben hatte.

Einmal dabei, immer dabei. Aussteigen kann man da nämlich nich'. Ziether gingen diese Worte nicht aus dem Kopf. Eine für Maik Schäfer tödliche Devise.

Der Hauptkommissar nahm die U1 vom Kottbusser Tor, wechselte am Halleschen Tor in die U6 – um diese Zeit waren auf beiden Linien hauptsächlich berufstätige Mütter auf dem Nachhauseweg, lärmende Schüler und natürlich Touristen unterwegs. Ralf Ziether wäre jetzt gern allein gewesen und war froh, als er das letzte Stück des Weges zu Fuß zurücklegen und seinen Gedanken nachhängen konnte. Überrascht blieb er stehen, als ihn eine bekannte Stimme aus seinen Grübeleien riss. Er blickte auf und sah direkt in das Gesicht von Murat Mustafi, der ihm vom Eingang zu seinem Imbiss ein ganzes Stück weit gefolgt war, bis er ihn eingeholt hatte.

Mustafi hatte ihn bereits mehrmals angesprochen, bis er reagierte. »Herr Hauptkommissar, bitte, nur einen Moment.«

Ziether wäre am liebsten weitergegangen und hätte Mustafis Ansinnen mit einer Handbewegung abgetan, aber dessen Blick sagte ihm deutlich, dass irgendetwas vorgefallen war. Er nickte und folgte den Türken in den kleinen Raum hinter den Tresen.

Mustafi wirkte nervös und angespannt, noch nervöser als bei ihrem letzten Zusammentreffen, konstatierte Ziether. »Herr Hauptkommissar, meine Kinder … Heute kam Mohammed, mein Jüngster, von der Schule hierher, nicht nach Hause wie sonst. Schon als er hereinkam … er hat so geweint, ich konnte ihn kaum beruhigen. Von der Grundschule muss ihm jemand auf dem Nachhauseweg gefolgt sei. Ein Mann, ohne Haare, so ein Nazi denke ich, plötzlich hat er ihn von hinten am Tornister gepackt und umgerissen. Er hat … er wollte ihn schlagen, aber eine Frau mit Kinderwagen hat das gesehen und laut geschrien. Da hat der Mann nur gesagt, Mohammed soll mir sagen, sie wüssten, wo meine Kinder zur Schule gehen.« Mustafi knotete mit den Händen das Geschirrtuch so stark zusammen, dass seine Knöchel weiß hervortraten.

Ziether fand zunächst keine Worte, spürte nur wie Wut in seinem Bauch aufstieg. Dann meinte er: »Haben Sie das dem Beamten auf dem Revier schon mitgeteilt?«

Murat Mustafi nickte. »Meine Kinder! Jetzt bedrohen sie schon meine Kinder! Was soll ich denn machen?«

Ziether überlegte einen Moment. »Die Kinder dürfen nicht mehr allein zu Schule und von dort zurück nach Hause gehen. Jemand muss sie begleiten. Aber die Frage ist doch, wer könnte ein so starkes Interesse daran haben, dass Sie und Ihre Familie von hier verschwinden?«

Mustafi schüttelte den Kopf. »Ich weiß es nicht. Das hat der Beamte auch schon gefragt, aber wir haben keine Feinde. Ich bin doch nur ein Imbissbetreiber.«

Es war bereits später Nachmittag, als Ziether vor dem Mietshaus, in dem seine Kollegin wohnte, ankam und auf den Klingelknopf drückte. Seine Wut hatte er sich auf dem Weg abgelaufen, jetzt spürte er nur noch Resignation. Er wollte Britt helfen, Nikki helfen und den Fall lösen, aber was hatte er ihr Neues anzubieten? Mit seiner Suspendierung hatte er nicht rechnen können, das erschwerte jegliches weitere Vorgehen noch einmal enorm, aber neben seiner Abneigung gegen den inkompetenten Staatsanwalt und seiner mindestens ebenso starken Wut auf diesen Rönnemann, ging ihm der Internetfilm von der Ermordung Kalbachs nicht aus dem Kopf. Jetzt auch noch irgendwelche radikalen Islamisten. Irgendwie passte das alles nicht zusammen. Wigbalt Schneyder, dieser aalglatte Typ, sollte vor gut fünfzehn Jahren mit Britt zusammen und dazu noch Nikkis Erzeuger gewesen sein? Auch das entzog sich seiner Vorstellungskraft. Obwohl andererseits – es passte zu dem Bild, dass er sich von Schneyder gemacht hatte, dass der sich, als Britt schwanger war, einfach vom Acker gemacht hatte.

Von drinnen wurde der Türöffner betätigt, Ziether drückte die Tür auf und stieg die zwei Stockwerke hoch bis zu Britts Wohnung. Sie stand in der Tür, und ihr Anblick erschreckte ihn. Ihre Augen waren gerötet, das Haar stand wirr von ihrem Kopf ab, aber ihr Gesicht war seltsam bleich. Wortlos ließ sie ihn ein, ging voraus in die Küche und stellte ihm einen zweiten Becher auf den Tisch. Ohne zu fragen schenkte sie ihm Kaffee ein.

»Britt, was ist los?«

Britt setzte sich »Ich habe Wigbalt angerufen.«

Ziether sah nur ihren Gesichtsausdruck, sagte lieber nichts und zog nur fragend eine Augenbraue hoch.

»Ich ...« Britt setzte sich und Ralf ließ sich auf den anderen Stuhl fallen. »Es ist gut ein Jahr her, da hatte er mich angerufen. Er hatte wohl getrunken, das hat er früher nie getan. Vielleicht ging's ihm da nicht gut, keine Ahnung. Das ist ja auch ...«, sie machte eine wegwischende Handbewegung, »... völlig unerheblich. Jedenfalls hat er nach Nikki gefragt. Nach vierzehn Jahren!« Sie schüttelte den Kopf. »Seitdem habe ich seine Handynummer. Ich hab ihn angerufen, wollte ein Treffen vereinbaren. Das wollte er aber nicht. Dann habe ich ihm einfach alles erzählt.«

Ziether nickte. Er sah, welche Mühe es sie kostete, von ihrem Ex zu sprechen.

»Erst war er noch ganz cool, aber dann ...«

»Dann nicht mehr.«

»Als ich ihm gesagt hab, dass Nikki entführt ist, hat er noch genau zugehört, aber als ich von einer Forderung der Entführer sprach, wobei nur er mir helfen könnte, war das Gespräch ziemlich schnell beendet.« Sie seufzte hörbar auf, und ihre Augen füllten sich wieder mit Tränen. Ziether griff nach ihrer Hand, aber sie zog ihre weg.

»Ich treffe ihn heute Abend. Er teilt mir noch mit, wann und wo.«

»Dann ahnt er wohl schon, was du von ihm willst.«

»Irgendwie ja, glaube ich. Aber ich bin nicht sicher. Bei ihm war ich mir eigentlich nie sicher, was in seinem Kopf vorging ...«.

Ziether nahm einen Schluck Kaffee. Unwillkürlich blickte er auf seine Uhr. Noch sechsunddreißig Stunden, dachte er, dann lief das Ultimatum der Entführer ab.

Die Wege des Schicksals waren unergründlich, die Nornen, sie spannen die Lebensfäden über alle Gezeiten hinweg und verwoben sie zu einem undurchdringlichen Webteppich. Über die Jahrtausende verbanden und lösten, verwirrten und entwirrten sie die bunten Fäden, knoteten die auslaufenden Enden der Verstorbenen in den dicken oder schmaleren Strang einer jeden Sippe ein, vererbten den Lebensweg der Ahnen an deren Nachkommen, auf dass ihre Erfahrung in ihnen weiterlebte. Aber was, wenn die Menschen ihre Vorfahren vergaßen, sich abwandten, ihr Blut mit fremdem vermischten und die Farbe ihrer Sippe verleugneten? Und stand er selbst durch seine Herkunft trotz aller Mühen, die er auf sich genommen, dem großen Strafgericht nicht näher, als er wahrhaben wollte? Was erwartete Frigga von ihm, um die Endgültigkeit ihres ver-

nichtenden Urteils noch abzuwenden? Er wusste es nicht. Die Runen, die er geworfen hatte, sie blieben rätselhaft, er vermochte ihre Botschaft nicht zu lesen. Und die Feinde? Sie waren ihm bereits nahegekommen, näher, als er es sich in seinen schlimmsten Träumen hatte ausmalen können! Er hatte sie nicht abschütteln, hatte das Schicksal, selbst als er die Mutter freiließ, nicht günstiger stimmen können. Hatte er nicht den Frauen das Zeichen aufgelegt? War das nicht sichtbar genug gewesen? Der Junge – würde womöglich einzig sein Blut die Wende einleiten? Aber er durfte nichts überstürzen, sich keinen Fehler mehr erlauben. Bevor er zu diesem letzten Mittel griff ... die junge Frau ... zunächst galt es, diesen Versuch zu wagen.

Ziether war bereits im Treppenhaus, als Bredehorst aus der Wohnungstür trat, sich umdrehte und den Schlüssel ins Türschloss steckte. Er würde noch einmal in die Kanalisation einsteigen und weiter nach Nikki suchen, während seine Kollegin sich mit Wigbalt Schneyder traf. Die Nervosität war Britt deutlich anzumerken gewesen. Unerbittlich verrann die Zeit, und es war keineswegs sicher, selbst wenn sie Nikkis Vater zur Kooperation überreden und die Akte besorgen könnte, ob ihr Sohn dann wirklich unversehrt freikommen würde.

Ziether drehte sich auf dem Treppenabsatz noch einmal um. Er sah, dass Britt immer noch vor der Wohnungstür stand. Obwohl, hatte er gerade nicht gehört, wie sie den Schlüssel im Schloss umdrehte? Aber sie stand immer noch da. Wie erstarrt. Da stimmte doch etwas nicht!

»Britt?«

Langsam wandte sie sich ihm zu. Ziether kam es wie eine Ewigkeit vor. Sie hatte ihr Handy in der Hand und blickte unverwandt auf den kleinen Bildschirm. Jetzt löste sie sich aus ihrer Erstarrung, ließ sich mit dem Rücken gegen die Tür fallen und schluchzte laut auf.

Ziether nahm gleich mehrere Stufen auf einmal und war mit wenigen Schritten bei ihr. Er konnte sie gerade noch auffangen, bevor Britt ganz in sich zusammensackte.

Ralf hielt sie im Arm, sie hatte ihren Kopf an seine Schulter gepresst und er spürte, wie sie erbebte, als sich die Tränen aus ihren Augen lösten. Langsam nahm er das Handy aus ihrer Hand, die sich fest um das kleine Gerät geklammert hatte. Er hob es hoch und sah das Foto auf dem Display. Abgebildet war ein braunes Stück Packpapier, beschrieben mit der krakeligen Handschrift eines Vierzehnjährigen. Nikki. Der Junge hatte eine Nachricht aufgeschrieben und seine Entführer hatten ein Foto davon an Britts Handynummer geschickt.

Mama,

kommst du bald? Wie lange bin ich schon hier unten? Ich hab die Zeit vergessen. Mir ist kalt und ich bin ganz alleine. Der Mann mit der Kapuze macht mir Angst. Bitte melde dich doch! Bitte!!! Nikki

Ziether hatte die Arme um seine Kollegin gelegt, er hielt sie einfach nur fest und spürte, wie heiße Wut in ihm aufstieg. *Diese Schweine,* dachte er. *Diese elendigen Schweine! Wenn ich euch in die Finger kriege!*

Langsam löste sich Bredehorst von ihm. Ziether sah in ihr verweintes Gesicht, aber ihre Augen waren jetzt hart. Britts Betroffenheit war in Wut umgeschlagen, nein, das war weit mehr als das: Hass, blanker Hass, ein Blick, der selbst ihm Angst machte. »Lass es uns angehen«, sagte sie, und so, wie sie es aussprach und ihn dabei ansah, dachte Ralf, dass es für die Entführer wohl besser wäre, wenn Britt sie nicht als Erste in die Finger bekam.

Die Alt-Berliner Einraum-Kneipe empfing Bredehorst mit einem Schwall verbrauchter Luft und Bierdunst, als sie die Eingangstür aufzog. Dichtgedrängt in Zweierreihen standen die Besucher aus den umliegenden Straßen am Tresen, und der Lärmpegel war hoch. Niemand nahm Notiz von ihr, nur der Wirt, der am Zapfhahn eine ganze Batterie Biergläser füllte, blickte kurz auf. An der Längsseite gegenüber dem Tresen standen ein paar schmale Tische und Stühle. Alle waren gut besetzt. Am letzten Tisch saß Wigbalt hinter seinem Bierglas, ihm gegenüber nur ein weiterer Stuhl, über den er seine Jacke geworfen hatte.

Zielstrebig steuerte Bredehorst auf ihn zu. Sie musste hart schlucken Es war nicht nur die von menschlichen Ausdünstungen erwärmte Luft, die ihr die Röte ins Gesicht trieb. Wigbalt. Wie lange war es her, dass sie ihm von Angesicht zu Angesicht gegenübergestanden hatte? Zehn Jahre lag es jetzt schon zurück. Ein Zufall, sie waren sich im Einkaufszentrum über den Weg gelaufen; unvermittelt hatte sie hinter ihm in der Kassenschlange gestanden, und sie hatten ein paar Worte miteinander gewechselt. Belangloses Zeug. Aber er hatte sie nervös gemacht, etwas in ihr angestoßen, das immer noch mit ihm beschäftigt war, eine unterdrückte, von Tränen und Wut verdeckte heimliche Sehnsucht. Grauer war er geworden, stellte sie fest, als sie näherkam und er den Blick hob.

Wigbalt erhob sich, sein Gesichtsausdruck war nicht zu deuten, aber die ersten Fältchen um seine Augen traten hervor, er schien zu lächeln, zumindest neugierig zu sein. Er nahm seine Jacke fort, und Britt drehte sich halb weg, einfach um etwas Zeit zu gewinnen, während sie ihre Jacke auszog und über die Stuhllehne hängte.

»Hallo Britt.«

Sie wandte sich ihm zu und hörte sich antworten: »Hallo Wig.« Wig, so hatte sie ihn immer genannt. Es klang seltsam vertraut.

»Was willst du trinken?«

»Dasselbe wie du.« Britt zeigte auf sein Glas. Wie du ... Eine Schicht Fremdheit schob sich über das Gefühl der Nähe – wie du ... Zu viel war passiert an Verletzung und Schmerz zwischen damals und jetzt in all den Jahren seitdem. Aber sie hatte ihn geliebt, sich eine Zukunft mit ihm gewünscht ... und war so tief enttäuscht worden. Britt holte tief Luft und nahm sich zusammen. Nikki. Es ging nur um ihn, ihren Sohn, um nichts anderes.

Wigbalt war aufgestanden, hatte ihr Bier vom Tresen abgeholt. Der Wirt schien ihn zu kennen. Wohnte er hier in der Nähe? Als er das Glas vor ihr abgestellt und sich gesetzt hatte, holte sie tief Luft und erzählte ihm alles. Von den Totenschädeln, den Erlebnissen im Berliner Untergrund, selbst die Ermordung des Neonazis ließ sie nicht aus, und als sie den Namen ihres Kollegen erwähnte, nickte Wigbalt nur und verzog unmerklich das Gesicht, eine kaum wahrnehmbare Regung der Missbilligung, die sie von früher nur zu gut von ihm kannte. Dann schilderte sie die Entführung und Nikkis Lage. Als sie die Akte SEM-AB erwähnte, verzog er sein Gesicht. Er kannte also diese ominöse Akte. Und es war ihm sichtlich unangenehm, dass diese jetzt Gegenstand ihres Gesprächs geworden war. Als sie geendet hatte, endlich alles heraus war, entstand eine schwer erträgliche Leere zwischen ihnen. Wigbalt schwieg, in seinem Kopf arbeitete es sichtbar, und Britt spürte wieder diese Ohnmacht, die Sorge um ihren Sohn. Sie fröstelte innerlich und spürte deutlich: Die Forderung der Entführer, sie stand wie eine Wand zwischen ihnen, eine Wand aus Eis.

»Und jetzt willst du von mir, dass ich dir diese Akte besorge? Dieser Vorgang ist als vertrauliche Verschlusssache eingestuft. Da komme ich gar nicht ran, selbst wenn ich es wollte. Die Akte liegt beim Chef im Tresor.« Seine blauen Augen sahen sie kalt an, kalt wie ein toter Fisch.

Britt dachte nur: *Sag es nicht, Wigbalt, sag nicht, dass du mir nicht hilfst, unseren Sohn zu retten!*

»Ich ...« Wigbalt brach ab, ihre Blicke trafen sich. »Und selbst wenn ich es täte, nur mal angenommen, ich gehe ja davon aus, dass du alle anderen Möglichkeiten mit deinem Kollegen ...«, der Unterton war nicht zu überhören, »... durchgegangen bist, selbst wenn ich es täte, wie stellst du dir das vor? Ich bin nicht James Bond und du nicht

Modesty Blaise oder Lara Croft. Das hier ist die reale Welt und kein Internet-Game.«

»Es geht um Nikki. Um nichts anderes.« Britt schluckte die Bemerkung herunter, dass er sich vierzehn Jahre lang nicht um sein Kind gekümmert hatte. »Er ist dein Sohn.«

Und mein einziges Kind, dachte sie

Ralf Ziether wunderte sich nicht, dass er im Innenhof in der Groß-görschenstraße keine Anzeichen einer polizeilichen Überwachung hatte feststellen können. Schließlich waren die Untersuchungen vor Ort längst abgeschlossen – und da es sich um keinen Tatort im eigentlichen Sinne handelte und die Suchtrupps an diesem Einstieg nicht erfolgreich gewesen waren, war auch keine Streife mehr vor Ort. Umso besser, dachte er, als er im funzeligen Licht der schwachen Deckenbeleuchtung das Siegel vor der Kellertür durchriss. Den Rucksack geschultert, den er mit dem, was er meinte, eventuell zu benötigen, in seinem Büro und zuhause gepackt hatte, betrat er den kleinen, fensterlosen Raum. *Gut, dass er damals den Zweitschlüssel hatte anfertigen lassen*, dachte er, und sah wieder das süffisant grinsende Gesicht des Staatsanwalts vor sich. Schnell schob er den Gedanken beiseite. Das kalte Licht seiner Stablampe erfasste das verlassene Gitterbett, das er entschlossen hochhievte und sich an den Abstieg über die enge Wendeltreppe machte. Mit dem grellen Lichtkegel vor sich fiel es ihm erheblich leichter, in dem schmalen Gang voranzukommen. Ziether beeilte sich, bis er an die Abzweigung kam, wo der Suchtrupp die nachträglich eingesetzten, dünnen Mauersteine durchschlagen hatte. Schon klatschte das Schmutzwasser um seine Füße. Er nahm den Rucksack ab und zog die lange Gummihose heraus. Von hier konnte er das Rauschen des Kanals hinter dem engen Durchlass schon hören, und der unverkennbare Gestank der Abwässer legte sich bereits schwer auf seinen Atem.

Schließlich hatte er die Uferkante des breiten Abwasserkanals erreicht, der so übervoll war, dass die stinkende Brühe bereits den schmalen Betonsteg an seinen Rändern überflutete und sich in dem schmalen Gang, den er nur gebückt hatte durchschreiten können, mehrere eklige Wasserlachen gebildet hatten, die unter den Tritten seiner Gummistiefel hochspritzten. In der Dunkelheit konnte er selbst innerhalb des Lichtkegels der Halogenlampe den Grund des Kanals nicht erkennen. Ziether schwenkte die Lampe zur anderen Seite des Tunnels. Da! Gut dreißig Meter von seiner Position versetzt, war er, der Einstieg in den angeblich nach dem Krieg verfüllten Tunnelgang. Dann ließ er sich vorsichtig in die Brühe hinab, in der aller möglicher Unrat an ihm vorbeitrieb. Die Lampe hatte er fest in der linken Hand umklammert, während er mit der anderen den Rucksack über seinen Kopf hielt. Endlich hatten seine Füße auf dem schlammigen Boden Halt gefunden, die Brühe reichte ihm jetzt bis über die Hüften. Die Strömung war nicht so stark, wie er befürchtet hatte, aber er traute dem Untergrund nicht und arbeitete sich mit tastenden Schritten langsam vorwärts, den leicht versetzt liegenden Quergang auf der anderen Seite mit der Lampe fest im Visier. Dort angelangt, stützte er sich mit den Knien auf den unter Wasser liegenden Steg, das Atemholen fiel ihm schwer in diesem Gestank. Er schob den Rucksack auf seinen Rücken, klemmte die Lampe unter den Arm, stützte sich auf und hievte sich hoch.

Es war, wie er vermutet hatte. Ziether blickte auf sein Handydisplay. Hier hatte er zwar null Empfang, aber zum Glück hatte er den Plan des Kanal-Katasters abfotografiert. Der Quergang, durch den er sich gebückt vorarbeitete, war laut Plan ein toter Gang, eine Sackgasse, die da endete, wo früher ein Zugang zu einer großen Luftschutzbunkeranlage aus dem Zweiten Weltkrieg gewesen war. Der Bunker war gegen Kriegsende halb zerstört worden, als SS-Einheiten, die von dort aus unterhalb der Stadt verschiedene Verteidigungsstellungen mit Waffen und Munition versorgt hatten, in direkte Feindberührung gekommen waren. Die sowjetischen Einheiten hatten auf der oberirdischen Bunkerzufahrt eine Panzereinheit aufgefahren und mehrere Granaten auf das Stahltor und dann in den Bunker hineingefeuert. Das Ergebnis war für die Verteidiger verheerend gewesen. Aber der Bunkerteil, der direkt am Ende des Kriechgangs angrenzte, war versetzt hinter den davorliegenden gebaut und womöglich nicht in Gänze zerstört worden. Nur darüber sagte seine Karte nichts aus. Stattdessen verlief in unmittelbarer Nähe ein breiter Abwasserkanal, der von hier aus laut Plan aber nicht zu erreichen war.

Nach wenigen Metern stand Ziether halb gebückt vor der Wand, an der der tote Gang endete. Wenn der Abwasserkanal, den er gerade durchquert hatte, schon nicht verzeichnet war – und er hatte ja selbst erlebt, wie breit und tief der gewesen war –, konnte er dem offiziellen Kataster überhaupt trauen? Mit der Lampe leuchtete er die Wand ab: heller, zum Teil feuchter Beton. Ziether hatte seine dünnen Lederhandschuhe übergezogen und begann die Wand abzutasten. Als er an deren linken Rand mit der Hand entlangfuhr und sich mit der rechten abstützte, gab die Wand mit einem Mal einfach nach, schwenkte auf, und er fiel vornüber in die Öffnung hinein.

Ralf Ziether lag halb in einem dunklen Gang, auf seinem Gesicht spürte er einen leichten Luftzug, der durch die geöffnete Geheimtür zog. Irritiert setzte er sich auf. Wenn diese Tür so leicht zu öffnen war, dann hatte der Suchtrupp bereits am jenseitigen Ufer des Abwasserkanals gestoppt und umgedreht. War denn niemandem aufgefallen, dass der Kanal offensichtlich falsch eingezeichnet war? Offenbar hatte auch niemand es für nötig befunden, die Wände abzuleuchten und die Suche in dem schmalen Tunnelgang auf der anderen Kanalseite fortzusetzen.

Um ihn herrschte Totenstille. Der Gestank hatte durch den Luftzug etwas nachgelassen, und das Rauschen des Abwassers drang nur noch gedämpft durch die halbgeöffnete Tür. Ein Gedanke formte sich in seinem Kopf: Konnte es sein, dass man im BKA verhindern wollte, dass zu viel über die geheimen Umtriebe im Berliner Unter-

grund bekannt wurde? Rönnemann. Er sah das Gesicht des herri-
schen Kollegen vor sich, der sich hart und entschlossen gab, alles
daranzusetzen, den entführten Jungen zu finden. Was, wenn alles nur
Show war? Ganz offensichtlich hatte er die Missstimmung zwischen
dem Staatsanwalt und seinen beiden Kriminalbeamten schnell bemerkt und Middelberg dazu gebracht, sowohl Bredehorst wie auch
Ziether von den weiteren Ermittlungen auszuschließen und so mögliche Störenfriede aus dem Weg zu räumen. Und Maik? Hatte er
sterben müssen, weil er Ziether zu viel verraten hatte?

Er drängte diese Überlegungen zurück. Jetzt musste er erstmal
sehen, ob er Nikki hier unten finden konnte.

Siebter Tag
Sonnabend

Fasziniert hatte er zugesehen, wie sich der Nachthimmel immer mehr zugezogen und tiefschwarze Wolken vor den Mond geschoben hatte. Wie so oft in all den Jahren, saß Reinhard van Warften wieder einmal schlaflos auf seinem kleinen Balkon. Lange hatte er das steinerne Familienwappen betrachtet, dessen Umrisse jetzt, in der Nacht, kaum noch auszumachen waren. Nun würde also alles zu Ende gehen, über siebenhundert Jahre Familiengeschichte mit ihm begraben, das Wappen würde nicht mehr die Seinen an ihre Verpflichtung aus der Geschichte und an den Fluch ihrer Familie gemahnen, sondern zu einem leeren Symbol werden, das den nachfolgenden Generationen nichts mehr sagen und in Vergessenheit geraten würde. Aber so war der Lauf der Welt. Auch wenn mit ihm die Familiengeschichte endete, das Abschlachten und Morden würde weitergehen, zumindest das war gewiss, eine Tatsache, die eigentlich jeden halbwegs vernünftigen Menschen am Wesen und Unwesen der eigenen Art verzweifeln lassen müsste.

Er seufzte kurz auf und schob den Gedanken beiseite. Es machte keinen Sinn, in Fatalismus und Resignation zu verfallen, solange es immer noch Hoffnung gab. Die Worte seines Großvaters fielen ihm wieder ein, die der Sterbenskranke kurz vor Kriegsende Anfang April 1945 seinem Sohn, Reinhards Vater Wilhelm, gesagt hatte.

Nur noch flüstern hatte er gekonnt, während der Artilleriedonner von den alliierten Stellungen unweit der Stadtgrenze sämtliche Geräusche von Leben aus der weithin zerbombten Stadt herausgetrieben zu haben schien; mehr als einmal hatte Wilhelm ihm die Szene geschildert. Feindliche Flugzeuge waren im Tiefflug über ihr Haus hinweggerast, und Bomben und Granaten, vereinzeltes Abwehrfeuer der noch verbliebenen Flakstellungen und Maschinengewehrnestern der Verteidiger, hatten den passenden Theaterdonner abgegeben, eine wahrhaftige Götterdämmerung, die eines Richard Wagner würdig gewesen wäre. Das Wohnzimmer war mit schweren Vorhängen verdunkelt. Wilhelm hatte sich geweigert, im Keller Schutz zu suchen, nachdem der Alte selbst abgewunken hatte, als sie ihn hatten heruntertragen wollen. Ganz nah hatte er sein Ohr an den Mund des Vaters gebracht, dessen leise rasselnden Atem gehört, den warmen Luftzug in der Ohrmuschel gespürt.

»Als das Tier mit der dreifachen Sechs, der schwarze Widder, direkt aus der Hölle aufgefahren ist, die Menschen blendete, die Tiefsten erhoben und die Besten erniedrigt hat, da habe ich zwei der Besten geopfert, so wie unser Urvater Abraham es beabsichtigte ...« Ein Hustenanfall schüttelte den Alten. Wilhelm zog den Kopf zurück, bis sein Vater sich beruhigt hatte, und beugte sich wieder vor. Der Alte lachte kurz auf, seine Arme griffen Wilhelms Schultern und klammerten sich mit einem überraschend starken Griff fest. »Aber diesmal hat Gott nicht eingegriffen. Zwei meiner Söhne habe ich geopfert, um die Familie zu retten. Trotzdem werden wir alle jetzt den Preis dafür bezahlen, dass wir dem Bösen und Niedersten gefolgt sind, auch wir, Wilhelm, auch wir.«

Ein weiteres keuchendes Husten schüttelte den Alten, ließ seinen geschwächten, mageren Leib sich halb aufbäumen. Als der Husten verebbte, holte er röchelnd Luft. »Ich selbst habe große Schuld auf mich geladen, weil ich Adolf Hitlers Justiz ein willfähriger Helfer gewesen bin. Du weißt, dass ich nach geltendem Recht handelte, als ich Urteile forderte, die jegliche Humanität vermissen ließen. All die Toten und KZ-Häftlinge, sie liegen mir schwer auf der Seele. Mach es besser als ich, mein Junge. Und anders als deine Brüder. Nur du bist jetzt noch übrig, Wilhelm. Bring es zu Ende. Versprich mir das. Damit wir alle Frieden finden ...« Der Alte brach ab, seine Augen traten erst wie erstaunt, dann in einem namenlosen Schrecken hervor. Welche finsteren Erinnerungen ihn wohl in seinem Innersten so aufgewühlt hatten? Wilhelm wusste es nicht und der Alte schwieg, kniff die Lippen zusammen. Sein Monolog hatte ihn angestrengt. Müde schloss er die Augen. Jetzt ging sein Atem ruhiger.

Friedrich Wilhelm van Warften, dachte sein Sohn, *welche Schuld hast du auf dich geladen und den nachfolgenden Generationen als schwere Last aufgebürdet?*

»Bring es zu Ende«, hatte er dem Vater mit auf den Weg gegeben. Dem schwarzen, namenlosen Moloch des Krieges hatte er dessen beiden älteren Brüder in den menschenfressenden Schlund geworfen, eine Entscheidung, die der Alten bis an sein Lebensende bereute, die er nie hatte verwinden können. Der eine, Sascha, war zur Luftwaffe gegangen und hatte, nachdem die stolzen Fliegergeschichten der Eroberungen und Abenteuer im Mittelmeer und in Afrika von den namenlosen Schrecknissen zerbombter deutscher Städte durch den Bombenterror der Alliierten abgelöst worden waren, verbissen sein Land und schließlich nur noch seine Heimatstadt zu verteidigen versucht. Mehrfach als Nachtjäger ausgezeichnet, hatte er mit einer furchtlosen Kühnheit, mit der er seine wachsende Verzweiflung überdeckte, die fliegenden Festungen der Amerikaner und die Bomberverbände der Briten wieder und wieder angegriffen und so viele wie möglich vom Himmel geholt, aber die Welle der feindlichen Angriffsverbände war wie eine nicht enden wollende Flut über das Reich hereingebrochen und hatte auch ihm einen sinnlosen Fliegertod gebracht, als er seine Jagdmaschine, vom MG-Feuer eines amerikanischen Bombers getroffen, mit Vollgas in den feindlichen Flieger lenkte. Die Explosion der beiden Kampfflugzeuge hatte seinen Körper ausgelöscht, und nichts war geblieben vom älteren Bruder als ein schlichtes Holzkreuz auf der Grabstelle der Familie auf dem Riensberger Friedhof.

Rudolf, der mittlere Bruder, schien gänzlich aus der Art geschlagen. Schon früh hatte er sich von der Begeisterung für ein neues germa-

nisches Großreich mitreißen lassen und sich, gegen den ausdrückli-
chen Willen des Vaters und alle Gegenreden seiner Brüder und der
Mutter schroff zurückweisend, freiwillig gemeldet. Die SS, Himm-
lers schwarzes Korps, hatte es sein müssen. In seiner Entscheidung
hatte er sich auf diese Weise als echter van Warften erwiesen – halbe
Sachen machte man nicht. Wenn eine Entscheidung getroffen war,
musste es eine mit Leib und Seele sein. In der SS-Panzerdivision
»Leibstandarte Adolf Hitler« hatte er auf allen Kriegsschauplätzen
mit Mut und einer kaum vorstellbaren Härte, auch gegen sich selbst,
gekämpft, feindliche Panzer gleich reihenweise erledigt, und war, als
sein Tiger in der großen Panzerschlacht bei Kursk selbst einen
schweren Treffer abbekam, aus dem brennenden Stahlgehäuse ge-
sprungen, hatte sich die Panzerfaust eines toten deutschen Landsers
gegriffen, war todesmutig allein vorgegangen und hatte den sowjetischen Panzer mit einem gezielten Schuss erledigt. Selbst angeschossen
und verwundet, hatte er auf dem Weg ins Lazarett und dann beim
Heimaturlaub die andere Wirklichkeit wahrnehmen müssen, die er
immer ausgeblendet hatte: ausgemergelte KZ-Kommandos und Zwangs-
arbeiter in den Trümmern seiner geliebten Heimatstadt, das Leben
in Kellern und Bunkern, die Rohheit und Ohnmacht allenthalben.

Am Abend seines Rücktransports an die der deutschen Reichs-
grenze immer näher rückende Front im Osten hielt er eine lange
Unterredung allein mit dem Vater in dessen Arbeitszimmer. Als er
den Raum verließ, hatte er sich bleich und mit feuchtem Blick von
der Mutter und Wilhelm verabschiedet, selbst den Jüngsten ganz
gegen seine Art in den Arm genommen. Irgendetwas war vorgefallen,
etwas, das unumkehrbar war, das hatte Wilhelm damals geahnt. Seine
Mutter hatte ihrem Sohn noch lange nachgeblickt, als er das Haus
verließ. Unbewegt war sie in der Tür stehen geblieben und dann, das
Taschentuch vor den Mund gepresst, an ihm vorbei ins elterliche
Schlafzimmer gegangen. Spät war der Vater aus dem Arbeitszimmer
gekommen, hatte Wilhelm mit traurigem Blick angesehen und auf
dessen Frage, was denn passiert war, mit seltsam tonloser Stimme

eine Antwort gegeben, die er sein Leben lang nicht vergessen hatte. »Rudolf hat mehr gesehen und zu viel getan, als ein einzelner Mensch tragen kann. Ich fürchte, mein Junge, er kommt nicht wieder zurück.«

Wilhelm konnte die Bedeutung dieser Sätze nicht fassen, wollte die brutale Wahrheit, die darin lag, nicht begreifen. Wütend hatte er den Arm des Vaters gepresst und laut geschrien: »Er kommt nicht wieder? Aber warum, Vater? Warum hast du ihn nicht zurückgehalten? Sag mir das! Sag's mir!«

»Es tut mir leid, Wilhelm. Ich habe alles versucht, aber dein Bruder … er hat …« Der Vater führte den Satz nicht zu Ende und wandte sich resigniert ab.

Nach diesem Abend war alles anders im vom Krieg noch weitgehend verschonten Haus der Familie van Warften. Bleierne Trauer und Düsternis hatten sich wie ein undurchdringlich schwarzer Nebel über das Haus und seine Bewohner gelegt, und die Familie verfiel in ein beklommenes Schweigen. Wochen später kam der Brief des Divisionskommandeurs: Ihr Sohn hat in treuer Pflichterfüllung zum Führer sein Leben für Deutschland geopfert. Und Rudolf wurde zugleich das Ritterkreuz mit Schwertern posthum verliehen. Zwei Monate später fiel Sascha bei dem Luftgefecht mit einer US-amerikanischen Bomberstaffel. Danach hatte die Mutter mit dem Vater kein einziges Wort mehr gesprochen. Die Bombennächte und Tagangriffe kamen jetzt in immer dichterer Folge. Die van Warftens blieben in ihrem Haus, ließen den Schutzraum im Keller aber ungenutzt. Erst als der Vater zusammenbrach, weil sein Herz den Verlust zweier Söhne nicht mehr verkraftete, hatte die Mutter sich an sein Bett gesetzt und ihm schweigend die Hand gehalten; jetzt, wo ihr Mann dem Tod näherstand als dem Leben, fand sie in ihrer Trauer einen Weg zu ihm, dem Vater ihrer Kinder.

Der Großvater, Friedrich Wilhelm van Warften, sollte auch diesen schweren Schicksalsschlag überleben. Er wurde nach dem Krieg aus dem Staatsdienst entfernt, aber er war nie wirklich für seine fürchterlichen Tiraden und Strafforderungen als Staatsanwalt belangt worden. Bis zu seinem Tod in den 60er-Jahren hatte er seine staatliche Pension erhalten. Nur über die Jahre der Nazi-Diktatur und seine Tätigkeit im Machtapparat der Nazi-Justiz hatte er niemals mehr ein einziges Wort verloren. Und heute? Heute war er, Reinhard, selbst ein alter Mann, einen *best ager* nannte man das wohl. Er schmunzelte über den kreativen Werbeslogan, der eine ganze Generation grau- bis weißhaariger und glatzköpfiger Männer in Fitnessstudios und auf Langlaufloipen geschickt hatte. Wilhelm, sein Vater, hatte sich als Staatsanwalt einen hervorragenden Ruf erarbeitet, war hart, aber gerecht gewesen und hatte seinem Sohn seinen Begriff von Gerechtigkeit tief eingepflanzt. Aber er hatte den Wunsch des Vaters nicht erfüllen können und musste die Last einer tieferen, Jahrhunderte alten Verpflichtung seinem einzigen Sohn Reinhard aufbürden. Und nun war es also an ihm, alles zu Ende zu bringen.

»Wie? Er hält den Jungen immer noch irgendwo da unten versteckt? Das ist doch Wahnsinn, Kurti!« Der Dicke, der sich gerade den grauen Kapuzenumhang anzog, knurrte nur etwas Unverständliches.

»Sie werden die Suchaktionen verstärken. Das kannst du doch gar nicht verhindern! Das bringt die ganze Aktion in Gefahr!«

Der Hagere hatte jetzt auch seinen Umhang übergestreift und hielt den Dicken, der sich schon am Schwungrad der Stahltür zu schaffen machte, am Arm zurück.

Kurti sah den anderen an und meinte nur: »Sei doch nicht so nervös. Ich kann mir nicht vorstellen, dass der Rote etwas ohne Anweisung von oben macht. Gleich werden wir mehr wissen. Und nenn mich nicht immer ...«

Der Hagere seufzte laut, rückte seine graue Gesichtsmaske zurecht und zog sich die Kapuze über den Kopf. »Ja, ja, ich weiß. Aber eins sag ich dir. Der Typ ist völlig durchgeknallt mit seinen Weissagungen von Frigga. Das war ja anfangs irgendwie witzig, abseitig ... aber witzig.«

Der Dicke zischte: »Ruhe jetzt!«, während er sich mit dem Schwungrad abmühte, das sich endlich lösen ließ. Die schwere Stahltür schwang auf, und die beiden Männer betraten den Geheimgang, passierten schweigend den bewaffneten Wachposten und erreichten den großen Saal. Einige andere Kapuzenmänner saßen bereits an dem breiten Holztisch, der fast die Hälfte des Raumes einzunehmen schien. Die einzelnen Eichenelemente waren passgenau gearbeitet, sodass eine fast nahtlose Tischplatte entstand. Niemand sprach, nur das Zischen der Lüftungsanlage und ein entferntes Pumpgeräusch der hydraulischen Anlage waren zu hören. Am Kopfende des Tisches waren drei Plätze noch unbesetzt. Dahinter leuchteten unter dem wachenden Adler, von unten angestrahlt, die Fahnen der Bewegung und der germanischen Gaue. Jetzt öffnete sich die große Stahltür, und eskortiert von den Schwarzhemden trat das Direktorium ein, drei Männer in dunklen Roben, die Gesichter hinter schwarzen Masken verborgen. Die anderen Männer erhoben sich, nahmen Haltung an und entboten den deutschen Gruß.

Das Direktorium setzte sich, die Schwarzhemden verließen den Saal und schlossen die schwere Stahltür hinter sich. Jetzt war man unter sich.

Der mittlere der drei Männer stand auf: »Die Ereignisse der vergangenen Tage haben in unseren Reihen einige Unruhe hervorgerufen, aber ich darf Sie zur Ruhe mahnen, meine Herren!« Der untersetzte Mann hob seine Stimme, und die Schärfe, die er in seine Worte legte, ließ so manchem der Anwesenden einen Schauer über den Rücken laufen. »Wir stehen unmittelbar vor dem Durchbruch. Und wenn ich sage unmittelbar, rede ich nicht von Wochen, sondern von Tagen, vielleicht nur noch von Stunden. Der Tag der Entscheidung ist greifbar nah.«

Nikki hatte sich eine Zeit lang ganz unter der dünnen, filzigen Militärdecke zusammengekauert, aber warm war ihm dabei nicht geworden.

Was sollte er bloß tun? Er fühlte sich verloren und allein. *Was würde Mama an meiner Stelle tun?*, überlegte er. *Und warum antwortete sie nicht?* Dann fiel es ihm plötzlich ein. Dass der Angst einflößende rot Vermummte ihn mit der Handykamera aufgenommen hatte, konnte doch nur eins bedeuten: Britt war nicht mehr hier, sie war frei, irgendwo da draußen und ... sie suchte nach ihm. Er sah das Gesicht seiner Mutter vor sich und fasste neuen Mut.

Das Drahtgeflecht, auf dem seine schmutzige Matratze lag, war teilweise angerostet. Nikki kroch auf den schmutzig kalten Betonboden unter seinem Lager, suchte ein geeignetes Drahtende und begann, es an einer porösen Stelle heftig hin und her zu bewegen. Endlich löste sich der Draht. Nikki barg das Stück in seiner Hand – vielleicht waren hier ja irgendwo Kameras – kroch wieder unter die Decke und begann das Vorhängeschloss, das die Beinkette an seinem Fußgelenk befestigte, zu bearbeiten. Immer wieder drehte er den Draht gegen den Widerstand im Schlüsselloch hin und her, und plötzlich gab das Schloss mit einem Klacken nach. Er war frei! Nikki konnte ein Triumphgeheul kaum unterdrücken. Heftig atmend lag er unter der stockigen Militärdecke und dachte über seine nächsten Schritte nach. Zuerst einmal musste er hier raus. Die schwere Stahltür zu öffnen, schied von vornherein aus. Außerdem lief er dann Gefahr, dem Roten in die Arme zu laufen. Es musste einen anderen Ausweg geben.

Das Rauschen der Luftzufuhr brachte ihn auf die Idee. Der Lüftungsschacht. Er war schmal und nicht besonders schwer. Wenn er das Gitter öffnen konnte, musste er sich nur noch hochziehen und durch den Schacht kriechen. Wohin auch immer, Hauptsache hier raus.

Nikki kletterte auf eins der anderen Doppelstockbetten, das genau unter einem der Lüftungsgitter stand. Er legte sich ganz flach auf die alte Matratze und hoffte inständig, dass ihn wirklich keine Kamera beobachtete und der Rote nicht plötzlich wieder auftauchte. Auf dem Rücken liegend sah er, dass das Gitter mit sechs Schrauben an dem darüber liegenden Rahmen befestigt war. Mit seinem Draht machte er sich daran, eine Schraube nach der anderen zu lösen.

Ralf Ziether leuchtete mit seiner Stablampe den Gang entlang. Die Geheimtür in seinem Rücken hatte sich fast lautlos von selbst wieder geschlossen. Er hatte die gesamte Wandfläche abgeleuchtet und jede kleinste Unebenheit betastet, aber keinen Mechanismus gefunden, mit dem sie sich wieder hatte öffnen lassen. Nun gut, darüber würde er sich später Gedanken machen, falls er hierher zurückkehren musste. Zumindest war er auf dem richtigen Weg, da war er sich ganz sicher. Waren die ersten Meter des Geheimganges – der Tunnel war so niedrig, dass er sich nur gebückt vorwärtsbewegen konnte – noch mit dunklen Ziegelsteinen ausgemauert gewesen, traf er plötzlich auf den Beginn einer mannshohen Betonröhre, die mit gegossenen Stufen weiter nach unten führte. An der Decke verliefen feuchtglänzende Kabelstränge neben alten, verrosteten Drähten. Nach den ersten sechs Stufen wandte sich die Treppe nach links, und Ziether blickte staunend in einen langen, betonierten Gang, der in Abständen von fünfzehn, zwanzig Metern von bullaugenartigen Lampen an der linken Seitenwand ausgeleuchtet wurde. Er knipste die Taschenlampe aus. Die Lampen tauchten den alten Bunkergang in ein milchig weißes Licht. Auf dem fast staubfreien, sauberen Boden waren keine Fußspuren zu erkennen, was aber neben der funktionierenden Beleuchtung eher dafür sprach, dass dieser Gang heute noch benutzt wurde.

Die Sitzung wurde nach kaum einer Stunde beendet. Aufträge waren erteilt und durch Kopfnicken bestätigt worden. Natürlich hatte niemand dem Direktorium widersprochen. Schweigend, so wie sie gekommen waren, gingen die Teilnehmer auch wieder auseinander.

Der Dicke und der Hagere hatten ihre Kapuzenmäntel abgelegt und waren längst wieder im Archivraum des Kammergerichts angelangt.

Unter der grünen Notbeleuchtung war die Stille zwischen den im Halbdunkel liegenden Aktenregalen kaum auszuhalten.

Der Hagere brach zuerst das Schweigen. »Wir verlieren die Kontrolle, sag ich dir. Erst der Mord an Kalbach. Selbst das Direktorium weiß angeblich nichts über die Hintergründe. Und das, genau das glaube ich denen nicht. Da steckt weit mehr dahinter. Und dann das Risiko, den Jungen hier unten festzuhalten. Immer noch! Und was soll das heißen, wir stehen kurz vorm Durchbruch? Wir stehen kurz davor, aufzufliegen, sage ich dir!«

»Beruhig dich. Noch ist gar nichts aufgeflogen. Gib mir 48 Stunden. Wenn wir bis dahin keinen sichtbaren Erfolg feststellen können, müssen wir sämtliche elektronischen Akten löschen und alle Verbindungen kappen.«

»Aber das Direktorium?«

»Das Direktorium sagt uns auch nicht alles, was es weiß! Ich sage dir nur, wenn wir in zwei Tagen kein Ergebnis haben, rette ich zumindest deinen und meinen Arsch. Klar?«

Der Haupteingang der Zentrale des Verfassungsschutzes war Tag und Nacht mit einem Pförtner besetzt, der auf sechs verschiedenen Monitoren auch die Kameraüberwachung kontrollierte. Bredehorst und Schneyder wählten den über den beschrankten Parkplatz erreichbaren Nebeneingang für Mitarbeiter. Ihr Zutritt zum Gebäude würde im elektronischen Sicherheitssystem registriert werden, das war nicht zu verhindern, dafür sorgte die über dem Eingang angebrachte Kamera sowie das elektronische Türöffnungssystem, das Wigbalt mit seinem Chip aktivierte. Um diese Zeit, Britts Armbanduhr zeigte 0:30 Uhr, war der lange Flur, den sie durchqueren mussten, menschenleer; die grüne Notbeleuchtung tauchte den schmalen Korridor in ein unwirkliches Licht. Am Ende des Ganges betraten sie den schmalen Fahrstuhl und fuhren in eins der oberen Stockwerke hinauf. Während der Fahrt vermied Wigbalt es, Britt anzusehen, aber sie bemerkte deutlich, wie unangenehm ihm die gesamte Situation war. Oben angekommen verließen sie den Lift, und Wigbalt steuerte zielstrebig die leicht versetzt gegenüber liegende Tür an. Während der ganzen Zeit hatten die beiden nicht ein Wort miteinander gewechselt. Nun meinte er leise: »Ich mache dies nur für unseren Sohn, nur darum helfe ich dir. Bitte mich nie wieder um irgendetwas. Diese Aktion heute Abend, egal wie sie ausgeht, wird mich meinen Job kosten.« Er schüttelte den Kopf, so als wundere er sich über sich selbst, was er hier tat und welches Risiko er einging.

Britt fühlte, wie gerührt sie war über diese Worte. Wie oft hatte sie sich gewünscht, dass Wigbalt so zu ihr gestanden hätte, und jetzt, endlich, zum ersten Mal überhaupt, fühlte sie sich von ihm unterstützt und wirklich ernst genommen.

»Ich werde in den Knast wandern«, murmelte Wigbalt vor sich hin und zeigte dieses halb verlegene Grinsen, dass er so selten zuließ, ungläubig über sich selbst. Er hatte eine Scheckkarte aus der Innentasche seines Jacketts gezogen, steckte sie nun in den kleinen Schlitz neben der Tür, das rote Lämpchen darüber wechselte zu grün, er drückte die Türklinke herunter, und die Tür öffnete sich. Britt las neben dem Rahmen den Namen Jörg Heeter, also war das das Büro des obersten Chefs des Verfassungsschutzes. Sie fragte sich, woher Wigbalt wohl die Zugangskarte für dieses Büro hatte, sagte aber lieber nichts. Der Raum war dunkel, von der Straße unten reichte nur ein schwacher Lichtschein bis hier herauf. Im Eingangsbereich des großen Büroraums trat Britt auf einen schweren Teppich, hinten vor der Rückwand stand ein massiver Schreibtisch. Wigbalt steuerte zielstrebig darauf zu, trat vor die freie Fläche der Wand, die links und rechts von Schranktüren begrenzt war, und schob das große abstrakte Bild, das einen Großteil der Fläche einnahm, zur Seite. Dahinter glänzte im Halbdunkel die helle Stahltür eines Tresors.

Britt trat näher heran und sah, dass Wigbalt jetzt weiße Latexhandschuhe übergestreift hatte. In der Mitte der Stahlplatte erkannte sie einen großen Drehknopf, umgeben von Zahlen und Strichen. »Und?«, fragte sie. »Was jetzt? Hast du den Code?«

Wigbalt schüttelte den Kopf. »Unten im Keller sind die Tresorräume für die Mitarbeiter, je nach Zugangsberechtigung mit verschiedenen elektronischen Chips betretbar. Zu diesem Tresor hat nur Heeter selbst den Code. Der Vorgang, den wir suchen, ist absolute Verschluss- und Chefsache.«

»Also kann er nur da drin sein.« Britt zeigte auf die Stahltür. Sie waren so kurz vorm Ziel. Bis in Heeters Büro waren sie problemlos vorgedrungen. Britt saß die Verzweiflung im Nacken, und zugleich spürte sie, wie Wut in ihr aufstieg. Warum hatte Wigbalt sie bis hierhergeführt, wenn ihnen die letzte Tür doch verschlossen blieb?

»Wir haben nicht viel Zeit. Dass wir hier sind, ist elektronisch längst erfasst. Lange wird es nicht dauern, bis der Sicherheitsdienst überprüft, was ich mit meiner Begleitung um diese Zeit im Gebäude zu suchen habe.«

Britt schluckte ihren Ärger herunter, holte tief Luft und fragte so neutral wie möglich: »Und? Was schlägst du vor?«

Wigbalt zog seine Stirn nachdenklich in Falten. »Wir haben drei Versuche, dann greift der Sicherheitsmechanismus, der Tresor ist nicht mehr zu öffnen, und ein elektronischer Alarm wird ausgelöst. Lass mich überlegen. Es ist eine längere Ziffernfolge. Mein Chef ist nicht gerade einer, der sich lange Ziffernfolgen gut einprägen kann. Die meisten Menschen verwenden Daten, die ihm sowieso geläufig sind. Mal sehen … Das Geburtsdatum seiner Frau.16.01.1972.« Wigbalt drehte das Zahnrad zu den angegebenen Zahlen nach links und rechts, erst die 16, dann die 0, die 1, die 19, die 7 und die 2. Er fasste den Tresorgriff, aber die Tür gab nicht nach.

Britt hielt den Atem an. Drei Versuche, sie hatten nur drei Versuche, um an diese verfluchte Akte zu kommen und Nikki zu retten. Unbewusst ballte sie die Fäuste.

»Sein eigenes Geburtsdatum wäre zu einfach. Heeter hat eine Tochter, geboren am 23. März 1998.« Wieder drehte er das Zahnrad nach links und rechts. Erneut fasste er den Griff, aber auch dieses Mal gab die Tür nicht nach.

Britt war der Verzweiflung nahe. Wigbalt sah sie an, sein Blick sprach Bände. Er wusste also auch nicht mehr weiter.

Britt zermarterte sich den Kopf. Welches Datum konnte infrage kommen, wenn es sich überhaupt um ein bestimmtes Datum handelte, das Wigbalts Chef als Code verwendete. Sie führte sich eine der vielen Porträtaufnahmen Jörg Heeters vor Augen, wie er in der Bundespressekonferenz oder zu anderen Gelegenheiten in der Öffentlichkeit aufgetreten war. Selbstsicher, von sich eingenommen und irgendwie arrogant hatte er gewirkt. Ein Mann, der von sich und seiner Leitungspositionen mehr wie nur überzeugt schien. »Wann ist Heeter eigentlich zum Chef des VS ernannt worden? Ich habe gerade gedacht, dass vielleicht dieser Tag für ihn eine ganz besondere Bedeutung hat.«

Wigbalt dachte kurz nach. »Vielleicht hast du recht. Heeter ist ein Workaholic und zugleich ein gnadenloser Selbstdarsteller. So habe ich ihn jedenfalls kennengelernt. Vorgestellt hat er sich uns einen Tag nach seiner Ernennung, das war der 4. März 2018. Ernannt wurde er also am 3. März.« Wigbalt stellte die Zahlen mit dem Zahnrad ein. Nichts geschah. Kein verdächtiges lautes Knacken, aber auch kein Alarmsignal. Wigbalt schien Britts Gedanken zu erraten. »Es ist ein stiller Alarm, der ausgelöst wird, man selbst bekommt nichts davon mit.« Er fasste den Griff der Stahltür und zog, verwundert über den fehlenden Widerstand, die Tür auf.

Britt unterdrückte einen Freudenschrei, Wigbalt sah sie triumphierend an und zog einen schmalen Stapel Gittermappen hervor. »Wir sollten uns beeilen«, meinte er nur. Britt hatte die Taschenlampenfunktion ihres Handys aktiviert, schnell lasen sie die Aufschriften der Mappen, die alle mit einem dicken Stempel *vertrauliche Verschlusssache* versehen waren. Da! Ein schmaler Hefter trug die Aufschrift *SEM-AB*. Wigbalt schlug den Ordner auf, blätterte Seite für Seite um, während Britt jede einzelne Seite mit ihrem Handy abfotografierte. Wigbalt drängte sichtbar zur Eile, sodass sie den Inhalt nur in Bruchteilen wahrnahm. Es waren nicht besonders viele Seiten, mehrere waren mit Grafiken versehen, auf den letzten standen Listen mit Namen und Adressen. Kaum hatte sie die letzte Seite fotografiert und auf Wigbalts fragenden Blick zustimmend genickt, packten sie den ganzen Aktenstapel wieder in den Tresor, Wigbalt schloss die Tür und verdrehte das Zahnrad, dann machten sie, dass sie hier rauskamen.

Ralf Ziether war den langen, beleuchteten Tunnelgang entlang gehastet, Kameras hatte er keine entdecken können, aber das musste nichts heißen. Die heutigen Überwachungssysteme waren zum Teil so klein und konnten so versteckt angebracht werden, dass er sich nicht sicher sein konnte, ob man ihn nicht doch beobachtete.

Der Tunnel machte einen Knick, und Ziether blieb abrupt stehen. Hinter der Biegung hörte er Stimmen. Er machte auf dem Absatz kehrt, rannte zehn, fünfzehn Meter zurück, darauf bedacht, dass seine Schritte nicht zu laut hallten, und warf sich in einen schmalen, unbeleuchteten Nebengang. Er versuchte, seinen Atem zu kontrollieren, und horchte, ob man ihn womöglich entdeckt hatte. Die Stimmen, zwei Männer, die sich intensiv unterhielten, kamen näher. Ralf Ziether drückte sich ganz dicht an die Wand und hielt den Atem an.

»Und du bist sicher, dass es die richtige Akte war?«, hörte er die eine Stimme fragen.

»Allem Anschein nach, ja«, antwortete die andere Männerstimme.

»Das heißt, dieser Mummenschanz hier hat endlich ein Ende? Das habe ich nicht zu hoffen gewagt, Kurti.«

»Wir werden sehen. Und gewöhne dir endlich mal ab, mich so zu nennen!«

Ziether sah zwei Personen in grauen Umhängen mit Kapuzen an der schmalen Öffnung zu seinem Gang vorbeigehen. Offenbar hatten sie ihn nicht entdeckt. Die Stimmen entfernten sich. Worüber hatten sie gesprochen? Eine Akte, die richtige Akte. Mit dem Mummenschanz war vermutlich diese Verkleidung gemeint, die hatte er ja schon auf dem Videostream von Maik gesehen. Wenn es bedeutete, dass sich der Personenkreis, um den es dabei ging, nun offen zeigen würde, war das kein gutes Zeichen. Er dachte wieder an Nikki und dass er ihn finden musste und blickte sich in dem schmalen Gang um. Vielleicht sollte er den Haupttunnel lieber meiden und herausfinden, wohin dieser Weg führte.

Ziether arbeitete sich in dem engen Gang langsam vorwärts, er hatte seine Stablampe anschalten müssen. Der Lichtkegel beleuchtete den wieder mit Ziegeln ausgekleideten Gang, in dem er sich nur gebückt vorwärtsbewegen konnte. Sein Weg führte ihn jetzt leicht nach unten. Der schmale Kriechgang war sicherlich schon fünfzig, sechzig Jahre alt oder noch älter, dachte er. Warum war offensichtlich keinem Mitarbeiter der Berliner Abwasserbetriebe oder des Katasteramtes bis heute aufgefallen, dass neben den bekannten alten Gängen ein ganzes System weiterer Gänge jüngeren Datums existierte, die zum Teil frisch instandgehalten und sogar beleuchtet waren? Das war eigentlich ein Ding der Unmöglichkeit und ließ nur eine Erklärung zu: Dieses moderne Tunnelsystem wurde von Menschen, die an den richtigen Positionen saßen, bewusst geheim gehalten.

Nachdem er ein gutes Stück hinter sich gebracht hatte, hörte er wieder das Rauschen eines Abwasserkanals. Plötzlich kam Ralf Ziether ins Rutschen und wäre beinahe gestürzt. Direkt vor ihm durchquerte eine ausgemauerte Senke den Boden des Kriechgangs. Der Hauptkommissar ließ den Lichtkegel der Taschenlampe über die Wand wandern. Von links durchbrach eine gut ein Meter breite, schimmelig feuchte Abflussrinne die Ziegelmauer und mündete direkt in den nach vorne weiter abfallenden Gang. Aus der Maueröffnung war das Geräusch des Abwasserkanals jetzt deutlich zu vernehmen, und der Gestank von Fäkalien und Schimmel ließ Ziether kurz den Atem anhalten. Er leuchtete in den Mauerdurchbruch hinein und sah, dass etwa einen Meter hinter der Öffnung eine Art rostige Metalltür den Zugang abschloss, über der ein großes, rostiges Schwungrad thronte. *Nur schnell weiter*, dachte er und setzte seinen Weg eilig fort, dabei achtete er darauf, auf den feucht glänzenden Steinen nicht auszurutschen. Ziether hatte sich bereits ein gutes Stück weiter voranbewegt, als er plötzlich einen frischen Luftzug wahrnahm. Der Gang weitete sich, sodass der Hauptkommissar jetzt wieder aufrecht stehen konnte. Er wandte den Kopf nach rechts und leuchtete mit der Stablampe in eine weitere breite Öffnung, die oberhalb seines Kopfes lag, während vor ihm der Gang nach wenigen Metern vor einer weiteren Ziegelwand endete. Ziether hatte keine Ahnung, an welcher Position im Berliner Untergrund er sich derzeit befand. Offensichtlich aber gab es eine Möglichkeit, endlich diesen stinkenden Tunnel verlassen zu können, und die frische Luft, die aus der Öffnung strömte, machte ihm Mut. Er griff mit beiden Händen hinein, um sich hochzuziehen ... und dann ging alles auf einmal ganz schnell. Kaum hatte er begonnen seinen Oberkörper an der Mauer hochzuhieven, krachte mit einem grellen Quietschen von oben rechts ein großer Schatten auf ihn herunter, traf ihn schmerzhaft am Arm und Oberkörper und schleuderte ihn gegen die Wand. Irgendetwas rastete mit einem lauten Schleifgeräusch ein. Ziether war sofort hochgesprungen und brauchte einen Moment, bis er realisierte, dass von der Tunneldecke eine Art Metalltür auf ihn herabgeschwungen war, die nun den Gang hinter ihm absperrte. Von unten konnte er die schweren Scharniere an der Decke sehen, oben und unten waren an der Metalltür etwa zehn Zentimeter Luft gelassen, aber die glatte Fläche dichtete seinen Rückweg ab. Er warf sich gegen die Tür, die kein Stück nachgab, und rieb sich seine schmerzende Schulter. Ralf Ziether war in diesem Loch gefangen.

Achter Tag
Sonntag

Wigbalt hatte Britt in der Nähe ihrer Wohnung abgesetzt, nur noch kurz zum Gruß zwei Finger an seine Stirn geschlagen, ganz so wie er es auch damals getan hatte, vor über vierzehn Jahren, als sie noch ein Paar gewesen waren, und fuhr ohne ein weiteres Wort davon. Wigbalt Schneyder fuhr aber noch nicht nach Hause, er bog nach wenigen hundert Metern rechts ab, fuhr einmal im Karree und nahm dann denselben Weg zurück, den sie gekommen waren. Er hatte noch etwas zu erledigen.

Britt Bredehorst lag in ihrem Bett und konnte keinen Schlaf finden. Zu viele Gedanken gingen ihr durch den Kopf. Ihr Blick fiel auf die grün illuminierte Leuchtanzeige ihres Weckers: halb vier. Sofort, nachdem Wigbalt und sie das Gebäude des Verfassungsschutzes verlassen hatten, hatte sie die fünfte und die sechste Seite der abfotografierten Akte per SMS an die unbekannte Handynummer weitergeleitet, aber bis jetzt war keine Antwort gekommen. Würden die Entführer ihren Sohn jetzt freigeben? Warum meldeten sie sich nicht?

Übernächtigt und trotzdem hellwach griff sie nach ihrem Handy. Wenn sie sowieso nicht einschlafen konnte, konnte es ja nicht schaden, sich die Akte noch einmal anzuschauen. Sie drückte auf die kleine Taste, aber nichts geschah, keine Startseite mit den Symbolen der Apps erschien, keine Uhrzeit und Datumsangabe, der Bildschirm blieb einfach schwarz. Sie versuchte es erneut mit demselben Ergebnis.

Mit einem Ruck setzte sich im Bett auf, griff nach einem Kugelschreiber, drückte ihn in die kleine Vertiefung, um einen Neustart auszulösen: wieder nichts. Ihr Handy war tot.

Nach drei weiteren unruhigen Stunden und zwei Bechern schwarzer Kaffee hielt Britt es nicht mehr aus. Sie erreichte Piet Wieczorek zuhause. So, wie er sich anhörte, hatte er sein Telefon direkt neben dem Bett stehen. Sie entschuldigte sich für ihren Anruf, aber Piet hörte schon an ihrer Stimme, wie beschissen es ihr ging.

»Ich bin um acht sowieso wieder in meinem Büro«, meinte er nur. »So lange ...« Piet machte eine Pause, und Britt hörte, wie er Atem holte »... bis wir Nikki da raus haben, gehe ich jeder denkbaren Spur nach, auch am Wochenende. Da kannst du sicher sein.«

Britt spürte, wie ihr die Tränen kamen, mit heiserer Stimme sprach sie nur schnell ein »Ich danke dir, Piet« in den Hörer und legte auf.

Um halb acht stand Britt vor der Eingangstür des Kriminaltechnischen Dienstes in Moabit. Unruhig trat sie von einem Fuß auf den anderen, die Minuten verflossen zäh, als hätte jemand ihren Lauf verlangsamt. Endlich hörte sie einen Wagen abbremsen, die Scheinwerfer streiften den Eingangsbereich, dann öffnete sich die Schranke, und ein blauer Ford fuhr auf den Parkplatz. Piet Wieczorek kam zum Dienst. Er staunte nicht schlecht, als Britt ihm auf dem Parkplatz entgegenkam. Schon auf dem Weg zu seiner Dienststelle sprudelten die neuesten Ereignisse nur so aus ihr heraus. So kannte er sie gar nicht, Britt war doch immer so strukturiert und überlegte erst, bevor sie ihre Meinung äußerte; in der Regel kam ihr dann ein wirklich zu Ende gedachter Gedanke, der sie in den Ermittlungen weiterbrachte. Aber klar, hier ging es um ihren Sohn. Das erklärte alles.

Dass Britt gemeinsam mit ihrem Ex eine vertrauliche Akte abfotografiert und an irgendeinen Unbekannten weitergeleitet hatte, nahm Piet erstaunt und mit einer hochgezogenen Augenbraue zur Kenntnis, enthielt sich aber jeden Kommentars. Es war wohl besser, so zu tun, als ob er nichts gehört hätte. Denn mit dieser Aktion hatte

Britt nicht nur ihren Job riskiert, damit stand sie schon mit einem Bein im Gefängnis. Aber, dachte er, wie hätte er an ihrer Stelle gehandelt? Piet schob den Gedanken lieber beiseite und nahm sich Britts Handy vor. Nach mehreren vergeblichen Versuchen, das Telefon zu aktivieren, meinte er nur: »Tut mir leid, aber das wird länger dauern.«

Britt beeilte sich, nach Hause zu kommen. In ihrer Wohnung erwartete sie ihre Nachbarin, die bedauernd den Kopf schüttelte. Kein Nikki. Britt schickte Regina Müller zurück in deren eigene Wohnung und bat sie, später noch einmal herüberzukommen, falls sie sich noch einmal auf die Suche machte, damit Nikki nicht vor verschlossener Tür stand, wenn er nach Hause kam. Sie musste schwer schlucken, als sie ihre Nachbarin freundlich, aber bestimmt aus der Wohnungstür komplimentierte ... *damit Nikki nicht vor verschlossener Tür stand* ... Wo steckte der Junge bloß? Warum war er noch nicht da? Sie hatte doch alles getan, was die Entführer von ihr verlangt hatten.

Als sie wieder allein war, wählte sie Ziethers Handynummer – ohne Erfolg, nicht mal seine Mailbox sprang an. Das war kein gutes Zeichen. Zum Nichtstun verdammt, tigerte sie unruhig in ihrer Wohnung auf und ab. Dann blieb sie stehen und ließ die Hände, die sie die ganze Zeit zu Fäusten geballt hatte, erschöpft sinken. Auf einmal fühlte sie sich schrecklich allein. Sie setzte sich an den Küchentisch, stützte den Kopf in die Hände und konnte die Tränen nicht mehr zurückhalten. Nikkis Entführung, die Anstrengungen und Aufregungen der vergangenen Nacht, ihre offensichtliche Erfolglosigkeit – das war einfach zu viel. Minutenlang saß sie so da, heulte, schluchzte und ließ den Tränen freien Lauf. Aber irgendwann zog sie geräuschvoll die Nase hoch, wischte sich durchs Gesicht und riss sich zusammen, nahm sich Schreibblock und Stift, und versuchte das Wenige, an das sie sich aus der Geheimakte erinnern konnte, aufs Papier zu bringen. Viel war es nicht, aber so hatte sie wenigstens eine Aufgabe.

Ziether wusste nicht, wie lange er bereits in diesem vielleicht nur einen Quadratmeter großen Loch gefangen war. Er hatte die Metalltür untersucht, sie abgetastet, war mit ganzer Kraft schmerzhaft dagegen geprallt, er war sogar in die Hocke gegangen und hatte versucht, die Tür aus ihrer Verankerung herauszubrechen, indem er die Hände in den unteren Schlitz steckte, alles ohne Erfolg. Die Scharniere oberhalb waren irgendwie arretiert, und das massive Eisenblech ließ sich keinen Millimeter bewegen. Die ganze Zeit über war außer dem fernen Rauschen des Abwasserkanals nichts zu hören gewesen, jetzt aber spitzte er die Ohren. Von irgendwo vorne kam ein quietschendes Geräusch. Da war jemand!

Ziether stellte sich auf die Zehenspitzen und rief laut um Hilfe, aber niemand antwortete ihm, stattdessen hörte er nur dieses mechanische Quietschen. Dann wurde das Geräusch von etwas anderem übertönt, einem Rauschen und Sprudeln, das immer näher zu kommen schien. Mit Erschrecken musste er feststellen, dass unter dem Schlitz am Boden Wasser in seine Zelle eindrang. Das Rauschen war unterdessen lauter geworden, und eine stinkende Abwasserbrühe hatte bereits seine Knöchel erreicht. Jemand hatte das Verschlussrad des Seitenkanals geöffnet, das war das Quietschen gewesen, das er gehört hatte. Und jetzt war der Metallschieber geöffnet, und die stinkende Brühe drang in sein Gefängnis ein.

Wie hoch konnte, wie hoch würde das Wasser steigen? Wie viele Minuten blieben ihm noch, bis die Abwasserbrühe seinen Kopf erreichte? Irgendjemand wollte ihn hier unten wie eine junge Katze ersäufen.

Ralf Ziether spürte, wie mit dem Ansteigen des Wasserspiegels, das jetzt bereits seine Unterschenkel umspülte, Panik in ihm aufstieg.

Karen Bäker war gerne Polizistin. Eigentlich war sie gelernte Labor-
assistentin. Damals, vor zehn Jahren, als die Stellenanzeige im *Tages-
spiegel* erschienen war, dass der Kriminaltechnische Dienst der Berliner Polizei eine Verstärkung für sein Team suchte, hatte sie nicht
wirklich daran gedacht, sich für den mittleren Polizeidienst zu be-
werben. Aber irgendwie war ihr das Stellenangebot nicht mehr aus
dem Kopf gegangen. Eine Woche später war sie einfach nach Moabit
gefahren und hatte sich die Arbeit der Kriminaltechniker direkt vor
Ort angesehen. Dann hatte sie sich beworben und war aufgrund ihrer
Ausbildung direkt nach einem kurzen Einstellungsgespräch angenommen worden. Die Grundlagen der Polizeiarbeit in Theorie und
Praxis hatte sie sich in einem Lehrgang angeeignet, dabei waren ihr
ihre körperliche Fitness und die schnelle Auffassungsgabe zugutege-
kommen. In all den Jahren hatte sie nie an diesem Job gezweifelt,
den sie ein Stück weit auch als Berufung auffasste. Aber seit einer
Woche, seit ihrer Entführung im Berliner Untergrund und dem kurzen
Krankenhausaufenthalt danach, sah das alles auf einmal ganz anders
aus. Sie war seitdem vom Dienst befreit, man hatte ihr nahegelegt,
den Polizeipsychologen aufzusuchen, sich Hilfe zu holen. Karen hatte
geglaubt, diese Situation allein bewältigen, all das vielleicht einfach
abhaken zu können. Aber sie hatte Einschlafschwierigkeiten und
schreckte nachts aus Albträumen auf, in denen sie sich in der Dunkelheit des Tunnels erneut einer nicht greifbaren Macht, die sie
bedrohte, ausgeliefert sah. In ihren Träumen stieg sie immer wieder
hinab in den Tunnel, überaufmerksam, sämtliche Sinne angespannt,
und doch sah sie den grellen Lichtkegel, der sie blendete, immer
wieder zu spät, sah nur einen dunklen Schatten, der plötzlich neben
ihr auftauchte, dann spürte sie schon den Schlag, dem sie nicht ausweichen konnte, den Schmerz, der sie überschwemmte und in die
tiefe Schwärze der Bewusstlosigkeit hinabstieß.

Um sich abzulenken, verließ sie oft ihre Wohnung, in der ihr die

Decke auf den Kopf zu stürzen schien, hielt sich im nahe gelegenen Park auf, joggte, zog ihr Gymnastikprogramm bis an die Grenzen der Belastbarkeit durch, kam verschwitzt und völlig erledigt wieder nach Hause, und bekam den Kopf doch nicht frei, freute sich nicht auf die Dusche, fürchtete sich davor, wieder einen Tag mit diesen Gedanken und in dieser Stimmung hinter sich bringen zu müssen.

Inmitten der kleinen Parkanlage ragte ein fast drei Meter hoher Betonstumpf aus der bis dorthin ansteigenden Rasenfläche, ein alter Bunkereingang, der in den Sechzigern mit einer neuen Stahltür versehen worden war. Angeblich befand sich darunter ein im Krieg erbauter, später wiederhergestellter und modernisierter Schutzraum. Karen Bäker zwang sich dazu, ihre Gymnastikübungen direkt auf dieser Rasenfläche in Sichtweite des Bunkereingangs zu machen, in der Hoffnung, damit ihre Angstzustände zu überwinden, leider bis jetzt mit nur mäßigem Erfolg.

Auch heute war sie wieder hier, hatte ihre Joggingrunden gedreht, vorbei an den wenigen frühmorgendlichen Parkbesuchern, die ihre Hunde ausführten oder auf dem Weg zum Bäcker oder zur Frühschicht den Weg durch den Park wählten, anstatt sich dem Straßenlärm und dem Gestank der Autokolonnen an der Hauptstraße auszusetzen. Irgendwann, während sie ihre Dehnübungen machte, war ihr Blick am Bunkereingang hängengeblieben. Irgendetwas war heute anders. Karen ging näher heran und stellte überrascht fest, dass die Bunkertür einen Spalt breit offenstand. Sie fragte sich warum, fand aber keine befriedigende Antwort. Vielleicht hatte jemand im Rahmen eines regelmäßigen Kontrollgangs den Bunker betreten und beim Verlassen vergessen, die Tür wieder abzuschließen? War dies die Gelegenheit, um sich noch einmal ihrer tiefsitzenden Angst zu stellen? Karen Bäker nahm all ihren Mut zusammen, fasste den Metallgriff und zog die Tür auf. Sie blickte in einen betonverkleideten Vorraum, der nach wenigen Metern in einen von grüner Notbeleuchtung schwach beleuchteten Gang überging. Sie trat ein und schob die Tür hinter sich zu.

Bredehorst hatte nach und nach mehrere Blätter mit ihren Notizen gefüllt, dabei war sie strukturiert vorgegangen, hatte versucht, jedes einzelne Blatt der Akte, das sie abfotografiert hatte, zu rekonstruieren. Viel war dabei nicht herausgekommen, dafür war in der Nacht alles viel zu schnell gegangen. Getrieben von ihrer inneren Unruhe, die sie kaum unterm Deckel halten konnte, hatte sie mehrfach versucht, ihren Kollegen zu erreichen, konnte aber nicht mal eine Verbindung zu dessen Handy aufbauen. Vermutlich war Ralf immer noch im Berliner Untergrund unterwegs – auf der Suche nach Nikki.

Wo steckte der Junge bloß, warum war er noch nicht hier? Die Sorge um ihren Sohn war kaum auszuhalten.

Ihr Telefon klingelte, und Britt riss den Hörer von der Station. Kein Ralf, kein Nikki, es war nur Piet. »Hallo Britt, ich konnte dein Handy wieder aktivieren, irgendwer muss dir eine Schadsoftware geschickt haben und hat es von außen deaktiviert. Ich musste auf der Speicherkarte ein paar Dateien löschen, jetzt ist es wieder clean.«

»Und die Fotos?«

»Die Fotos, die du von der Akte gemacht hast? Da ist nicht viel von übrig gebliebenen. Zum Glück musste ich die Speicherkarte nicht gleich ganz neu formatieren, aber ich konnte nur ein paar Bruchstücke wiederherstellen. Ich schick dir die Bilder auf deine Mailadresse. Willst du dein Handy hier wieder abholen?«

Alles war besser, als hier in der Wohnung zu sitzen und zu warten. Britt klingelte bei ihrer Nachbarin und bat Regina noch einmal, in ihrer Wohnung die Stellung zu halten. Dann fuhr sie nach Moabit.

Als sie in Piets Büro eintrat, hob dieser nur kurz den Kopf und winkte sie zu sich. »Hier. Schau dir das mal an!«, meinte er.

Britt blickte über seine Schulter auf den Computerbildschirm: Das brennende Auto im Wedding, Victor Kalbach, der in Rauch und Flammen gehüllt auf dem Fahrersitz saß ... und schrie. Dann mehrere

vermummte Männer, zwischen sich eine schwarze Fahne mit irgendeiner arabischen Aufschrift, ein Bekennervideo des IS.

Erschrocken hielt sie sich die Hand vor den Mund. »Das Video ist
wieder aufgetaucht.« Sie las den Text – *Wir haben heute einen der
führenden Nazis Berlins, Victor Kalbach, hingerichtet* – und sah Piet
fragend an. »Wieder?«

»Hat Ralf dir nichts davon erzählt? Vor zwei Tagen war das Video
schon mal im Netz und konnte zwischenzeitlich gelöscht werden.
Jetzt hat es irgendjemand wieder reingestellt, und es verbreitet sich
so rasant wie eine Lawine.«

»Vor zwei Tagen, nein.« Ralf hatte ihr nichts davon erzählt, aber an
dem Tag war sie außer Dienst gestellt und ihr Kollege suspendiert
worden. Vor dem Treffen mit Wigbalt, da hatte sie wirklich andere
Sorgen gehabt. Sie musste schlucken. Sorgen, die seitdem eher noch
angewachsen waren.

»Was ist los, Britt?«

»Nikki. Er sollte längst wieder zu Hause sein. Ich …«

Piet hatte sich zu ihr umgewandt, sah in ihr Gesicht und nahm sie
in den Arm.

Nikki machte sich ganz lang, um sein Gewicht besser zu verteilen,
und krabbelte, immer bemüht, geräuschlos zu bleiben, durch den
engen Lüftungsschacht. Er wusste nicht mehr, wie viele Meter er schon
hinter sich gebracht hatte. Irgendwann knickte der Metalltunnel
nach rechts ab, und Nikki arbeitete sich langsam um die Biegung
herum weiter vor. Schließlich erreichte er ein weiteres Lüftungsgitter,
spähte vorsichtig durch die Lamellen und sah, dass unter ihm kein
Bunker, sondern ein mit Ziegeln ausgemauert Gang verlief. Vorsichtig
kroch er über das Gitter hinweg und musste nach wenigen Metern
feststellen, dass nach einem erneuten Knick der Gang vor einem
großen Ventilator endete, der sich langsam, offenbar maschinell

angetrieben, drehte und die dahinterliegende runde Öffnung vollständig verschloss.

Es strengte ihn an, sich rückwärts bis zur letzten Gitteröffnung zurück zu bewegen. Dann musste er feststellen, dass auch dieses Gitter fest verschraubt war. Vielleicht hatte man seine Flucht schon entdeckt? Womöglich kam es jetzt auf jede Sekunde an, dachte er und schlug mit beiden Fäusten auf das Gitter ein, bis es endlich nachgab und nur noch an einer Schraube hängen blieb. Nikki schwitzte und rieb sich die schmerzenden Hände. Die Schläge auf das Metall waren sehr laut gewesen. Eilig ließ er sich durch die schmale Öffnung hinab und auf den Boden fallen. Der Gang, in dem er sich befand, war niedrig, und er hastete gebückt vorwärts in Richtung des Ventilators. Dort musste es doch eine Möglichkeit geben, hier herauszukommen. Aber der Gang endete vor einer großen Öffnung; unter sich blickte er auf einen stinkenden Abwassersee. Rechts da-von begrenzte eine Metallwand die Brühe, links kam der langsame Strom aus einer weiteren Öffnung und ließ den Wasserspiegel ansteigen. Was nun? Sollte er den Gang in die Richtung, aus der er gekommen war, zurücklaufen? Hier ging es jedenfalls nicht weiter. Gerade wollte er kehrtmachen, als er eine Stimme hörte.

»Hallo? Ist da jemand? Hilfe! Bitte! Ich brauche Hilfe!«

»Hallo? Wer ruft da?«

Ralf Ziether konnte es nicht glauben. Er hatte die Hoffnung schon fast aufgegeben, das Wasser stand im jetzt buchstäblich bis zum Hals. Aber da war jemand.

»Hier, hinter der Metallwand. Ich bin gefangen und werde ertrinken, wenn mir niemand hilft.«

»Wer ruft da?«

»Hauptkommissar Ralf Ziether. Hilfe. Bitte!«

»Ralf? Ich bin's, Nikki.« Der Junge spürte, wie ihm das Herz leicht wurde. Ralf war hier! Aber … er war in Gefahr.

»Ralf! Was muss ich tun?«

»Den Zufluss stoppen! Das Schwungrad! Schnell!«

Nikki dachte nicht lange nach, er ließ sich in die stinkende Brühe hinab, arbeitete sich bis zur gegenüberliegenden Öffnung vor, schaffte es irgendwie, auf dem schmierigen Untergrund Halt zu finden und sich hochzuziehen. Er erreichte das Schwungrad und begann, es nach links zu drehen.

Wieder zuhause war die Stille kaum auszuhalten. Britt lief ruhelos in ihrer Wohnung herum. Verdammt zu sein zur Untätigkeit war das Schlimmste. Ihre Gedanken fuhren Karussell. Sie setzte sich vor ihren Laptop, vielleicht konnte sie sich so etwas ablenken und wenigstens ein paar weitere Informationen recherchieren.

Als sie den Namen Victor Kalbach eingab, wurde ihr der Film auf YouTube angezeigt. Sie klickte darauf, und wieder stockte ihr der Atem. Sie konnte den Blick nicht abwenden und sah erneut, wie der Reichsbürger in seinem Auto bei lebendigem Leibe verbrannte, die schwarze Flagge des IS und den bösen Text. Der brutale Film war bereits hunderttausendfach angeklickt worden, jetzt aber erschien ein großes Stoppschild mit dem Text: *Dieser Film ist aufgrund von Inhalten, die unseren ethischen Richtlinien widersprechen, nicht verfügbar.*

Britt hatte die Hände zu Fäusten geballt, Tränen der Wut und der Betroffenheit standen ihr in den Augen. Aber das war noch nicht alles. Auf Twitter ereiferten sich Hunderte von Usern gegen Ausländer, Muslime, aber auch gegen die Berliner Kriminalpolizei, der eine ganze Reihe der Nutzer unterstellte, dass dieser gefakte Film nur von der wahren Verantwortung der Polizei und des Verfassungsschutzes für den Mord an Victor Kalbach ablenken sollte.

Britts Handy klingelte, es war der Staatsanwalt. »Frau Hauptkommissarin, ich hätte es gerne vermieden, Sie anzurufen, aber es geht nicht anders. Wenn Sie sich in der Lage dazu fühlen ... ich brauche Sie hier. Könnten Sie kurzfristig in mein Büro kommen?« Britt sagte ohne nachzudenken zu. Erst auf der Fahrt ins Präsidium dachte sie darüber nach, was Middelberg bewogen haben könnte, sie in den Dienst zurückzuholen.

Der Staatsanwalt empfing sie in seinem Büro, ging sogar um seinen Schreibtisch herum und gab ihr die Hand. »Rönnemann und seine Leute tun alles Erdenkliche, um Ihren Sohn zu finden. Fühlen Sie sich in der Lage, ihn bei den Ermittlungen zu unterstützen?«

Bredehorst nickte.

»Seit ein paar Stunden kursiert ein infames Bekennervideo zur Ermordung von Victor Kalbach, angeblich vom IS, im Netz. Und heute früh ist dieser Zeitungsbericht erschienen.« Er reichte ihr das Boulevardblatt, und Britt sah auf der ersten Seite die Überschrift: *Victor K. So lebte der ermordete Neonazi!* Die Fotos aus Kalbachs Wohnung zeigten Nazi-Devotionalien und in Großaufnahme die schwarze Hitlerbüste unter der Reichskriegsflagge. Britt überflog den Artikel, in dem die Straftaten des gewaltbereiten Rechtsradikalen aufgelistet wurden.

»Wo steckt eigentlich Ihr Kollege? Der Hauptkommissar ermittelt doch hoffentlich nicht wieder auf eigene Faust? Nicht ohne Grund habe ich ihn vom Dienst suspendiert. Sie stehen doch sicher in engem Kontakt zueinander?«

Britt spürte, wie ihr die Hitze ins Gesicht stieg. Darum ging es also. Middelberg hatte sie nicht in sein Büro gebeten, weil er ihre Hilfe brauchte, er wollte nur wissen, ob Ziether und sie auf eigene Faust weiter ermittelten. »Ich fürchte Herr Staatsanwalt, da kann ich Ihnen nicht weiterhelfen.«

Der Bendlerblock – früher Sitz des Oberkommandos der Wehrmacht. Heute residierte in dem renovierten Bau an der Stauffenbergstraße die Berliner Dienststelle des Bundesministeriums der Verteidigung.

Die zwei Männer in den gediegenen grauen Anzügen hatten sich an einen Tisch in der hintersten Ecke der Kantine gesetzt und steckten, jeder mit seinem Tablett vor sich, die Köpfe zusammen. »Also,

Hans, wie gesagt«, flüsterte der Korpulentere der beiden, »ich habe den ganzen Vorgang geschreddert und sämtliche Dateien gelöscht. Warst du noch mal unten?«

»Ja, Kurti. Ich bin noch mal runter ins Archiv, habe den schmalen Hefter aus unserem Versteck geholt und ebenfalls vernichtet. Ich hoffe nur, wir haben nichts übersehen.«

»Jetzt mach mal halblang. Uns kann absolut nichts passieren.«

»Aber das Direktorium ... wenn da irgendetwas nach außen dringt, dann sind wir erledigt.«

»Quatsch! Da kommt nichts mehr nach. Und überhaupt, seit wann bist du so ein Hasenfuß? Das kenne ich gar nicht von dir.«

»Du hast gut reden, aber der Kontakt zu denen ...«, er wies mit der Hand nach unten, »ist ja auch über mich gelaufen, ausschließlich über mich.«

»Jetzt mach dich mal nicht verrückt. Wir haben unseren Part erledigt. In ein, zwei Tagen werde ich noch mal jemanden im Amt anrufen, vorher geht das leider nicht. Du weißt schon, wen ich meine. Der weiß ganz genau, was wir über ihn wissen, und wird weiterhin auch den kleinsten Hinweis in unsere Richtung abwürgen. Da kannst du dir sicher sein. Und außerdem ...«, er klopfte seinem Gesprächspartner beruhigend auf die Schulter, »... wird es keinen Hinweis auf uns geben.«

Nikki hatte es wirklich geschafft, die Abwasserflut kam zum Stillstand. Ralf Ziether war völlig erledigt. Die ganze Zeit in dieser Brühe zu stehen, das hatte ihn viel Kraft gekostet und seinen Körper merklich ausgekühlt, hinzugekommen war die wachsende Angst zu ertrinken, die vergeblichen Versuche sich zu befreien. Erst jetzt registrierte er, dass der Wasserspiegel sogar abgesunken war. Irgendwo musste es einen Abfluss geben, durch den die Dreckbrühe langsam, aber stetig abfloss.

Nikki – den er hatte retten wollen – hatte ihm das Leben gerettet. Ralf Ziether fühlte in all der Erschöpfung eine große Dankbarkeit. Er hörte, wie das Wasser schwappte, als der Junge zurück an die Absperrung herantrat. Nikki klang erschöpft. »Ralf? Alles soweit okay bei dir?«

»Ja, Nikki«, schnaufte der. »Das war wirklich in letzter Minute. Weißt du, ich habe dich hier unten gesucht, um dich zu befreien, und jetzt hast du mich gerettet. Hab mich selten so gefreut, deine Stimme zu hören.« Ziether stieß ein raues Lachen aus, um die aufkommenden Tränen der Erleichterung zu überdecken.

»Tja, und wie geht's jetzt weiter? Erstmal müssen wir dich irgendwie freikriegen, oder?«

»Ja. Und dann lass uns zusehen, dass wir hier rauskommen.«

Gemeinsam rüttelten sie an der Metallplatte, bis Nikki plötzlich ausrief: »Stopp! Warte mal, ich glaub, ich muss das Blech irgendwie verkanten.« Nikki duckte sich in das noch hüfthohe Abwasser, griff von unten in den Spalt, drückte das Blech etwas nach oben und zog es dann zu sich hin. Und tatsächlich, die Arretierung löste sich, und die Blechwand ließ sich langsam nach oben wegklappen. Ziether half von innen nach, bis er unter dem Blech durchschlüpfen konnte, dann war er frei.

Britt Bredehorst war mit der Hoffnung, Nikki endlich anzutreffen, zurück in ihre Wohnung gefahren. Wie groß war die Enttäuschung, als ihr Regina Müller die Tür öffnete. Ihre Nachbarin brauchte nicht viel zu sagen. Kein Nikki. Keine Nachricht. Britt fühlte sich wie ausgebrannt, erschöpft und innerlich leer.

Sie bat Regina um Verständnis dafür, dass sie lieber allein bleiben wollte, und dann saß sie am Küchentisch, den Kopf in die Hände gestützt, und konnte sich der schlimmsten Gedanken, die ihr dabei kamen, nicht entziehen. War das das Ende? Würde sie ihren Sohn nie wiedersehen? Der Gedanke war so schrecklich und der Schmerz so tief, dass sie wie erstarrt sitzen blieb, nicht mal mehr zu Tränen fähig war und einfach nur diese unsägliche Leere spürte, die jetzt schon als steter Begleiter ihres zukünftigen Lebens aus allen Ecken kroch.

Ihr Handy brummte. Es dauerte eine Weile, bis sie begriff, dass es wirklich ihr Handy war, das dieses Signal aussandte. Sie hatte eine SMS erhalten. Dann griff sie danach und starrte auf den Bildschirm. *Nikki ist unterwegs nach Hause. Wir halten unsere Versprechen.* Auf einmal war wieder diese Hoffnung da. Ihr Sohn – er würde nach Hause kommen. Aber was bedeutet das, er war unterwegs?

Noch während sie auf die Nachricht blickte, klingelte ihr Handy. Da das Telefonverzeichnis auf der SIM-Karte beschädigt worden war, konnte sie die Nummer des Absenders nicht zuordnen. Sie nahm den Anruf an. Es war Piet Wieczorek. »Hallo Britt, gibts was Neues?«

»Ich habe gerade eine SMS erhalten, Nikki ist auf dem Weg nach Hause. Ich hoffe, das stimmt, lange halte ich das nicht mehr aus, zu warten und immer wieder zu warten.«

»Das ist ja erstmal eine gute Nachricht. Ich hoffe, dass dein Sohn bald wieder zu Hause ist. Aber ich ruf aus einem anderen Grund an. Hast du noch mal etwas von Ralf gehört?«

»Nein, leider nicht. Warum fragst du?«

»Du erinnerst dich doch an Karen Bäker, meine Mitarbeiterin, die vor einer Woche im Tunnel verschwunden war. Karen wollte heute Vormittag bei mir vorbeikommen, ist sie aber nicht. Sie ist sehr zuverlässig und pflichtbewusst, aber sie hat sich nicht bei mir gemeldet. Ich habe da kein gutes Gefühl.«

»Du weißt, dass das BKA die Ermittlungen leitet. Ich bin da raus. Der Staatsanwalt hat mich allerdings heute Vormittag auch schon nach Ralf gefragt. Irgendwas ist da im Busch.«

»Hm. Wenn Nikki wieder da ist, dann melde dich doch bitte noch mal bei mir. Ich habe bei der ganzen Sache kein gutes Gefühl.«

Die Überwachungskamera, deren Fokus einen dreieckigen Ausschnitt des Parkplatzes einfing, erfasste die drei Personen, die sich aus dem Dunkeln der Rückseite des großen Backsteingebäudes näherten, aber dann ging alles ganz schnell: Zwei Personen entzündeten die benzingetränkten Lappen, die aus den Flaschenhälsen ragten, während die dritte eine Pappschablone an die Wand drückte und die ausgeschnittenen Buchstaben ansprühte. Klatschend krachte ein Molotowcocktail gegen die Wand, der zweite durchschlug eine der Fensterscheiben im zweiten Obergeschoss und zerplatzte beim Aufprall auf die massive Schreibtischplatte. Während in der Überwachungszentrale Alarm ausgelöst wurde, hatten die mit schwarzen Sturmhauben maskierten Angreifer sich längst aus dem Blickwinkel der Kamera zurückgezogen. Der Rauchmelder im zweiten Obergeschoss aktivierte den Feueralarm und löste ein lautes Sirenensignal aus.

Der Anschlag auf das Berliner Polizeipräsidium hatte keine drei Minuten gedauert. Bereits nach fünf Minuten rollte ein Zug der Feuerwehr mit Blaulicht und Sirenengeheul an. Beißender Qualm stieg aus dem geborstenen Fenster auf, der Teppichboden brannte lichterloh, und die Flammen hatten bereits das Büromobiliar angegriffen. Das Feuer der ersten Benzinbombe an der Wand konnte sofort gelöscht werden, aber der brennende Büroraum im zweiten Stock musste über die ausgezogene Feuerwehrleiter unter Löschschaum gesetzt werden. Nach zehn Minuten meldete die Feuerwehreinsatzleitung: *Feuer aus.* Der Sachschaden im Gebäude war nicht unerheblich. Die ermittelnden Beamten fotografierten den an der Außenwand knallrot aufgesprühten Text: *Widerstand 2021.* Von den Tätern fehlte jede Spur.

Neunter Tag
Montag

Karen Bäker erwachte aus der tiefsten Schwärze ihrer Ohnmacht, schlug die Augen auf, blieb zunächst orientierungslos auf dem Rücken liegen und spürte nur ihren schmerzenden Körper.

Wo bin ich? Was ist passiert? Es fiel ihr schwer, einen klaren Gedanken zu fassen, und es dauerte eine Weile, bis sie ihre Umgebung wirklich wahrnahm – das Gitter des oberen Doppelstockbetts über ihr, die klackernde Neonröhre, die ihr diffuses Licht in Wellen aussandte und den Raum in ein gespenstisches Licht tauchte. Mit der rechten Hand fühlte sie die kalte Betonwand neben sich, drehte den Kopf nach links und blickte auf die spartanische Einrichtung: Doppelstockbett an Doppelstockbett, ein Tisch, ein Stuhl, sonst nichts. Sie hob die rechte Hand, hörte das metallische Geräusch und nahm zugleich die Kühle der Metallschließe an ihrem Handgelenk wahr, die an einer Kette befestigte Handfessel. Sie war gefangen. Mit dieser Erkenntnis kamen Bruchstücke der Erinnerung daran wieder hoch, was ihr widerfahren war. Der Bunkereingang, der lange Gang hinter dem Vorraum, und dann? Ein plötzlicher stechender Schmerz, der ihr den Atem genommen und sie haltlos hatte zu Boden stürzen lassen. In der Erinnerung daran rieb sie sich die schmerzende Brust, Tränen traten ihr in die Augen, es konnte nur eine Antwort geben, wer sie vermutlich mit einem Elektroschocker betäubt und hierher verschleppt hatte: der Kapuzenmann. Erneut war sie in seinem Reich gefangen, in einem Bunker unter der Erde.

Britt Bredehorst hatte eine weitere schlaflose Nacht hinter sich, voll verzweifelter Hoffnung, die erneut enttäuscht worden war: kein Nikki, keine Nachricht von Ralf. So saß sie am frühen Morgen in ihrer Küche, einen Becher Kaffee vor sich, der nicht schmeckte, mit geröteten Augen, die keine Tränen mehr hatten, das Handy griffbereit neben sich. Die Gedanken fuhren in ihrem Kopf Karussell, aber es waren mehr dumpfe Ahnungen, schmerzvolle Bruchstücke, die sie in keine klare Reihenfolge bringen konnte. Denn über allem lag ihre Verzweiflung, die sie wie eine übermächtig schwere, undurchdringliche Dunstglocke niederdrückte; die Angst, dass Nikki nicht wiederkommen würde, schnürte ihr den Hals zu und strafte den letzten kleinen Rest Hoffnung Lügen, an den sie sich gestern noch geklammert hatte.

Als es an der Wohnungstür klopfte, sprang sie auf, stieß dabei den Kaffeebecher um, ließ den Kaffee über den Küchentisch fließen und stürzte zu Tür, entfernte die Kette und riss die Wohnungstür auf. Aber da stand nur Regina. Britts Miene veränderte sich sofort, wortlos drehte sie sich um, nahm kaum wahr, dass ihre Nachbarin ihr folgte und die Wohnungstür hinter sich schloss. Wieder in der Küche, sah sie sich außerstande, den verschütteten Kaffee aufzuwischen. Regina griff sich den Lappen, wischte alles auf und legte die heutige Ausgabe der Tageszeitung auf den Tisch. Auf der Titelseite sah man zwei Bilder: Das brennende Auto von Victor Kalbach und daneben vermummte Männer mit der schwarzen Fahne des IS. *Dschihad in Berlin!*, lautete die Überschrift. *Töteten Islamisten Victor Kalbach?*, fragte das Blatt. Das Bekennervideo hatte weite Kreise gezogen und war zum Gegenstand der öffentlichen Auseinandersetzung geworden.

Britt nahm den Aufhänger der Zeitung kaum zur Kenntnis, müde ließ sie sich auf den Küchenstuhl sinken. Was interessierte sie die Journaille, ihre Sorgen kreisten einzig und allein um ihren Sohn.

Als ihr Handy klingelte, nahm sie das Gespräch an und meldete sich. Enttäuscht seufzte sie auf, es war Middelberg, der Staatsanwalt.

Er entschuldigte sich für die frühe Störung, dann fiel er aber gleich wieder in seinen geschäftsmäßigen Jargon und informierte die Hauptkommissarin über den Brandanschlag auf das Präsidium. »Ihren Kollegen Ziether habe ich leider nicht erreichen können. Wissen Sie, wo der steckt?« Bredehorst verneinte.

»Hm ...« Der Staatsanwalt machte eine nachdenkliche Pause. »Wenn Sie mit ihm Kontakt aufnehmen könnten, setzen Sie ihn bitte in Kenntnis über die aktuelle Situation. Er soll sich bei mir melden. Ich bin den ganzen Tag lang über meine Dienstnummer zu erreichen. Ich habe das Telefon auf meinen Privatanschluss umgestellt.« Grußlos legte Middelberg auf und ließ Bredehorst nachdenklich zurück.

Der Anruf des Staatsanwalts lenkte Britt kurz von ihrer Sorge ab. Erst dieser Shitstorm in den sozialen Medien und jetzt das. Was würde als nächstes passieren? Ein körperlicher Angriff auf die Beamten der Kripo? Und wer steckte hinter dem feigen nächtlichen Brandanschlag? Das würde wieder eine große Schlagzeile in der Presse und sicher auch eine Meldung in den Fernseh- und Radionachrichten geben. Was war bloß los in dieser Gesellschaft? Waren sie schon so weit abgedriftet in Gleichgültigkeit auf der einen Seite und wachsenden Hass und Misstrauen gegen die staatlichen Organe und Institutionen auf der anderen? Sie konnte sich des Eindrucks nicht erwehren, dass der Glaube an die demokratischen Grundfesten und Überzeugungen in der Gesellschaft schon weit stärker ins Wanken geraten war, als sie sich hätte vorstellen können. Und Middelberg? Sein Misstrauen ihrem Kollegen gegenüber war unüberhörbar gewesen. Wenn schon die Zusammenarbeit zwischen Staatsanwaltschaft und den ermittelnden Beamten so aussah, warf das auch kein gutes Licht auf die Funktionalität der Exekutivorgane selbst.

Halb acht. Erst gut sechs Stunden war es her, dass Unbekannte mit zwei Brandsätzen das Polizeipräsidium angegriffen hatten, als einhundert Bereitschaftspolizisten in voller Kampfausrüstung in Zehnergruppen und begleitet von Kripobeamten und Staatsanwälten zu einer groß angelegten Razzia gegen Mitglieder des klandestinen *Sturm 33*, einer Neonazischlägertruppe, die sich den Namen des berüchtigten SA-Mördersturms im Berlin-Charlottenburg der dreißiger Jahre gegeben hatte, mit umfassenden Hausdurchsuchungen und Festnahmen vorging. Der Generalbundesanwalt hatte die Ermittlungen zum Brandanschlag als staatsfeindliche Straftat einer kriminellen Vereinigung nach § 129a StGB an sich gezogen und mit der Begründung *Gefahr im Verzug* ein entschlossenes Handeln angemahnt und richterlich durchgesetzt. Sieben der mutmaßlichen Mitglieder der Neonazi-Gruppe wurden zuhause angetroffen und festgenommen, Computer und Laptops, umfangreiches Schriftgut beschlagnahmt, verbotene waffenähnliche Gegenstände wie Schlagringe, Nunchakos, Wurfsterne, Schnappmesser und Baseballschläger mitgenommen; hinzu kamen etliche NS-Devotionalien sowie alles, was mit dem nächtlichen Anschlag in Verbindung gebracht werden konnte: Benzinkanister, Stoffreste und Leergut. Das Überraschungsmoment war ganz auf Seiten der ermittelnden Beamten. So schnell hatten die Neonazis offenbar nicht mit einer Reaktion der Berliner Polizei gerechnet. Zu den sieben vor Ort Festgenommenen gesellten sich zwei weitere, die auf ihren Arbeitsstellen aufgegriffen werden konnten, nach drei weiteren Männern wurde die Fahndung eingeleitet.

Ralf Ziether und Nikki waren mittlerweile am Ende ihrer Kräfte. Seit Stunden waren sie in den dunklen Gängen des Berliner Untergrunds unterwegs, ihre stinkenden Klamotten waren klamm und kalt, sie hatten Durst und Hunger, und noch immer hatten sie keinen Ausweg aus dem Gewirr der alten Abwasserkanäle und Tunnelgänge gefunden.

Ralf Ziether hatte jegliches Zeitgefühl verloren. Wie lange waren sie schon hier unten unterwegs? Seit wie vielen Minuten – oder waren es schon Stunden? – bewegten sie sich gebückt, manchmal kriechend mit schrundig aufgerissenen Händen durch feuchte, schlammige oder ausgetrocknete Gänge wie blinde Maulwürfe im Dunkeln, denn Licht gab es hier unten nicht.

Es war Nikki, der dicht hinter Ralf einen weiteren Ziegelgang entlang kroch, ihm plötzlich mit einer Hand auf den Rücken klopfte und mit unnatürlich heiserer Stimme meinte: »Warte, Ralf. Hier rechts ist etwas.«

Ziether hielt inne, drehte sich mühsam in dem engen Gang um, und gemeinsam betasteten sie die kühle Oberfläche einer Metallplatte, die in der rechten Wand eingelassen zu sein schien. »Da! Ein Hebel!« Ralf hatte an einer Seite der glatten Oberfläche den langen hoch aufragenden Metallgriff erfühlt. »Los! Zieh mit!«

Gemeinsam brachten sie mit dem Druck ihrer Arme den sich verbiegenden Metallstab in Bewegung, der sich ächzend und knarrend nur mühsam auf sie zu ziehen ließ. Dann gab die Metallwand mit einem weiteren lauten Knarren nach.

Wigbalt Schneyder war am Morgen pünktlich zum Dienst erschienen, hatte den Pförtner am Tor gegrüßt, seinen Wagen auf dem Mitarbeiterparkplatz abgestellt und sich am Eingang mit seinem Dienstausweis ausgewiesen. Er hatte in seinem Büro gerade den dünnen Sommermantel abgelegt und seine Aktentasche abgestellt, als sein Telefon klingelte. Missmutig und übermüdet sah er auf das Display. Heeter, sein oberster Chef persönlich. Na, der Tag fing ja gut an. Hatte Heeter etwas von seinem nächtlichen Besuch in dessen Büro mitbekommen? Das konnte eigentlich nicht sein.

Wigbalt holte erstmal tief Luft, dann nahm er den Anruf entgegen. Heeter war äußerst kurz angebunden. Falls er einen Gruß geäußert hatte, war es eher ein unwirsches Knurren gewesen. Er zitierte ihn in sein Büro. »Sofort!«, wie er ihm verdeutlichte. Dann hatte er auch schon aufgelegt.

Schneyder rieb sich über sein frisch rasiertes Kinn, da war doch was im Busch. Also hatte Heeter doch irgendetwas mitbekommen. Na, darauf war er jedenfalls auch schon vorbereitet.

Jörg Heeter war äußerst ungehalten. Er stand hinter seinem Schreibtisch, forderte Wigbalt auf, sich zu setzen, und stellte ihn ohne weitere Einleitung zur Rede. »Was haben Sie, Schneyder, am frühen Samstagmorgen um halb vier in der Dienststelle zu suchen gehabt? Ich wüsste nicht, dass ich Ihnen einen Sonderauftrag erteilt habe, der Ihre Anwesenheit um diese Zeit in irgendeiner Weise gerechtfertigt hätte.«

»Ich konnte die Nacht über keine Ruhe finden und habe mir den Vorgang Victor Kalbach noch einmal vorgenommen.«

»Kalbach? Dass ich nicht lache. Schneyder, ich glaube Ihnen kein Wort. Und wenn dem so gewesen wäre, was hat Sie veranlasst, sich nicht beim Wachdienst anzumelden, sondern durch den Nebeneingang hereinzukommen und wieder zu verschwinden?«

»Der Wachdienst?« Schneyder musste ein überlegenes Lächeln unterdrücken und setzte eine Unschuldsmiene auf. Nichts wusste Heeter, rein gar nichts. »Ich war übernächtigt und habe einfach den kürzesten Weg genommen ...«

»Hören Sie auf, mich zu verarschen, Schneyder! Zwischen halb eins und eins ist offenbar unser gesamtes Überwachungssystem zusammengebrochen. Keine Videoaufnahmen, keine An- und Abmeldungen. Davon wissen Sie vermutlich auch nichts?«

Wigbalt schaute seinen Chef verständnislos an. »Wie? Zwischen halb eins und eins? Ich war doch erst um halb vier hier.«

»Schneyder, ich warne Sie! Ich werde diesen Vorgang einer genauen Überprüfung unterziehen. Wenn ich auch nur die kleinste Unstimmigkeit feststelle, wird das für Sie Konsequenzen haben!«

Was für ein Papiertiger, dachte Wigbalt, als er das Büro seines Chefs verließ. Er bemühte sich, einen neutralen Gesichtsausdruck aufzusetzen, als er die Kamera im Flur passierte. Ein Bürokratenarsch, der aufgrund seines Parteibuches in den Chefsessel gehievt worden war. *Du bist auch die längste Zeit hier gewesen,* dachte er.

Es hatte eine ganze Zeit gedauert, bis sich Britt zusammenriss und von ihrem Küchenstuhl erhob. Sie fühlte sich müde und zerschlagen, aber es nutzte ja nichts. Irgendetwas musste sie doch tun. Kurz hatte sie ärgerlich gedacht, warum sich ihr Kollege wohl nicht meldete – das kannte sie ja schon von ihm –, hatte sich dann aber zur Besonnenheit gemahnt. Vielleicht war ihm etwas zugestoßen. Ihm auch?

Ihre Sorge um Nikki war sofort wieder da. Fast hätte sie sich wieder auf den Stuhl zurücksinken lassen, nur mit Mühe stemmte sie sich gegen den Impuls, erneut in ihrer Verzweiflung zu versinken. Schwerfällig griff sie nach ihrer Jacke, verließ die Wohnung, klopfte bei ihrer Nachbarin und bat Regina, noch einmal in ihrer Wohnung die Stellung zu halten. Sie rang sich ein »Danke, dass du für mich da bist!« ab und machte sich auf den Weg.

Regina Müller blickte ihr nach. Wie lange kannte sie Britt jetzt schon? Und Nikki? Sie war ihrer Nachbarin eine gute Freundin und Nikki eine Art Wunschtante geworden. Sie seufzte. Es gab Momente, da halfen weder Trost noch aufmunternde Worte. Gut, dass sie tagtäglich im Home-Office arbeitete, so konnte sie wenigstens für ihre Nachbarin da sein und ihr mit ihrer Anwesenheit zur Seite stehen.

Jan, Lukas, Finn, Max und Kevin waren am frühen Morgen mit Lukas' altem VW-Transporter in Halle gestartet. Ihre Tarnausrüstung in neutralen Rucksäcken verstaut, waren sie ohne Probleme über die A 14 vorangekommen, und am Nachmittag schon an der österreichischen Grenze angelangt. In Österreich hatten sie die Fahrzeuge getauscht, bevor sie mit den Kameraden aus der Ostmark weiter nach Tschechien gefahren waren. Auf einem Bauernhof unweit von Brünn wurden sie in Empfang genommen. Hier hatten sie die Wagen geparkt und waren nach einer kurzen Einweisung in das Gelände und die Verhaltensmaßregeln mit zwei alten Militärlastwagen tschechischer Bauart, die immer noch ihren olivgrünen Tarnanstrich, aber zivile Kennzeichen hatten, weiter durch die hügelige Landschaft gefahren und dann in ein ausgedehntes Waldstück abgebogen. Über von Treckern und großen Maschinen der Waldarbeiter ausgefahrene Waldwege waren sie schließlich bei der Lichtung inmitten des dichten Tannenwaldes angelangt, auf der schon mehrere Mannschaftszelte, eine Feuerstelle und eine Feldküche aufgebaut waren.

»Denkt daran, wir sind ein friedliches internationales Waldlager der Naturfreundejugend. Wenn Polizei kommt, nichts sagen, immer an Organisator verweisen«, hatte sie Jakub mit seinem slawischen Akzent gemahnt und das allgemeine Gelächter mit einem ironischen Achselzucken kommentiert.

Jetzt waren sie also da; die fünf deutschen Kameraden der bundesweit organisierten Kampfgruppe freuten sich schon auf die nächsten Tage, auf das Schießtraining mit scharfen Pistolen und Gewehren aus tschechischen Armeebeständen und auf eine Sprengung im nahe gelegenen Steinbruch mit echtem TNT und elektrischer Zündung. Außerdem hatten sie viel zu besprechen. Es galt die Zusammenarbeit, die sonst über verschlüsselte Chats und unauffällige E-Mail-Accounts lief, zu intensivieren und miteinander persönlich ins Gespräch zu kommen. Einige Vertreter der ungarischen Garden, der *Magyar Gárda* und Flamen aus dem Umfeld der separatistischen *Vlaams Belang* wurden noch erwartet, aber bereits mit den Österreichern und Tschechen zusammen waren sie dreißig Mann in dem Waldstück – schon fast zu viele, um den Bewohnern der umliegenden Dörfer nicht aufzufallen.

Ralf Ziether und Nikki hatten die Stahltür geöffnet und blickten durch quer verlaufende Regalböden in das Halbdunkel eines Kellerraums. Ungläubig nahm Ziether eine der Dosen vom Regal. Eingelegte Artischockenherzen. Und Nikki griff nach einem der auf seiner Seite aufgestapelten Gläser. »Birnendicksaft«, las er laut. Ein Vorratskeller. Das war ein Vorratskeller! Beide sahen im matten Licht, das aus einem der vergitterten, schmalen Kellerfenster in den Raum fiel, in ihre verdreckten Gesichter, aus denen sich die Zähne in ihren er-leichtert lachenden Mündern hell abhoben. Sie hatten es offensichtlich geschafft!

Gemeinsam stapelten sie die Dosen aus einem der unteren Böden auf eins der oberen Regalbretter. Der Abstand zwischen den Regalböden war groß genug, dass sie sich bäuchlings durchzwängen konnten. Nikki, als schmaler Hänfling, rutschte als Erster durch, während Ziether von hinten schob. Dann war er selbst an der Reihe, und Nikki zog an seinem Arm, bis auch der Kommissar auf dem kühlen Kellerboden landete. Dann saßen sie beide da, glücklich und völlig erledigt mit einem etwas dämlichen Grinsen im Gesicht. Sie waren frei!

Schließlich erhob sich Ziether mühsam, die nassen Klamotten rieben über seine zerschundenen Beine, und schob die Stahltür, soweit wie möglich zu. Wenn jemand auf ihrer Spur war und sie suchte, sollte er den Ausgang in den Keller nicht so schnell finden. Leider ließ sich die Stahltür von innen nicht vollständig schließen, aber das war nun nicht zu ändern.

Hinter sich hörte er Wasser rauschen und drehte sich um. Nikki hatte ein Waschbecken entdeckt und begonnen, sich mit der Seife, die dort lag, das Gesicht und die Hände einzuseifen.

»Hallo, Britt«, begrüßte Piet Wieczorek die Hauptkommissarin. Er kam um seinen Schreibtisch herum und drückte ihr mit beiden Händen die Hand. Er sah besorgt aus, fand Britt und sah ihn fragend an.

»Nichts Neues von Nikki?«

Sie schüttelte den Kopf und biss die Zähne zusammen.

»Aber schön, dass du da bist«, versuchte Piet den emotionalen Moment zu umschiffen. »Ich mache mir auch große Sorgen, um Nikki, klar. Aber … ich vermisse Karen Bäker, sie wollte eigentlich heute Morgen schon bei mir vorbeischauen, ist sie aber nicht, und ich kriege sie nicht ans Telefon.«

»Hast du schon Rönnemann informiert?«

Piet nickte. »Ja, Karen ist nicht zu Hause und sie hat ihr Handy anscheinend ausgeschaltet. Irgendetwas stimmt da nicht.«

Britt nickte verständnisvoll. »Sie ist ja schon einmal in diesem Tunnel verschwunden und hatte genau wie ich dieses schwarze Mal …« Sie beendete den Satz nicht, zu deutlich stand ihr die eigene Gefangenschaft vor Augen. »Aber das muss ja nichts heißen. Womöglich meldet sie sich bald, und es gibt für alles eine logische Erklärung«, fügte sie schnell hinzu.

»Hoffentlich hast du recht, ich sehe auch schon überall Gespenster«, meinte Piet. Aber sehr überzeugend klang er dabei nicht. »Ich glaube, es ist das Beste, wenn wir einfach weitermachen. Ich habe da nämlich etwas für dich.« Wieczorek ging zu seinem Schreibtisch, nahm einen Stapel Papier und reichte ihn weiter an Britt. »Ich habe mir noch einmal die Überbleibsel der Bilder aus der Akte von deiner SD-Karte vorgenommen. Viel ist es ja nicht, aber vielleicht kommen wir weiter, wenn wir das, was du aufgeschrieben hast, damit abgleichen.«

Britt war froh über die Abwechslung. Gemeinsam setzten sie sich an den großen Besprechungstisch, breiteten die Papiere aus und versuchten, die einzelnen Seiten Stück für Stück zu rekonstruieren.

Lange saßen sie so zusammen, schoben Bruchstücke und Detailinformationen der einzelnen Seiten wie Puzzleteile hin und her. Es war wie ein 1000-Teile-Puzzle, bei dem die Vorlage und ein Großteil der einzelnen Pappstückchen fehlten und die meisten verbliebenen Teile irgendwelche Blauschattierungen von Wasser oder Himmel zeigten. Aber mit der Zeit bekamen sie doch einiges zusammen. Die vollständige Akte musste einen wirklich bemerkenswerten Einblick in ein klandestines Netzwerk rechtsextremistischer Gruppierungen geben, das den halben Globus umspannte. Die Kontakte zu den einzelnen Gruppierungen liefen ausschließlich über Einzelpersonen, deren Namen verschlüsselt und mit nicht nachvollziehbaren Zahlenkombinationen als E-Mail-Adressen versehen waren. Die entscheidende Gruppierung in Deutschland schien eine sogenannte *Arische Bruderschaft* zu sein, aus der heraus sich auch das Kürzel erklärte: *SEM-AB* = Sonderermittlung Arische Bruderschaft. In den USA liefen die entscheidenden Kontakte über eine Organisation namens *White Arian Resistance*, die sich als Widerstandsgruppe der weißen Rasse verstand, deren Mitglieder offenbar in sogenannten Sippen als familienähnliche Verbünde organisiert waren und ganz offen den paramilitärischen Kampf gegen Latinos, Schwarze, Asiaten, Juden und sogenannte »Gemischtrassige« propagierten. Besonders interessant war ein unvollständiger Satzschnipsel, in dem es um Victor Kalbach, den ermordeten Berliner Neonazi ging. Kalbach war ein führender Kopf eines *Vereins deutscher Stämme* gewesen, einer militanten Reichsbürgerorganisation, die durch ihre antisemitische und antidemokratische Hetze aufgefallen und 2020 bundesweit verboten worden war, da sie den bewaffneten Aufstand propagierte. Britt musste nicht lange über das Satzkürzel nachgrübeln, das hinter seinem Namen stand: *InfVS*. Victor Kalbach, der sich so militant geriert hatte, war in Wirklichkeit ein Informant des Verfassungsschutzes gewesen.

Piet und Britt waren über diese Information zu Kalbach mehr als überrascht. Wie konnte es sein, dass der Verfassungsschutz zu Victor Kalbachs Rolle als Informanten keinerlei Aussage gemacht hatte? Und welche Rolle spielte der Chef des Bundesamtes, Jörg Heeter, dabei?

Während sie noch über ihren Papieren saßen, betrat einer von Piets Mitarbeitern den Raum und legte, da der große Besprechungstisch mit ihren Papieren überhäuft war, ein überdimensionales Blatt auf Wieczoreks Schreibtisch. »Hier, sehen Sie mal, Chef. Ich habe das

Bekenner-Video zu Victor Kalbach ausgewertet, das kann unmöglich vom IS sein!«

Piet und Britt waren an den Schreibtisch herangetreten und blickten auf die Vergrößerung eines der Bilder aus dem Video, das die vermummten Männer mit der schwarzen Fahne zeigte. »Also, zunächst mal tragen die Kerle außer den Motorradhauben und Pali-Tüchern amerikanische Jeans und Lederschuhe, das war das Erste, was mich stutzig gemacht hat. Und dann die schwarze Fahne. Das ist die sogenannte Kriegsflagge des IS. Im oberen Teil steht auf Arabisch: *Es gibt keinen Gott außer Allah*, und unten steht in dieser weißen Scheibe das Siegel Mohammeds.«

»Und? Was ist daran ungewöhnlich?« Piet Wieczorek zeigte auf das Bild.

»Wer auch immer diese Fahne hergestellt hat, er hat das Original aus dem Internet oder woher auch immer kopiert, aber sehen Sie selbst!« Es schien Wieczoreks Mitarbeiter sichtlich Spaß zu machen, seinen Chef auf die Probe zu stellen. Er schob den großen Papierbogen zur Seite, sodass das darunterliegende Blatt mit einer Originalabbildung der IS-Flagge zu sehen war.

»Die Schrift!«, entfuhr es Piet.

»Genau. Die Schrift ist spiegelverkehrt. Bei der Übertragung der arabischen Schriftzeichen hat man nicht aufgepasst. Und das heißt ...«

Britt fiel dem Mitarbeiter ins Wort: »Der Kopist war des Arabischen nicht mächtig.«

Das war es also. Das angebliche Bekenner-Video sollte die Ermittler und die Öffentlichkeit auf eine falsche Fährte locken. Es waren keine Anhänger des IS gewesen, die Victor Kalbach ermordet hatten. Aber wer steckte dann dahinter? Das war die entscheidende Frage.

Hätte jemand die beiden Gestalten gesehen, die es sich mit sauberen Gesichtern und Händen, aber immer noch in ihren stinkenden und verdreckten Klamotten auf dem Kellerboden leidlich bequem gemacht hatten, vor sich geöffnete Gläser mit allerlei Feinkost-Leckereien, er hätte vielleicht an ein Gemälde aus dem 18. Jahrhundert gedacht, in dem Pariser Clochards sich in einem Kellergewölbe niedergelassen hatten und es sich mit zusammengeraubten Lebensmitteln gut gehen ließen. Ralf Ziether und Nikki brauchten jedenfalls erst mal eine Stärkung, bevor sie versuchten, aus diesem Vorratskeller, wo auch immer der war, wieder an der Oberfläche aufzutauchen.

Karen Bäker hatte sich immer für ein taffes Mädel gehalten, jetzt aber zitterte sie wie Espenlaub, allein mit dem Kapuzenmann in ihrem Gefängnis. Ihr Unterbewusstsein signalisierte ihr über den Geruch, der vom Körper des großen Mannes ausging, der leicht scharfen Note aus Schweiß und abgetragenen Textilien, dass er es war, der sie bereits schon einmal überwältigt und verschleppt hatte. So sehr sie auch die Fäuste ballte und versuchte, die Kontrolle über ihren Körper zu gewinnen, die Angstimpulse aus ihrem Unterbewusstsein waren stärker.

Der Vermummte legte ein Papier und einen Stift auf den Tisch und stellte daneben eine Plastikflasche mit Wasser. Er sah sie an, und Karen erschauerte beim Blick in seine kalten, grauen Augen. Unvermittelt sprach der Mann zu ihr: »Du bist also zurückgekommen. Ich wusste es. Ich habe dir den Weg gezeigt, und du bist ihn gegangen. Ich habe dich ausgewählt. Nun werden sich unsere Schicksale verbinden. Wir werden den Fortbestand unserer beider Sippen sicherstellen und zugleich etwas ganz Neues schaffen: den neuen, starken Spross eines wahren germanischen Geschlechts. Die Runensteine haben es vorhergesagt. Und so wird es sein.«

Karen Bäker hörte diese leicht heisere Stimme, hörte die Worte und verstand sie doch nicht.

»Lies und unterzeichne!« Der Mann wies auf das Blatt Papier. »Zur rechten Zeit werde ich dich holen.« Damit drehte er sich um und ging.

Karen spürte erst in dem Moment, als sich die schwere Stahltür hinter ihm geschlossen hatte, ihren eigenen stockenden Atem und holte tief Luft. Was hatte er gesagt? Er würde sie holen und dann? Der Fortbestand irgendeiner Sippe, was sollte das bedeuten? Als sie den Gedanken erfasste, drehte sich ihr fast der Magen um. Sie versuchte, ihren Atem zu kontrollieren, um klar denken zu können. Dann nahm sie das Papier in die Hand.

Der Besitzer des Restaurants »Tor Eins« im Park am Gleisdreieck staunte nicht schlecht, als die zwei völlig verdreckten Gestalten, ein mittelalter Mann und ein Jugendlicher, aus dem Zugang zum Vorratskeller kamen und plötzlich mitten in seinem Lokal auftauchten. Einige seiner Gäste blickten auf, vergaßen, die Gabel zum Mund zu führen oder einen weiteren Schluck Weißwein oder Berliner Weiße zu trinken, und rückten innerlich ein Stück von den übelriechenden Neuankömmlingen ab. Ein Kellner, der ein Tablett mit Getränken in der einen Hand hielt, blieb mit offenem Mund stehen und starrte die beiden an.

Ziether hatte vorsorglich seinen Dienstausweis gezückt, entschuldigte sich beim nächststehenden Kellner und meinte: »Dies ist ein Polizeieinsatz, verschließen Sie den Zugang zum Vorratskeller, bis die uniformierten Kollegen eintreffen. Es besteht kein Grund zur Sorge, aber befolgen Sie diese Anweisung!« Dann waren sie auch schon raus aus dem Lokal, und während Ziether sich zu orientieren versuchte, genossen sie das helle Tageslicht und sogen tief die frische Luft ein. Sie befanden sich nahe beim Deutschen Technikmuseum. Hier draußen waren viele Touristen unterwegs, die sie anstarrten, ihnen auswichen und dann automatisch ihren Schritt beschleunigten. So, in ihrem jetzigen Zustand, konnten sie schlecht ein Taxi rufen, zugleich widerstrebte es Ziether, nach einem uniformierten Kollegen Ausschau zu halten. Nach seiner Suspendierung war ihm nicht danach, jetzt gleich wieder dem BKAler Rönnemann gegenüberzutreten. Also machten sie sich zu Fuß auf den Weg und versuchten, sich möglichst unauffällig vorwärtszubewegen.

Ziether war froh, als sie in die kleine Wohnstraße in seinem Kiez einbogen. Zu Hause angekommen, schickte er Nikki unter die Dusche, legte für ihn ein paar frische Klamotten zurecht und wählte Britts Handynummer – ohne Erfolg. Britt musste ihr Handy ausgeschaltet haben. Unter ihrer Privatnummer erreichte er nur den Anrufbeantworter und hinterließ eine kurze Nachricht, dass Nikki wieder frei und jetzt bei ihm zuhause war. Er zögerte einen Moment, dann wählte er die Nummer von Oberstaatsanwalt Niemann und teilte dessen Vorzimmerdame mit, dass Nikki Bredehorst befreit und zunächst bei ihm in seiner Wohnung sei.

Nachdem der Junge mit breitem Grinsen, frisch geduscht und mit nassen Strubbelhaaren, aus dem Badezimmer kam, ging er selbst unter die Dusche und ließ den heißen Wasserstrahl über seinen Körper prasseln. Als er aus dem Bad kam, hatte es sich Nikki bereits auf dem Sofa bequem gemacht; er schien kurz davor zu sein, einzuschlafen. Ziether musste lächeln, dann warf er sich aufs Bett.

Ein lautes Krachen weckte ihn aus seinem traumlosen Schlaf auf. Ihm war, als hätte kurz zuvor die Türklingel mehrfach geläutet, jetzt aber, noch im Halbschlaf, hörte er die schweren Schritte mehrerer Personen, die vom Flur aus in sein Schlafzimmer trampelten. Mühsam richtete er seinen zerschlagenen Körper auf und sah sich von Männern eines behelmten, mit Maschinenpistolen bewaffneten Sondereinsatzkommandos umringt. Direkt vor seinem Bett stand Rönnemann. »Hauptkommissar Ralf Ziether, ich nehme Sie vorläufig fest wegen des Verdachts der Freiheitsberaubung, der Geiselnahme und der Unterschlagung von Beweismitteln im Fall der Entführung von Niklas Bredehorst und Karen Bäker.«

Ziether fehlten die Worte. Bevor er sich eine saftige Antwort überlegen konnte, zogen ihn die bewaffneten Beamten gewaltsam aus dem Bett, zwangen ihn, sich mit gespreizten Beinen vor den Schrank zu stellen, tasteten ihn ab und legten ihm Handschellen an. Als er im Tross mehrerer Beamter aus seiner Wohnung geführt wurde, sah er Nikki, der genauso verdattert wie er selbst war, flankiert von zwei Beamten im Wohnzimmer auf dem Sofa sitzen.

Auf der Fahrt ins Präsidium, eingekeilt zwischen zwei Uniformierten auf dem Rücksitz eines Einsatzfahrzeugs, spürte Ralf Ziether, wie sich die Wut über den BKA-Kollegen in seinem Bauch zusammenballte, sparte sich aber seine bissigen Bemerkungen lieber für später auf.

Widerstandslos ließ er sich in Handfesseln ins Vernehmungszimmer bringen, vorbei an mehreren Beamten, die er persönlich kannte, die jetzt aber lieber an ihm vorbeischauten, was seine Wut nur noch mehr steigerte.

Im Vernehmungszimmer nahm man ihm die Handschellen ab, ließ ihn kurz allein, dann betrat Rönnemann den Raum und schaltete das Mikro an. »Vernehmung von Hauptkommissar Ralf Ziether. Der zu Vernehmende wurde über seine Rechte belehrt. Es ist jetzt 16 Uhr 32.«

Ziether wäre seinem Gegenüber am liebsten an die Gurgel gegangen, holte aber lieber erst mal tief Luft.

»So, Ziether, Sie haben ja schon bei ihrer vorläufigen Festnahme gehört, wozu Sie hier vernommen werden sollen. Es ist doch merkwürdig, dass die halbe Berliner Polizei nach Niklas Bredehorst sucht, und ausgerechnet Sie es sind, der ihn findet, es dann aber nicht für nötig hält, mich, den leitenden Ermittler, zu informieren. Zur gleichen Zeit verschwindet Karen Bäker spurlos, die schon einmal in der Gewalt der Entführer gewesen ist. Nach unseren Ermittlungen gehen wir davon aus, dass der oder die Entführer an besagter Karen Bäker ein besonderes Interesse haben. Ist es nicht ein merkwürdiger Zufall, dass das Verschwinden von Frau Bäker und die unglaubliche Befreiung von Niklas Bredehorst zur selben Zeit stattfinden?«

Ziether wäre fast der Mund offen stehengeblieben, als er verstand, welche Behauptung Rönnemann da aufgestellt hatte: So lief hier also der Hase. Das war doch völlig lächerlich! Aber lieber biss er sich auf die Zunge, als auf diese haltlosen Unterstellungen irgendetwas zu antworten.

Rönnemann nahm einen neuen Anlauf. »Es ist schon bemerkenswert. Bei allen entscheidenden Ereignissen waren *Sie* dabei. Sie treffen sich hinter meinem Rücken mit Maik Schäfer, der kurz darauf ermordet wird. Der Indizienlage nach würde jeder Ermittler denken, dass Sie vielleicht mehr in diese Angelegenheit verstrickt sind, als Sie zugeben wollen. Wer sagt mir denn, dass Sie von Maik Schäfer nicht genau die Informationen erhalten haben, die Sie benötigten, um Ihre Nazifreunde zu warnen? Danach musste Schäfer natürlich verschwinden. Außer Ihnen hat niemand in der Kneipe die drei Glatzen gesehen, die angeblich nach Schäfer gesucht und ihn umgebracht haben sollen.« Ziether fiel es sichtlich schwer, sich zurückzuhalten. Er biss sich auf der Zunge, dass es schmerzte.

Der weitere Verlauf der Vernehmung war ausgesprochen einseitig. Rönnemann versuchte, ihn aus der Reserve zu locken, aber Ziether, der oft genug auf der anderen Seite des Tisches gesessen hatte, ließ sämtliche Fragen und Provokationen an sich abprallen. Schließlich wurde es dem BKA-Mann zu bunt. Er ließ Ziether in eine Überwachungszelle bringen, nicht ohne vorher zu betonen, dass er sein Glück jetzt bei Niklas Bredehorst versuchen würde. Dass er den Jungen überhaupt befragen müsse, habe sich Ziether mit seinem störrischen Verhalten selbst zuzuschreiben.

Ralf Ziether entging das hämische Grinsen nicht, das Rönnemann dabei aufsetzte. Vielleicht war das nur eine der letzten Provokationen, die er im Köcher hatte. Vielleicht freute er sich aber wirklich darauf, den armen Jungen ins Verhör zu nehmen. Ob nur ersteres der Fall war, da war sich Ziether keineswegs ganz sicher.

⌐

Ganz in Gedanken versunken hatte sich Murat Mustafi, nachdem er seinen Imbiss aufgeräumt und abgeschlossen hatte, auf dem Weg nach

Hause gemacht. Spät geworden war es heute, aber das war ihm nur recht, so hatte er sich bis in den späten Abend mit der Bedienung der Kunden und später mit dem Kassensturz und den Reinigungs- und Aufräumarbeiten von seinen Sorgen ablenken können, die ihn, wenn er erst wieder zu Hause war, quälen und die halbe Nacht wach- halten würden. Zwischen seiner Frau und ihm gab es kein anderes Thema mehr als die Bedrohung seiner Familie, und schon auf dem Weg zum Parkplatz waren sie alle wieder da, seine sorgenvollen Grü- beleien, die doch zu nichts führten. Der Beamte, mit dem er bereits mehrfach gesprochen hatte, war zwar freundlich, hatte ihm aber auch nicht wirklich weiterhelfen können. Und den Kripobeamten, der regelmäßig seinen Imbiss besuchte, hatte er auch schon seit Tagen nicht mehr gesehen.

Plötzlich schreckte Mustafa aus seinen Gedanken hoch. Er hatte gar nicht richtig mitbekommen, dass ihn irgendjemand angesprochen hatte, er hob den Kopf und registrierte, dass rechts neben ihm jemand stand. Im selben Augenblick erschrak er sich fast zu Tode. Der Mann neben ihm trug eine schwarze Motorradhaube, ein zwei- ter Vermummter stellte sich ihm in den Weg, ein dritter war hinter ihn getreten.

Panik erfasste Mustafi, und dann ging alles viel zu schnell, als dass er überhaupt irgendwie hätte reagieren können. Der erste Schlag traf ihn in den Magen, dass er sich schmerzhaft zusammenkrümmte, der zweite auf die Brust raubte ihm den Atem, dann hielt ihn der dritte Mann von hinten fest, während die beiden anderen mit gezielten Schlägen seinen Körper und seinen Kopf traktierten. Mustafi wollte schreien, brachte aber nur ein lautes Stöhnen heraus, dann blieb ihm endgültig die Luft weg und er sackte in sich zusammen. Er spür- te schon nicht mehr, wie die Männer auf ihn eintraten.

Zehnter Tag
Dienstag

Salvatore Kostiç lief der Schweiß in Strömen von seinem mit blutig schrundigen Narben überzogenen, grob kahl geschorenen Kopf durchs Gesicht und den Hals hinab. Das schmutzig graue Leinenhemd, das er als einziges Kleidungsstück trug, war klatschnass. Seine Augen brannten. Gerne hätte er die Arme gehoben und sich mit beiden Händen den Schweiß aus den Augen gewischt, aber diese waren mit einem dicken Lederriemen auf seinem Rücken festgebunden. Er konnte lediglich den Kopf schütteln, dass der Schweiß zu allen Seiten spritzte.

»Nein, nein!«, schrie er und blickte direkt auf den hageren Kerl, der einen kleidähnlich langen Mantel trug und dessen Gesicht von einer rot gefärbten Kapuze halb verdeckt war, sodass er den Blick des Mannes nicht ausmachen konnte. Das schlimmste aber, was ihn bis ins Innerste erzittern ließ, war das breitklingige, silbrig leuchtende Schwert, auf das der Hagere sich stützte. Man hatte ihn hierher geschleift bis zu diesem Holzblock, der direkt vor ihm stand, sodass er ihn mit seiner Brust berührte. Die glatte Oberfläche des dicken Klotzes war von tiefen, gradlinigen Narben durchzogen, in denen undefinierbare braune Schleimfäden und Bröckchen steckten, von denen ein kaum vorstellbar gammliger Gestank der Verwesung ausging. Salvatore atmete, da er seine Nase nicht verschließen konnte, nur noch stoßartig durch den Mund und hielt die Augen geschlossen, so fiel sein Blick auch nicht mehr auf die fetten Maden, die sich in den schartigen Rillen bewegten, und die grünen, silbrig glänzenden

Aasfliegen, die über das Holz krabbelten, in seinem Gesicht und auf seinem Kopf landeten und ihm sogar unter das Hemd krochen, um sich an seinem Schweiß zu laben. Das alles hier war völlig unglaublich; sein Kopf weigerte sich, die Situation zu verstehen. Was machte er hier? Warum er? Das konnte doch alles nicht wahr sein! Aber jetzt, wo er hier in seinem Schweiß, in dem Gestank, gefesselt vor dem roten Kapuzenmann kniete, war es doch die Wirklichkeit, kein Albtraum, aus dem er irgendwann aufwachen würde. Der Kapuzenmann vor ihm stand einfach nur regungslos da; von irgendwo aus dem Hintergrund dröhnte eine tiefe Stimme in den Raum, die das Urteil verlas.

Kostiç hätte über diese ganze Szenerie, die ihn an einen schlechten Historienfilm erinnerte, lachen können, wenn er sie nicht gerade selbst durchleben müsste. Das Urteil lautete: Tod durch das Schwert. Aber warum? Er habe sich außerhalb der menschlichen Gemeinschaft gestellt, hatte die Stimme gesagt. Mit seinem Tun, raffgierig dem Mammon ergeben, hätte er Teufelswerk betrieben und anderen Menschen Schaden an Leib und Leben zugefügt. Aber was hieß das? Hätte die Polizei seine Wohnung durchsucht und ihm sein Geld, seinen Schmuck, seinen Drogenvorrat, auch den hochpreisigen Sportwagen vor der Tür genommen, so wäre er vielleicht für ein paar Jahre in den Knast gewandert. Aber das hier? Wer waren die, die ihn hier so zur Verantwortung zogen? Wer gab ihnen die Berechtigung dafür, sich außerhalb von Recht und Gesetz zu stellen und ihn mit dem Tode zu bedrohen? Wenn das alles nur ein schlechter, böser Scherz sein sollte, dann war es nun aber mehr als genug!

»Du hast kein Recht, über mich zu richten!«, stieß er hervor. »Und niemand gibt dir das Recht, mich zu ermorden. Was ist das für ein mittelalterliches Theaterstück?«

Jetzt spürte er das raue Hanfseil um seinen Hals. Mit einem Ruck wurde sein Kopf grob über den Holzklotz gezogen. Salvatore konnte noch sehen, wie der Kapuzenmann das Schwert mit einer einzigen Bewegung hoch über seinen Kopf führte, den er nicht zurückziehen konnte, das Seil um seinen Hals war aufs äußerste gespannt. Er spürte mehr die Bewegung über sich, als dass er sie sah, ein kalter Luftzug, der Henker streckte sich und holte aus. Das Heulen eines Tieres entrang sich seinem Mund und brach unvermittelt ab, als der glatte, scharfe Stahl auf sein Genick traf, es durchstieß und den Kopf vom Hals trennte, dass ein Schwall frisches Blut auf den Holzklotz auftraf, die fetten Maden überspülte und die Fliegen empört auffliegen ließ. Der kopflose Rumpf sank zur Seite, während der Kopf noch am Rand des Holzklotzes liegen blieb. Mit offenen Augen spürte Salvatore, wie ihn das Leben verließ. Dem unbändigen Schmerz war eine dumpfe Taubheit gefolgt. Ungläubig versuchte sein Gehirn, die Situation zu begreifen, nutzlose Gedanken und bunte Farbstreifen durchwirbelten noch kurz seinen Kopf, bis er für immer im ewigen Dunkel versank.

Im Moment lief alles ganz nach Plan. Der schlanke Endvierziger saß in seinem Büro, in das die Abenddämmerung bereits dunkle Schatten warf, und war mit sich und der Welt im Reinen. Kostiç, dieser unsichere Kantonist, war beim Scharfrichter in den besten Händen.

Sein Gesicht überzog ein breites Grinsen, als er daran dachte, wie es diesem Verräter jetzt wohl erging und welch ungewohnten Ängste er dabei ausstehen würde. Was für ein glücklicher Umstand war es doch gewesen, dass er Nico B. aufgespürt und für ihre Sache hatte gewinnen können. Okay, der Typ hatte wirklich richtig einen an der Marmel, und das mit der Polizistin und ihrem Sohn hatte er sich auch etwas anders vorgestellt, aber Nico B. war in vielerlei Hinsicht von Nutzen gewesen. Schließlch brachte sein Amt mancherlei Vorteile mit sich, vor allem, wenn es darum ging, Informationen über bestimmte Personen zusammenzutragen. Und wenn man diese dann noch nutzbringend einsetzte ... besser konnte es doch gar nicht laufen. Er hatte den durchgeknallten Sadisten im Frühjahr 2005, ein paar Monate nach dem verheerenden Tsunami im indischen Ozean vom

26. Dezember 2004 in Südostasien aufgespürt, obwohl er zu den über 130.000 Toten in Indonesien gezählt worden war. Nico B. war schon als Jugendlicher durch seinen gefühllosen Sadismus aufgefallen. Er hatte eine Katze zu Tode gequält, hatte Mitschüler scheinbar ohne jeden Anlass bis zur Bewusstlosigkeit gewürgt, selbst seine Lehrer angegriffen und verletzt, und war schließlich, als er strafmündig geworden war, in eine geschlossene Anstalt eingewiesen worden. Von dort war er geflohen, hatte sich ins Ausland abgesetzt und war im Januar 2005 für tot erklärt worden. Es hatte nicht viel Überzeugungsarbeit bedurft, um ihn für seine neue Aufgabe in Berlin zu gewinnen. Mit ungeahntem Eifer hatte er sich sehr schnell in seiner neuen Rolle zurechtgefunden. Im Nachhinein betrachtet auffällig schnell. Die Ziele des Direktoriums hatten dabei für Nico B. von Anfang an überhaupt keine Rolle gespielt, ging es ihm in erster Linie doch darum, seine Vorlieben, jetzt sogar in einem höheren Auftrag, ausleben zu können. Das war eben der Nachteil, wenn man nicht auf professionell ausgebildete Kräfte zurückgreifen konnte. Mittlerweile hatte Nico den Bogen aber eindeutig überspannt. Nun, auch da würde sich eine Lösung finden lassen.

Verfolgt von den finsteren Bildern des Albtraums, aus dem er aufgeschreckt war, wurde Reinhard van Warften von Selbstzweifeln geplagt: Hatte er wirklich die richtige Entscheidung getroffen? In anderen Nächten, wenn sein bohrendes Bewusstsein ihn aus dem ersten Tiefschlaf in einen nervösen Wachzustand emporriss, hatte er sich einfach für ein, zwei Stunden mit den Akten der aktuellen Fälle befasst, die er Abend für Abend sorgfältig in seinem Arbeitszimmer zurechtlegte. Dazu hörte er eins der Klavierkonzerte von Johann Sebastian Bach oder suchte im Radio eins der Nachtkonzerte heraus, ging schließlich wieder ins Bett und fiel in einen zweiten, tiefen, zumeist erholsamen Schlaf. In den letzten Nächten aber, seitdem er eine endgültige Entscheidung getroffen hatte, war alles anders. Seine Albträume waren so realistisch und konfrontierten ihn mit all den Schrecknissen, die die männlichen Nachkommen seiner Familie von den ersten Aufzeichnungen bis heute zu verantworten hatten. Gehandelt hatten sie immer im vermeintlich guten Glauben, auf der richtigen Seite zu stehen, immer treu und gewissenhaft bei jeder Entscheidung, die das Überleben oder auch den Tod anderer nach sich zog. Der alte Bund, Jahrhunderte hatte er gehalten, und immer hatten die männlichen Nachkommen seiner Familie ihren Teil erfüllt. War seine Entscheidung, diese alte Übereinkunft aufzukündigen, wirklich richtig gewesen? Kostiç, Salvatore Kostiç war höchstwahrscheinlich schon nicht mehr am Leben. Ein weiteres Opfer, das auf seine Seele drückte. Noch eines.

Er seufzte. Das unabänderlich letzte! Er sah den etwas untersetzten Mann vor sich, äußerlich unscheinbar, ein Südländer kroatischer Abstammung, der sich illegal in Berlin aufgehalten und als V-Mann für den Verfassungsschutz gearbeitet hatte. Kostiç hatte sich kaufen lassen und für beide Seiten gearbeitet, vor allem aber seine Stellung im nationalsozialistischen Netzwerk für eigene lukrative Nebengeschäfte ausgenutzt: Drogen- und Kinderhandel, Prostitution. Er hatte sich zu sicher gefühlt, aber es war immer dasselbe: zu viel Geld und zu viel Gier, wilde Kokain- und Sexpartys, ein dicker weißer SUV. Es war zum Verzweifeln, dass Menschen wie Kostiç anscheinend außerstande waren, dazuzulernen. Salvatore Kostiç war zu einem Sicherheitsrisiko geworden – für beide Seiten. Der Verfassungsschutz hatte ihn auf die Abschussliste gesetzt. Van Warften hatte nur die Information aus dem Darknet, die man ihm zugespielt hatte, weiterleiten müssen. Alles andere war vom Scharfrichter bestimmt schon zuverlässig erledigt worden.

Er öffnete den Tresor im Schlafzimmer und zog vorsichtig den säurefreien Karton hervor, ging hinüber zu seinem Schreibtisch im Arbeitszimmer, setzte sich und klappte den Schutzkarton auf. Das historische Dokument war eine Übersetzung des in Latein verfassten

Vertrages im Niederdeutsch des dreizehnten Jahrhunderts, wie es damals in der norddeutschen Tiefebene gesprochen worden war. Die Tinte hatte all die Jahrhunderte überdauert und nur wenig ihrer Strahlkraft verloren, da das Papier immer nur dann, wenn ein neuer Bischof im Bistum inthronisiert worden war, hervorgeholt und zu einer Privataudienz mitgeführt und vorgelegt worden war. Die Siegel leuchteten immer noch blutrot wie eine deutliche Mahnung, dass der einmal geschlossene Vertrag weiterhin Gültigkeit hatte, solange seine Familie ihren Verpflichtungen der römisch-katholischen Kirche und des Oldenburger Grafenhauses gegenüber nachkam.

Unwillkürlich verzog Reinhard van Warften sein Gesicht zu einem breiten Lächeln, als er sich an die Schilderung seines Vaters erinnerte, der dem zuletzt eingesetzten Bischof das Dokument, dessen lateinisches Original im päpstlichen Archiv in Rom sicher verwahrt wurde, vorgelegt hatte. Das etwas ungläubig dümmlich wirkende Gesicht des äußerlich weichen Mannes, der seine Kirche in eine moderne, aufgeklärte Zukunft zu führen angetreten war, konnte er sich gut vorstellen. Seine bischöfliche Eminenz hatte nicht glauben wollen, dass der mittelalterliche Vertrag über Generationen bis in die Gegenwart erfüllt worden war und noch heute seine Gültigkeit hatte. Ein Bote war nach Rom geschickt worden, der schon am Abend des folgenden Tages mit einem versiegelten Brief des Oberhirten der katholischen Kirche zurückkehrte, der in wenigen lateinischen Zeilen, unterschrieben vom Sekretär des Papstes, kundtat, was der Bischof nicht für möglich gehalten hatte. Der Vertrag hatte, da er bis heute eingehalten worden war, weiterhin seine Gültigkeit: ... *admonere nos de consensu senex, causit Bremae in MCCXXXVII valida et utrique satisfacere et valida* ... (erinnern wir euch an den alten Bund, geschlossen zu Bremen 1237 und beiderseits gültig und zu erfüllen...).

1237. Eine unvorstellbar lange Zeit war seitdem vergangen, erst recht, wenn man versuchte, sie mit dem schnelllebigen, scheinbar rasenden Zeitgefühl von heute zu ermessen. Im 13. Jahrhundert war auch das Land zwischen den Flüssen Weser und Elbe, die noch ungezähmt mit ihren verzweigten, von Sturm und Gezeiten geschaffenen Nebenarmen die norddeutsche Tiefebene geformt hatten, von Machtkämpfen und kriegerischen Auseinandersetzungen geprägt. In wechselnden Koalitionen, bestimmt von der jeweiligen Stärke weltlicher und kirchlicher Macht, waren die fruchtbaren Marschböden mit ihren bodenständigen und im Ringen mit den Naturgewalten widerständigen Bewohnern immer wieder in den Fokus der Mächtigen gerückt – zur Erweiterung der eigenen Einflusssphäre, als tributpflichtige Einnahmequelle, zur Konstituierung eigener Machtansprüche sowie zur Sicherung der hanseatischen Schifffahrt vor Piraterie und Zollpflicht.

Über Jahrhunderte zogen sich die Auseinandersetzungen hin, befeuert auch durch den Freiheitswillen der Marschbewohner selbst. Die Stedinger, wie sich die Marschbauern am westlichen Weserufer selbst nannten, hatten 1228 der landesherrlichen Gewalt des Bremer Erzbischofs widersprochen und am Weihnachtsabend 1229 einen bewaffneten Trupp, angeführt von des Bischofs Bruder, dem Grafen zur Lippe, der überraschend in Stedingen eingefallen war, zurückgeschlagen und den Grafen getötet. Auch der Plan des Erzbischofs 1233, die Deiche Stedingens durchstechen zu lassen und die Stedinger in den Fluten der Weser zu ertränken, war entdeckt und vereitelt worden. Hatten die Marschbauern sich zu sicher gefühlt? Hatten sie wirklich geglaubt, sich im Ränkespiel der mächtigen Männer ihrer Zeit auf Dauer wehrhaft behaupten zu können? Die Geschichte hatte sie bitter eines Besseren belehrt, denn der einflussreiche Erzbischof sann auf Vergeltung und suchte neue Verbündete. Beteten die Stedinger nicht in ihren Kirchen anstelle zu Jesus von Nazareth zu einem von ihnen selbst auserkorenen Heiligen? Das war Blasphemie, Ketzerei. Der Erzbischof sandte einen Boten über die Alpen nach Rom und erwirkte 1234 beim Papst einen Kreuzzug gegen die vorgeblichen Heiden. Jetzt fanden sich genügend Verbündete, die sich unter päpstlichem Segen persönlichen Gewinn von einem Kreuzzug im norddeutschen Flachland versprachen. Und so zog ein hochgerüstetes Heer, angeführt von Adligen aus Westfalen, vom Niederrhein, aus

Brabant, Holland und Flandern gegen die Stedinger auf Beute aus. Bei Altenesch wurden die Bauern in offener Feldschlacht vernichtend geschlagen. Einem Heer von vier- bis fünftausend bewaffneten, zum Teil berittenen Männern gegenüber waren die Marschbauern hoffnungslos unterlegen. Nur eine Handvoll konnte sich im Dunkel der Nacht ihrer Ermordung mit einer Flucht über den Fluss Hunte entziehen. Der Bremer Erzbischof und der Graf aus dem benachbarten Oldenburg teilten das verheerte Land unter sich auf und ließen es neu besiedeln. Erstmals 1235 tauchte der Name van Warften auf, eines Deichgrafen, der sich mit den Seinen auf einem künstlichen Hügel, einer Warft, unweit des Hauptarms der Weser angesiedelt und gegenüber dem Landvogt des Bremer Erzbistums die Sicherheit der Weserdeiche zu verantworten hatte. Zwei weitere Jahre gingen ins Land, bis zwei Männer den *Contractus* unterschrieben, besiegelt mit den Unterschriften zweier leumündiger Zeugen, der Gültigkeit haben sollte, so lange beide Parteien ihren Verpflichtungen, so festgeschrieben, nachkämen. Die Rechte und Pflichten aber sollten in gerader Erblinie vom Vater auf den erstgeborenen Sohn übergehen. Sollte dieser aber dahinscheiden ohne einen männlichen Nachkommen, so träte der jeweils nächstgeborene männliche Nachkomme in den *Contractus* ein. Erst wenn kein männlicher Nachkomme mehr gezeugt würde und das Erwachsenenalter erreichte, wäre der Vertrag in all seinen Paragrafen als hinfällig anzusehen.

Schlecht gefahren waren seine Vorfahren mit dieser Abmachung nicht. In all den Jahrhunderten hatten Macht, Wohlwollen und Einfluss der Heiligen Römischen Kirche und der wechselnden weltlichen Mächte am Weserstrom ihre schützenden Hände über sie gehalten, hatten die van Warftens ihren Einfluss mehren und nur selten wirkliche Not leiden müssen. Aber nun war es genug. Die heutige Zeit schien ihm manchmal so unübersichtlich wie zu Zeiten des 30-jährigen Krieges, in dem auch seine Vorfahren nur knapp das eigene Leben hatten retten können. Oder wie in den 40er Jahren des letzten Jahrhunderts, dachte er verbittert, wo nur sein eigener Vater als Jüngster von drei Brüdern mit knapper Not überlebt hatte.

Um Reinhard van Warftens Mund zeigte sich ein bitterer Zug. Seine Familie hatte über die Jahrhunderte große Schuld auf sich geladen, zuletzt in den finsteren Jahren von Weltkrieg und Diktatur. Er hatte es nicht für möglich gehalten, dass ihn diese dunkle Vergangenheit und die Bringschuld seiner Familie noch einmal einholen und zwingen würden, entgegen seinem Gewissen zu handeln und all die Werte zu verraten, an die er glaubte. Dieses alte angegilbte Papier – es war ohne Bedeutung für ihn, hatte er gedacht, es abgetan als ein Artefakt aus einer längst vergangenen Zeit. Trotzdem hatte er sich davon nicht getrennt, es aufgehoben, sorgsam in seinem Safe verschlossen und schon fast vergessen. Bis zu dem unheilvollen Zusammentreffen mit dem Fremden, der ihn in seiner Wohnung aufgesucht hatte. Aber nun musste all das ein Ende haben. Jetzt.

Der leitende Ermittler des BKA, Hauptkommissar Rasmus Rönnemann, war ziemlich zufrieden mit sich und dem Ergebnis seiner Arbeit. Jetzt mussten sie nur noch Karen Bäker aus den Händen des Scharfrichters befreien. Er hoffte, mit dieser letzten Aktion wieder einmal dem Ruf des mit einem rasiermesserscharfen Verstand ermittelnden Beamten gerecht werden zu können. Allzu oft in der Vergangenheit hatte er so manchen Witz über seinen Namen ertragen müssen; schon in der Schule, wo er sich gegen die Anfeindungen seiner Mitschüler mit eiskalt geplanten, oft körperlichen Bestrafungen durchsetzen musste wie auch in den ersten Jahren im Polizeidienst – aber er hatte es allen gezeigt. Aus dem Stabreimnamen mit dem rollenden R war eben der *rasiermesserscharfe Rönnemann* geworden, der kühl sezierende Logiker und erfolgreiche Ermittler.

Rönnemann hatte die Dienstbesprechung mit seinen Mitarbeitern gerade mit der Verteilung von Arbeitsaufträgen beendet, die Kollegen hatten sich von ihren Stühlen erhoben und der Hauptkommissar sich seinem Schreibtisch zugewandt und einen Stapel Papiere zur Hand genommen, als unvermittelt die Tür aufgestoßen wurde. Erstaunt drehte er sich um und sah, dass sich sein Büro mit dem Oberstaatsanwalt, gefolgt von Staatsanwalt Middelberg, zwei uniformierten Beamten und der vom Dienst befreiten Kollegin Bredehorst, zusätzlich zu den schon anwesenden Kollegen, füllte.

»Was soll das bedeuten?«, brachte er noch heraus, dann sprach nur noch der Oberstaatsanwalt, neben sich der schmallippige Middelberg, dem die ganze Situation offensichtlich äußerst unangenehm aufstieß.

»Hauptkommissar Rönnemann«, begann Niemann. »Sie haben gestern im Rahmen Ihrer Ermittlungen Hauptkommissar Ziether vorläufig festgenommen und halten auch weiterhin Niklas Bredehorst in Gewahrsam, ohne triftigen Grund, ohne die Staatsanwaltschaft über Ihr weiteres Vorgehen in Kenntnis zu setzen und vor allem, ohne die Mutter des Jungen, Hauptkommissarin Britt Bredehorst, zu informieren. Ihr Verhalten gibt dazu Anlass, Ihre Ermittlungstätigkeit in diesem Fall infrage zu stellen. Ich ziehe Sie hiermit von den weiteren Ermittlungen ab. Im Übrigen sind Sie im Einvernehmen mit dem Generalbundesanwalt vom Dienst suspendiert und werden sich einer internen Überprüfung Ihres Vorgehens stellen müssen. Zumindest im Fall Niklas Bredehorst steht der Anfangsverdacht der Freiheitsberaubung und im Fall des Kollegen Ziether einer unsachgemäßen und falschen Beschuldigung im Raum.«

Bredehorst sah, wie für einen Moment die Wut in Rönnemanns Augen aufblitzte, dann hatte sich der BKAler wieder unter Kontrolle. »Das ist also der Dank!«, zischte er. »Wir waren so kurz vorm Ziel. So kurz!« Dabei drückte er Zeigefinger und Daumen der linken Hand zusammen.

Während Rönnemann den Papierstapel wieder ablegte, den er bis jetzt in der Hand gehalten hatte, Dienstausweis und Dienstmarke auf den Tisch legte, trat Herbert Beyer ein. Er zeigte Niemann ein Schriftstück, der daraufhin zu Rönnemann blickte und die beiden uniformierten Kollegen aufforderte, Rönnemann in den Vernehmungsraum zu bringen. Der Kollege Beyer müsse ihm ein paar Fragen stellen. Gleichzeitig belehrte er den BKAler über seine Rechte; er würde hier zunächst als Zeuge vernommen und er, Niemann, erwarte von einem verdienten Kollegen, dass er in dem vorliegenden Sachverhalt ohne Wenn und Aber erschöpfend Auskunft gebe.

Beyer führte Rönnemann in den Vernehmungsraum, Niemann, Middelberg und Bredehorst gingen in den Nebenraum, wo sie durch eine Spiegelwand die Vernehmung verfolgen würden.

Nach der üblichen Einleitung kam Beyer gleich zur Sache: »Im Rahmen des Ermittlungsverfahrens gegen Jörg Heeter, den Chef des Bundesamtes für Verfassungsschutz, das der Generalbundesanwalt an sich gezogen hat, konnten verschiedene vertrauliche Unterlagen, die sich in Heeters Tresor in dessen Büro befanden, gesichert werden. Eine dieser Akten verweist auf Ihre Person. Derzeit versuchen wir herauszufinden, warum die darin festgehaltene und für Ihre Tätigkeit beim BKA bedeutsame Information nicht weitergegeben worden ist. Können Sie sich vorstellen, was in dieser Akte steht?«

Rönnemann schüttelte den Kopf. »Nun sagen Sie schon, Beyer, was wirft man mir vor?«

»Im Moment vernehme ich Sie als Zeuge in einem Ermittlungsverfahren. Allerdings weise ich Sie darauf hin, dass Ihre Aussagen letztlich entscheidend dafür sein werden, ob Sie dieses Vernehmungszimmer als Zeuge oder als Beschuldigter verlassen werden. Dass Sie, gerade auch in Ihrer leitenden Position, der Wahrheit absolut verpflichtet sind, brauche ich wohl nicht zu betonen.« Beyer sah Rönnemann an und ließ seine Worte wirken. »Und Sie haben keine Ahnung, was in dieser Akte stehen könnte?«, fuhr er fort. »Darin steht keine Vermutung, sondern etwas zu Ihrer Person wird als Tatsache festgehalten.«

Rönnemann schien sich jetzt zum ersten Mal unwohl zu fühlen. »Nun sagen Sie schon, Beyer, worum es geht.«

»Glauben Sie mir, es wäre besser für Sie, wenn Sie selbst Auskunft geben, als nur etwas zu bestätigen, was ich sowieso schon weiß. Dass Sie das schon zu Beginn Ihrer Ermittlungen, ach was, überhaupt schon viel früher hätten tun sollen, brauche ich Ihnen wohl nicht zu sagen.«

Rönnemann schüttelte den Kopf, aber dann hob er ihn und meinte: »Also gut, es stimmt. Ich bin Mitglied in der sogenannten *Arischen Bruderschaft*, eine Jugendsünde, aber ... ob Sie's mir glauben oder nicht, ich habe mich da rausgehalten. Nur die Mitgliedschaft aufkündigen, das ging nicht.«

Bredehorst hatte genug gehört. Sie flüsterte Niemann etwas zu und verließ den Raum. Schon wenig später schloss sie unter Tränen, die sie nicht mehr zurückhalten wollte, erst ihren Sohn und dann, erheblich gefasster, ihren Kollegen in die Arme. Dann standen sie eine ganze Weile einfach nur da, hielten sich zu dritt umschlungen. Ein Moment unglaublicher Erleichterung für Britt, für Ralf ein wohliges Gefühl, dazuzugehören, und für Nikki, der sich bei so viel Nähe etwas unwohl fühlte, zugleich das ungewohnte Gefühl einer Art kompletter Familie.

Aber der Moment friedlicher Dreisamkeit währte nicht lange. Als sie sich alle drei untergehakt auf den Weg nach Hause machen wollten, kam ihnen noch im Gang Staatsanwalt Middelberg entgegen. *Ausgerechnet der*, dachte Britt, als er vor der kleinen Gruppe anhielt.

»Ich freue mich, Sie weitgehend unbeschadet zusammen zu sehen. Ich störe Sie wirklich ungern, aber ich ...« Middelberg machte eine Pause, es schien ihm schwerzufallen, weiterzusprechen. »Ich brauche Sie so schnell wie möglich wieder hier im Dienst. Es tut mir leid ...«, er räusperte sich, »aber Karen Bäker ist immer noch da unten in der Gewalt der Entführer. Ich brauche jemanden, der schon erfolgreich war ... Sie verstehen?« Der Staatsanwalt hatte seinen Blick auf Ziether gerichtet.

Der Hauptkommissar schluckte seinen Ärger herunter und nickte nur. Ihm war gar nicht wohl bei der Vorstellung, erneut in den Untergrund hinabsteigen zu müssen.

»Jemand muss da unten mal richtig aufräumen«, fügte Middelberg hinzu.

»Ich werde mich jetzt ein paar Stunden ausruhen. Spätestens heute Abend stehe ich wieder zur Verfügung.«

Die drei drängten sich an Middelberg vorbei, der ihnen bereitwillig Platz machte. Als sie nach draußen in den sonnigen Tag traten, meinte Britt: »War das gerade eine Bitte unseres Staatsanwalts?«

Trotz seiner Erschöpfung musste Ziether grinsen. »Scheint ihm richtig schwer gefallen zu sein.«

»Und du willst wirklich wieder da runter?«

Ziether zuckte bloß mit den Achseln und fragte: »Hat noch jemand Lust auf eine Pizza?«

Nikki rief laut »Ja!«, sein erstes Wort heute Morgen.

Im Verteidigungsministerium gab es einen zentralen Aktenschredder, in dem normalerweise Vorgänge, die zur Vernichtung freigegeben waren, nicht mehr benötigte Kopien des Schriftverkehrs, fehlerhafte Schreiben und Memos nicht wiederherstellbar vernichtet wurden. Für einen Außenstehenden war es kaum vorstellbar, welche Papierberge hier Tag für Tag und Woche für Woche zusammenkamen.

Kurti und Hans waren an diesem Morgen jedenfalls nicht untätig gewesen. Hans war sogar ins Archiv hinuntergefahren und hatte den gelben Hefter hervorgeholt und mit in sein Büro genommen. Jahrelang hatten sie den schmalen Ordner mitten in einem Regal längst erledigter Vorgänge aus der Zeit des vorvorherigen Verteidigungsministers versteckt, ohne dass es irgendwem aufgefallen wäre. Jetzt aber musste der brisante Vorgang endgültig verschwinden, um ihre eigenen Spuren zu verwischen.

Wieder in seinem Büro hatte er zuerst den gelben Aktendeckel zerrissen und entsorgt und dann den gesamten Inhalt Seite für Seite durchgerissen und in den Behälter der zu vernichtenden Papiere gesteckt. Als er damit fertig war, ohne von irgendjemandem gestört worden zu sein, war ihm beträchtlich wohler. Er holte ein paar Mal tief Luft, verließ sein Büro und schlenderte hinüber zum Amtszimmer seines Kollegen, klopfte, trat ein, froh, Kurti allein anzutreffen, und nickte zustimmend auf dessen fragenden Blick. »Und du? Wie sieht es bei dir aus?«

Kurti winkte Hans heran und meinte leise: »Zum Glück habe ich mir von Anfang an einen speziellen Ordner in meinem persönlichen Speicher angelegt. Da sind alle Infos und Mails kennwortgeschützt abgelegt. Ich habe gleich den ganzen Ordner gelöscht. Damit wäre auch das erledigt.«

Hans räusperte sich, dann meinte er mit gesenkter Stimme: »Jetzt hat der Idiot auch noch diese junge Polizistin da unten.«

Unwirsch fuhr Kurti ihm über den Mund. »Nicht hier, verdammt! Auch das wird kurzfristig ein Ende haben.« In normalem Tonfall fügte er hinzu: »Da ist das BKA schon dran, wie ich erfahren habe.« Dabei schüttelte er missbilligend den Kopf. Hans, dieser Schwachkopf, konnte er nicht einmal die Klappe halten? Hier im Ministerium hatten die Wände Ohren, man konnte nie sicher sein, ob von dem, was man hier aussprach, nicht etwas wer weiß wo und von wem gehört wurde und dann auf einen zurückfiel.

Als er Hans aus seinem weiträumigen Büro gescheucht hatte, öffnete er die untere Schreibtischschublade, zog ein Handy heraus, aktivierte es und wählte eine Nummer. Am anderen Ende wurde sofort abgenommen, aber niemand meldete sich. Grußlos meinte er: »Hier ist alles soweit okay. Ich habe gehört, dass aktuell noch nach jemandem gesucht wird. Ist da was dran?« Statt einer Antwort wurde die Verbindung allerdings schlagartig unterbrochen. Missmutig schaltete er das Handy ab und warf es wieder in die Schublade zurück. Wozu hatte er dieses angeblich sichere Handy, wenn er keine Antwort bekam, sobald er damit anrief? Na, er hatte jedenfalls den Kontakt aufgenommen. Nun lag es nicht mehr in seiner Hand, was der andere damit machte.

Die Vernehmung von Jörg Heeter, Chef des Bundesamts für Verfassungsschutz, durch Herbert Beyer beim BKA verlief alles andere als zufriedenstellend. Heeter gab keinerlei Auskunft über den Wissensstand des BfV zu den Umtrieben der global vernetzten Neonazi-Szene, deren Zentrale offenbar im Berliner Untergrund ihre Zusammenkünfte zelebrierte und von hier aus staatsfeindliche Aktivitäten in Deutschland und Europa koordinierte. Herbert Beyers miese Laune, die mit dem Bekanntwerden der Verdächtigungen gegen seinen Kollegen Rönnemann und den zu erwartenden Konsequenzen für die Zentrale des BKA zusammenhing, verschlechterte sich mit dem Fortgang der einseitigen Vernehmung zusehends. Erschwerend kam hinzu, dass seine Ermittler wohl von vertraulichen Vorgängen rund um die Machenschaften der *Arischen Bruderschaft* erfahren hatten, die als Chefsache von Heeter selbst koordiniert und unter Verschluss gehalten worden sein sollten. Als die Kripobeamten aber bei der Durchsuchung seines Büros den Wandsafe öffneten, fanden sie nichts mehr. Irgendjemand musste den Tresor, während Heeter bereits in Polizeigewahrsam saß, ausgeräumt haben. Die elektronische Überwachung des Büroeingangs war offenbar manipuliert und außer Betrieb gesetzt worden, auch Videoaufnahmen von der Kamera im Flur vor seinem Büro waren schlichtweg nicht vorhanden. Beyer hatte überhaupt nichts in der Hand, was er Heeter vorhalten konnte. Zudem lief ihm die Zeit davon. In den letzten Stunden hatte sich der Druck auf die ermittelnden Beamten enorm erhöht; lange konnte er den aalglatten Karrieristen nicht mehr festhalten. Der Bundesinnenminister hatte persönlich beim Generalbundesanwalt nachgefragt, was man Heeter vorwerfe und ob diese Vorwürfe als stichhaltig anzusehen seien, und aus der Partei Heeters hatten bereits mehrere Bundespolitiker öffentlich das Vorgehen des Bundeskriminalamtes als unangemessen kritisiert, sodass der Bundesanwalt sich genötigt sah, in einer Erklärung mit nicht näher bezeichneten, nebulösen ermittlungstaktischen Erwägungen zu argumentieren. Entsprechend verärgert hatte er daraufhin seinerseits auf baldige Ergebnisse der Ermittlungen gedrängt.

Herbert Beyer aber kam mit diesem Heeter einfach nicht weiter. Gerade hatte er seine spärlichen Unterlagen im Vernehmungsraum zusammengepackt, das Aufnahmegerät ausgeschaltet und die beiden Uniformierten hereingebeten, um Heeter zurück in seine Zelle zu bringen, als sein Handy vernehmlich brummte. Einer seiner Mitarbeiter schrieb, es gebe neue, interessante Erkenntnisse, die er ihm gleich bringen wolle. Beyer atmete stoßartig aus. Vielleicht war das jetzt endlich ein kleiner Durchbruch. Er ließ Heeter, der sich bereits von seinem Stuhl erhoben hatte, wieder Platz nehmen, registrierte erfreut, dass dessen überlegenes Lächeln einer nachdenklichen Miene Platz gemacht hatte, und schaltete das Mikrofon wieder an.

Durst! Die geleerte Plastikflasche kullerte über den Boden, doch Karen Bäker spürte immer noch Durst. Irgendetwas war nicht richtig in ihrem Kopf, aber sie konnte es nicht fassen. Gedankenbruchstücke, halbe Sätze durchmischt mit bunten Bildern, ein merkwürdiger Schwindel hatte sie erfasst, und ihre Augen stierten ziellos durch den Raum. War der Rote nicht eben noch hier gewesen? Überrascht blickte sie an sich herab, sah das weiße, sittsam am Hals geschlossene Kleid, erfasste nicht, dass sie es trug und wie sie dazu gekommen war. War er es gewesen, der sie genötigt hatte, es anzuziehen? Seine Hände, diese großen, kalten Hände – hatten sie sie berührt?

Es schauderte sie bei dem Gedanken, der zugleich umschlug in eine Welle der Sehnsucht nach diesen Händen, danach, von ihnen berührt zu werden. Übelkeit erfasste sie, ließ sie schwer schlucken, und krampfhaft hielt sie die Augen offen, um der Ohnmacht zu entgehen. Auf dem Tisch lag das Papier mit ihrer Unterschrift. Ihre Hand fuhr in der Luft die Linien nach, unterschrieben … unterschrieben.

Die schwere Tür, auf einmal war sie offen. Der Rote fasste sie am Arm, führte sie den Gang entlang, dann wieder dieser Durst, die Zunge klebte dick, wie ein totes Tier am Gaumen, der dunkle Saal, erhält von leuchtenden Kerzen an den Seiten, die schwarz-weiß-rote Fahne ... und vor der weiß gedeckten Empore: ein Altar.

Murat Mustafi hatte noch einmal Glück gehabt. Weder seine Lunge noch andere innere Organe waren verletzt worden, als er von den Schlägern zusammengetreten worden war. Offenbar hatten die drei die Lust daran verloren, ihn noch weiter mit ungehemmter Brutalität zu quälen, als er zu Boden gegangen war. Eine Rippe war gebrochen, eine angeknackst, sein Körper übersät mit Hämatomen, die Augen zugeschwollen, und sein schmerzhaft geprellter Kiefer hatte wieder eingerenkt werden müssen. Jetzt lag er unter Schmerzmitteln allein in einem Mehrbettzimmer in der Charité, vor der Tür ein Uniformierter. Es ging ihm richtig dreckig, aber das harte Pochen in seinen Schläfen hielt ihn auch davon ab, irgendeinen klaren Gedanken zu fassen; er dämmerte mehr vor sich hin, bekam kaum mit, dass seine Frau mit verweintem Gesicht neben seinem Krankenbett gesessen und seine Hand gehalten hatte. Irgendwann waren auch Polizeibeamte in Zivil im Raum gewesen. Hatte er ihre Fragen verstanden und etwas darauf geantwortet? Nein, sprechen hatte er nicht gekonnt, sein kaum verständliches Gebrabbel hatte ihm zu große Schmerzen bereitet. In den wenigen Wachphasen blieb er orientierungslos, eingetaucht in das Weiß des Krankenzimmers, das in seinen Augen brannte.

Als nächstes – im Dämmerlicht des späten Nachmittags kam ihm seine Umgebung freundlicher weichgezeichnet vor – registrierte er, dass er noch am Leben und in Sicherheit war. Unvermittelt packte ihn da erneut die Angst, die sein Körper während des Überfalls in all seinen Zellen abgespeichert zu haben schien. Hilflos blieb er liegen, gefangen in Schmerz und Furcht, die ihm die Tränen aus den verwundeten Augen trieben. Mustafi nahm die warme Hand wahr, die seine Rechte streichelte – seine Frau oder die dicke, rotblonde Krankenschwester –, dann versetzte ihn das Beruhigungsmittel, das ihm gespritzt wurde und zu wirken begann, wieder in eine traumlose, schläfrig weiche Dunkelheit.

Der Hinweis eines Unbekannten. Herbert Beyer konnte nicht behaupten, dass ihn diese Art des ganz offensichtlich politisch motivierten Denunziantentums erfreute, aber sei's drum, wenn er Heeter anders nicht zu fassen bekam. Noch einmal las er in aller Ruhe die Kopie des Dokuments, das ein anonymer E-Mail-Absender, den sie nicht verifizieren konnten, an die Zentrale geschickt hatte. Er ließ sich ganz bewusst Zeit, ließ sein abwartendes Verhalten auf sein Gegenüber wirken. Schließlich blickte er auf, räusperte sich und meinte lakonisch: »Können Sie sich denken, was ich hier in der Hand halte? Das Dokument ist nicht ganz aktuell, zugegeben, aber wäre es vor Ihrer Ernennung zum Chef des Bundesamtes für Verfassungsschutz bekannt geworden, wären Sie wohl niemals in diese Position gekommen. Ich würde sogar so weit gehen und behaupten, dass dieses Dokument Ihre politische Karriere mit einem Mal beendet hätte.« Er legte das Blatt vor sich auf den Tisch und musterte sein Gegenüber. Zum ersten Mal zeigte Jörg Heeter Anzeichen von Nervosität. »Nun schleichen Sie nicht wie eine Katze um den heißen Brei herum. Los! Sagen Sie schon, was Sie da vermeintlich Dolles haben!«

Herbert Beyer war lange genug Kriminalbeamter, um zu wissen, dass er den Mann an der anderen Seite des Tisches noch ein bisschen zappeln lassen musste. Genau dieser Moment konnte der Wendepunkt sein, ein entscheidender Augenblick, in dem er sich so fühlte wie beim Lachsangeln in Alaska, wo er als passionierter Petrijünger im letzten Jahr mit viel Kraft und noch mehr Geduld erfolgreich seinem

Hobby gefrönt hatte. Man musste dem Raubfisch, wenn er den Köder geschluckt hatte, etwas Leine lassen, ihn nicht überhastet und mit Gewalt heranziehen, sondern sich zunächst richtig in den Haken verbeißen lassen, ihn dann langsam heranholen, dass er gar nicht merkte, dass es für ihn kein Entkommen mehr gab. »Sie haben sich nicht vor Jahren für das Germanentum, genauer gesagt für eine Rückbesinnung auf die vermeintlichen Sitten und Gebräuche unserer Vorfahren interessiert?«

»Was soll das hier sein? Eine Märchenstunde? Ich habe absolut keine Ahnung, wovon Sie da sprechen.«

Beyer musste unwillkürlich lächeln, in der scheinbar klaren Zurückweisung Heeters konnte er dessen erste Verunsicherung geradezu spüren. *Langsam*, ermahnte er sich selbst, *langsam.* »Ich meine damals, in Niedersachsen, so was mit Neuheidentum?« Jetzt konnte er sehen, wie schwer es Heeter fiel, die Fassung zu wahren. Er presste die Lippen aufeinander und schwieg.

Beyer schob ihm das Blatt herüber. Heeter beugte sich vor und las die E-Mail, die er 2006 an den damaligen Vorsitzenden einer neuheidnischen germanischen Gemeinschaft geschickt haben sollte, einen obskuren Verein, der zu Beginn des neuen Jahrtausends die Zeugung und Aufzucht deutscher Kinder nach der Rassenlehre der Nazis propagierte und sich gut vernetzt in rechtsextremen Zirkeln gegen die *Weltherrschaft des Zionismus* und der von diesen beherrschten Plutokratien gewandt hatte. Er las die E-Mail mehrmals, inhaltlich war sie vorsichtig formuliert, doch der Absender ließ bei aller Zurückhaltung sein Interesse an der Arbeit und den Zielen des Vereins durchblicken, er freue sich über das urdeutsche Engagement.

Das hatte er nicht geschrieben. Auch wenn die Mail fast fünfzehn Jahre zurücklag. Das war er nicht gewesen. Aber die E-Mail-Adresse, die hatte er damals gehabt. Jetzt war ihm alles klar. Die Mail ließ die Rolle des obersten Verfassungsschützers im Fall des Verschwindens eines offenbar hochbrisanten Vorgangs zu einer rechtsextremen Organisation im BfV, der zudem noch aus dem Tresor in seinem Büro entfernt worden war, in einem ganz anderen Licht erscheinen. Was auch immer er getan oder unterlassen hatte, diese E-Mail, wenn sie wirklich damals von ihm verfasst worden war, bedeutete sein politisches Todesurteil. Dafür gab es nur eine Erklärung: Wigbalt Schneyder! Schneyder war es doch gewesen, der sich um die rechtsextremistischen Umtriebe in Berlin kümmern sollte. Gesträubt hatte er sich erst und dann später doch die Leitung und Koordinierung der ausgeweiteten Beobachtung für ganz Deutschland gefordert. Schneyder, dieser Intrigant!

Als Heeter den Kopf hob und Beyer anblickte, gab es keinen Zweifel mehr. Er hatte schneller resigniert, als Beyer vermutete. Jörg Heeter war erledigt.

Fast tonlos meinte er: »Ich weiß nicht, woher Sie das haben, ich habe diese Mail nie geschrieben. Das muss eine Fälschung sein. Irgendjemand will mir da was anhängen. Und einen besseren Moment als diesen hätte er sich wohl kaum aussuchen können«, fügte er mit einem bitteren Lachen hinzu.

»Was meinen Sie, wer könnte das sein? Wer hat Ihrer Meinung nach so lange gewartet und uns gerade jetzt diese echte oder auch gefälschte E-Mail zugespielt? Das kann doch nur jemand sein, der genau Bescheid weiß. Jemand aus Ihrem Amt oder mit verdammt guten Beziehungen.« Herbert Beyer war sich sicher, dass Jörg Heeter jemanden ganz Bestimmtes im Auge hatte, der diese entlarvende Nachricht losgeschickt hatte.

Der aber schwieg und dachte nur, dass jedes weitere Wort in dieser Sache nichts an den Folgen für ihn ändern würde. Irgendetwas würde an ihm kleben bleiben, egal ob er log und etwas zugab, was er nicht getan hatte, oder die Wahrheit sagte und weiter darauf beharrte, dass es sich um eine Fälschung handelte. So oder so: Er war erledigt. Also ließ er auch die weiteren Fragen zum spurlosen Verschwinden der Akte aus seinem Büro unbeantwortet.

Schön, dachte Beyer, der es lieber gesehen hätte, wenn Heeter reinen Tisch machen würde, *dann eben nicht*. Aber wie auch immer, die

Dinge würden so oder so ihren Lauf nehmen. Jörg Heeter hatte sich letztlich selbst zu Fall gebracht.

Die Pizza bestellten Sie im *Döner Eins*, dann saßen sie im Sonnenlicht im abgetrennten Sitzbereich auf dem Bürgersteig und ließen es sich schmecken. Ziether räkelte sich zufrieden auf seinem Stuhl, während Nikki seine Augen vor Übermüdung kaum noch offenhalten konnte.

Britt betrachtete zufrieden ihre beiden Männer. Das Glück schien in diesem Moment perfekt. Sie strahlte und hätte zwischendurch vor Erleichterung einfach losheulen, ihren Sohn und ihren Kollegen abwechselnd an ihre Brust drücken können, aber stattdessen knetete sie ihre Hände und freute sich einfach nur.

Erst als Ziether auch den letzten Rest seiner Pizza verdrückt und die Flasche alkoholfreies Bier ausgetrunken hatte, fiel ihm auf, dass der junge Mann, der sie bedient hatte, immer wieder zu ihm herübersah. Dabei sah er keineswegs zufrieden oder neutral, nein, eher bedrückt aus. Also stand er auf, ging in den Imbiss, den gerade ein einzelner Kunde mit seiner Bestellung in einer Plastiktüte verlassen hatte, und sprach den jungen Türken an, der regelmäßig im Döner arbeitete.

»Murat, der Chef, er liegt im Krankenhaus.«

Ziether schwante Böses. »Im Krankenhaus? Wieso?«

»Er wurde zusammengeschlagen, hier hinten auf dem Parkplatz.«

»Wer ist das gewesen?«

Der junge Mann zuckte mit den Schultern. »Irgendwelche Scheiß-Typen. Aber der Chef kommt durch, sagt seine Frau, geht ihm schon besser. Aber ist schon komisch, Mann.«

Ziether sah sein Gegenüber fragend an.

»Na, weißt du doch. Erst diese Hakenkreuze und Sachen kaputtschlagen und so und dann das. Das war'n bestimmt dieselben Typen.

Wenn ich die erwische!« Er hob das große Fleischmesser vor Ziethers Gesicht.

Britt sah schon an der Mimik ihres Kollegen, dass irgendetwas nicht in Ordnung war, als der wieder raus und zu ihrem Tisch zurückkam. Ziether erkläre kurz, worum es ging, dann fuhr er direkt in die Charité.

Es tat weh, Mustafi so übel zugerichtet in seinem Krankenhausbett zu sehen. Die Verbände, eingerahmt von Blutergüssen in allen Regenbogenfarben, zeigten mehr, als sie verbergen konnten.

Nachdem Ralf Ziether die Zimmertür hinter sich geschlossen und näher an das Bett herangetreten war, schlug Mustafi das eine Auge auf, das nicht völlig zugeschwollen war. Müde hob er die Hand, verzog aber gleich das Gesicht vor Schmerz und ließ den Arm wieder fallen.

»Mensch, Dönermann ...«, meinte Ziether scherzhaft, »wer hat dich denn so zugerichtet?«

Mustafi blickte ihn mit dem einen Auge an. Eine Träne löste sich und rollte an seiner Wange herunter.

Ziether musste tief Luft holen, er griff vorsichtig nach Mustafis Hand. »Abends auf dem Weg vom Imbiss zum Auto ... Wer waren diese Typen? Das waren doch mehrere, oder?«

Mustafi antwortete nicht. Der Hauptkommissar machte ihm nach und nach klar, dass er reden musste, damit diese Bedrohung für ihn und seine Familie ein Ende fand. Was sollte denn als Nächstes kommen? Wenn er nichts dagegen unternahm, würde das nie aufhören. Das versuchte er ihm klarzumachen. Schließlich mit Erfolg.

Da Mustafi nur schwer sprechen konnte, schrieb er ihm alles auf, woran er sich erinnern konnte. Zum Abschied drückte Ziether ihm die Hand. »Ich verspreche dir, ich werde keine Ruhe geben, bis wir diese Kerle geschnappt haben«, sagte der Hauptkommissar.

Als er das Zimmer verlassen hatte, atmete Ziether hörbar aus, bestürzt über Mustafis Zustand und dessen Tränen, die der nicht hatte vor ihm verbergen können, und mit einem gehörigen Maß an Wut auf diejenigen, die den hochanständigen Imbissbetreiber terrorisiert und ihm all das angetan hatten.

Vom Krankenhaus fuhr Ziether direkt zu Britts Wohnung. Die Nachmittagssonne schien, aber ihre warmen Strahlen konnten seine Laune nicht heben. Rönnemann, Heeter, Mustafi, Bäker – in seinem Kopf drehten sich die Gedanken um die Ereignisse der letzten 36 Stunden. Und dann dachte er daran, dass er wieder da runter musste in die feuchtkalte Dunkelheit. Fast wäre er dort draufgegangen, ersäuft im Abwasserkanal wie eine Ratte. Der Gedanke daran ließ ihn schaudern.

Als er bei seiner Kollegin klingelte, musste er lange vor der Haustür warten. Er machte sich schon Sorgen, ob den beiden womöglich wieder etwas passiert war, aber dann ertönte der Summer, und er stürmte durchs Treppenhaus nach oben. Vor ihrer Wohnungstür stand seine Kollegin im Morgenmantel mit verwuschelten Haaren. »Wir sind eingeschlafen«, nuschelte sie, und Ziether musste lachen. Er folgte ihr durch die Wohnung bis ins Schlafzimmer, sah Nikki in ihrem breiten Bett liegen, friedlich schlafend. Britt stieg auch wieder hinein und meinte: »Du musst nicht, aber hier ist noch Platz ...« Ziether ließ seine Jacke auf den Boden fallen und legte sich neben sie.

Undurchdringliche Dunkelheit, eine kalte Nässe hatte sich auf seine Haut gelegt und ließ ihn frösteln. Ralf Ziether aktivierte die Taschenlampe seines Handys. Der schmale Lichtkegel fiel auf feucht glänzende Ziegelmauern, oben von der Decke lief Wasser herab, suchte sich in dünnen Bahnen seinen Weg durch die Fugen und Ritzen der nassglänzenden Steine, tropfte ihm auf den Kopf und rann ihm in den Nacken und durchs Gesicht. Etwa zwei Meter vor ihm versperrte eine nass glänzende

Ziegelwand den schmalen Gang, in dem er nur gebückt stehen konnte. Auch die Decke über ihm war in einem Bogen aus dunklen Ziegeln gemauert; lange Fäden von Moosen oder undefinierbarem Dreck hingen herab und streiften ekelerregend feucht durch sein Gesicht, als er nach oben blickte. Eine unbestimmte Angst hatte ihn ergriffen, sein Herz klopfte ihm bis zum Hals, und kalter Schweiß stand auf seiner Stirn. Er fürchtete sich vor dem Moment, wo er sich umdrehte und erkannte, was dort hinter ihm war, etwas Bedrohliches, das auf ihn lauerte. Er presste seine Kiefer fest aufeinander, nahm all seinen Mut zusammen und drehte sich langsam um. Aber da war niemand. Sein Blick fiel auf das große Schwungrad einer Stahltür, die den Raum hinter ihm abschloss. Panik machte sich in ihm breit. Er war gefangen. Die Tür, du musst die Tür öffnen, um hier herauszukommen, sagte er sich, bewegte sich die drei, vier Schritte vorwärts, registrierte, dass seine Füße eine dicke Schicht nassen Schlamms vor sich hergeschoben, der unter seinen Schuhen quatschte und zu den Seiten aufspritzte. Jetzt hatte er die Tür erreicht, nahm das Handy in den Mund, umfasste mit beiden Händen das eiskalte Rad und begann es nach rechts zu drehen. Nur langsam gab der schwerfällige Mechanismus nach. Mit aller Kraft stemmte er sich dagegen, und wirklich, das Rad gab nach. Doch kaum hatte er vor Anstrengung stoßweise atmend die ersten zwei Drehungen vollzogen, spürte er diese unangenehme Bewegung an seinen Füßen und blickte zu Boden, das Handy nun in der rechten Hand. Er konnte nicht glauben, was er im kalten Lichtkegel sah. Am unteren Rand der Stahltür hatte sich ein breiter Schlitz aufgetan, durch den stinkender, nasser Schlamm mit Druck in sein Gefängnis eindrang, seine Schuhe umspülte und sich weiter in dem engen Gelass ausbreitete. Durch den Drehmechanismus hatte sich die Stahltür am unteren Rand geöffnet und – wie auch immer – nach oben verschoben. Und jetzt! Das Rad drehte sich von allein weiter, wodurch der Strom des ekelhaften Schlamms weiter zunahm. Ziether steckte das Handy wieder in den Mund und drückte mit aller Kraft das Rad nach links, konnte aber die weitere Drehbewegung nicht aufhalten. Das Schwungrad, es drehte sich von einer übergroßen verborgenen Kraft angetrieben immer weiter, scheinbar unbeeindruckt von seinem Widerstand. Der flüssige Schlamm strömte jetzt mit Macht gegen seine Unterschenkel und begann den schmalen Raum mehr und mehr auszufüllen. Ziether wollte schreien, ließ dabei aber nur sein Handy fallen, das mit einem kurzen Aufspritzen unter der Oberfläche des Schlammstromes verschwand. Nun umgab ihn nur noch Dunkelheit, während der Pegel des kalten Schlamms schon seine Knie erreicht hatte und unaufhaltsam weiter anstieg. Erneut versuchte er zu schreien, brachte aber keinen Ton heraus. Verzweifelt stemmte er sich gegen die Strömung, während seine Füße auf dem schlammigen Grund kaum noch Halt fanden ...

»Ralf! Ralf! Was ist los? Wach auf!« Ziether schlug die Augen auf und hätte Britt fast ins Gesicht geschlagen, das ganz nah vor seinem war, noch ganz gefangen in der körperlichen Abwehr des Unausweichlichen. »Ralf! Du hast geträumt! Ich bin es.«

Ralf Ziether gab nur ein undefinierbares Stöhnen von sich, erst nach und nach realisierte er, wo er war, konnte die bösen Bilder zurückdrängen.

Schweigend saßen sie am Küchentisch. Britt hatte einen Becher starken Kaffees vor ihn hingestellt, ihre Stirnfalte trat deutlich hervor, ein sichtbares Zeichen ihrer sorgenvollen Gedanken. Nikki hatte sich, als Ralf noch schlief, mit seinem Handy in sein Zimmer verzogen. Von draußen tauchte der letzte Rest Tageslicht als schwacher roter Lichtschimmer die Küche in einen milden Dämmer. Ralf war immer noch nicht ganz wach, in Gedanken noch mit seinem Albtraum beschäftigt, seiner unterdrückten Angst vor dem bevorstehenden erneuten Abstieg in den Berliner Untergrund.

Die Türklingel riss ihn aus seinen Grübeleien. Britt stand auf, betätigte den Türöffner, und kurze Zeit später stand Piet Wieczorek mit einem so besorgten Gesichtsausdruck vor ihnen, dass keiner der beiden anderen nach Karen Bäker zu fragen wagte.

Piet stellte sein Notebook auf den Tisch und klappte den Bildschirm auf. »Hier. Das habt ihr bestimmt noch nicht gesehen.« Die beiden Kriminalkommissare blickten auf den Monitor. Piet hatte eine Facebookseite aufgerufen. *Vaterland* hieß die Seite. Oben unter dem Symbolbild zwei Worte in knallroten gotischen Lettern: Widerstand 2021

»Das ist doch ein Foto des an der Wand des Präsidiums aufgesprühten Spruchs!«

»Stimmt. Jemand hat ein Foto davon gemacht und ins Netz gestellt.«

»Genau. Und das bedeutet ...«, meinte Ziether.

»Jemand von uns, ein Polizist, hat das Foto geschossen und weitergeleitet«, ergänzte Bredehorst. »Auch bei uns gibt es solche Knallköppe.«

»Die sich wichtigmachen wollen, nicht nachdenken oder eine rechtsextreme Einstellung haben«, führte Wieczorek ihren Satz zu Ende. »Der Text ist von einem *Lagera_33*.«

»*Lagera_33*. Wenn man das letzte A nach vorne stellt, wird daraus *A_Lager_33* und heißt wohl *Arbeitslager 1933* – ein Nazi«, bemerkte Ziether. »Der Post ist jedenfalls eindeutig.«

Ziether las den längeren Text, der Bezug nahm auf die Ermordung Victor Kalbachs und das IS-Video, der vor fremdenfeindlichem und antidemokratischem Vokabular nur so strotzte. Die Rede war von einer Umvolkung Deutschlands durch Zuwanderer, der Islamisierung und der Duldung all dessen durch die Polizei, die am Ende auch noch für den Mord verantwortlich gemacht wurde. »Alles hübsch in Fragen formuliert, damit keiner die Unterstellungen, Halbwahrheiten und Lügen als Meinung des Absenders werten kann.«

»Der Post mit dem Bild fand überwiegend Zustimmung, über fünfhundert Likes, und ist bereits siebzig Mal geteilt worden. In den Kommentaren werden die wenigen kritischen und ablehnenden Äußerungen einzelner mit wüsten Beschimpfungen, Beleidigungen und Drohungen niedergemacht«, erläuterte Piet Wieczorek.

Bredehorst und Ziether schwiegen und machten sich ihre eigenen Gedanken. Soweit war das Niveau der öffentlichen Auseinandersetzung bereits herabgesunken. Ziether schüttelte nur den Kopf.

Wieczorek durchbrach das Schweigen. »Hier, ich habe euch noch etwas mitgebracht und so was wie einen halbwegs brauchbaren Plan aus den Puzzlestücken zusammengesetzt, an denen Britt und ich rumgebastelt haben«, knurrte er und legte ein Blatt Papier auf den Tisch. »Der Plan ist nicht ganz komplett, da fehlen ein paar Stücke, aber das ist besser als gar nichts.«

Bredehorst und Ziether beugten sich über das Blatt. Wieczorek hatte verschiedene Papierstücke zusammengeklebt, auf denen in unterschiedlichen Farbstrichen Wege und Verbindungen eingezeichnet waren, aber an verschiedenen Stellen war das Blatt weiß geblieben, vor allem in der Mitte fehlte ein großes Stück.

Ziether dachte laut nach. »Ich bin da unten, nachdem ich durch den Abwasserkanal gewatet war, auf einen sauberen, gut beleuchteten betonierten Gang gestoßen. Der Abwasserkanal hätte gar nicht an dieser Stelle verlaufen dürfen, und als ich hinter dieser Metalltür gefangen war ...« Er räusperte sich, die Erinnerung daran stand ihm durch seinen Traum noch einmal nur zu realistisch vor Augen. »Ich bin doch vorher durch diese Rinne gelaufen, da war kein Abwasser, aber in einem Seitengang war dieser Schieber, den dann jemand geöffnet hat. Diejenigen, die da unten ihr Unwesen treiben, haben offensichtlich Vorkehrungen getroffen, um das Abwasser umzuleiten.« Der Gedanke daran und das, was ihn dort unten möglicherweise noch erwartete, ließ ihn schaudern.

Piets Stimme riss ihn aus seinen Gedanken. »Ich habe hier mal eine Folie vorbereitet und versucht, den Maßstab anzupassen, das war nicht ganz leicht, aber wenn man die Strecke vom Einstieg in der Großgörschenstraße zugrunde legt ...«, Piet legte eine durchsichtige Folie mit einem Stadtplanausschnitt von Berlin-Mitte, Tiergarten, Schöneberg und dem westlichen Kreuzberg über das Blatt, »... dann sieht das so aus.«

Ziether pfiff durch die Zähne, und Piet lächelte zum ersten Mal, seitdem er die Küche betreten hatte. Mit dem Finger fuhr Ziether über die Folie, folgte dem unterirdischen Gang bis zu einem gelb markierten Querweg. »Das muss der beleuchtete Gang sein.«

»Wartet mal, ich hole Nikki.« Bredehorst war aufgesprungen und holte ihren Sohn dazu. Sie brauchten dem Jungen nicht lange zu erklären, was dieser Plan zeigte. Er fuhr prüfend mit dem Finger darüber weiter nach Nordosten bis zu einem grün gezeichneten Rechteck. »Das muss der Raum sein, in dem ich gefangen war!« Ziether wollte etwas sagen, aber Nikki hob die Hand. »Moment. Da, wo wir vorher zusammen waren, Mama und ich, das kann nicht weit entfernt gewesen sein. Hier!« Auf einem der aufgeklebten Teile, nur ein paar Fingerbreit entfernt, war nur eine grün gezeichnete Ecke zu erkennen, der Rest des Raumes fehlte.

»Hm.« Piet Wieczorek zog mehrere bedruckte Seiten aus seiner Tasche. »Dann wart ihr in zwei vom Katastrophenschutz ausgebauten Schutzräumen. Die werden nur einmal im Jahr von der Senatsverwaltung überprüft. Das heißt, 364 Tage im Jahr kommt da keiner runter. Hier unten, wo ich das Kreuz gemacht habe, haben wir die beiden Schädel gefunden. Und da in der Mitte, wo der große weiße Fleck ist, irgendwo im Bereich zwischen Bülow- und Barbarossastraße, Julis-Leber-Brücke und Gleisdreieck, da unten muss der Versammlungssaal sein. Ich habe dir den Plan auf dein Handy geschickt.«

Da irgendwo im Umkreis von drei bis vier Kilometern ..., der weiße Fleck war verdammt groß, dachte Ziether. »Wann soll es losgehen und wo steigen wir ein?«

»Morgen früh um sechs. Einstieg ist über den geheimen Zugang im U-Bahnhof Kleistpark. Über einen Nebeneingang kommt man ungesehen in die U-Bahnstation und dann weiter. Herbert Beyer vom BKA leitet den Einsatz.«

Ziether war überhaupt nicht scharf darauf, bei diesem Einsatz dabei zu sein, aber dass Beyer ihn leiten würde, hatte etwas Beruhigendes. »Danke, Piet. Du hast dich mal wieder selbst übertroffen.«

Piet sah ihn an und meinte mit seltsam gequetschter Stimme: »Hol Karen da unten raus. Das ist alles, was ich will.«

Es entstand ein Moment bedrückenden Schweigens. Ziether meinte, seine eigene unterdrückte Angst in der kleinen Küche spüren zu können, die sich wie eine Wolke ausbreitete und den Raum zu verdunkeln schien. Er riss sich zusammen, stand auf und drehte den Dimmer hoch, als könnte die Deckenlampe mit ihrem weißen Licht seine nervöse Angst vertreiben.

Als Piet sich wieder aufmachen wollte, brachte er ihn zur Tür. »Danke nochmal«. Wieczorek knurrte nur etwas Unverständliches und machte zwei Schritte ins Treppenhaus. Plötzlich drehte er sich nochmal um. »Das hätte ich ja fast vergessen. Dieser Drohbrief an deinen Dönerladen-Besitzer ...«

»Murat Mustafi.«

Wieczorek nickte. »Da war neben seinen Fingerabdrücken noch ein weiterer drauf, ein Daumenabdruck, nicht zuzuordnen.«

»Und? Hast du ...«

»Der Beamte vor Ort und der Staatsschutz sind informiert. Vielleicht kommen die damit ja etwas weiter.«

Ziether sah Piet noch nach, als dieser die ersten Treppenstufen nach unten ging, sich noch einmal umdrehte und ihm ein »Pass gut auf dich auf!« zurief, das aufmunternd klingen sollte. Er blieb nachdenklich so stehen, bis die Schritte des Kriminaltechnikers in der Parterre angekommen waren. Er hörte, wie die Tür geöffnet wurde und sich hinter Wieczorek wieder schloss. Dann war es wieder still. Mit einem Klacken ging die Treppenhausbeleuchtung aus und die erste Dunkelheit des frühen Abends ließ die Begrenzungen der Wände und Stufen verschwimmen.

Elfter Tag
Mittwoch

Als der Wecker klingelte, war Ziether hellwach. Diesmal wusste er sofort, wo er war. Neben ihm schlug Britt mit der rechten Hand auf den Störenfried, in der Mitte zwischen ihnen lag Nikki, der sich nur im Schlaf umdrehte und das schrille Weckgeräusch komplett ignorierte.

Zehn nach fünf, Zeit wach zu werden und sich vorzubereiten. Während Ziether sich im Badezimmer kaltes Wasser ins Gesicht schüttete, kochte Britt einen starken Kaffee. Als Ralf in die Küche kam, stand da schon sein Becher. Schweigend nahmen sie den heißen Sud zu sich. Britt hatte sich schnell ihre Klamotten von gestern übergeworfen, und um Punkt halb sechs klopfte Regina Müller an die Wohnungstür; sie würde bei Nikki bleiben, während Britt ihren Kollegen nach Schöneberg zum U-Bahnhof Kleistpark fuhr.

Die für die Suche im Berliner Untergrund notwendige Ausrüstung hatte Ralf Ziether am Vorabend noch zusammengesucht und seine Dienstwaffe aus dem Tresor im Büro geholt. Die Vorbereitungen ließen keine Zeit für trübe Gedanken. Erst im Wagen auf der kurzen Fahrt – Britt hatte sich ans Steuer gesetzt und würde seinen Wagen auch wieder zurückfahren – waren sie wieder da. Dunkle, verschwommene Bilder von moosüberwucherten Ziegelgängen, der undefinierbare Gestank von Faulgasen, Unrat und Verwesung, diese verfluchte Angst davor, was womöglich im Dunkel hinter einem lauerte …

An einer der Ampeln, an der sie anhalten mussten, wandte Bredehorst sich ihm zu: »Alles in Ordnung bei dir, Ralf?«

Ziether sah deutlich ihre Sorgenfalte und wusste, dass die Frage genau darauf abzielte, was gerade nicht bei ihm in Ordnung war, aber anstatt nur abwehrend zu knurren, meinte er: »Kann nicht sagen, dass ich mich direkt darauf freue, wieder da runter zu müssen.«

Bredehorst nickte. »Schlimmer als gestern kann es ja nicht werden, oder? Und du bist da schon einmal wieder rausgekommen.«

»Mit Nikkis Hilfe.«

»Das stimmt. Aber du hast mir meinen Sohn wiedergebracht. Das werde ich nie vergessen!« Ihre Augen hatten sich mit Tränen gefüllt. Sie griff nach seiner Hand. »Niemals, Ralf, was immer auch geschieht.«

»Du bist es, der sich nicht an den Vertrag gehalten hat! Du hast ihn für deine eigenen Ziele missbraucht!« Reinhard van Warften wedelte wütend mit dem historischen Pergament vor dem Gesicht des Mannes mit der roten Kapuze herum. »Versuch nicht, mich für deine dunklen Machenschaften mit verantwortlich zu machen. Du allein hast den Vertrag gebrochen und die alte Übereinkunft damit außer Kraft gesetzt.«

Ohne die Kapuze abzunehmen, antwortete der Rote, scheinbar unbeeindruckt, mit dieser grollenden Stimme, die seinen ihm ausgelieferten Opfern jedes Mal einen Angstschauer über den Rücken laufen ließ: »Ich habe den Vertrag nicht gebrochen. Du willst dich doch nur davonstehlen, jetzt, wo es darauf ankommt.«

Van Warften ließ sich vom Auftritt des Scharfrichters nicht beeindrucken. »Ich – davonstehlen? Meine Familie hat über die Jahrhunderte wohl genügend Opfer gebracht. Das dürfte außer Zweifel stehen. Und wir haben unseren Teil immer, ich betone, immer erfüllt. Aber du, du hast dich mit diesem braunen Gesocks eingelassen und, wie ich gehört habe, sogar eine junge Frau, eine Polizeibeamtin, entführt und sie gezwungen, einen Ehevertrag zu unterzeichnen, um so genannte germanische Kinder zu zeugen. Allein das ist schon ein deutliches Indiz, welchen Irrweg du eingeschlagen hast.«

»Der Ehevertrag ist allein meine Sache«, grollte der Rote. »Das hat mit uns und dem *Contractus* nicht das Geringste zu tun. Und was unsere Abmachung angeht: Die Zeiten haben sich geändert. Dieser Gesellschaft ist der wahre Glauben längst abhanden gekommen. Das christliche Abendland, unsere Kultur und Lebensweise, ja unser ererbtes Blut selbst sind bedroht! Heute geht es darum, zu den Wurzeln zurückzukehren, umzukehren, bevor es zu spät ist. An der Zusammenarbeit mit der Obrigkeit kann ja wohl nichts zu kritisieren sein! Im Gegenteil: Nur so bekam ich, bekamst du die Informationen, die nötig waren, um unsere Feinde zu enttarnen und ihrer gerechten Strafe zuzuführen, sie unschädlich zu machen.«

»Obrigkeit? Umkehr? Unsere Feinde?«, höhnte van Warften. »Wie vermessen von dir, eine rückwärtsgewandte, menschenverachtende Nazitruppe *Obrigkeit* zu nennen. Du hast den wahren Glauben verraten und Unschuldige hingerichtet, Menschen, die anderen auf ihrem Weg zur Macht im Wege waren.« Van Warften hatte sich in Rage geredet und den Schlag nicht kommen sehen. Der Rote versetzte ihm einen harten Faustschwinger von unten in die Magengrube. Der Richter stöhnte auf, krümmte sich und schnappte nach Luft.

»Ich sagte, die Zeiten haben sich geändert. Damals war es einfach. Die Kirche und die Obrigkeit standen oft nicht auf derselben Seite, wenn es ihnen um Land, Macht, Einfluss und die armen Seelen ging. Aber wenn es drauf ankam, war es immer eine geeinte, geballte Macht. Heute ist die Kirche gespalten und geschwächt, ein harmloser Moralapostel am Tropf des Staates. Und das, was einmal Obrigkeit war und einen mächtigen Einfluss in der Welt hatte, sind heute viele Schwache, so genannte Demokraten …«, er lachte heiser auf, »… deren einziges Streben es ist, nach oben zu kommen und das Volk zu bestehlen. Alles nur schwache Charaktere, die dem Volk nach dem Munde reden. Sie haben kein anderes Ziel als ihr eigenes Wohlergehen, während andere auf der Welt bestimmen und handeln.«

»Was wird das jetzt? Willst du mir einen politischen Vortrag halten? Gerade du? Das war ja wohl immer der Part meiner Familie …«

Van Warften hatte sich wieder aufgerichtet. »Damals jedenfalls. Und ich wüsste nicht, warum sich das geändert haben sollte.«

»Hör mir zu!« Der Rote fixierte sein Gegenüber, und der Richter sah deutlich die Wut in den kalten Augen. »Darum bist du doch hergekommen, um auch meine Seite anzuhören. All die da oben gehören ausgerottet, oder besser gesagt, das, was verrottet und faul ist, muss vernichtet werden, damit wieder Kraft und Blüte entsteht. Darum müssen wir zurück zu den Wurzeln. Und die Zahl derer, die das auch so empfinden, wächst und hat längst angefangen, Gegenwehr zu leisten und etwas Neues aufzubauen.«

»Du wirfst mittlerweile Runensteine und rufst die alten germanischen Gottheiten um Hilfe an, sagt man.« Van Warften hielt dem Blick des anderen stand und konnte doch seinen Zynismus nicht ganz unterdrücken.

»So, sagt man das?« Der böse Unterton in der Stimme des Roten war kaum zu überhören. »Und? Den Lügen, leeren Versprechungen und egoistischen Verrenkungen da oben ...«, er zeigte zur Betondecke hinauf, »... kann man ja wohl erst recht nicht trauen.«

»Ich sag dir was. Deine beschissenen Runensteine und Trancezustände bestätigen dir nur das, was du sowieso glaubst und ...«, van Warten war jetzt laut geworden, »... und ...«, er wies mit dem Zeigefinger zur Bunkerdecke, »... die leeren Versprechungen und Lügen der Leute, die ihr das Direktorium nennt. Ein Direktorium! Dabei sind es Nazis, einfach nur machtbesessene, skrupellose Nazis, denen du die dreckige Arbeit abnimmst.«

»Schweig, van Warften!« Der Rote machte einen Schritt auf den Richter zu, er überragte ihn um fast zwei Köpfe.

»Du hast mir nicht darauf geantwortet, was du mit diesen Nazis zu schaffen hast!«

»Du musst mich schon bis zum Ende anhören! Gestern erst kniete Salvatore Kostiç hier unten winselnd vor mir, bis ich ihm sein Ende bereitet habe. Was meinst du, warum er sterben musste? Etwa wegen der Informationen, die du mir gegeben hast?«

Van Warften schwieg. Es bereitete ihm fast körperliche Schmerzen, sich daran zu erinnern, dass er Kostiç mit seinen Informationen dem Scharfrichter ausgeliefert hatte, der mit ihm dann kurzen Prozess gemacht hatte.

»Ja, Kostiç war ein Verräter. Und er hat mit allem gehandelt, was ihm Geld einbrachte, ein kriminelles Subjekt erster Güte. Aber er war weit mehr. Von *QAnon* hast du doch schon gehört, oder?«

Van Warften hob die Hand und wollte etwas sagen, aber der Rote herrschte ihn an. »Lass mich dir die ganze Geschichte zu Ende erzählen, damit dir vielleicht die Dimension unseres Auftrags klar wird! Das meiste kannst du im Internet nachlesen, von Leuten, die lieber unerkannt bleiben, damit man sie nicht aus dem Weg räumt und die Wahrheit, die sie verkünden, wieder von den Mächtigen, die es betrifft, zugedeckt wird. Es sind einflussreiche Gegner, mit denen wir es zu tun haben, Leute mit viel Geld und politischem Einfluss, die sich ein Vergnügen daraus machen, Kinder zu entführen und zu missbrauchen, die weltweit ihren abscheulichen Vergnügungen nachgehen, sich über jegliches Gesetz stellen und das Volk mit der Dauerbeschallung der Medien und sinnlosem Konsum ruhigstellen und selbst daran noch verdienen. Kostiç war einer ihrer Handlanger. Und darum musste er sterben.«

Van Warften konnte nicht glauben, was der Rote ihm da als Begründung für den gewaltsamen Tod von Menschen – für die Morde, die er begangen hatte – auftischte. »Das glaubst du? Du hast diese Menschen aufgrund einer an den Haaren herbeigezogenen Verschwörungstheorie, die im Internet kursiert, umgebracht? Dann glaubst du auch daran, dass wir mit den Kondensstreifen von Flugzeugen manipuliert oder langsam vergiftet werden? Oder dass im Erdinneren Aliens leben, die uns beherrschen und unsere Gedanken steuern? Das ist verrückt! In einem einzigen Punkt hast du recht: Es gibt Menschen, die anderen Leid zufügen, weil sie krank sind oder aus Machtgier und bösartiger Lust. Und mit dem, was du als Begründung vorschiebst, gehörst du da gleich mit in die erste Reihe.«

»Pass auf, was du sagst! Meine Familie erfüllt seit achthundert Jahren ihren oft blutigen, aber ehrenvollen Auftrag. Hat die Kirche ihren Auftrag erfüllt? Nein, das tut sie schon lange nicht mehr. Die Kirche hat der Macht abgeschworen, ihre Waffe ist die Moral, und die ist stumpf. Der Vatikan hatte mit seinem polnischen Papst einen großen Anteil daran, dass das gottlose System in Osteuropa eingestürzt ist. Heute aber ist die Kirche längst auf dem Rückzug und überlässt dem Islam und dem asiatischen Drachen das Feld.«

Van Warften fuhr den Roten wütend an. »Hast du die blutigen und leidvollen Verirrungen schon vergessen, die vor achtzig Jahren unser Volk, unsere Familien und einen ganzen Kontinent ins Elend gestürzt haben? Mein Großvater hat den Nazis seine zwei ältesten Söhne geopfert, ein hoher Preis, den meine Familie zahlte, um sich von der moralischen Mitschuld am Größenwahn eines menschenverachtenden Antichrist freizukaufen. Denn mehr war es nicht. Ein persönliches Opfer, um nicht mit blutigen Händen dazustehen, um auch Opfer zu sein und trauern zu dürfen. Und du? Hat nicht deine Familie schon damals den Vertrag gebrochen? Mein Vater hat mir auf diese Frage die Antwort verweigert. Aber ich bin in den langen Jahren als Richter nicht untätig gewesen. Schlächter wart ihr und Schlächter seid ihr geblieben! War dein Großvater nicht ganz vorne mit dabei, bei den schlimmsten Schergen der SS?«

Van Warften hatte zu spät gesehen, wie sich die stahlgrauen Augen seines Gegenübers verengten. Der fürchterliche Hieb traf ihn erneut in den Bauch. Stöhnend krümmte er sich zusammen und spuckte Galle. »Wage es nicht, das Ansehen meiner Familie zu beschmutzen!«, stieß der Rote hervor. »Wir haben immer unsere Pflicht erfüllt. Und auch meine Vorfahren sind dafür manchmal durch die Hölle gegangen.«

Van Warften hatte sich an der kalten Betonwand abgestützt und aufgerichtet. »Durch die Hölle? Dein Großvater ist angeblich von den Amis erschossen worden, aber fünf Jahre später unter falschem Namen in Argentinien wieder aufgetaucht, da hatte die Kirche noch einmal ihre schützende Hand über ihn gehalten. Und in Argentinien ist er auch friedlich gestorben. Es war Ende 1944, als mein Vater ihn ein einziges Mal zu Gesicht bekommen hat. Damals kam dein Großvater in unser Haus und suchte meinen Großvater auf, als der alliierte Bombenterror auch unser Viertel in Grund und Boden bombte. In seiner schicken schwarzen Uniform mit den silbernen Tressen und dem Totenkopf stand er plötzlich vor meinem Vater, der am Bett des Sterbenskranken wachte. Sie schickten ihn fort. Worüber die beiden gesprochen haben, das hat mein Großvater meinem Vater erzählt und der dann mir, als er mir den Vertrag übergab. Aber dieser Vertrag ist heute nichtig. Du hast ihn gebrochen.«

»Du hast mir nicht zugehört. Wir haben unseren Teil immer erfüllt. Treu und redlich! Und was deinen Großvater betrifft ...«, der Scharfrichter schaute sein Gegenüber böse an, »... hat der nicht als Staatsanwalt an vielen Unrechtsurteilen maßgeblichen Anteil gehabt, war er nicht die treibende Kraft bei vielen der Todesurteile gegen einfache Leute, die nicht mehr an den Endsieg glaubten und ihren Mund nicht halten konnten, die Lebensmittel zurückgehalten oder ein Stück Vieh schwarz geschlachtet hatten? Ein toller Kerl war er, dein Großvater, wirklich!« Der Zynismus in seinen Worten war nicht zu überhören.

»Lass meinen Großvater aus dem Spiel! Und was soll das heißen: treu und redlich? Das ist wirklich deine Überzeugung? Nach all dem hier?« Van Warften wies mit der Hand in die Runde, entlang der nasskalten Betonwände.

»Treu und redlich. Und ohne meinen Großvater, der Akten verschwinden ließ und dafür gesorgt hat, dass dein Großvater als Mitläufer eingestuft wurde und sogar seine Pension behalten durfte ...«

Der Rote lachte heiser auf. »Auch du, Reinhard van Warften«, er spuckte die Worte verächtlich aus, »auch du stehst in meiner Schuld, genauso wie dein Vater.« Er hatte sich vorgebeugt, und sein Gesicht war jetzt so nah vor dem van Warftens, dass dieser den Atem des anderen spüren und den stockigen Geruch des abgetragenen Umhangs riechen konnte. Aber van Warften ließ sich nicht einschüchtern. Jetzt nicht mehr. »Mein Vater hat die Worte meines Großvaters an mich weitergegeben, als er sagte, es wäre nun an mir, das zu Ende zu bringen. Ich dachte lange Zeit, er meinte, dass ich diesem höheren Ziel verpflichtet sei, alles dafür zu tun, daran mitzuwirken, dass die alten Werte wieder Gültigkeit erlangten. Aber das hat er nicht gemeint. Das Morden sollte aufhören. Das war sein Wunsch.«

»Das Morden sollte aufhören? Das meinst du wirklich? Glaubst du, wenn wir einfach aufhören, unsere Pflicht zu tun, dann hört das Morden auf?«

Van Warften schüttelte den Kopf. »Nein, aber unser Morden sollte aufhören. Und das wird es auch.«

»Da bin ich ja mal gespannt.« Die Wendung ihres Gesprächs schien dem Scharfrichter Spaß zu machen. Er versenkte seine Hände in den Taschen des roten Umhangs.

»Was würde wohl der Bischof dazu sagen, wenn er erfahren würde, was du hier treibst und für wen?«

»Der Bischof?«, höhnte der Scharfrichter. »Warum nicht gleich der Heilige Vater?«

»Oder genau der.«

»Sei vorsichtig, Reinhard. Mach keinen Fehler, den du später bereuen wirst. Ich habe dir gesagt, wie ich die Dinge sehe. Und ob du's glaubst oder nicht: Dieser Weg, den wir beschreiten, ist noch nicht zu Ende. Es gibt zu viele da draußen, die der notwendigen Reinigung und Besinnung des Volkes im Wege stehen, unseres Volkes, Reinhard.«

»Besinnung unseres Volkes? Du nimmst dir heraus, darüber zu urteilen, über die Kirche, über die Gesellschaft da oben und über unseren Vertrag! Ich habe leider zu spät erkannt, in welch bösen Spiel ich mitspielen sollte und leider auch mitgespielt habe. Bis heute! Aber damit ist jetzt Schluss! Hier, sieh her. So viel ist unser Vertrag noch wert!« Van Warften hatte ein Feuerzeug entflammt und hielt es an das historische Dokument, das sofort in einer einzigen hellen Flamme aufbrannte.

Jetzt kam Bewegung in den Roten. »Du!«, schrie er, machte zwei schnelle Schritte nach vorn und stieß mit dem Langmesser zu, das er aus einer Tasche seines Umhangs gezogen hatte; die Klinge drang mühelos durch van Warftens Anzugstoff und versenkte sich tief bis zum Schaft in dessen Oberkörper. Der Richter stöhnte auf, seine Augen schienen aus ihren Höhlen treten zu wollen. Er drückte beide Hände auf den Bauch und blickte mit dem Ausdruck ungläubigen Erstaunens auf das Blut, das zwischen seinen Fingern hervorquoll.

In einem Technikraum der Berliner Verkehrsbetriebe unweit ihres geplanten Einstiegs im U-Bahnhof Kleistpark fand die Lagebesprechung statt. Neben Ziether und zwei Kollegen eines Sondereinsatzkommandos in schwarzgrauen Uniformen waren nur einige weitere BKA-Beamte in Zivil im für die Öffentlichkeit unzugänglichen Teil einer der von Menschenhand geschaffenen Betonröhren, anwesend. Auf einer Videowand waren die Konterfeis der drei anderen Teams zu sehen, die vom Einstieg in der Großgörschenstraße und zwei weiteren Einstiegspunkten im Norden und Westen zugeschaltet waren.

Herbert Beyer erläuterte den Plan, erklärte, dass sie sich von mehreren Seiten dem unbekannten Terrain, der weißgebliebenen Fläche in der Mitte des Plans, den Piet Wieczorek zusammengepuzzelt hatte, nähern würden und wies die vier Dreiertrupps ein. Ziel war es, schnell auf den bereits erkundeten Wegen vorzustoßen und dann Zugänge zum vermuteten geheimen Zentrum der Anlage in den noch vorhandenen Bunkeranlagen zu finden und zu nutzen, um das Überraschungsmoment auf ihrer Seite zu haben. Keine einfache Aufgabe, da diejenigen, die dort unten ihr Unwesen trieben, entsprechende Ortskenntnisse besaßen und, wie Ziether am eigen Leib hatte erfahren müssen, sogar Abwasserkanäle umleiteten, um die geheimen Zugänge unpassierbar zu machen. Was sie wohl noch an bösen Überraschungen dort unten erwartete, darüber mochte Ziether lieber nicht spekulieren, denn das Auffinden und die Befreiung von Karen Bäker hatten bei all ihren Überlegungen oberste Priorität.

Herbert Beyer hatte den Technikraum zur Kommandozentrale umfunktioniert und sein Unterstützerteam mit Laptops vor der Videowand und an der BKA-eigenen Funkstation positioniert. Die SEKler waren mit Helmkameras und GPS-Sendern ausgestattet. Die Positionen der einzelnen Teams wurden so direkt in die Zentrale übermittelt. Sobald die Teams sich in Marsch gesetzt hatten, war eiserne Funkdisziplin einzuhalten. Nur bei besonderen Vorkommnissen waren Sachstandmeldungen abzugeben, die über das Funknetz von allen Teams empfangen wurden.

Ralf Ziether konnte sich eines mulmigen Gefühls nicht erwehren, als er mit den beiden hochgewachsenen Kollegen durch den schmucklosen Betonflur zur Einstiegsstelle aufbrach. Der Plan Beyers hatte einen großen Haken, und das war allen Kollegen bewusst. Wie sollten sie jemanden überraschen, wenn sie keine Ahnung hatten, wo der sich befand und welcher womöglich getarnte Zugang zu ihm führte? Oftmals sprachen sie im Kollegenkreis von *Kommissar Zufall*, wenn ihnen ein entscheidendes Indiz oder eine neue Untersuchungsmethode dazu verholfen hatte, selbst längst für tot erklärte Fälle doch noch aufzuklären. Aber Ziether hatte selbst den sauber ausgeleuchteten Betongang gesehen, von dem er, um nicht entdeckt zu werden, in den stinkenden Kriechgang abgebogen war. Wie sollten sie dort unten mit mehreren Dreierteams zugleich unentdeckt bleiben können? Seine Lust, sich erneut in einen unbekannten Kriechgang zu begeben, der womöglich als tödliche Falle endete, war mehr als begrenzt.

Übelkeit, kalter Schweiß auf der Stirn, Schüttelfrost, ein dumpfer Hammer, der im Kopf schlägt und wummert, Bilder, die durcheinander fallen, der Rote, wie er sie durch einen Betongang vorwärts schiebt, die aufgequollene Zunge klebt am Gaumen, nicht trinken! Das Gift, es war in der Wasserflasche. Nur mühsam gehorcht die Hand und lässt sich zurückziehen. Die offene Bunkertür im hellen Sonnenlicht.

War ich das dort im Park? Was ist Traum, Illusionen, Alb oder Wirklichkeit? Sie blickte an sich herab, das weiße Kleid, es stank nach Tod und Verderben.

Karen Bäker schlug die Hände vors Gesicht, nicht mehr hinsehen, nichts mehr riechen, nichts schmecken, einfach die Augen schließen und verschwinden, ganz verschwinden, nicht mehr sein. Doch dann rieb sie sich die Augen, zwang sich, sie offenzuhalten, klare, strukturierte Gedanken aus den in sich zusammenfallenden Bildern zu formen. Der Durst unerträglich, der Kopfschmerz trieb ihr die Tränen in die Augen, doch der eine Gedanke überstrahlte alles und zwang sie vorwärts: *Flucht! Nur weg, weg von hier, zurück in die Sonne, ans Tageslicht – ins Leben.*

Sie taumelte den Betongang entlang, richtungslos trugen sie ihre Füße vorwärts. Alle paar Schritte musste sie anhalten, sich an der kalten Wand abstützen, Atem holen, um nicht ohnmächtig zu werden, den Würgereiz unterdrücken: Atmen! *Mein Kreislauf. Verdammt! Ich will hier weg!* Erneut sammelten sich Tränen in ihrem vor Anstrengung geröteten Gesicht. *Hör auf zu heulen! Vorwärts, los!* Sie zwang sich, weiterzugehen. Irgendwo würde sie einen Aufgang finden, einen Weg nach oben, sprach sie sich selbst Mut zu.

War es nicht ausgesprochen einfältig, anzunehmen, hier unten seien keine Videokameras installiert? Würde eine geheime staatsfeindliche Organisation nicht alle technischen Möglichkeiten nutzen, um ihre Zentrale zu schützen und nicht entdeckt zu werden?

Um schneller vorwärts zu kommen, hatte sich Ralf Ziether mit den beiden Kollegen entschieden, dem ausgeleuchteten betonierten Tunnelpfad zu folgen, anstatt sich wieder durch irgendeinen Kriechgang zu quetschen. Zudem stand ihm sein letztes traumatisches Erlebnis hier unten nur zu deutlich im Gedächtnis. Und wirklich, schon nach wenigen Metern wies der Kollege, der die Spitze des kleinen

Trupps übernommen hatte, nach oben, wo deutlich die schwarze, runde Kuppel einer installierten Kamera zu sehen war.

Halb sieben. Ziether hoffte nur, dass jetzt niemand vor einem der zugehörigen Überwachungsbildschirme saß und sie beobachtete. Zügig bogen sie ab, folgten der rechtwinklig abgehenden Verlängerung des Ganges. Ziether spürte im Rücken die Kamera wie ein böses schwarzes Auge, das ihm folgte, und es konnte ihm gar nicht schnell genug gehen, aus ihrem Blickfeld zu kommen. Zum Glück waren die GPS-Sender stark genug, sodass sie ihren Weg auf dem Handy nachverfolgen konnten. Vielleicht noch fünfzig Meter, dann lag die auf dem Plan hinterlegte sichtbare Route hinter ihnen, und sie mussten sich in dem großen weißen Fleck allein zurechtfinden. Wenige Meter vor ihnen war in der Tunnelwand eine Einbuchtung, hier machten sie Halt, drängten sich an die Wand, um nicht länger vom Gang aus gesehen werden zu können. Auf dem Tablet-PC, das einer der Kollegen mit sich führte, konnten sie außer einem leuchtend grünen Punkt für sich selbst drei weitere pulsierende Punkte erkennen: die Teams, die von Norden, Süden und Westen ebenfalls das unbekannte Terrain betreten hatten. Mit einem elektronischen Stift markierte der Kollege das letzte Stückchen Weg, das sie zurückgelegt hatten, und schweigend, nur mit Handzeichen verständigten sie sich, dem Tunnelgang bis zur nächsten Biegung weiter zu folgen.

Britt Bredehorst konnte ihre Unruhe kaum verbergen. Es war jetzt viertel nach acht, seit gut einer Stunde war sie wieder in ihrer Wohnung, hatte Regina abgelöst, mit ihrem Sohn gefrühstückt, der vorläufig mit einem ärztlichen Attest von der Schulteilnahme befreit war, aber jetzt hatte sie nichts mehr zu tun, konnte nur warten, und die Minuten zogen sich wie klebriger Hefeteig in die Länge. Verstohlen hatte sie Nikki beobachtet, der trotz der jüngsten Erlebnisse keineswegs besonders anhänglich war und die freie Zeit dazu nutzte, sich in seinem Zimmer mit irgendwelchen Ballerspielen – Bredehorst hatte diesen Begriff allerdings bewusst vermieden – abzulenken.

Nikki hatte ihre Nervosität bemerkt, war aber mit solch einem unfassbaren Zutrauen in Ralf Ziethers Fähigkeiten ausgestattet, dass er sich nicht wirklich Sorgen um den erfolgreichen Ausgang des Polizeieinsatzes und seine unversehrte Rückkehr machte. Das sah sie grundsätzlich anders, eine solch naive Weltsicht ließ ihr Erwachsenendenken einfach nicht zu. Das war eben der grundlegende Unterschied zwischen einer jugendlichen Einstellung gegenüber der Welt und der von zu vielen negativen Erfahrungen und Kenntnissen geprägten Denkweise Erwachsener. Schon wenn sie daran dachte, mit welcher Unbekümmertheit ihr Sohn vor Jahren zum ersten und zum Glück einzigen Mal, wie sie fand, auf Skiern eine Anfängerpiste in den österreichischen Alpen hinuntergerast, sie aber auf derselben Strecke mehrmals gestürzt war, weil sie die Koordination von Körper und Kopf einfach nicht hinbekommen hatte – zu viele Gedanken, zu viel Angst davor, was alles schief gehen konnte bei so einer Abfahrt. Britt musste bei dieser Erinnerung spontan lächeln. Aber dann zeigte sich wieder ihre Sorgenfalte. Zum Abwarten war sie weiß Gott nicht geboren!

Als das Telefon läutete, sprang sie auf und riss den schnurlosen Apparat geradezu von der Station.

»Ralf?«

Sie konnte ihre Überraschung kaum verbergen, als sie hörte, wer sich meldete: »Hallo Britt.«

»Wigbalt.«

»Störe ich? Ich wollte nur hören, ob Niklas wieder zuhause ist … und ob es euch gut geht.«

»Äh ja. Ich hätte mich wohl bei dir melden sollen, aber es war in den letzten Tagen einfach zu viel …«

»Das ist doch verständlich«, unterbrach ihr Ex sie. »Ich habe mich ja auch jahrelang nicht gemeldet, hätte es wahrscheinlich auch weiterhin nicht getan, wenn du mich nicht angerufen hättest.« Er räusperte sich. »Aber dann ist bei euch ja alles okay. Niklas wurde also freigelassen. Das freut mich. Wirklich.«

»Danke. Aber freigelassen ist nicht ganz richtig. Er konnte fliehen und kam mit meinem Kollegen wieder aus einem der Tunnel nach oben.«

»Ralf Ziether.«

»Ja. Entschuldige, wenn ich so kurz angebunden bin, aber ich warte auf einen Anruf ...«

»Du konntest ja nicht wissen, dass ich anrufe. Aber dann ist der Fall also gelöst.«

Britt seufzte. »Nein, gelöst auch nicht wirklich. Wir wissen immer noch nicht, wer dahintersteckt, aber Ralf, mein Kollege, ist gerade erneut da unten unterwegs, um mehr herauszufinden. Außerdem wird immer noch eine junge Kollegin vermisst. Wir hoffen, dass wir sie finden.«

Ralf Ziether stockte der Atem. Schon bevor sie durch den schmalen Durchgang in den alten Luftschutzraum eingetreten waren, hatte er mit allen Sinnen die atmosphärischen Veränderungen wahrgenommen, was ihn spontan seine Schritte verlangsamen ließ. Aus dem alten Erdbunker war ihnen der Geruch von feuchtem Moder, abgestandener Luft und einer scharfen chemischen Note entgegengeschlagen, aber sein Unterbewusstsein hatte auch diese anderen Ausdünstungen wahrgenommen, die darunterlagen: der Geruch von Tod und verwesendem Fleisch.

Der Bunker lag in undurchdringlicher Dunkelheit, die wie eine böse Finsternis aus den schmalen Durchbruch heraus zu wabern schien. Die drei Männer mussten sich überwinden, die Schwelle ins Ungewisse zu überschreiten. Die beiden SEKler hatten ihre Helmkameras aktiviert, und der Lichtkegel von Ziethers Stablampe wanderte unruhig über die feuchten Wände. Der dunkle Bunkerraum schien früher wohl eine Art Waschraum gewesen zu sein, jedenfalls erfassten ihre schwankenden Lichtkegel nach und nach mehrere mannsgroße, zum Teil emaillierte Wannen, ein Metallregal voller Kanister mit Chemikalien, deren Aufschriften zum Teil abgeblättert und verwischt waren. *Hydrogenfluorid, Dihydrogensulfat* entzifferte Ziether zwei der Etiketten, während ihm eine unbestimmte Angst den Nacken hochkroch und ihn schaudern ließ.

Einer der Kollegen ließ einen überraschten Ausruf hören, und die beiden anderen traten neben ihn an eine der Wannen heran. Der Leichengeruch traf jetzt stechend ihre Nasen, und ihr Blick fiel auf den angewesten kopflosen Rumpf eines Toten. Schaudernd ließ Ziether den Lichtkegel seiner Lampe weiter wandern. Er musste sich zwingen, in die nächste Metallwanne hineinzuleuchten. Aus einer braunen Schlammschicht, von der ein stechender Geruch ausging, ragten ein deformierter, irgendwie zusammengeschrumpfter Körper und seltsame verbogene Rippenknochen hervor.

»Ein Säurebad! So also werden die Körper, die zu den abgeschlagenen Köpfen gehörten, entsorgt.« Er wandte den Blick ab, schüttelte sich innerlich, der Lichtkegel seiner Lampe fiel auf einen großen Kühlschrank, der vernehmlich brummte. Ziether musste sich überwinden, dann griff er beherzt zu und öffnete die Tür. Was er sah, ließ ihn erschrocken einen Schritt zurückweichen: im bläulichen Licht des Kühlschranks blickte er direkt in die toten Augen eines menschlichen Kopfes, eingehüllt in eine durchsichtige Plastiktüte.

Wigbalt Schneyder hatte es eilig. Wenn die Polizei bis zum Reichssaal vordringen würde, könnte sie vielleicht das geheime Netzwerk doch noch aufdecken. Wer weiß, ob das Direktorium wirklich sämtliche Unterlagen vernichtet hatte. Außerdem war da noch ein großer Unsicherheitsfaktor: der Scharfrichter! Eine Zeit lang war das Wirken des unerschrockenen Henkers gut und nützlich gewesen, aber jetzt stellte er selbst das größte Risiko dar.

Wigbalt schüttelte innerlich den Kopf. Nie hätte er sich darauf einlassen dürfen, dass die Versammlungen im Berliner Untergrund als Livestream gesendet und so die Gefahr eines Hackerangriffs und einer Entdeckung unkalkulierbar geworden waren. Aber vielleicht war es noch nicht zu spät, wenn er jetzt die richtigen Maßnahmen ergriff. Er hatte den alten Transformatorenraum erreicht, das Sicherheitsschloss geöffnet und den Maschinenraum betreten, vor sich die große alte Siemens-Schalttafel mit ihren Lämpchen, Hebeln und altertümlichen Aufschriften. Man könnte sentimental werden, wenn man diese Technik aus den späten Kriegstagen vor Augen hatte, die immer noch ungerührt ihren Dienst versah, aber genau das war das Problem. Der Blick zu vieler ihrer Kampfgefährten war zurück in die Vergangenheit gerichtet, sie aber mussten nach vorne schauen, neue Wege beschreiten, das Internet und die sozialen Medien nutzen, neue Verbündete suchen und die Jugend auf diesem Wege mit neuen Begriffen und neuen Methoden, Hip-Hop und Rap, Gothic und Satanismus, neuen Bildern und Fantasyfilmchen erreichen.

Wigbalt löste die Sicherheitsmutter, schraubte die Abdeckung ab, musste einmal tief Luft holen, und dann legte er den Hebel um.

Das kleine Dreierteam wandte sich nun der einzigen weiteren Stahltür zu, die im Dunkel am Ende des Raumes lag. Auf dem Display ihres Tablets konnten sie sehen, dass die anderen Teams sich auch auf dem weißen Fleck inmitten der Karte weiter ins Zentrum vorgearbeitet hatten. Die Distanz zwischen ihnen war nicht mehr besonders groß, sie mussten sich also in unmittelbarer Nähe des geheimen Versammlungssaals befinden. Hoffentlich würden sie dort auch Karen Bäker ausfindig machen und befreien können.

Einer der beiden breitschultrigen Kollegen hatte bereits mit beiden

Händen das große Schwungrad umfasst, um die schwere Stahltür zu entarretieren. Dann ging auf einmal alles ganz schnell. Mit einem ohrenbetäubenden Knall sprang den Beamten die Stahltür entgegen, der Luftdruck schleuderte die drei Männer zurück, und eine Welle von Staub und Dreck füllte in Sekundenschnelle den dunklen Raum, die ihnen den Atem raubte. Geistesgegenwärtig hatte einer der Beamten seine Atemmaske aus seiner Tasche gerissen und aufgesetzt, jetzt bemühte er sich um den Kollegen, der mit der herausgerissenen Stahltür quer durch den Raum geschleudert worden war.

Ziether war noch ganz benommen, hustete, schnappte nach Luft, setze die Maske auf und versuchte kontrolliert zu atmen, während sein Körper noch unkontrolliert unter der Schockwirkung zitterte.

Die nächsten Minuten, oder waren es Stunden, nahm Ralf Ziether nicht wirklich wahr, irgendwie lief die Realität zeitverzögert ab, auch brachte er die Reihenfolge der Ereignisse durcheinander. Als man ihm später sagte, dass er gut eine Stunde nicht ansprechbar in dem dunklen Verlies gelegen und auf Hilfe gewartet hatte, konnte er sich daran nicht erinnern. Es kamen Sanitäter mit einer Trage, die den schwerverletzten Kollegen versorgten und zurück an die Oberfläche brachten. Feuerwehrleute mit schwerem Atemschutzgerät durchquerten den dunklen Raum, der von dichtem Rauch und fettigem Staub erfüllt war, um das Feuer in dem unterirdischen Saal, der hinter der Stahltür lag, zu löschen. Auch der Hauptkommissar wurde zurück an die Oberfläche gebracht. Dort traf er auf Piet Wieczorek und die Männer vom KD, die darauf warteten, dass der Zugang zur Unterwelt von der Feuerwehr wieder freigegeben würde.

Ziethers Ohren klingelten, und er war noch völlig benommen, bestand aber darauf, mit Wieczoreks Leuten in den Untergrund zurückzukehren, um sich selbst einen Eindruck von der Situation vor Ort zu machen. Dann tauchte der Staatsanwalt auf, klopfte Ziether anerkennend auf die Schulter, was dieser ungläubig zur Kenntnis nahm, sagte irgendetwas, was er zunächst nicht verstand, bis er dann doch realisierte, dass Middelberg ihn nach Hause schickte. Ziethers Protest fiel nur schwach aus, und Middelberg beauftragte einen uniformierten Kollegen, den Hauptkommissar nach Hause zu fahren.

Britt Bredehorst stand noch immer unter Schock. Wie um alles in der Welt war der Rote in ihre Wohnung gekommen? Plötzlich hatte er in der Küche vor ihr gestanden, die rote Kapuze tief ins Gesicht gezogen, seine große Gestalt schien den gesamten Türrahmen auszufüllen. Mit einer automatischen Bewegung hatte Bredehorst das große Küchenmesser gegriffen, sich aufgerichtet und zum Angriff bereit gemacht, aber als der Rote seine Kapuze ein Stück weit zurückgeschlagen und sie direkt in seine Augen gesehen hatte, diese harten graublauen Augen, war alle Kraft von ihr abgefallen, sodass ihr das Messer wie von selbst aus der Hand glitt und haltlos zu Boden fiel. Ihr Unterbewusstsein hatte die Kontrolle übernommen, diese alte übermächtige Angst des kleinen Mädchens, das Gefühl des totalen Ausgeliefertseins, jahrelang bitterer Begleiter ihrer einsamen Not, die sie doch längst überwunden zu haben geglaubt hatte. Aber dieser Mann hatte mit seiner eiskalten Ausstrahlung all das in ihr wieder zum Leben erweckt, und sie fand kein Mittel, nicht mal den Ansatz eines Gedankens, das zu überwinden.

»So treffen wir uns also wieder. Hier oben ...« Der Scharfrichter ließ seinen Blick durch die kleine Küche schweifen, dann fixierte er mit diesen unheimlich starren, kalten Augen wieder Britts Gesicht. »Es war nicht meine Idee, dich entkommen zu lassen. Ich habe dich auserwählt, aber du hattest nichts Besseres zu tun, als die erstbeste Gelegenheit zu nutzen, die sich dir geboten hat. Du hast gedacht, so würdest du mir entkommen, aber schau ...«, er breitete die Arme aus. »Hier bin ich. Und wo sind die anderen, die dich beschützen sollten?«

Britt musste alle Kraft aufwenden, um sich diesem eiskalten Blick zu entziehen; in ihrem Kopf überschlugen sich die Gedanken. Wieder stand sie ganz allein dem Roten gegenüber. Sie zwang sich, das

Gefühl des Ausgeliefertseins zurückzudrängen. *Nikki!*, schoss ihr der Gedanke durch den Kopf. Er war in seinem Zimmer, wenn er jetzt herauskam …

»Wo ist eigentlich dein Sohn?« Der Scharfrichter schien ihre Gedanken lesen zu können.

Britt spürte, wie ihr die Hitze ins Gesicht stieg. »Nicht hier, wie du siehst.«

Der Mund des Roten verzog sich zu einem breiten Grinsen. »So, so, nicht hier. Du bist eine schlechte Lügnerin.«

»Was willst du von mir?«, versuchte Britt ihn abzulenken.

»Hast du mich nicht verraten? Hast du nicht mit dafür gesorgt, dass Fremde, die dort nicht hingehören, in mein Reich eingedrungen sind und all das zerstören wollen, was ich mir aufgebaut habe? Was meinst du? Was sollte mit Verrätern an unserer aufrechten Sache, an unserer höheren Aufgabe, in deren Dienst wir uns gestellt haben, geschehen? Darf man einen Verrat daran zulassen? Ihn ungesühnt lassen?« Der Rote schlug seinen Umhang zurück und zog ein langes, schmales Schwert aus der Scheide an seinem Gürtel. Prüfend hob er es an, ließ die Spitze zwei-, dreimal durch die Luft schlagen.

Britt blickte auf den Tisch, ihre Augen waren jetzt schreckgeweitet. Das Messer! Es lag auf dem Boden, keine Chance, es aufzuheben. »Hast du nicht schon genug gemordet? Genug unschuldige Menschen umgebracht? Ist das deine einzige Profession? Jeden Menschen, über den du Macht hast, zu ermorden?«

Der Rote stieß ein heiseres Lachen aus. »Was weißt du von Unschuld und von meiner Profession? Nichts weißt du darüber. Ich habe nur die Urteile vollzogen, getan, was zu tun war.« Er trat einen Schritt vor, die Spitze des schmalen Degens wies direkt auf Britts Kehle.

Britt musste heftig schlucken. »Urteile, die du selbst gefällt hast? Gefällt am Ende von einseitigen Verhandlungen. Wie am Volksgerichtshof hast du geurteilt, jenseits von Recht und Gesetz.«

»So, findest du? Und wenn ich dir sage, dass es ein höheres Recht gibt, das Recht des deutschen Volkes, zu überleben?« Die Metallspitze berührte jetzt unangenehm Britts Hals.

Jetzt hatte sich Britt in Rage geredet »Ein höheres Recht? Wer legt das fest? Allein damit hast du dich über das Recht gestellt, eine Anmaßung, ein menschenverachtendes Unrecht!«

»Genug geredet. Schade, dass es nun so kommen muss. Aber du lässt mir keine Wahl.«

Es gab einen trockenen Knall, so als ob Metall hart auf Holz stößt, der Kopf des Roten schlug nach links, die Degenspitze ratschte über Britts Hals, und der Scharfrichter ging zu Boden. Scheppernd fiel der Degen auf den Küchentisch und von dort herunter auf den Fußboden. Hinter dem in sich zusammengesackten Mann tauchte Nikki auf, er hielt noch den Baseballschläger in der Hand, der im jetzt entglitt und polternd zu Boden fiel. Der Junge stürzte auf seine Mutter zu und fiel ihr in die Arme. Zitternd standen sie da, bis Nikki seinen Blick hob und flüsterte: »Mama, du blutest ja.«

Britt fuhr sich mit der Hand über den Hals, spürte den schmalen Streifen Blut, der aus dem dünnen Schnitt in der Haut quoll, blickte ungläubig auf ihre blutverschmierten Finger. Sie drückte Nikki ganz fest, dann stürzte sie vor, holte mit dem Bein aus, um dem Scharfrichter mit all ihrer losgelassenen Wut einen Tritt zu verpassen, stoppte abrupt ab, als sie realisierte, dass dieser sich, halb bei Bewusstsein, mit irrem Blick und Schaum vor dem Mund, zuckend auf dem Boden wand.

Die Stille hatte etwas Surreales. Britt saß in ihrem kleinen Wohnzimmer auf dem Sofa, der Sanitäter hatte ihr einen Verband angelegt. Das und auch die Tetanusspritze, die er ihr verabreicht hatte, bekam sie nur wie durch eine Milchglasscheibe mit, wie ein Blick in die unbekannte Wirklichkeit von jemand anderem, dessen fremdem Leben sie zusah. Worte, die man an sie richtete, erreichten sie erst mit Verzögerung. Und wenn sie darauf geantwortet hatte, hätte sie kurz danach nicht mehr zu sagen gewusst, was.

Irgendwo draußen im Park schrie ein Vogel. Sie horchte, und genau der Gesang dieses Vogels blieb überlaut in ihrer Erinnerung haften. Immer noch hielt sie Nikkis Hand ganz fest und spürte den festen Griff doch nicht. Ralf Ziether und Piet Wieczorek waren da gewesen. Sie hatte ihre Stimmen, die aus dem kleinen Flur zu ihr herüberdrangen, gehört und trotzdem nicht verstanden, was sie sagten.

»Riechen Sie das?« Dr. Schmalberg wedelte mit seiner Hand über dem Kopf des Toten hin und her. Der konzentrierte Geruch von Bittermandeln erinnerte Ziether an die Backstube seiner Kindheit in der Vorweihnachtszeit, damals auf dem Hof seines Großvaters.

Dr. Schmalberg riss ihn aus seinen Erinnerungen. »Zyankali, ein schrecklicher Tod.«

Ziether blickte in das aufgequollene Gesicht, die dick hervortretende, blau angelaufene Zunge des Toten und schüttelte sich innerlich.

»Sehr ungewöhnlich, heutzutage jedenfalls. Hier, schauen Sie mal.« Schmalberg hatte mit seiner Pinzette etwas aus dem Rachen des Toten gezogen, ein kleiner, halb zerdrückter Gegenstand. »Hätte nicht gedacht, so etwas noch einmal bei einem Toten zu finden.«

Ziether betrachtete den kleinen, aufgebissenen Gegenstand. »Eine Giftkapsel?«

»Ja, unglaublich, oder? Damals, Ende des Krieges, eine beliebte Methode der Nazigrößen, sich umzubringen, als alles verloren war. Kein schöner Tod, wie man sehen kann. Hermann Göring hat sich 1946 nach der Urteilsverkündung im Nürnberger Prozess im Gefängnis damit umgebracht. Bis heute ist nicht abschließend geklärt, woher er die Giftkapsel hatte. Ob unser Toter hier sie mit Absicht oder durch den Schlag auf den Kopf zerbissen hat, kann ich nicht sagen, das muss ich mir noch einmal genauer anschauen.« Damit winkte er den beiden Trägern, die den Zinksarg neben dem Toten abstellten, um ihn in die Gerichtsmedizin zu transportieren.

Zwölfter Tag
Donnerstag

Als Ralf Ziether erwachte, fühlte er sich völlig zerschlagen. Helles Sonnenlicht hatte das Wohnzimmer geflutet und ihn geweckt. Er strampelte das dünne Laken weg.

Was für ein Tag, was für eine Nacht, dachte er. Nachdem die Männer vom KD Britts Wohnung verlassen hatten, war noch Staatsanwalt Middelberg aufgetaucht, um sich selbst ein Bild von der Lage zu machen und, ungewohnt mitfühlend, seiner Kollegin und ihm für ihren Einsatz zu danken. Er freue sich, sie beide bei bester Gesundheit zu sehen, hatte er gemeint. Zum Glück hatte er den Kaffee, den Britt ihm angeboten hatte, abgelehnt. »Wichtige Termine, die Akten, Sie wissen schon …«, wand er sich und zog sich in sein Büro zurück. Ein gemeinsames Kaffeetrinken mit dem Staatsanwalt, das hätte ihm noch gefehlt, dachte Ziether und schüttelte innerlich den Kopf. Er selbst war einfach hiergeblieben, bei Britt und ihrem Jungen. Regina war noch von nebenan herübergekommen, sie hatte für Britt, Nikki und sich gekocht, aber es reichte auch für vier Personen. Dann hatten sie stundenlang Monopoly gespielt und kein Wort mehr über den Fall und die letzten Ereignisse verloren.

Still war es in der Wohnung. Britt und Nikki schliefen wohl noch, und Ralf hing seinen Gedanken nach, während er in der Küche Kaffee aufsetzte. Er hatte gerade den ersten Schluck getrunken, als sein Handy klingelte. Es war Piet. »Karen ist wieder da!« Seiner Stimme war die Erleichterung deutlich anzumerken.

»Seit wann? Und wo ist sie wieder aufgetaucht?«

»Eine Streife hat sie aufgegabelt, heute am frühen Morgen in der Nähe vom Kottbusser Tor. Sie ist ziemlich durcheinander und erst mal unter Beobachtung im Krankenhaus. Aber körperlich fehlt ihr anscheinend nichts. Dieser Henker hatte sie da unten in seiner Gewalt, aber irgendwie konnte sie fliehen.«

»Henker?«

»Ach so, ja.« Piet Wieczorek wirkte etwas konfus. »Der Typ im roten Umhang hat da unten diese brutalen Hinrichtungen regelrecht zelebriert. Ich hab ja schon viel gesehen in all den Jahren, aber so was!« Er machte eine Pause und schnaubte verächtlich. »Und wir haben etwas Interessantes gefunden. Ich schick dir das Bild rüber, ja?«

»Okay.« Ziether nahm einen weiteren Schluck Kaffee.

»Wie geht es den beiden? Seid ihr alle wieder halbwegs auf dem Damm, soweit man das nach allem, was ihr durchgemacht habt, erwarten kann? Wie geht's Britt und dem Jungen?«

Ziether ließ ein zustimmendes Knurren hören. »Die beiden schlafen noch, glaube ich.« Sein Handy brummte, und er öffnete die Nachricht. Piet hatte ihm ein Bild geschickt, das Foto zeigte eine hell ausgeleuchtete, etwas dreckige Wand, eindeutig eine der Bunkerwände, auf der etwas mit schwarzer Kohle gezeichnet war. Ziether zog das Bild etwas größer.

»Und? Was sagst du?«

Der Hauptkommissar suchte nach Worten. Die von Hand angefertigte Zeichnung zeigte eine Art Stammbaum, dessen Wurzeln bis ins 13. Jahrhundert zurückreichten. Viele Namen standen in ungelenker Schrift in den einzelnen Verästelungen, aber nach oben hin wurde die Krone immer dünner, bis am Ende nur noch ein einzelner Name übriggeblieben war: »W. Melchers«, las er. Doch es war nicht der beeindruckende Stammbaum, der ihn sprachlos machte. Es war die Überschrift. Dort stand in breiten gotischen Lettern: Stammbaum der Henker von Bremen.

Ziether war immer noch ziemlich konsterniert, als Britt mit völlig zerzaustem Haarschopf aus dem Schlafzimmer in die Küche kam. Es fiel ihm sichtlich schwer, seine Gedanken zu ordnen. Wortlos schenkte er seiner Kollegin einen Kaffee ein und setzte sie erst dann nach und nach über die neuesten Erkenntnisse ins Bild.

Britt hatte die Nachricht, dass die junge Kollegin wieder aufgetaucht war, mit einem Lächeln zur Kenntnis genommen. Dann zeigte er ihr den Stammbaum. Ungläubig starrte Bredehorst auf das Foto, und sofort waren die Bilder wieder da, wie der Rote plötzlich in der Tür gestanden hatte, ihre Angst, die Sorge um ihren Sohn. Der Henker von Bremen. Ein kaltes Schaudern ließ sie erzittern.

»Wenn nicht Nikki ...« Sie brachte den Satz nicht zu Ende.

»Er ist tot, Britt. Es ist vorbei.«

Vermutlich hätte nicht einmal Staatsanwalt Middelberg erwartet, dass die Kripobeamten nach den gestrigen Ereignissen sofort wieder zum Dienst erscheinen würden. Aber die beiden wollten den Fall so schnell wie möglich abschließen. Sie ließen Nikki in der Obhut von Regina Müller und fuhren ins Präsidium.

»Wird Nikki das alles verkraften?«, sprach Britt ihre Sorge laut aus. Ziether brummte zustimmend. »Ich denke schon. Aber du, ich meine wir, wir sollten mit ihm über alles noch mal reden. Vielleicht braucht er auch jemand anderen, um seine Ängste auszusprechen. In dem Alter sind die Eltern, also die erwachsenen Bezugspersonen, nicht unbedingt die besten Ansprechpartner.«

»Du meinst, wir sollten vielleicht einen Psychologen zu Rate ziehen?« Dass ausgerechnet ihr Kollege diesen Gedanken aussprach, der seine Probleme lieber in sich hineinfraß und dann unter den abstrusesten Albträumen litt ... Britt kniff sich in den Arm, um zu überprüfen, dass sie nicht träumte.

»Ich weiß, ich bin nicht gerade ein Vorbild, aber ... mir hat es jedenfalls nicht geschadet.« Ziether dachte an seine Sitzungen mit dem Polizeipsychologen, aber die Bilder von damals aus der geschlossenen Abteilung in der Psychiatrie drängte er lieber in den Hintergrund. Den Rest der Fahrt schwiegen sie und hingen ihren Gedanken nach.

Als sie ihr Büro betraten, beschlich Ziether ein merkwürdiges Gefühl. Zu viel war passiert, als dass er einfach zur Tagesordnung hätte übergehen können. Es war, als bewegte er sich in einer Art zweiter Realität, in Wirklichkeit war er doch immer noch da unten in den feuchten Tunneln und nachtschwarzen Ziegelgängen tief unter der Erde. Dies hier oben war einfach zu banal, um wahr zu sein. Ein leerer Raum, Sonnenlicht, das streifig durchs Fenster fiel, ihre Laptops und Akten, die italienische Kaffeemaschine. Es kam ihm so vor, als wechselte er nur von einer durchsichtigen Blase in eine andere, und irgendwie war keine dieser Realitäten richtig.

»Ralf?«

Britts Stimme riss ihn aus seinen Gedanken. »Alles okay bei dir?«

»Ja, klar. Ich ... ich muss mich wohl erst wieder daran gewöhnen, dass ich wieder hier bin, in unserem Büro.«

Britt sah von ihrem Arbeitsplatz zu ihm auf. »Da geht es mir nicht anders«, seufzte sie. »Schmeiß doch mal das Ding an.« Sie zeigte mit der Hand zur Espresso-Maschine. »Dr. Schmalberg hat schon seinen vorläufigen Bericht über die Leiche, die in dem großen Bunkerraum hinter der gesprengten Tür lag, geschickt.«

Während ihr Kopf hinter dem kleinen Bildschirm verschwand, stand Ziether gedankenverloren vor dem Kaffeeautomaten. Als der braune Sud in die beiden kleinen Espressotassen gelaufen war, nahm er sie und ging hinüber zu Britts Schreibtisch. »Der Richter van Warften?« Britt nickte. »Als die Explosion ausgelöst wurde, war er schon tot. Jemand hat ihn mit einem Messer mit langer Klinge die Bauchaorta durchtrennt und mehrere Organe verletzt.«

»Reinhard van Warften ...«, dachte Ziether laut nach. »Van Knasten. So hieß er in Gerichtskreisen. Ein ziemlich harter Hund. Aber was um alles in der Welt hatte er da unten zu suchen?«

Britt seufzte. »Wenn wir das wüssten, wären wir schon ein ganzes Stück weiter.«

Es klopfte, aber bevor einer der beiden reagieren konnte, schwang die Tür schon auf und Piet Wieczorek kam herein. Er strahlte übers ganze Gesicht. Mit dem Wiederauftauchen seiner Kollegin schien eine große Last von seinen Schultern gefallen zu sein. »Hätte nicht gedacht, dass ihr schon wieder im Büro seid, aber der Pförtner hat mich gleich durchgewunken.«

»Wie geht es Karen?«, fragte Ziether.

»Sie ist erstmal unter Beruhigungsmitteln zu Hause. Der Arzt kann nichts Genaues sagen, aber zumindest fehlt ihr körperlich nichts. Alles andere muss man abwarten. Aber ich hab da was für euch.« Er legte einen schmalen Hefter auf Britts Schreibtisch. »Die Körper der Enthaupteten wurden in den großen Wannen, die du da unten vorgefunden hast, in einem Säurebad aufgelöst. Das ist übrigens gar nicht so einfach. So ein menschlicher Körper besteht zur Hälfte aus Wasser, zu knapp einem Drittel aus Fett und bei einem sagen wir mal 80 Kilo schwerem Menschen bleiben dann noch zwölf Kilo Proteine und vier Kilo Knochen übrig. Die Toten wurden mit einem Gemisch aus Flusssäure und Salpetersäure behandelt, eine ziemlich eklige Angelegenheit. Wenn man da nicht dauernd umrührt ...«

»Piet, bitte!«

Wieczorek grinste. Seine gute Laune war unübersehbar und seine Liebe zur Preisgabe kleiner, provokativ ekliger Details aus seiner Arbeit deutlich zurückgekehrt. »Den Knochen wird jedenfalls Kalzium und Phosphor entzogen. Das gibt zunächst Gummiknochen, aber am Ende bleibt dann nur noch ein Block Gips übrig. Aber ehrlich gesagt, man muss schon ziemlich krank im Schädel sein, um sich diese Sauerei anzutun.«

»Die Kanister ...«

»Genau«, fiel Wieczorek Ziether ins Wort. »Flusssäure und Salpetersäure.«

»Und? Hast du irgendwas, was uns weiterhilft herauszufinden, wer die Toten waren?« Auf Britts Stirn zeigte sich deutlich ihre Nachdenklichkeitsfalte.

Wieczorek schüttelte den Kopf. »Von der DNA ist nach so einer Behandlung nicht mehr viel übrig. Bei den Schädeln sieht das anders aus, aber auch da leider Fehlanzeige. Und unser Kapuzenmann? Habt ihr was rausgefunden?«

Britt schüttelte den Kopf. »Nein, bisher leider nicht. Die Fingerabdrücke zeigen keine Übereinstimmung mit denen in unserer Datenbank. Das BKA hat noch bei Interpol angefragt. Vielleicht finden die was raus.«

»Aber wenigstens konnten wir das Tunnelsystem im Untergrund weitgehend aufdecken.« Wieczorek zog ein DIN-A4-Blatt aus der Tasche, es war der Plan, den sie bei ihrer Suchaktion benutzt hatten. Aber da, wo der weiße Fleck gewesen war, waren jetzt Tunnelgänge und ein großer rechteckiger Raum eingezeichnet. Piet zeigte auf das Rechteck. »Der Versammlungssaal, der durch die Explosion weitgehend zerstört worden ist.«

»An der Pallasstraße«, entfuhr es Britt.

»Genau. Ziemlich direkt unter dem Pallasseum. Zum Glück sind die Wohnblöcke so tief gegründet, dass der Gebäudekomplex trotz der Explosion im Untergrund nicht gefährdet ist.«

»Der Sozialpalast. Das hätte ja zu einer Katastrophe führen können.«

»Stimmt. Immerhin ein zwölfstöckiger Wohnkomplex mit über 500 Wohneinheiten. Nicht auszudenken, wenn da der Boden nachgegeben hätte. Aber die Betonpfeiler des Pallasseums reichen zum Glück ja noch tiefer als dieser unentdeckte Bunkerraum.«.

Ziether hatte bis hierhin geschwiegen. Die Erinnerung an seine zweite Odyssee im Berliner Untergrund, die Entdeckung der grausig zugerichteten Leichenteile und dann die Explosion, all das hatte ihn mehr erschüttert, als er zuzugeben bereit war. Er räusperte sich. »Das Pallasseum. Dort stand doch vorher der Sportpalast. Da drunter sind wir gewesen?« Wieczorek nickte.

Der Berliner denkt sofort an die Sechs-Tage-Rennen, Boxkämpfe und andere Großveranstaltungen, aber vom Sportpalast im Gedächtnis geblieben war vor allem eins – und das ließ Ziether erschauern: die *Wollt-ihr-den-totalen-Krieg?*-Hetzrede von Joseph Goebbels vom Februar 1943. »Einen passenderen Ort hätte man für den Nazi-Saal wohl kaum finden können«, knurrte er.

Darauf gab es nichts weiter zu sagen. Die drei Beamten hingen ihren Gedanken nach, bis der Leiter des KD das Schweigen durchbrach. »Ach und hier, im hinteren Bereich des Kammergerichts, im Archivkeller, gibt es auch einen Zugang zum Tunnelsystem.«

»Van Warften.«

»Genau.«

Kaum hatte Piet Wieczorek sich wieder nach Moabit zurück in sein Reich der Laboratorien und Werkstätten aufgemacht, klingelte Ziethers Telefon. Es war Herbert Beyer vom BKA.

»Na, seid ihr schon wieder bei der Arbeit?«

»Klar. Wir würden diese ganze Ermittlung gerne schnell zu Ende bringen«, antwortete Ziether. »Hast du was für uns? Warte, ich stelle mal auf laut, dann kann Britt mithören.«

»Ja, das glaube ich gerne. Dieser Fall hat im Internet ganz schöne Kreise gezogen. Und dann dieser Brandanschlag. Da sind Dinge passiert, die ich nicht für möglich gehalten hätte. Aber Hauptsache, ihr seid okay und wieder dabei.«

Ziether ließ ein zustimmendes Brummen hören und Britt, die neben ihn getreten war, nickte ihm zu.

»Also. Der Generalbundesanwalt hat in einer Sitzung beim Innenminister mit dem Koordinator der Geheimdienste, ein paar Referatsleitern und unserem Chef eine rasche Aufklärung gefordert. Die ganze Sache hat hohe Wellen geschlagen. Und dann, wie gesagt, noch dieser Brandanschlag! Na ja, ihr könnt euch vielleicht vorstellen, was hier gerade los ist. Wir haben eine Sonderkommission zum Berliner Untergrund gebildet. Man legt ausgesprochen viel Wert auf eine enge Zusammenarbeit mit der Berliner Kripo. Ich bin dabei euer Kontaktmann.« Beyer räusperte sich. »Der derzeitige Stand ist, mal zusammengefasst, wie folgt: Wenigstens den tiefgekühlten Schädel konnten wir zuordnen. Der gehört einem Informanten des VS, der vor gut zehn Tagen untergetaucht und seitdem von der Bildfläche verschwunden ist. Vielleicht war er da aber auch schon in der Gewalt dieses Henkers. Er heißt Salvatore Kostiç, ein Rechtsradikaler mit kroatischen Wurzeln, der sich als Kontaktmann in der rechtsradikalen Szene ein gutes Zubrot verdient hat. Interessanterweise ist der VS endlich damit rausgerückt, dass der ermordete Reichsbürger ...«

»Victor Kalbach.«

»Genau. Der war auch ein Informant des VS.«

»Und wurde nicht vom IS hingerichtet, sondern von wem auch immer aus dem Weg geräumt. Möglicherweise ...«, dachte Britt laut nach, »... von seinen eigenen Leuten, weil seine Rolle als Informant aufgeflogen ist.«

»Das vermuten wir auch. Aber wir haben dafür leider bis jetzt keine Beweise finden können.«

»Das würde ja bedeuten, dass da unten in unserem Nazi-Netzwerk jemand eine Art Säuberung durchführt und alle enttarnten Spitzel und Informanten beseitigt. Dazu würde auch der Mord an Maik Schäfer passen, einem weiteren Informanten«, warf Ziether ein.

Herbert Beyer am anderen Ende der Leitung seufzte vernehmlich. »Genauso sieht es aus. Da wir aber nicht wissen, wer noch als Informant für einen der Dienste gearbeitet hat, und eine Hinrichtung durch diesen unbekannten Henker nur bei Kostiç nachgewiesenermaßen stattfand, können wir auch nicht präventiv handeln und zum Beispiel weitere Informanten überwachen.«

»Die sich im Übrigen jetzt schön bedeckt halten werden«, sekundierte Bredehorst.

»So sieht's aus. Jedenfalls befindet sich der Kollege Rönnemann derzeit in U-Haft. Wir ermitteln unter anderem wegen der Bildung einer kriminellen Vereinigung nach Paragraf 129a BGB und Verletzung des

Dienstgeheimnisses nach Paragraf 353 StGB. Auf jeden Fall wird der Kollege mit einem Disziplinarverfahren rechnen müssen. Das kostet ihn den Job.« Herbert Beyer war deutlich anzumerken, wie sauer er auf seinen langjährigen Kollegen war. »Wenn ihr meine persönliche Meinung dazu hören wollt: Rönnemann steckt tief drin in diesem braunen Sumpf. Zu van Warften haben wir im Übrigen überhaupt nichts«, wechselte er schnell das Thema. »Ein honoriger Richter mit Rückgrat und einem enormen Arbeitspensum. Was der da unten zu suchen hatte und warum ihn der Kapuzenmann erstochen hat, dazu gibt es nicht den kleinsten Hinweis. Vielleicht schaut ihr euch nochmal in seiner Wohnung um. Unsere Leute haben da aber nichts gefunden, was uns irgendwie weiterbringt.«

»Machen wir.«

»Tja, und zu eurem Henker haben wir auch gar nichts. Von Interpol gibt es noch keine Rückmeldung, aber im Moment ist dieser Mann für uns wie ein Phantom, als hätte er nie existiert. Vermutlich ist der Name, der auf diesem Stammbaum genannt wird, sowieso ein Fantasiename. Die Namen seiner Vorgänger und angeblichen Ahnen stimmen jedenfalls auch nicht. Da hat uns ein Bremer Museumsleiter schon drauf hingewiesen. Es gibt keinen fortlaufenden Stammbaum einer Sippe oder Familie von Henkern aus der Vergangenheit. Die wenigen Unterlagen, die die Zeiten überdauert haben, nennen wohl die Urteile und Strafen, aber nicht die Namen der jeweiligen Scharfrichter.«

»Und Heeter?«, warf Ziether ein.

»Der schweigt sich aus. Jedenfalls läuft da wohl irgendeine große Sache im Hintergrund, aber wir kriegen einfach keinen Zugriff, keinen wirklichen Anhaltspunkt. Nur Druck vom Innenminister. Bloß ... wir haben nichts, rein gar nichts. Es ist zum Verzweifeln! Aber wenigstens die Hausdurchsuchungen in der rechtsradikalen Szene zum Brandanschlag waren erfolgreich. Zwar schweigen sich die Neonazis vom sogenannten Sturm 33 aus, aber wir haben einige Indizien gefunden, die mit dem Anschlag in Zusammenhang gebracht werden können.«

»Na, das ist ja wenigstens etwas. Es wird wohl dringend Zeit, dass wir mehr Licht ins Dunkel dieses braunen Sumpfes bringen. Der Verfassungsschutz scheint da nicht besonders hilfreich zu sein.«

Beyer ließ ein zustimmendes Knurren hören.

»Wir tun jedenfalls, was wir können. Wenn wir irgendetwas haben, was uns weiterbringt, melden wir uns.« Ziether legte auf. »Das sieht alles nicht gut aus«, meinte er an seine Kollegin gewandt.

»Ich bin mir nicht sicher, aber ich hab da einen Verdacht«, sagte Britt und drehte nachdenklich das Bleistiftende zwischen ihren Lippen hin und her.

»Einen Verdacht?«

»Als du da unten warst, vielleicht eine halbe Stunde vor der Explosion, hat mich Wigbalt überraschend angerufen. Er fragte, wie weit wir mit unseren Ermittlungen gekommen sind, und ich habe ihm gesagt, dass du wieder im Berliner Untergrund bist.«

»Du meinst, er …«

»Ich bin nicht sicher, aber wenn es so wäre? Erst unser nächtlicher Einbruch beim Verfassungsschutz, dann verschwindet die Akte, und sein Chef wird festgenommen und verliert mit Sicherheit seinen Job. Die Explosion direkt nach seinem Anruf … Ich kann das eigentlich nicht glauben, aber ich hab kein gutes Gefühl dabei.«

Bevor Ziether darauf antworten konnte, klingelte Britts Telefon. Sie meldete sich und hörte konzentriert zu und zog ihre Stirn in Falten.

Sorgenfalten, dachte Ziether und musterte seine Kollegen.

»Okay, ich komme gleich vorbei.« Britt legte auf. »Du musst allein weitermachen. Regina hat angerufen. Nikki hat zwar nichts gesagt, aber sie sagt, er sei hypernervös. Ich glaube, er braucht mich jetzt.«

Ziether nickte. »Na klar. Melde dich, wenn du meinst, du kannst wieder zurückkommen. Ich fahre erstmal allein zu van Warftens Wohnung.«

Auf diesen Anruf hatte Kurti gewartet. Er hatte das nicht registrierte Handy schon längst aus der Schublade gekramt, saß gewissermaßen Gewehr bei Fuß auf seinem Bürostuhl oder eher doch wie auf heißen Kohlen. Dann brummte das Billighandy vernehmlich. Er war dran. Alle Spuren waren verwischt, keine Nachrichtenwege zurückzuverfolgen, die Akten vernichtet, die Spitzel aus dem Weg geräumt.

Kurti atmete hörbar auf. Leider war es nun vorbei mit den Treffen im Berliner Untergrund, der Zugang zum weitgehend zerstörten Reichsadlersaal war verschüttet, das Direktorium umgezogen nach Budapest. Von dort würden nun die nächsten Livestreams gesendet werden. Bei aller Erleichterung schwang da ein Stück weit Bedauern und eine tiefsitzende Aversion gegen diese ungarischen Leichtfüße mit, deren Sprache wohl kaum als germanisch zu bezeichnen war. Aber unter Orbán war vieles möglich. Das machte eben den maßgeblichen Unterschied zu den Verhältnissen hier aus.

Im Auto hing Ziether seinen Gedanken nach, einem raschen Wechsel von Sorge um Britts Sohn, den rechtsradikalen und zum Teil bodenlos bösen Angriffen gegen die Polizei und ihn persönlich in den sozialen Medien – den noch nicht restlos aufgeklärten Brandanschlag auf das Polizeipräsidium ordnete er denselben Typen zu, die sich im Internet mit Häme, Boshaftigkeit und einer erschreckend menschenfeindlichen Einstellung gerierten. Teile dieses Netzwerks waren, fast 80 Jahre nach dem Ende des Nazi-Spuks, offenbar längst wieder in der Mitte der Gesellschaft beheimatet. Viel zu lang hatte der Staat mit seinen exekutiven Organen, nein, die Gesellschaft im Ganzen, nicht richtig hingesehen und die Nazi-Umtriebe verharmlost. Im NSU-Prozess waren entscheidende Fakten nicht zu klären gewesen. Die ermittelnden Beamten hatten sich lange Zeit auf eine mögliche Täterschaft allein im familiären Umfeld der ermordeten Migranten konzentriert. So waren weitere Morde nicht verhindert worden.

Und die betroffenen Familien? Sie hatten sich mit ungerechtfertigten Verdächtigungen auseinandersetzen müssen, anstatt Unterstützung in ihrer Trauer und Ohnmacht zu finden. Das allein zeigte schon den Mangel an Unvoreingenommenheit bzw. eine latente Fremdenfeindlichkeit, die in den Köpfen der »richtigen« Deutschen immer noch verankert war. Migranten und deren Nachkommen blieben aufgrund ihrer nicht urdeutschen Namen und äußerlichen Merkmale mit dem Makel der Deutschen zweiter Klasse behaftet. Ihr Leben lang mussten sie sich mit Vorurteilen und Zurücksetzungen herumschlagen, die viele resignieren und in ihrer Community verhaftet bleiben ließen, was einer wirklichen Integration entgegenstand. Die unrühmliche und zum Teil selbst von antidemokratischen und fremdenfeindlichen Motiven geprägte Rolle einzelner Vertreter des Verfassungsschutzes blieb ebenso im Dunkeln, warf aber ein verdammt negatives Licht auf diejenigen, die den Staat und seine Bürger doch vor jeglicher radikalen Bedrohung schützen sollten. *Der Fisch stinkt vom Kopf her*, dachte er. Die Leugnung der Bundesrepublik als Einwanderungsland, das Festhalten am verharmlosenden Begriff der Gastarbeiterfamilien bedeutete doch nichts anderes, als dass Fremden kein Bleiberecht zuerkannt werden sollte. Hinzugekommen war in den letzten Jahren eine Aushöhlung des Asylrechts, die es zuließ, dass Menschen im Mittelmeer ertranken, in Lager gesperrt, gequält, bestenfalls aber aufgrund ihres unsicheren Status' jahrelang zu Untätigkeit verurteilt blieben. Das alles hatte dazu beigetragen, dumpfe Stammtischparolen salonfähig zu machen. Das ging so weit, dass heute eine offen fremdenfeindliche und den Nazismus verharmlosende Partei wieder in sämtlichen Parlamenten saß. Auf der anderen Seite waren viel zu viele der Nachkommen der Migranten in der dritten Generation keineswegs integriert und bildeten eine heterogene Gruppe mit zum Teil erheblicher sozialer Sprengkraft.

Manchmal fand Ziether die gesellschaftlichen Entwicklungen, mit deren Folgen er in seiner Arbeit konfrontiert wurde, einfach nur zum Kotzen. Und was hatte ein Murat Mustafi von dieser Gesellschaft zu erwarten? Ein agiler Kleinunternehmer und Steuerzahler, der anderen Menschen Arbeit gab und seine Kinder zu Fleiß und einer positiven Arbeitshaltung anhielt. Seine Kinder waren als Deutsche hier geboren, aber der Makel des Fremden würde sie ihr Leben lang gegenüber ihren deutschen Altersgenossen zurücksetzen. So sah die Integration in Deutschland heute aus.

Ziether parkte den Wagen auf dem Parkstreifen direkt vor dem vierstöckigen Mietshaus, in dem der Richter im Obergeschoss sein Domizil bezogen hatte. Van Warften hätte sicherlich genug Geld gehabt, um sich standesgemäß in einem der Villenviertel in Berlin oder im Umland niederzulassen, aber es sprach für seine Bodenständigkeit, dass er seit 25 Jahren, seit seinem Amtsantritt als Amtsrichter in Berlin, in derselben Wohnung gewohnt hatte. Oder war es eher ein Zeichen für Geiz oder geistige Unbeweglichkeit? Na, er würde ja gleich selbst überprüfen können, ob es für eine solche Haltung Anzeichen gab.

Ziether betrat die Wohnung, in helle Töne gehaltene, durch die großen Fenster des Südbalkons von Sonnenlicht durchflutete Räume, die aber eine so kühle Atmosphäre ausstrahlten, dass ihn fröstelte. Der Hauptkommissar rieb sich die Unterarme, auf denen sich eine Gänsehaut gebildet hatte. Er drehte sich einmal um sich selbst und betrachtete das Wohnzimmer: eine moderne Couchgarnitur in gedecktem Grau, ein Glastisch, ein schwarzer Wandbildschirm, ein zwar geschmackvolles, aber nüchternes weißes Regal mit ein paar Büchern und Nippesfiguren. Keine Zimmerpflanzen oder Blumen. Keine Bilder an den Wänden. Das war es. Alles war perfekt angeordnet, sauber, aber völlig steril, unpersönlich. Nichts deutete auf den Bewohner dieser Wohnung hin.

Er ging ins Arbeitszimmer, blickte auf einen schweren Vollholzschreibtisch, auf dem sämtliche Utensilien ordentlich, nein, pedantisch angeordnet waren. Ein paar Handakten akkurat aufgestapelt, rechts eine Aktenwand, Prozessakten, Gesetzbücher und Kommentare. Auch dieser Raum strahlte eine eigentümliche Verlassenheit aus. Tote Gegenstände, keine Anzeichen, dass hier einmal ein Mensch gelebt und gearbeitet hatte.

Er wollte sich gerade abwenden, als sein Blick noch einmal den Schreibtisch streifte. Alles war so penibel geordnet, aber die breite Schublade war nicht ganz geschlossen. Er trat näher heran, zog den Schub auf, die Lade war leer. Ziether schob seine Hand in das Fach, aber da war nichts. Eine klinisch reine, leere Schublade? Er zog sie ganz heraus und spürte schon dabei einen Widerstand. Als er die Lade umdrehte, bemerke er den weißen Briefumschlag, der an der Unterseite angeheftet war. Er nahm das Kuvert, das nicht zugeklebt war, öffnete es und sah die gefalteten handbeschriebenen Blätter. Ziether nahm den Fund an sich, verließ den Raum, durchquerte das Wohnzimmer und trat auf den großen Balkon. Hier draußen spürte er die wärmenden Sonnenstrahlen und schloss die Augen. Spontan seufzte er erleichtert auf, hörte den rauschenden Autoverkehr und ein paar Vogelstimmen, roch die Mischung aus Autoabgasen und Sommerluft. Er öffnete die Augen wieder und durchschritt den Balkon. Vor der Brüstung an der einen Seite stand eine bequeme Holzbank, daneben ein Tischchen, auf dessen Glasplatte Ränder von Weingläsern. Er setzte sich. Endlich eine Spur von Leben, von benutzten Gegenständen. Hier also hatte der Richter wohl oft gesessen, abends das Rauschen des Verkehrs gehört und seinen Gedanken nachgegangen. Er drehte den Umschlag in seiner Hand, doch sein Blick wurde unwillkürlich angezogen von dem großen Sandsteinquader ihm gegenüber an der anderen Seite des Balkons. Die Skulptur zeigt einen Löwen, der das Maul zum wilden Brüllen geöffnet hatte, zwischen seinen Pfoten ein Wappenschild. Dann öffnete er den Umschlag, zog die Blätter hervor und las.

»Ich habe lange gebraucht, die Geschichte meiner Familie, unseres Aufstiegs zu Ansehen und Wohlstand über Generationen, aber auch deren Kehrseite, den Fluch, der auf uns lastet und von einer Generation auf die andere vererbt wurde, nachzuzeichnen, alles das, was ich über

unsere Geschichte von meinem Vater erfahren habe. Wenn jetzt jemand, vermutlich ein Polizeibeamter oder ein Angestellter der Justiz, der ich dienen durfte, diese Blätter in Händen hält und liest, werde ich tot sein. Dann ist mit mir, dem letzten Spross derer van Warftens, all das, unser guter Ruf ebenso wie das zweite böse und janusköpfige Gesicht, das mich mein Leben lang belastet und angetrieben hat, endgültig Geschichte geworden. So habe ich den Wunsch meines Großvaters, es zu Ende zu bringen, erfüllt.

Begonnen hat alles vor sehr langer Zeit, an dem Wendepunkt vom Mittelalter zur Neuzeit, weit im Norden Deutschlands, an der Weser.«

Ralf Ziether blätterte die Seite um, las und tauchte ein in die Familiengeschichte van Warftens, eine Geschichte von harter Arbeit und gesellschaftlichem Aufstieg, ehrbarem Leben und Eigennutz, Schlachten und Blut, Opfern und Verlust, Treue und Verrat, Hinrichtungen und Tod …

Geert Acheren hatte es gut getroffen. Als Sohn eines freien Meiers hatte ihn die erzbischöfliche Entourage bei der Visitation ihrer Ländereien auf dem väterlichen Hof angetroffen und Gefallen an dem flachsblonden Schlacks gefunden. Geert verspürte keine Lust, Bauer zu werden oder, bei allem handwerklichen Geschick, hier auf dem fruchtbaren Geestrücken ein arbeitsreiches und von den Jahreszeiten vorgezeichnetes Leben zu führen. Ein wenig Lesen hatte er ja gelernt, aber es reizte ihn, des Schreibens kundig zu werden, des Lateinischen mächtig zu sein, um einen kostbaren Schatz wie die Bibel selbst lesen zu können. Die fremdartige Sprache, die er sich Buchstabe für Buchstabe erschloss und deren Sinn er doch nicht erfassen konnte, reizte ihn. Der Pastor des Kirchspiels wies den bischöflichen Vogt auf den Lerneifer des Jungen hin, der sich unter den anderen Kindern seines Dorfes heraushob, sodass er wohl für die Lateinschule, das Priesterseminar geeignet wäre. Eine Woche nach Johanni suchte der Priester den Vater auf. Die kleine Hofstelle musste den Bauern, sein Weib, die halbwüchsigen Kinder, Knecht und Magd ernähren. Ein hartes Leben. Für den Pastor wurde der karge Lebensmittelpunkt, ein dunkler, fensterloser Raum mit gestampftem Lehmboden, der offenen Feuerstelle unter dem rußigen Rauchfang, frisch ausgefegt. Hier erledigte die Familie die Hausarbeit, schlief auf Strohsäcken, es wurde gekocht, gelernt, genäht und ausgebessert. Hartes Brot, Schmalz und ein Krug Bier standen auf dem Tisch für ihn, was der Pastor aber nicht anrührte. Es war bis jetzt kein gutes Jahr gewesen, der Winter lang und hart, und noch im Maien hatte ein plötzlicher Frosteinbruch den Boden verhärtet und die frische Saat schwer in Mitleidenschaft gezogen. Viel Zeit blieb nicht mehr dieses Jahr, dass das dürre Vieh an Kraft gewann, ein neuer Hungerwinter kündigte sich an.

»Mienen Geert wüllst do to'm Bischof gaben? In de Jung, daar sitt 'n Buur in.« (*Er ist ein geborener Bauer*), meinte der Meier.

»De Jong is slau un kanne wol veel liehren.« (*Der Junge ist schlau. Er kann wohl viel lernen.*)

»Dit mog wol sin, nu welkn shall me denne to hand gahn?« (*Wer soll mir denn dann zur Hand gehen?*)

»Dat wör een Muul toveel for de bedröövt Oornt. Swienen maken dünn Drank.« (*Ein Maul mehr zu stopfen bei schlechter Ernte. Viele Schweine machen einen dünnen Trunk. / niederdeutsches Sprichwort*)

Nach einigem Hin und Her wurde man handelseinig. Der Pastor sollte den Jungen beim Bischof zu Bremen vorstellig machen. Dort könnte er bleiben bei freier Kost und Logis.

Und so kam es auch. Der Junge kam nicht ins Priesterseminar, trat aber in die Dienste des Gerhard zur Lippe, der als Gerhard II. das mächtige Amt des Erzbischofs von Bremen und Bischofs von Hamburg innehatte, wurde Schildknappe und übte sich neben seinen Diensten und der Waffenkunst im Schreiben und Erlernen der lateinischen Sprache. Doch erst die Niederwerfung der Stedinger Bauern sollte die entscheidende Wende in seinem Leben bringen. Mit Lederwams, Schild, Lanze und Helm zog er an der Seite der berittenen Adligen im Tross des Fußvolks in die Schlacht.

Am Morgen des 20. Mai 1234 marschierte das Heer, über 4000 Bewaffnete, am westlichen Weserufer von Bremen aus nach Norden. Behelmte Ritter mit Panzerhemden und Langschwert, mit je zwei bis drei berittenen Knappen, die Pferde mit dampfenden Nüstern, geschützt in Leder und Eisen, der Tross des Fußvolks zog sich hunderte Meter lang in der Flussniederung hin. Der Zug umging die Befestigungen der Stedinger am Steingraben und überquerte die Ochtum an ihrer Mündung mithilfe einer Brücke aus nebeneinanderliegenden Schiffen Bremer Bürger und holländischer Kreuzfahrer. Die mit Knotenspießen und Kurzschwert nur leicht bewaffneten wohl 800 Mann auf Seiten der Bauern hatten sich hinter einem Erdwall verschanzt und wurden überrascht. Der Bauernhaufen schlug sich zunächst gut gegen seine überlegenen Feinde, als das Kreuzfahrerheer noch nicht vollzählig am jenseitigen Ufer angelandet war. Doch mutig gingen die Stedinger zu weit vor, als der größere Teil ihrer Feinde von der Schiffsbrücke nachrückte. Ein berittener Trupp preschte in ihre ungedeckte Flanke hinein, damit war den Marschbauern der Rückzug abgeschnitten, und sie sahen sich von allen Seiten von ihren Feinden eingekesselt.

Geert Acheren ließ sich von der Erregung des Kampfgeschehens mitreißen. In den Galopp der gepanzerten Ritter, die in einer Wolke aus aufwirbelndem Staub und aus der Bodenkrume herausgerissenen Erdklumpen in die Reihen der Stedinger Bauern einbrachen, stimmte das wilde Kampfgeschrei der Fußtruppen ein, die hinter und neben den Reitern voranstürmten. Geert rannte mit voran, die Lanze erhoben, und schrie sich die Seele aus dem Leib. Die aufgeregte Angst des jungen Knappen wandelte sich, als die verfeindeten Fußtruppen aufeinander krachten, in eine wütende Lust, die seine Todesangst verdrängte. Hart stießen die Lanzenträger mit ihren leicht bewaffneten Gegnern zusammen. Geerts Lanze durchbohrte die Brust eines

Widersachers, der dem tödlichen Schwertstreich des gepanzerten Reiters neben sich auszuweichen trachtete. Mordlust im blutigen Gemetzel trieb ihn vorwärts, direkt in die Reihen der sich verzweifelt wehrenden und hilflos unterlegenen Bauern. Als neben ihm ein Ritter vom gepanzerten Pferd stürzte, das mit einer Lanze im Leib zu Boden ging, rettete er mit einem mutigen Stoß in den Hals des Widersachers dem Adligen das Leben. Bald schon war die Schlacht entschieden und es begann das große Morden.

Ziether versank im Schlachtenlärm, dem Klirren der Schwerter, Eisen auf Eisen, dem Stöhnen und Schreien. Er sah die dampfenden Nüstern der Pferde, roch den Schweiß von Mensch und Tier, ihre Angst und Wut, all das Blut.

Unter wehenden Bannern und hochragenden Kreuzen schmetterte ein Chor aus Mönchen und Priestern am Rand des Todesackers von Altenesch laut christliche Psalmen, trieb die Kreuzfahrer zu neuem Stechen, Schlagen und Morden an. Wer von den Bauern noch lebte, wurde von Lanzen durchbohrt, von Schwertern erschlagen, galoppierende Pferde setzten den Flüchtenden nach, zertrampelten die Verwundeten.

Unzählige Tote wurden in Massengräbern unmittelbar neben dem Schlachtfeld, aber auch auf den verstreuten Kirchhöfen beigesetzt, teils Freund und Feind nebeneinander, im Tod vereint. Das Feld bei Altenesch aber ist noch lange blutgetränkt, ein Blutacker. Die einfachen Bauernkaten in den Marschlanden wurden in Brand gesetzt, die eingesperrten Frauen, Kinder und Greise, viele Familien der aufrührerischen Bauern fanden darin den Tod.

Nach der Schlacht, als er mit zitternden Knien inmitten des Leichenfelds stand, suchte ihn der Adlige aus Brabant, dem er das Leben gerettet hatte, führte ihn vor den Erzbischof und lobte Geerts Einsatz. So wurde Geert Acheren zum an Jahren noch jungen Deichgräfe, bezog die Hütte eines gemordeten Bauern, dessen Familie ins

Rüstringische an der Wesermündung geflohen war, auf einer Warft, einem künstlichen Erdhügel nahe eines breiten Weserarms. Der Deichgräfe trug die nächsten Jahrzehnte Sorge für die Sicherung des fruchtbaren Bodens westlich des Hauptstroms, hielt die neuen Bauern, die sich in den Marschlanden niederließen, zum Anlegen von Entwässerungsgräben und Aufschütten von Schutzdämmen gegen die unberechenbaren Fluten des Weserstroms an und überwachte deren Frondienste. Geert van Warften wurde sein Name, der Begründer einer Sippe im Bremer Butenland, dessen Nachfahren, wie er selbst, treu den kirchlichen und weltlichen Herrschern dienten. Seine Nachkommen wurden Schreiber oder Priester, Mönche und Soldaten, Berater und Offiziere, Jesuiten, Diplomaten und Advokaten, und stritten für ihre Herren, Bischöfe und Fürsten, Könige, Ratsvorsitzende, Senatoren, Heerführer und Generäle. Leider nicht immer zum Guten. Denn auch in dieser Sippe gab es in all den Jahrzehnten und Jahrhunderten manch schwarzes Schaf, dessen Namen die Altvorderen gerne ausgelöscht hätten, wenn mit einem der ihren nicht dieser unselige Dreibund besiegelt und bekräftigt worden wäre. Der erste Fall hätte wohl über die Jahrhunderte in Vergessenheit geraten können. Der Überfall auf die Friedeburg Anfang des 15. Jahrhunderts, an dem auch ein Spross der van Warftens beteiligt gewesen war. Der drittgeborene des Butenbremer Familienzweigs, Hanno, hatte sich den Rüstringer Häuptlingssöhnen Gerolt und Dude Lubben angeschlossen, sich an Überfällen auf Bremer Handelskoggen beteiligt und von seiner Familie losgesagt. Der Überfall in der Nacht vom 25. auf den 26. September 1418 scheiterte kläglich, Hanno wurde gefasst und nach Bremen verbracht. Der Scharfrichter strich ihn auf Bitten der Familie von der Liste der Delinquenten, forderte aber Geld und vom Vater, der im Generalvikariat des Erzbistums saß, Informationen über die politische Winkelzüge des Erzbischofs, um diese beim Rat der Hansestadt zu Geld zu machen. So wurde Hanno van Warften nur gebannt, sein Name aber diente den van Warftens als Mahnung für die Nachgeborenen.

»Ralf!« Bredehorst stand auf dem Balkon neben Ziether und schüttelte ihn.

Wie in Trance sprach er: »Hatte ich dir von dem Bild erzählt? Dem Bruderkuss?«

»Ja, Ralf. Was ist denn los?« Ihr Blick fiel auf die handgeschriebenen Seiten, die ihm aus der Hand gerutscht waren und nun verstreut vor seinen Füßen lagen. »Was ist das? Van Warften?«

»Er hat alles aufgeschrieben. Er war der letzte Spross seiner Familie. Der alte Fluch. Er wollte ihn brechen.«

»Was redest du da? Welcher Fluch?« Sie schüttelte ihn erneut. Dann seufzte sie auf, setzte sich neben ihn und legte ihren Arm um seine Schultern. »Mensch, Ralf. Schon wieder? Was hast du gelesen und was … gesehen?«

»Dass ich an der Nordseeküste war und dieses Bild gesehen habe, das kann doch kein Zufall gewesen sein!« Ihr Kollege schien wieder halbwegs da zu sein.

»Wie meinst du das?«

»Van Warften. Seine Familie stammt von dort. Die Geschichte seiner Familie beginnt aber sehr viel früher, im 13. Jahrhundert mit der blutigen Niederschlagung eines Bauernaufstandes durch den Adel und den Erzbischof von Bremen.«

»Im Mittelalter? Ralf! Was soll das denn mit unserem Fall zu tun haben? Mit Nazis und gnadenlosen Hinrichtungen. Bitte!« Sie hatte Tränen in den Augen.

»Vielleicht gibt es diesen Fluch auch gar nicht. Aber Reinhard van Warften hat daran geglaubt. Hier, warte.« Er nahm die Blätter aus ihrer Hand, suchte die eine Stelle und las vor.

»*Ich habe mein Amt missbraucht, mich über das Recht gestellt. Ich dachte, ich verhelfe damit der Gerechtigkeit zu Geltung, doch bin ich so kein Stück besser als die, die ich dem Henker übergeben habe. Es ist schon einige Zeit her, gerade war der letzte Prozess gegen eine Menschenschieberbande, die junge Frauen aus Osteuropa in den Westen geschleust und zur Prostitution gezwungen hat, zu Ende gegangen. Ich hatte die*

Angeklagten, die hier in Berlin die Frauen drangsaliert, ausgebeutet und misshandelt haben, zu Haftstrafen verurteilt. Aber ihre Auftraggeber, die Männer im Hintergrund, standen nicht vor Gericht. Ihre Namen waren in den Ermittlungen aufgetaucht, mehrfach, aber es gab keine Aussagen gegen sie, keine verwertbaren Indizien. Wladimir Nikolow und Frank Böschmann, der eine pendelte zwischen Moskau, Kiew und Berlin, der andere koordinierte die Arbeit in Berlin, organisierte die Verschiebung der Frauen in andere Bordelle in Deutschland. Das alles hatte die Kripo ermittelt, aber es gab keine Möglichkeit, die beiden festzunehmen und vor Gericht zu stellen.

Am Abend nach dem unbefriedigenden Prozess bekam ich überraschend Besuch. Ein Fremder, ein unbekannter Mann klingelte bei mir und stand plötzlich vor meiner Tür, eine hagere, fast schon sehnige Gestalt, zwei Köpfe größer als ich, jünger als ich ...«

»Der Scharfrichter!«

Ziether nickte und las weiter: »*Ich wollte ihn abweisen, aber er meinte, er kenne meine Familie aus Bremen, gut kenne er sie. Seine Stimme hatte etwas, das mich zuhören ließ. Er sah mich aus stahlgrauen Augen an, und anstatt vor ihm die Tür zu schließen, ließ ich ihn herein. Hätte ich das nur nicht getan, denke ich heute, aber irgendetwas war in mir angeschlagen worden, etwas Altes. Was dann folgte, mag jedem Außenstehenden aberwitzig erscheinen, ein Ausbund meiner kranken Fantasie, aber für mich war es etwas, über das in meiner Familie Stillschweigen gewahrt wurde, das mich nun mit einem Mal einholte und traf wie ein Hammerschlag. Der Mann stellte sich als ›Melchers‹ vor, angeblich ein Nachfahre einer Bremer Scharfrichterfamilie, und übergab mir ein vergilbtes Schriftstück.*«

Auf Bredehorsts Stirn zeigte sich ihre nachdenkliche Falte, aber sie sagte nichts und hörte weiter zu. Angeblich hatte Geert, der Stammvater der Familie, 1237, nachdem er von der Ermordung des Stedinger Bauernheeres bei Bremen profitiert hatte, gegenüber Bischof und Adel geschworen, dass er und seine Nachfahren die Interessen der

Obrigkeit durchsetzen helfen würden – wenn es nötig sei auch durch Verrat, Verfälschung der Wahrheit und ... Mord.

»Und das alles, diese Geschichte seiner Familie, hat Reinhard van Warften so aufgeschrieben?« Ziether nickte.

»Welche Mittel die Familie dafür einsetzen musste, steht natürlich nicht wortwörtlich in diesem Dokument, aber immer der Erstgeborene hatte demnach diese Verpflichtung zu erfüllen, indem er in den Dienst der Obrigkeit trat und seine Position zu deren Wohl und Wehe einsetzte. Das war der Preis, den die Familie für ihren gesellschaftlichen Aufstieg zu leisten hatte. Reinhard van Warften kannte diese Geschichte und hat sie wohl nicht wirklich geglaubt, aber dann ...«

»... tauchte dieser angebliche Nachfahre der Bremer Scharfrichterfamilie auf und forderte den Preis ein.«

»Reinhard van Warften war der letzte Erstgeborene.«

»Und er wollte nun diese Geschichte zu Ende bringen? Ein honoriger Richter, ein gebildeter Mann wie er? Wie konnte er nur diese abstrusen Sachen glauben?«

»Vielleicht war gerade das ja seine Schwäche. Jedenfalls könnte das bedeuten, dass die beiden Totenschädel, die wir vor zwei Wochen gefunden haben ...«

»... zu diesen Menschenhändlern Vladimir Nikolow und Frank Böschmann gehören.«

Es war bereits später Nachmittag, und Ralf Ziether fühlte sich erschöpft und ausgebrannt. Bevor sie sich vor van Warftens Haus trennten, trat Britt dicht an ihn heran, drückte ihn und meinte: »Ruh dich erst mal aus. Morgen früh sehen wir weiter.«

»Gut, dass du noch vorbeigekommen bist«, meinte Ziether und gähnte. »Bis morgen dann.« Er lächelte und wandte sich ab.

Britt sah ihm nachdenklich hinterher, bis er in sein Auto gestiegen war, den Motor gestartet hatte und davonfuhr.

Dreizehnter Tag
Freitag

Ralf Ziether hatte keine gute Nacht hinter sich, als er morgens gegen halb acht im Polizeipräsidium ankam. Van Warftens Brief, irgendwie das Vermächtnis seiner Familie, war ihm den ganzen Abend über nicht mehr aus dem Kopf gegangen. Er hatte sich in seinem Bett herumgewälzt und erst spät in einen traumlosen Schlaf gefunden. Am frühen Morgen, noch vor dem Weckerklingeln, war er aus seiner inneren, tiefschwarzen Dunkelheit aufgetaucht und zunächst völlig orientierungslos im zerwühlten Bett liegen geblieben, ohne einen klaren Gedanken fassen zu können. Es dauerte lange, bis er sich aufgerafft und minutenlang unter dem heißen Strahl der Dusche gestanden hatte, ein hilfloser Versuch, irgendwie richtig wach zu werden und die Schwere, die seinen ganzen Körper erfasst hatte, abzuschütteln.

Seine Kollegin sah ihn an und meinte nur: »Na, du brauchst wohl erst mal einen starken Espresso.« Sie stand auf und machte sich an der Kaffeemaschine zu schaffen. »Übrigens sind die für den Brandanschlag Verantwortlichen wohl ermittelt. Einer der Beschuldigten hat geredet, als Beyer ihm die Indizienkette aufgezeigt hat. Der müsste auch jeden Moment hier eintrudeln. Er will mit uns die neuesten Ermittlungsergebnisse besprechen.«

»Na, wenigstens das wäre damit hoffentlich weitgehend aufgeklärt«, meinte Ziether müde. »Aber ich frage mich, ob die Täter von der Hetze gegen die Polizei im Internet aufgestachelt worden sind, oder hat das womöglich doch mehr mit unseren Ermittlungen im Berliner Untergrund zu tun?«

Bredehorst zuckte mit den Schultern. »Da kann ja Herbert Beyer gleich mehr dazu sagen«, antwortete sie, als es schon klopfte und der Kollege vom BKA eintrat.

Dann saßen sie zu dritt an dem kleinen Besprechungstisch. »Also hier der vorläufig abschließende Ermittlungsstand«, begann Herbert Beyer, nachdem er die kleine Espressotasse auf einen Zug geleert hatte. »Die Typen, die den Brandanschlag auf das Polizeipräsidium ausgeführt haben, gehören zu dieser Nazitruppe, die sich nach dem Charlottenburger SA-Sturm benannt haben. Zu möglichen Auftraggebern oder ihrer Motivation hat keiner ein Wort gesagt, aber unsere Indizienkette ist ziemlich lückenlos, und einer der Beschuldigten hat die Durchführung des Anschlags dezidiert beschrieben und seine Kollegen schwer belastet.«

»Und für sich mildernde Umstände in Anspruch genommen«, ergänzte Ziether.

Beyer nickte. »Der Mord an Maik Schäfer ist vorläufig allerdings noch ungeklärt. Rönnemann hatte eine Kneipenschlägerei im Hinterhof ermittelt. Das ist nach unserem heutigen Kenntnisstand mehr als fragwürdig, aber leider konnten wir bisher nicht einen Zeugen auftreiben.« Beyers Gesichtsausdruck sprach Bände, als er den Namen seines suspendierten Ex-Kollegen nannte.

»Ich ...«, begann Ziether und versuchte dabei nicht den Anschein zu erwecken, erneut von einem seiner Tagträume zu erzählen, obwohl es genau das gewesen war. »Ich habe mir am Tag nach der Ermordung des Informanten die Auffindesituation in diesem Hinterhof noch einmal angesehen. Dort ist er gestorben, weil man ihm da den Rest gegeben hat, aber es gibt nur diesen einen großen Blutfleck an der Mauer, keine weiteren Spuren. Wir sollten denken, dass es eine Auseinandersetzung direkt nach seinem Kneipenbesuch war, aber dafür sind diese Hinterhöfe viel zu hellhörig. Irgendein Anwohner hätte aus einem der Fenster alles sehen können. Kann es nicht sein, dass man ihn woanders zusammengeschlagen und dann, als er schon bewusstlos war, dorthin gebracht hat?«

Auf Bredehorsts Stirn erschien ihre nachdenkliche Falte. Sie sah ihren Kollegen scharf an. »Gibt es dafür irgendwelche Anhaltspunkte von der Spusi oder Dr. Schmalberg?«

»Macht es nicht so kompliziert.« Beyer legte die Stirn in seine Rechte. »Alles, was wir haben, ist eine mögliche zeitliche Differenz zwischen den Schlägen auf seinen Körper und ins Gesicht und dem finalen Totschlag auf den Schädel. Aber das ist ziemlich vage.«

»Hast du die Bilder von den Beschuldigten für den Brandanschlag?« Ziethers Jagdinstinkt war geweckt.

»Hab ich dir die nicht geschickt? Warte mal, ich hab die auch auf meinem Handy.« Beyer zog sein Telefon hervor und rief die Bilddateien auf.

Ziether starrte auf das kleine Display und scrollte die Bilder durch. »Na bitte, das sind sie!« Er lehnte sich zu Herbert Beyer hinüber und wischte auf dem Display herum. »Der Hagere, der Glatzkopf und der kleine Dicke mit der Lederjacke, der die anderen beiden dirigiert hat.«

»Mann, Ralf! Klasse! Als ich dir die Bilder geschickt und nichts mehr von dir gehört hab, dachte ich, du hast diese Typen noch nie gesehen.«

»Ich kann bezeugen, dass die drei Maik Schäfer gesucht und er vor ihnen aus der Kneipe geflohen ist. Wenn ihr jetzt noch das Fahrzeug findet, mit dem sie unterwegs waren, womöglich findet ihr darin Blutspuren.«

»Lass mich mal eben telefonieren.« Beyer rief mit seinem Handy einen Kollegen seines Teams an, setzte ihn über den neuen Stand in Kenntnis und meinte. »Checkt mal die Fahrzeuge der drei auf Blutspuren … ja, genau.« Er legte auf. »Mensch Ralf! Wenn wir die Kerle dafür drankriegen …« Er legte sein Handy auf den Tisch. »Habt ihr noch irgendwas zu van Warften? Wir haben noch keine Verbindung zu dem Unbekannten herstellen können, der im Untergrund sein Unwesen getrieben hat.«

»Nun ja …«, Ziether sah seine Kollegin an. »Wir haben diesen Brief in seiner Wohnung gefunden …« Er stand auf, ging zu seinem Schreibtisch hinüber, nahm den schmalen Hefter und reichte ihn Beyer. »Van Warften war wohl der Überzeugung, auf seiner Familie laste ein Jahrhunderte alter Fluch. Offenbar hat dieser Unbekannte es damit geschafft, dass van Warften ihn mit Informationen über Straftäter versorgte, die nicht vor Gericht gestellt werden konnten, und die hat der selbsternannte Scharfrichter dann in seine Gewalt gebracht und brutal hingerichtet. Es könnte sein, dass die beiden Totenschädel, die wir gefunden hatten, zwei Männern zuzuordnen sind, die in großem Stil Frauenhandel und Zwangsprostitution betrieben haben, aber nicht zur Rechenschaft gezogen werden konnten.«

Beyer zog eine Augenbraue hoch. »Wo habt Ihr denn den gefunden?«

»In van Warftens Arbeitszimmer, angeheftet unter der Schreibtischschublade. Das ansonsten leere Fach stand sogar etwas offen. Da muss also jemand nachgesehen haben, aber wohl nicht gründlich genug«, fügte Ziether hinzu.

Beyer schüttelte den Kopf. Ihm war seine Missbilligung dieser Schlamperei deutlich anzusehen. Er schlug den schmalen Hefter auf und blätterte durch die handbeschriebenen Seiten. »Dann hat van Warften die Opfer ans Messer geliefert?«

Ziether nickte. »Es sieht ganz danach aus. Der honorige Richter lieferte die Informationen und unterschrieb damit gleichsam deren Todesurteil …«

»… das dann dieser Henker übernommen hat«, grummelte Beyer. »Aber warum um alles in der Welt hat sich dieser angesehene Richter dafür hergegeben? Das ist doch unbegreiflich. Ein Familienfluch? Wir sind doch hier nicht bei Edgar Wallace!«

»Das ist schon ziemlich schräg«, warf Bredehorst ein. »Aber die Familie van Warften hat offenbar über Jahrhunderte der jeweiligen Obrigkeit treue Dienste erwiesen und dabei wohl manches Mal auch an den eigenen Vorteil gedacht. Ich denke aber, so weit zurück müssen wir gar nicht gehen. Reinhard van Warftens Großvater war in der Nazizeit Staatsanwalt in Bremen. Sämtliche Gerichtsprotokolle sind wohl bei einem schweren Bombenangriff am 11. März 1945 verbrannt.

Interessanterweise wurde Friedrich Wilhelm van Warften trotz seiner Tätigkeit für die NS-Justiz nur als Mitläufer eingestuft und hat bis zu seinem Tod als unbescholtener und angesehener Bürger in Bremen gelebt und seine Pension kassiert. Erst in den Achtzigerjahren hat ein Historiker versucht, diese dunkle Episode in Friedrich Wilhelm van Warftens Leben aufzuarbeiten und so einige bis dahin verschollene Akten ans Tageslicht geholt. Der wissenschaftliche Artikel, der dann erschienen ist, hat einige Kratzer an der honorigen Vita van Warftens hinterlassen. Demnach ist van Warften für den Tod und die KZ-Lagerhaft vieler Menschen mit verantwortlich gewesen. Er war willfähriger Vollstrecker der menschenverachtenden NS-Justiz. Die Familie selbst hat sich nie dazu geäußert; der Artikel fand zwar in Historikerkreisen Beachtung, blieb aber ohne eine nennenswerte Resonanz in der Öffentlichkeit. Heute findest du im Internet nur den Artikel des Wissenschaftlers, die wenigen erhaltenen Akten liegen aus Datenschutzgründen noch für Jahrzehnte unter Verschluss. Und sein Enkel, Reinhard van Warften, wurde nicht ohne Grund *van Knasten* genannt. Er schien geradezu besessen davon zu sein, in seinem Amt Gerechtigkeit auszuüben, wie er sie verstand. Ein Grund dafür ist sicherlich in den Flecken auf der weißen Weste seiner Familie aus der Nazizeit zu finden.«

»Ihr meint also, Reinhard van Warften hat sich aus einem tiefen Schuldgefühl heraus dazu hergegeben, Menschen, die er für schuldig befand, aber nie im Gerichtssaal gesehen hat, einen brutalen Mörder zu überlassen? Ist das nicht ein bisschen weit hergeholt?«

»Hier, lies.« Ziether griff sich den Brief und suchte die Textstelle, in der Reinhard van Warften sich selbst beschuldigt hatte. Herbert Beyer las die Zeilen und schüttelte ungläubig den Kopf. »Okay, ich lass das mal so stehen. Aber das ist schon starker Tobak.« Er räusperte sich. »Also, was haben wir noch?«, fuhr er fort. »Der Leiter des Verfassungsschutzes, Heeter, ist aus der Haft entlassen, aber vom Dienst suspendiert worden, und es wird einen Untersuchungsausschuss des Bundestages zu den Vorgängen im BfV geben. Heeter wird mit Sicherheit gefeuert, vermutlich aber, da er ein gestandener CDU-Mann ist, nur in den einstweiligen Ruhestand versetzt. Wenn ihr meine Meinung dazu hören wollt: Diese E-Mail, die er an diese rechtsradikale Organisation zur genetischen Rettung des deutschen Volkes geschickt haben soll, ich glaube, die wurde ihm untergeschoben. Aber er schweigt verbissen, obwohl er bestimmt weiß, aus welcher Ecke oder sogar von wem das kommt. Die mysteriöse Akte SEM-AB zu rechtsradikalen Netzwerken in Deutschland ist nicht aufzufinden. Angeblich wurden auch die Unterlagen und Informationen, die als Grundlage dazu gedient hatten, auf dem Server des VS gelöscht. Eine Riesensauerei, wenn ihr mich fragt!« Beyer wirkte richtig angefressen, aber auch den beiden Kripobeamten fehlten die Worte bei so viel offenbar bewusst initiierter Schlamperei.

»Meiner Meinung nach«, warf Ziether schließlich ein, »halten einflussreiche Leute ihre schützende Hand über dieses Netzwerk. Allein diese Videosequenzen, die ich gesehen habe. Unglaubliche Bilder. Und das direkt aus Berlin, 75 Jahre nach dem Ende der Nazi-Barbarei.«

»Der Generalbundesanwalt schäumt, das könnt ihr mir glauben. Die Bundesanwaltschaft hat mittlerweile befreundete Dienste in Europa und den USA um Unterstützung gebeten, weil hier bei uns ganz offensichtlich die Ermittlungen extrem behindert werden. Ein Armutszeugnis erster Klasse!«

»Die wenigen Puzzleteile der Akte, die Wieczorek rekonstruiert hat, haben wir dir ja zukommen lassen. Mehr haben wir leider nicht«, warf Bredehorst ein.

»Wir haben eine ganze Ermittlungsgruppe darangesetzt, aber die wenigen Kontaktdaten, die erhalten geblieben sind, sind alle chiffriert. Wir gehen davon aus, dass dieses Netzwerk international aufgestellt ist. Viele der Nazigruppen sind in den USA angesiedelt, aber ob die Amis uns da wirklich weiterhelfen wollen, ist wohl unter den letzten politischen Bedingungen in den USA eher unsicher.«

»Du meinst den Rechtsruck bei den Republikanern und die verschiedenen Verschwörungstheorien, denen nicht wenige Politiker dort Gehör schenken ...«

»... oder sie sogar aktiv unterstützen wie der vormalige, egomanischer US Präsident.«

»Donald Trump.« Bredehorst verzog ihr Gesicht zu einem gequälten Lächeln. Die Wucht der gesellschaftlichen Spaltung, die in den vergangenen Jahren auf der anderen Seite des großen Teichs aufgebrochen war konnten Europäer nicht wirklich nachvollziehen.

»Aber mal zurück zu uns hier in Berlin. Durch die Explosion, die ganz offensichtlich von außen durch eine Fernzündung herbeigeführt wurde, ist der Bunkerraum, unser Hauptversammlungssaal der Nazis, größtenteils eingestürzt und der Zugang völlig zerstört worden. Es scheint aber, dass nicht nur unser Richter den Zugang vom Kammergericht zum Tunnelsystem genutzt hat. Im Moment gehen wir einem Hinweis nach, dass Mitarbeiter im Berliner Dienstsitz des Bundesverteidigungsministeriums auch in dieses Nazi-Netzwerk involviert sein sollen.«

Ziether pfiff durch die Zähne. »Du meinst, dass einige Mitglieder ...«

»... des BMVg ihre schützende Hand über diese Nazi-Umtriebe gehalten haben. Aber das sage ich euch jetzt unter absolutem Stillschweigen. Wenn da vorab etwas nach außen dringt oder möglicherweise Unterstützer des Netzwerks gewarnt werden ... nicht auszudenken!«

Ziether und Bredehorst sahen sich an und nickten.

»Die Fingerabdrücke und die DNA unseres Henkers haben leider zu keinem Ergebnis bei unserer Datenbankabfrage geführt. Wir warten noch auf eine Rückmeldung von Interpol, aber da liegt noch keine Antwort vor. Ich halte euch aber weiter auf dem Laufenden.«

Als Herbert Beyer gegangen war, hielt Bredehorst Ziether am Arm fest und nötigte ihn, sich wieder an den Besprechungstisch zu setzen.

»Ich muss mit dir noch mal über Nikkis Vater sprechen.«

»Wigbalt Schneyder.«

»Der war wohl der maßgebliche Koordinator bei der Untersuchung über die Strukturen der Neonazi-Szene. Mein Verdacht gegen ihn, dass er unsere Ermittlungen sabotiert und möglicherweise auch hinter der Ermordung der V-Leute steckt, hat sich in den letzten Tagen eher noch erhärtet.«

»Die Hilfsbereitschaft zur Befreiung deines Sohnes, sein Interesse an den Ermittlungsergebnissen, die Sprengung des Bunkers, kurz nachdem er erfahren hat, dass ich dort unten weitersuche ... Das macht Sinn, denke ich.«

Bredehorst musste schlucken. »Es fällt mir schwer, das zuzugeben, aber die Sorge um seinen Sohn, um den er sich vierzehn Jahre lang kein bisschen gekümmert hat, da bin ich ihm womöglich auf den Leim gegangen. Schwer zu verdauen, dieser Vertrauensbruch.«

»Dann sollten wir ihn weiter im Fokus behalten. Wenn ich nur wüsste, wie wir ihn zwingen könnten, einen Fehler zu machen und noch mal aus seiner Deckung hervor zu kommen.«

Bredehorst und Ziether gingen den ganzen Nachmittag über ihre Akten noch einmal durch. Es musste doch irgendeinen Ansatzpunkt geben, um Schneyder zu einer weiteren Aktion zu provozieren, mit der sie ihm eine Falle stellen konnten. Aber sie kamen kein Stück weiter.

Mitten in ihren Überlegungen klingelte Ziethers Diensttelefon. Es meldete sich der Polizeibeamte, der versprochen hatte, sich intensiv um den Fall Murat Mustafi zu kümmern. Bredehorst blickte auf, als Ziether, anstatt selbst zu sprechen, in intensives Zuhören vertieft war. Sie sah, dass seine Gesichtszüge sich zum ersten Mal heute aufhellten. Am Ende des Gesprächs bedankte er sich gleich mehrmals und lächelte zu ihr herüber.

»Was ist los? Hast du im Lotto gewonnen und das war der Bote, der dir gratuliert hat, bevor er mit dem Geldkoffer hier reinschneit?«

»Nein. Viel besser!«, grinste Ziether. »Wenigstens die Sache mit Mustafi ist aufgeklärt. Der Deutsche, also ein Urberliner sozusagen, der ihm seinen ersten Dönerladen abkaufen wollte, was Murat ablehnte, hat ein paar Neonazis angeheuert, die ihm Angst einjagen sollten. Zum Glück für uns hat der Typ auf dem einen Drohbrief auch noch einen Fingerabdruck hinterlassen.«

»Na, das freut mich ja für deinen Dönermann!«, fügte Bredehorst hinzu, und ein breites Lächeln überzog ihr Gesicht.

»Als Täter wurden drei Männer zwischen 18 und 27 Jahren ermittelt und festgenommen, die bereits wegen verschiedener Gewaltdelikte polizeibekannt sind und nun mit Haftstrafen rechnen müssen. Was geht bloß in den Köpfen dieser Typen vor?«

Bredehorst schwieg, dann sah sie ihn nachdenklich an. »Mir geht da ein Gedanke nicht aus dem Kopf. Wenn wirklich Wigbalt dahintersteckt, dann lass es uns zu Ende bringen, Ralf.«

»Wie meinst du das?«

»Ruf Beyer noch mal an. Er soll Heeter dazu bringen, sich mit Wigbalt zu treffen. Ich kenne ihn, er wird sich jetzt absolut sicher fühlen, vielleicht zu sicher.«

Die Sonne stand schon tief, und die Abenddämmerung kündigte sich mit langen Schatten an, als die beiden Kripobeamten vor der klassizistischen Sandsteinvilla am Grunewald ankamen. Im Fokus mehrerer Überwachungskameras standen sie vor dem schmiedeeisernen Tor, klingelten und wurden eingelassen. Jörg Heeter empfing sie an der schweren Eingangstür und wirkte ziemlich aufgeräumt, keineswegs wie jemand, der gerade ins politische Abseits gedrängt und aus einer einflussreichen Spitzenposition weggebissen werden sollte.

Nachdem die beiden Beamten sich vorgestellt hatten, kam Heeter gleich zur Sache. »Hauptkommissar Beyer hat mir mitgeteilt, dass Sie meine Mithilfe benötigen, um denjenigen, der wirklich für die Neonazi-Umtriebe und die brutalen Morde verantwortlich ist, dingfest zu machen. Es geht um Wigbalt Schneyder.« Er bat sie in das mit teuren Möbeln stilvoll, aber nicht sichtbar luxuriös eingerichtete große Wohnzimmer. »Ich habe gegenüber dem BKA geschwiegen, aber das war womöglich ein Fehler. Hier geht es ja nicht mehr um mich, sondern um – entschuldigen Sie das große Wort – die Demokratie! Ich habe Wigbalt Schneyder bereits angerufen und mich mit ihm verabredet.«

Bredehorst und Ziether parkten mit ihrem unauffälligen Kleinwagen direkt vor dem angesagten Spitzenrestaurant in Schöneberg. Bredehorst hatte den kleinen weißen Knopf im Ohr, hörte, wie Jörg Heeter sich setzte, die Hintergrundgeräusche der anderen Gäste, die sich unterhielten, das Klappern von Besteck auf Geschirr und wie der Kellner an den Tisch herantrat und Heeter schon mal die Karte gab. Ziether stieß sie an. »Da kommt Schneyder«, meinte er.

Heeter, ein Gespräch von Mann zu Mann … was auch immer sein Noch-Vorgesetzter sich davon versprechen mochte, der Kerl war doch längst erledigt, schon ein Untoter, der auf seine endgültige Beerdigung wartete. Wigbalt musste lachen über diese etwas schräge, aber passende Metapher. Vielleicht sollte er ihm das gleich als erstes ganz süffisant mit einem freundlichen Lächeln im Gesicht vor den Latz knallen. Dann hätte sich der Rest des Gesprächs wohl von vornherein erledigt. Aber nein, dazu hätte er sich nicht auf den Weg nach Schöneberg machen müssen, dieser Triumph war zu billig. Erst mal hören, was Heeter wollte. Die gefakte E-Mail war jedenfalls genial gewesen. Fast so gut wie die Idee, van Warften mit dem angeblich letzten Spross der Henkerfamilie aus Bremen zu konfrontieren. Wigbalt konnte mit sich zufrieden sein. Die Unterlagen waren vernichtet, Kalbach tot, und seine Ex-Frau hatte er prima eingewickelt und für seine Ziele einspannen können. Ein Wermutstropfen blieb leider:

Mit den Zusammenkünften in Berlin war bis auf Weiteres Schluss. Aber das musste ja nicht für immer so bleiben. Mit diesem Gedanken beschäftigt, war er vor dem Restaurant angekommen, betrat über den roten Läufer den in sanften Brauntönen gehaltenen Gastraum und erblickte Heeter an einem der Tische, die inselartig in dem großen Raum angeordnet und von zurückhaltender Beleuchtung und großen südamerikanischen Topfpflanzen voneinander abgegrenzt waren.

🔫

»Hörst du was?« Bredehorst nickte, sie konnte den kühlen Unterton der Begrüßung der zwei Männer gut heraushören. Schneyder hatte sich geräuschvoll gesetzt, die Männer bestellen eine Flasche leichten Weißwein, der sündhaft teuer war, wie sie im Internet hatte feststellen können. Die Essensbestellung stellten die Herren zurück. Es gäbe zunächst noch etwas zu besprechen.

🔫

»So, da wären wir«, eröffnete Wigbalt Schneyder den von ihm erwarteten Schlagabtausch und fügte vordergründig versöhnlich hinzu: »Das letzte Mal, als wir hier verabredet waren, hatten Sie Ihr Amt gerade neu angetreten.« Er versuchte damit gleich einen Treffer zu landen. Die Frage, ob sein Noch-Chef ihn wie damals zum Essen einladen würde, verkniff er sich aber lieber.

Heeters Gesicht zeigte keinerlei Regung. »Mir ist durchaus bewusst, dass mein Amt immer ein hochpolitisches gewesen ist. Wer da mit irgendwelchen Ungereimtheiten ins Blickfeld der Öffentlichkeit gerät, macht diesen Job nicht mehr lange. Ich habe dieses Amt immer als Aufgabe verstanden, umso mehr schmerzt es mich, dass mein wichtigstes Projekt, die Aufdeckung der aktuellen staatsfeindlichen rechtsradikalen Netzwerke in Deutschland, wohl als gescheitert angesehen werden muss. Das war mir wirklich ein Anliegen.«

Schneyder schwieg und nippte an seinem Weißweinglas. Worauf wollte Heeter hinaus, wollte er ihm hier etwas über sein persönliches Scheitern vorheulen? Das war eigentlich nicht seine Art.

»Glauben Sie, Schneyder, dass Sie den Vorgang noch einmal weitgehend wiederherstellen können?«

»Die Akte ist verschwunden, und ich musste feststellen, dass die Unterlagen dazu auf dem Server gelöscht wurden. Ich müsste zunächst die Landesämter wieder instruierten und um Mitarbeit bitten, ein höchst peinlicher, auf jeden Fall aber zeitaufwendiger Vorgang. Und dann müsste ich erneut die befreundeten Dienste ansprechen. Das war beim ersten Mal schon schwierig genug, gerade die Amis, aber auch die Briten waren nicht sonderlich kooperativ. Ehrlich gesagt sehe ich da ziemlich schwarz.«

Heeter nickte. »Sie haben sich womöglich gefragt, warum ich Sie hergebeten habe. Mir ist es ein Anliegen, dass wir in diesem privaten Rahmen noch einmal miteinander sprechen.« Er hob den Arm und wies auf das sie umgebende Ambiente. »Jetzt, wo ich quasi schon aus dem Amt bin, will ich Ihnen gerne meine persönliche Einschätzung mitteilen, wenn Sie gestatten.«

Schneyder nickte und dachte dabei: *Rede nicht so geschwollen, Heeter!* Aber zumindest konnte es jetzt interessant werden.

»Ich habe den Eindruck gewonnen, dass Sie als Koordinator für Rechtsextremismus und Terrorismus in den letzten Monaten, gerade bei der intensiven Aufarbeitung dieser Zusammenhänge, für sich festgestellt haben – zumindest habe ich das Ihrem letzten Memo so entnommen –, dass ein Prozess zunehmenden Vertrauensverlustes, ja sogar ein wachsendes Misstrauen in der Bevölkerung gegen unsere demokratischen Institutionen in vollem Gange und nicht mehr aufzuhalten ist.«

Wigbalt Schneyder zögerte einen Moment. Was sollte das werden? Eine allgemeinpolitische Diskussion? Dazu war er nicht hergekommen. Oder war das eine Falle? Hatte Heeter doch mehr mitbekommen von seinem heimlichen Engagement für die Neue Zeit? Ach

Quatsch. Dafür war der doch viel zu sehr mit seiner persönlichen Karriere befasst gewesen und nun genauso hart abgestürzt wie sein Vorgänger, der aber zumindest noch eine nationale Einstellung gehabt hatte. »Wenn Sie damit andeuten wollen, dass ich davon überzeugt bin, dass unser heutiges System, diese Deutschland AG, nicht reformierbar ist, dann stimme ich Ihnen zu. Wir, nein, unser Land geht vor die Hunde, weil der Staat käuflich geworden und niemand mehr da ist, der eine Vision davon hat, wohin wir eigentlich wollen, für unsere Kinder, die zukünftigen Generationen. Es gibt nur dieses Immer-weiter-so, ein Herumwursteln von einer Wahlperiode zur nächsten. Das finde ich ehrlich gesagt unverantwortlich.«

»Hm.« Heeter musterte sein Gegenüber. »Die Arbeit des Verfassungsschutzes ist eine staatstragende, eine den Staat und seine Institutionen sowie seine Bevölkerung schützende Aufgabe. Wir haben darüber zu wachen, dass keine radikalen Elemente und Gruppen, egal welcher Couleur, Angst und Schrecken unter den Menschen verbreiten, die Bevölkerung indoktrinieren und radikalisieren und schon gar nicht ihre oft menschenverachtenden Ideen umsetzen. Das wissen Sie. Darauf sind Sie vergattert worden. Als ich Sie mit der Aufgabe betraute, die Aufdeckung der rechtsradikalen Netzwerke zu koordinieren, war ich mir nicht sicher, ob Sie dafür der richtige Mann sind. Leider haben sich meine Befürchtungen bestätigt. Sie haben die Akte verschwinden lassen und den Server leergeräumt.«

Na endlich ließ Heeter die Katze aus dem Sack. Darum ging es ihm also, um Schuldzuweisungen, um sich selbst reinzuwaschen. »Ach? Jetzt bin ich es gewesen, weil ich eine andere politische Meinung habe als Sie und weil Sie gescheitert sind? Ist das nicht ein bisschen zu billig?«

»Streiten Sie es ruhig ab. Mir genügt es, dass ich es weiß und auch belegen kann.« Heeters Blick war immer noch nicht zu deuten. Wenn er wirklich enttäuscht und wütend war, konnte er das gut verstecken.

»Da bin ich ja mal gespannt.« Schneyder stellte das Weinglas mit ruhiger Hand ab und lehnte sich zurück. Das sollte entspannt wirken, aber innerlich waren seine Alarmglocken längst aktiviert.

»Sie stecken viel tiefer in der ganzen Sache drin, als ich anfangs vermutet habe. Wollen Sie das hören?«

Schneyder nickte und versuchte, kontrollierte Atemzüge zu machen. Was konnte Heeter wirklich wissen? Nichts. Oder?

»Punkt eins. Ihr Eindringen in mein Büro, das Löschen der Kameraaufzeichnungen und der Diebstahl der Akte. Sie sind dafür sogar zweimal in meinem Büro gewesen. Beim ersten Mal haben Sie den Safe geöffnet, die Akte entnommen und wieder zurückgelegt. Danach sind Sie aber erneut in mein Büro eingedrungen, haben die Akte entnommen und nicht zurückgelegt und die Kameraaufzeichnungen gelöscht. Ich habe dazu eine Vermutung. Sie waren bei Ihrem ersten Besuch nicht alleine. Sie brauchten einen Zeugen, dass Sie die Akte zurückgelegt hatten, um ein Alibi zu haben und mich belasten zu können. Ich vermute, dass das mit der Entführung Ihres illegitimen Sohnes Niklas Bredehorst zusammenhängt. Ist seine Mutter nicht ermittelnde Kripobeamtin im Komplex Berliner Untergrund? Das erklärt, warum Sie, was ich vermute, die Beamtin beim ersten Mal dabeihatten. Eine bessere Zeugin als eine Hauptkommissarin der Kriminalpolizei gibt es ja wohl kaum. Soll ich fortfahren?«

Schneyder versuchte, seine Gedanken unter Kontrolle zu bringen. Er hatte seinen Chef unterschätzt. Ganz so eitel und aus rein politischem Kalkül in die Schlüsselposition zum weiteren Aufstieg auf der politischen Karriereleiter war er wohl doch nicht gelangt. Er nickte, griff betont langsam nach seinem Weinglas und nahm einen Schluck.

»Punkt zwei. Nico Bolsen. Der Name ist Ihnen geläufig?«

Schneyder setzte das Weinglas ab und sah Heeter einfach nur an.

»Ein Psychopath. Bolsen ist Anfang der 2000er aus der Geschlossenen geflohen und dann in Südostasien nach dem verheerenden Tsunami 2004 für tot erklärt worden. Sie, Schneyder, haben herausgefunden, dass er noch lebt, und ihn zurückgeholt nach Deutschland, hierher nach Berlin, damit dieser ausgewiesene Sadist für Sie die Drecksarbeit macht.«

Bredehorst schlug mit der Faust aufs Armaturenbrett. Davon hatte Heeter, als sie mit ihm die Details zum Treffen mit Schneyder ausgiebig erörtert hatten, nicht eine Silbe preisgegeben. Was für ein Spiel spielte er da?

»Was ist?«

»Heeter. Er weiß, dass ich mit Wigbalt nachts in seinem Büro gewesen bin, und er kennt den Namen des Schlächter, dieses Scharfrichters, ein Psychopath, den Schneyder für seine Zwecke nach Berlin geholt hat.«

»Was? Verdammt! Und wenn Schneyder jetzt durchdreht? Wir können Heeter nicht schützen!« Ziether hatte schon die Hand am Türgriff, aber Bredehorst legte ihre Hand auf seinen Arm. »Warte! Einen Moment noch, Ralf.«

Jörg Heeter hatte in aller Seelenruhe einen geknickten, braunen DIN-A5-Umschlag aus der Innentasche seines teuren Sakkos gezogen. Er strich ihn glatt und reichte ihn Schneyder herüber. »Ich habe Sie schon länger beobachtet, Schneyder. Als Chef des BfV hat man da so einige Möglichkeiten, um Informationen von anderen Diensten, auch aus dem Ausland, zu erhalten.«

Schneyder griff nach dem Umschlag, öffnete ihn und zog den Inhalt hervor: mehrere Blätter, abfotografierte Bildschirmseiten, sein Flugticket nach Kuala Lumpur, eine Karte mit Pfeilen, die die Verbindungsdaten seines nicht registrierten Handys aus dem Amtsgebäude des BfV zur Berliner Außenstelle des Verteidigungsministeriums zeigten, mit Tag, Uhrzeit und Gesprächsdauer. Dann das letzte Blatt, zwei Fotos, die ihn mit Nico B. zeigten, wie er ihm in der Abflughalle des Flughafens in Kuala Lumpur einen Umschlag mit dem Flugticket gab – sie waren damals natürlich mit zwei getrennten Maschinen geflogen –, und ein Foto des kroatischen Reisepasses, den Schneyder ihm mit dem Namen eines unbescholtenen kroatischen Geschäftsmanns und einem gefälschten Foto besorgt hatte.

»Ich denke, das genügt, um diese unsägliche Angelegenheit wirklich abzuschließen.«

Wigbalt war die Hitze in den Kopf gestiegen. Er hatte alles immer so minutiös geplant, und doch war sein Ex-Chef dahintergekommen. Heeter musste ihn schon jahrelang auf dem Kieker gehabt haben. »Das Foto in Kuala Lumpur … da waren Sie doch noch gar nicht im Dienst. Woher …«

Erstmals umspielte ein Lächeln Heeters Lippen. »Ich sagte doch, ausländische befreundete Dienste. Ihr Henker war wohl auch in Indonesien und Malaysia kein unbeschriebenes Blatt. Die Amis hatten ihn im Verdacht, für ein Drogenkartell die Drecksarbeit zu machen. Er war eigentlich ein Geist, unsichtbar, für tot erklärt und ohne Papiere. Aber Sie hatten ja die glorreiche Idee, ihn wieder aus der Grauzone der Illegalität herauszuholen.«

»Jetzt!«, rief Bredehorst. Ziether sprang aus dem Wagen und hastete auf den Eingang des Restaurants zu, seine Kollegin dicht hinter ihm.

Schneyder hatte die Blätter wieder in den Umschlag gesteckt, ihn gefaltet und in die Innentasche seiner Anzugjacke gesteckt. »Dass Sie mich mit der Koordination der Untersuchung beauftragt haben …«

»Das ergab sich aus Ihrer Funktion im Amt und hat mir vieles leichter gemacht. Wenn Sie nicht diese gefakte E-Mail ins Spiel gebracht hätten, von der leider immer etwas an mir kleben bleiben wird, so fürchte ich, hätte ich Sie früher oder später drangekriegt. Ich war so kurz davor!« Heeter zeigte seine Linke mit einem minimalen Abstand zwischen Daumen und Zeigefinger.

Schneyder zog einen kleinen Revolver aus seiner Anzugjacke und meinte: »Das reicht jetzt. Bringen wir es zu Ende.« Er nötigte Heeter aufzustehen, der dieser Aufforderung ohne mit der Wimper zu zucken Folge leistete. Er dirigierte seinen Vorgesetzten zum Hinterausgang, ein Fluchtweg, der im Korridor vor den Toilettentüren abging.

Der livrierte Kellner, der auf die beiden zutrat, registrierte die kleine Schusswaffe, obwohl Schneyder sie kaum sichtbar direkt an das Revers seiner Jacke gepresst hielt. Das diensteifrige Lächeln im Gesicht des Kellers gefror, und er blieb abrupt stehen. Die beiden Männer hatten unbemerkt von den wenigen anderen Gästen den Notausgang fast erreicht, als Ziether und Bredehorst durch den Eingang stürmten, die beiden erblickten und das Tempo verlangsamten, um keine Panikreaktion im Gastraum auszulösen, und ihnen dann näherkamen.

»Schneyder, tun Sie nichts Unüberlegtes!«, rief Ziether, der noch fünf, sechs Schritte von den beiden entfernt war, während Bredehorst hinter ihm die anderen Gäste sondierte. Beide hatten ihre Dienstwaffen gezogen, was von einem Pärchen an der nächstgelegenen Sitzinsel bemerkt und, nach einem erschreckten Blick, zu deren raschem Aufbruch in Richtung Ausgang führte.

»Das tue ich nie!«, rief Schneyder Ziether zu, hob den Revolver und drückte ab.

Mit dem lauten Knall brach das Chaos im Gastraum aus. Heeter sackte an der Wand neben den Toilettentüren zusammen, Menschen sprangen auf, schrien, warfen Tische und Stühle um und flohen zum Ausgang. Ziether hatte seine Dienstwaffe erhoben und zielte auf Schneyders Schussarm. Zwei Schüsse knallten in kurzer Folge auf und machten das Chaos perfekt. Eine weitere Kugel traf Heeter in die Brust, der sich mit Schmerz erfülltem Gesicht umgewandt hatte, die zweite Kugel aus Ziethers Pistole erwischte Schneyders rechte Schulter und ließ ihn schmerzhaft aufschreien. Der hatte den Revolver mit einer Handbewegung im selben Moment von der Rechten in die Linke genommen und sich unters Kinn gehalten. Der nächste

Schuss, wieder aus seiner Waffe, durchschlug seinen Kiefer. Die Kugel drang durch seine Mundhöhle in den Schädel ein und trat schräg oben wieder aus. Schneyder sackte zusammen, während Heeter an der Wand vor den Toiletten zu Boden rutschte, einen breiten Streifen Blut hinterlassend. Rund um Schneyder waren Blutspritzer und Ge-webeklümpchen bis an die Decke gespritzt.

Ziether stand wie betäubt da, spürte nicht, dass seine Kollegin, die den Tod der beiden Männer längst erkannt hatte, ihn am Arm zurückzog. Seine Ohren klingelten, und seine Augen blieben starr vor Schreck auf die blutige Szene vor ihm geheftet.

Alles, was nun folgte, der Einsatz der uniformierten Kollegen, die Absperrung des Lokals, die Erstversorgung und Befragung der Gäste und des Personals, die Arbeit der Spurensicherung, es glitt an ihm vorbei wie ein Film, etwas, das in einer anderen, von ihm getrennten Realität stattfand.

Sieben Tage später

War wirklich schon eine Woche ins Land gegangen? Das Gefühl, dass die Zeit stehenbleibt, einfach angehalten und immer wieder der Reset-Knopf gedrückt wird, immer erneut dieselbe Szene abläuft, das Restaurant, die tödlichen Schüsse …

Hauptkommissar Ralf Ziether befand sich in einer Endlosschleife. In den unpassendsten Momenten, tagsüber im Büro, wenn er allein in seiner Wohnung saß, im Auto, wenn er sich doch aufs Fahren konzentrieren sollte, und besonders nachts suchten ihn die immer selben Bilder heim, ein Filmausschnitt, der ihn alles um sich herum vergessen ließ und ihm den kalten Schweiß auf Stirn und Nacken trieb.

Das kleine Café unweit des Präsidiums, ihr Stammplatz unter der großen Linde. Wann hatten sie zuletzt hier gesessen? Ziether wusste es nicht zu sagen.

Britt Bredehorst war mittlerweile am Ende mit ihren Kräften. Zuhause ihr von den Ereignissen der letzten Wochen zutiefst verstörter halbwüchsiger Junge, und im Büro ihr Kollege, der es nicht schaffte, aus dem Schockmoment auszusteigen. Immerhin hatte Ziether schon einen ersten Termin mit dem Polizeipsychologen gehabt, aber viel gebracht hatte das noch nicht. Dass er sich partout dagegen sträubte, für dienstunfähig erklärt zu werden und sich mal nur um sich selbst zu kümmern, machte die Situation wahrlich nicht einfacher. Dieser verdammte Dickkopf! »Was soll ich zuhause oder anderswo? Da bin ich dann doch nur wieder mit mir allein, ohne eine wirkliche Chance, mich abzulenken und auf andere Gedanken zu kommen«, hatte er gemeint. Aber hier bei der Arbeit war er auch mehr abwesend als wirklich da. Und irgendwann reichte es auch, die immer gleichen Dialoge zu führen. Ralf fühlte sich schuldig, schließlich waren sie beide es gewesen, die Heeter dazu überredet hatten, bei diesem Spiel mit verdeckten Karten mitzumachen, um Schneyder zu überführen. Aber Ralf war nicht verantwortlich für die Eskalation der Ereignisse, die dann folgte. Heeter hatte mit ganz anderen Karten im Ärmel gespielt, von denen sie nichts wussten, und damit genau diese Eskalation provoziert.

»Womöglich wollte Jörg Heeter sogar sterben.«

»Was?«

Bredehorst wiederholte den Satz, schon leicht genervt.

»Heeter. Er hat seinen eigenen Tod provoziert, zumindest in seine Überlegungen mit einbezogen. Er war doch schon lange auf Wigbalts Fährte. Der Mord war das Letzte, was ihm noch gefehlt hat, ein für alle sichtbares Schuldeingeständnis. Und Schneyders Tod, ob durch Selbstmord oder eine Polizeikugel, hatte er bewusst einkalkuliert. Nur so konnte er sicher sein, dass Schneyder nicht weitermachen würde und, womöglich selbst aus der Haft heraus, seine verbrecherischen Absichten fortsetzt.«

Ziether nickte. Aber sehr überzeugt sah das nicht aus.

Sein Handy klingelte, er fingerte es aus der Tasche und nahm das Gespräch an. »Moment, Herbert, ich stell mal auf laut, dann kann Britt mithören.«

Um diese Zeit war das Lokal im Außenbereich nur dünn besetzt. Ziether legte sein Handy in die Tischmitte, und beide beugten sich etwas vor, dabei berührten Britts helle Locken seine Stirn, es kitzelte etwas, und tief in seinem Inneren spürte Ziether wieder dieses andere Gefühl, seine tiefe Verbundenheit zu seiner Kollegin, die ihn spontan ein wenig lächeln ließ.

»Also. Die Wellen schlagen ja immer noch hoch«, hörten sie Herbert Beyers Stimme aus dem kleinen Lautsprecher. »Natürlich ist das politische Berlin aufgeschreckt, und die Medien bringen jeden Tag was Neues dazu. Dass dieses Nazi-Netzwerk international aufgestellt ist und einige maßgebliche Leute und Gruppierungen in den USA sitzen, hilft natürlich dabei, den Fokus ein wenig von Berlin abzulenken. Aber die Zentrale im Berliner Untergrund, die vom Scharfrichter geköpften V-Leute und Gegner, ein Richter, der dabei mitgespielt hat, sowie die unrühmliche Rolle des Verfassungsschutzes dabei ... Mann, Mann, Mann, ich habe in den letzten Tagen einige Kilos abgenommen, und mit meinen Augenringen sehe ich aus wie Nosferatu persönlich. Ich mache echt drei Kreuze, wenn diese Geschichte hier vorbei ist, auch wenn wir uns der medialen Aufmerksamkeit noch lange sicher sein können.«

Bredehorst nickte, der Hauptkommissar knurrte zustimmend. Die Aufregung in der Berliner Staatsanwaltschaft und die Klebezettel-Orgie von Staatsanwalt Middelberg, der immer wieder Berichte zu Fragen einforderte, die sie derzeit nicht beantworten konnten, wobei Ziether das auch in der Regel gar nicht wollte, hatten sie die ganze letzte Woche über in Atem gehalten. Und das Verhältnis der beiden Kripobeamten zum für ihre Ermittlungen verantwortlichen Staatsanwalt konnte man sowieso ohne Übertreibung getrost als gestört bezeichnen.

»Na ja ...«, fuhr Beyer fort. »Gestern haben wir in der Berliner Dienststelle des Verteidigungsministeriums zwei weitere mutmaßliche Mitglieder des Netzwerks festgenommen. Im Verteidigungsministerium! Das muss man sich mal auf der Zunge zergehen lassen! Ich kann nicht sagen, dass es mich freut, dass sich der Hinweis auf das BMVg als richtig erwiesen hat. Den Aufschrei in den Medien mag ich mir gar nicht ausmalen. Aber es muss ja weitergehen, und der braune Sumpf muss wirklich bis auf den Grund ausgetrocknet werden. Das haben wohl mittlerweile alle hier in Berlin kapiert. Dr. Kurt Hagedorn, Ex-Oberst der Bundeswehr und Bereichsleiter Beschaffung im BMVg, sowie sein Adlatus Hans Reifer sind wohl mit Schneyder über ein nicht registriertes Handy in einem regen Austausch gewesen.

Irgendwie ist das doch kaum vorstellbar! Noch schweigen sie, aber wir sind indizienmäßig schon ganz gut aufgestellt. Da werden in Berlin sicher noch einige Köpfe rollen. Der Generalbundesanwalt ist in dieser Sache wahrlich ein ganz harter Hund. Der lässt keinen davonkommen, wie es aussieht.«

Als Bredehorst das Gespräch mit einem Klick beendete, musterte sie ihren Kollegen, dessen Gesicht sich etwas aufgehellt hatte.

»Na, die Trockenlegung dieses braunen Sumpfs wird das BKA wohl noch eine ganze Weile beschäftigen«, meinte sie. »Aber endlich wird da mal gründlich aufgeräumt.«

»Das waren Middelbergs Worte, als ich zum zweiten Mal in den Berliner Untergrund hinabgestiegen bin.« Ziether blickte etwas verkniffen.

»Ja, und? Das hast du auch geschafft. Und dann der Schusswaffengebrauch in diesem Restaurant, das war in dieser Notsituation völlig legitim, hat der Bericht ergeben. Du musst das alles loslassen! Du bist der beste Polizist und der beste Kollege, den ich mir wünschen kann«, meinte sie.

In Ziethers Augen sammelten sich Tränen. Er griff nach ihrer Hand und streichelte sie stumm.

Epilog

Die fünf jungen Männer, Jan, Lukas, Finn, Max und Kevin, waren auf der Rückreise aus Tschechien bester Laune. Die polizeilichen Ermittlungen und die mediale Aufregung in Deutschland konnten sie während ihres Trainingscamps durchaus verfolgen, hatte der Skandal um die Aufdeckung des Netzwerks in Berlin sie doch darin bestätigt, über welche Stärke und weitverzweigte Organisation die nationalsozialistische Bewegung bereits in Europa und Übersee verfügte. Dass es Rückschläge und Verhaftungen geben würde, war zu keinem Zeitpunkt ausgeschlossen gewesen und zeigte nur, welches Ausmaß an Bedrohung für die verrottete so genannte Demokratie von ihnen heute bereits ausging. Sie, die jungen Männer, waren die Zukunft der Neuen Zeit und bereit. Heute mehr denn je.

Ohne Zollkontrollen an den Grenzen gelangten sie problemlos wieder zurück in die alte Heimat. Der Gedanke an die unter der Abdeckung für das Ersatzrad im Laderaum und in den Seitentüren versteckten Pistolen und Munitionspakete, die sie aus tschechischen Armeebeständen erhalten hatten, trieb ihnen immer wieder ein überlegenes Grinsen in Gesicht. Für sie hatte der Kampf gerade erst begonnen.

Bei einer überraschend angeordneten Überprüfung der Waffen-, Munitions- und Sprengmittelbestände in der Kaserne der Spezialkräfte (KSK) in Calw durch das Bundesverteidigungsministerium wurden erhebliche Fehlbestände aufgedeckt: Maschinenpistolen, Pistolen, Gewehre, TNT-Sprengstoffe und Zündvorrichtungen, Munition und Handgranaten fehlten in einer Menge, über die man nicht mehr hinwegsehen konnte. Und das, wo im normalen Armeebetrieb über jede einzelne Patronenhülse genau Buch zu führen war. Auslöser war die Aufdeckung des geheimen Waffenlagers eines als rechtsextrem enttarnten Mitglieds der Spezialkräfte gewesen. Aber der Fehlbestand übertraf das aufgefundene Arsenal bei Weitem. Wo waren die Waffen und Munition geblieben? Und wer war dafür verantwortlich?

Der Verbleib des Fehlbestandes blieb weitgehend ungeklärt. Der Generalinspekteur der Bundeswehr sprach in seinem Jahresbericht die Sorge aus, dass über die aufgedeckten Einzelfälle des vergangenen Jahres hinaus, die zu Entlassungen und Disziplinarverfahren geführt hatten, rechtsextreme Gesinnungen bei der KSK noch erheblich mehr verbreitet sein könnten als bisher vermutet. Der Bundestag forderte in seiner Debatte zur Lage der Bundeswehr eine umfassende Untersuchung der politischen Disposition und Einstellung unter den aktiven Soldaten. Die KSK, eine Spezialeinsatztruppe von 1400 Mann, die für die schwierigsten und gefährlichsten Aufträge der nationalen Selbstverteidigung und in internationalen Anti-Terror-Einsätzen geschaffen worden war, galt als die moderne Elitetruppe der bundesdeutschen Demokratie. Aber welche Vorbilder boten sich für ein deutsches Heldentum einer weitgehend im Verborgenen eingesetzten Elitetruppe an? Aus der jüngeren deutschen Geschichte hatte das untergründige Gift der Heldentaten und Untaten derjenigen, die im nationalsozialistischen Geist gekämpft und zugleich unsägliche Kriegsverbrechen begangen hatten, längst seine Wirkung getan.

Eine der drei Kompanien in Calw musste ganz aufgelöst und ihre Soldaten auf andere Einheiten des Heeres verteilt werden, um den rechtsnationalen Korpsgeist zu durchbrechen, und die Ausbildung der neuen Mitglieder der KSK wurde den Spezialkräften entzogen und ausgelagert.

Nur drei Wochen nach der Zerstörung des Reichsadlersaals im Berliner Untergrund war der erste Live-Stream eines an einem unbekannten Ort abgehaltenen Naziaufmarsches über den Untergrundsender Radio Freies Budapest im Internet abrufbar. Eingerahmt von in Reih und Glied angetretenen, mit schwarzen Gesichtsmasken vermummten Schwarz- und Braunhemden schüttete das Direktorium auf Deutsch und Englisch Hohn und Spott über die jüngsten Ermittlungen in Deutschland aus und präsentierte sich selbstbewusster denn je. Jetzt seien die Reihen der Kameraden nur noch fester geschlossen, und der im Untergrund aktive Widerstand habe mehr Zulauf und Unterstützung als je zuvor erfahren.

Es war noch nicht vorbei.

Danksagung

Ich möchte an dieser Stelle verschiedenen Menschen danken, die zum Erscheinen dieses Kriminalromans beigetragen haben:

Sabine Dreyer
für das kritische Lektorat und ihre Anmerkungen, wo der Autor mal wieder über die Stränge geschlagen ist,

Matthias Gerschwitz
für die Durchsicht und Nachkontrolle der
örtlichen Gegebenheiten in Berlin, und

Jürgen Rogner
für das wirklich krasse Cover.

Ein besonderer Dank geht aber an
meine Frau Katharina,
weil sie mich schreiben und so manche
Stunde in Ruhe recherchieren lässt.

Der niederdeutsche Dialog in der Szene Bremen 1419 ist entlehnt aus Heddo Peters Blutiger Bruderkuss in Bremen:
https://www.nwzonline.de
blutiger-bruderkuss-in-bremen_a_6,1,4183201145.html
19.02.2005
(Übertragung ins Hochdeutsche durch den Autor).

Der Autor

STEPHAN LEENEN, Jahrgang 1958, ist Germanist und promovierter Historiker. Sein beruflicher Lebensweg ist wohl so vielschichtig wie seine Romane: Leiter eines Windmühlenmuseums, freiberuflicher Dozent oder Geschäftsführer einer Stadtmarketinggesellschaft. Sein geisteswissenschaftliches Studium schloss er mit einer Magisterarbeit über das Liedgut der SA ab und promovierte in Bremen über die Untergrundarbeit der KPD in der Weimarer Schutzpolizei. Die dafür erforderlichen Quellenstudien führten ihn just in der Wendezeit nach Berlin, wo er täglich zwischen einer Kreuzberger WG, die ihn aufgenommen hatte, und Berlin-Ost pendelte, da sämtliche Akten zur Geschichte der KPD im Institut für Marxismus-Leninismus beim Zentralkomitee der SED am Rosa-Luxemburg-Platz zusammengetragen waren. Damals muss seine Liebe zu Berlin geweckt worden sein, zu einer Stadt, die sich in ihren Umbrüchen wohl immer wieder neu erfindet.

Heute stellt er sich den vielfältigen Herausforderungen bei der Erarbeitung und Umsetzung von Konzepten im Sektor der ›freiwilligen Leistungen‹ in einer Kleinstadt in Norddeutschland. Das Schreiben begleitet ihn seit vielen Jahren, ein Prozess, der aus seinem Alltag nicht mehr wegzudenken ist. »Berlin. Untergund« ist sein sechster Berlin-Krimi in der SPREENEBEL-Reihe um die beiden Berliner Mordermittler Britt Bredehorst und Ralf Ziether ... und erneut versteht es Leenen, ein aktuelles Thema mit einer spannenden Kriminalstory zu verknüpfen.

Da ihn seine beruflichen Aufgaben immer wieder mal nach Berlin führen, nutzt er zwangsläufig jede Gelegenheit zu Recherchen vor Ort. Mit U- und S-Bahn durch Berlin zu rattern, den Leuten aufs Maul zu schauen und nach ungewöhnlichen Ecken für seine Romanszenen zu suchen, ist ihm dabei ein besonderes Vergnügen.

Stephan Leenen hat drei Kinder und lebt in Bremen.

SPREENEBEL
Krimis entlang des blauen Bandes

Begleiten Sie Kriminalhauptkommissar Ralf Ziether und seine Kollegin, Kriminalhauptkommissarin Britt Bredehorst, bei ihren Ermittlungen in den Straßen der deutschen Hauptstadt.

Genau wie im vorliegendem 6. Fall, »Berlin.Untergrund«, geht es auch in den anderen Büchern um brisante Fälle mit Aktualität und zeitgeschichtlichem Bezug. Erleben Sie mit Ziether und Bredehorst, wie der Beruf auf das Privatleben Einfluss nimmt – was Kollegialität bedeutet – wer ihre Arbeit unterstützt ... und vor allem: wer sie behindert.

Blutroter Wahn – Ziethers erster Fall:

Politik, Drogen, Prostitution und Mord
ISBN: 978-3-744836-26-5

Missbrauchte Seelen – Ziethers zweiter Fall:

Korruption, Sport, Menschenhandel, Kolonialgeschichte
ISBN: 978-3-744836-29-6

Der Fluch des IKARUS – Ziethers dritter Fall:

Militär, Geheimdienst, Unfall – Selbstmord oder Mord?
ISBN: 978-3-744836-99-9

Der Tibeter – Ziethers vierter Fall:

Leichenteile, wilde Geier und die Spur nach Tibet
ISBN: 978-3-752895-28-5

Dreckiges Geld – Ziethers fünfter Fall:

Geldautomaten, Internetkriminalität und tote Banker
ISBN: 978-3-748189-61-9

Alle Bücher sind auch als eBook erhältlich.